Das Buch

Ted Wallace ist ein alternder, verdrießlicher, zynischer und zänkischer Schürzenjäger und Trinker, als Kritiker und Dichter ein Versager – ein Mann also, den man einfach lieben muss. Aber auch er hat seine Fehler. Und Probleme: Er wird von seinem Arbeitgeber gefeuert, kann monatelang keine Unterhaltszahlungen leisten und beschließt in dieser Situation, das Angebot einer einst unheilbar kranken Verwandten anzunehmen und die mysteriösen Umstände ihrer Heilung zu erkunden. Zu diesem Zweck begibt sich Wallace nach Swafford Hall zu seinem alten Freund Logan und dessen sündhaft hübschen Sohn David, um dort Antworten und vor allen Dingen auch Ruhe, Erholung und kostenlose Getränke zu finden.

In Swafford Hall indes geschehen seltsame Dinge – Wunder, Geisterheilung, Phänomene, die weit über das Fassungsvermögen von Ted und anderen geistigen Dickhäutern hinausgehen. Als sich noch weitere Gäste einfinden – die wunderschöne Patricia, die so gut nach Gurkensaft duftet; Oliver Mills, der an einem Tagebuch namens Daisy schreibt; Clara mit dem Pferdegebiss und Rebecca, die Weibsbestie von Phillimore Gardens – taumeln die Ereignisse einem atemberaubenden Höhepunkt entgegen.

Der Autor

Stephen Fry, geboren am 24. 8. 1957 in London, hat noch nie mit einem Nilpferd gebadet und wird auch nicht – entgegen anderslautenden Berichten – als Labour-Party-Abgeordneter ins Unterhaus einziehen.

Fry ist als Stückeschreiber, Librettist, Kolumnist, Schauspieler (unter anderem in »Peter's Friends« von Kenneth Branagh, wo er den denkwürdigen Satz »Ich arbeite nicht in der Vagina-Abteilung« sagen durfte) und durch Radio- und Fernsehauftritte bekannt. Er lebt und arbeitet in London und Norfolk und verlässt auch schon einmal spontan das Land, wenn er schlechte Kritiken bekommt.

Im Wilhelm Heyne Verlag liegen bereits *Der Lügner* (01/9762) und *Paperweight* (01/10535) vor.

Stephen Fry

Das Nilpferd

Roman

Aus dem Englischen von
Ulrich Blumenbach

DIANA VERLAG
München Zürich

Diana Taschenbuch Nr. 62/0231

Die Originalausgabe
»The Hippopotamus«
erschien 1994 bei Hutchinson, London

Taschenbuchausgabe 02/2002

Der Diana Verlag ist ein Unternehmen der
Heyne Verlagsgruppe München
Printed in Germany 2002

Umschlagillustration:
Clin Thomas und Jonathan Scott/Planet Earth Pictures
Umschlaggestaltung: Hauptmann und Kampa
Werbeagentur, CH-Zug
Satz: Schaber Satz- und Datentechnik, Wels
Druck und Bindung: Elsnerdruck, Berlin
Gedruckt auf chlor- und säurefreiem Papier.

ISBN: 3-453-19982-0

http://www.heyne.de

Für Kim, *alter ipse amicus*

Der Autor bedankt sich bei Matthew Rice für seine unschätzbare Hilfe bei den Jagdszenen. Sämtliche Ungenauigkeiten in diesem Bereich sind einzig und allein seine Schuld. S.F.

Der Übersetzer bedankt sich beim Forstamt Allersberg, insbesondere bei Ingo Kwisinski, für die unschätzbare Hilfe bei den Jagdszenen. Sämtliche Ungenauigkeiten in diesem Bereich sind einzig und allein seine Schuld. U.B.

Das wulstnackige Hippopotamus
Im Matsch auf seinem Bauche ruht,
Wiewohl es so massiv erscheint,
Ist es doch nur Fleisch und Blut.

T. S. Eliot, »Hippopotamus«

Vorwort

Sie glauben doch wohl nicht, dass ein Arsch wie ich eine Geschichte ordentlich erzählt, oder? Mehr kann ich aus dieser verfluchten Maschine nicht rausholen. Ich hab den verarbeiteten Text gezählt, das mach ich einmal pro Stunde, und wenn man der Technik Glauben schenken darf, sieht es aus, als hätten Sie 603.941 Zeichen vor sich. Viel Glück. Sie haben es so gewollt, Sie haben mich dafür bezahlt, Sie müssen da jetzt durch. Wie der Mann gesagt hat: Ich habe für meine Kunst gelitten, jetzt sind Sie dran.

Ich will nicht behaupten, dass es eine durch und durch groteske Erfahrung war. Das Projekt – da Sie auf dem Begriff bestehen – hat mich davon abgehalten, mittags zu trinken, unerreichbaren Frauen hinterherzusabbern und mit den Unsäglichen nebenan zu streiten. Auf Ihren Vorschlag hin habe ich in diesen sieben Monaten ein mehr oder weniger geregeltes Leben geführt und habe gehört, der Gewinn lasse sich an Teint Taille und dem Weiß meiner Augen ablesen.

Der Tagesablauf war immer gleich und auf perverse Weise wohltuend. Jeden Morgen bin ich um die Zeit herum aufgestanden, wo die meisten anständigen Leute an den letzten Kurzen vorm Insbettgehen denken, habe geduscht bin leichten Schrittes die Treppe hinuntergegangen, habe mich durch eine Schale Bran Buds gemampft und meine widerspenstigen Pantoffeln gen Arbeitszimmer gelenkt. Ich schalte den Computer ein – eine Prozedur, die mein Sohn Roman »die Matrizen laden« nennt –, glotze mit angeekelten Augen auf den Stuss, den ich am Abend zuvor verzapft habe, höre mir noch ein paar dieser verdammten Interviewbänder mit Logan an, zünde mir eine Rothman an und mach dann weiter mit dem Scheiß. Wenn der Tag gut läuft, verschwinde ich nach oben, um das mit einer kleinen Masturbation zu feiern – was Roman zweifellos »auf die Matratzen entladen« nennen würde –, und bis gegen sieben denk ich nicht mal an eine Flasche. Alles in allem ein stolzes und reines Leben.

Das Problem, wenn man ein Haus auf dem Lande mietet, ist, dass alle Welt einen plötzlich besuchen will. Ununterbrochen muss ich Oliver, Patricia, Rebecca und andere abwehren, die meine Zeit für grenzenlos und meinen Keller für unerschöpflich halten. Dann und wann verklappt das Biest hier einen Sohn oder eine Tochter übers Wochenende, aber beide sind groß genug und hässlich genug, um auf sich selbst aufzupassen, und brauchen meine Hilfe nicht, wenn sie sich einen Joint drehen oder ihre Lockenwickler befestigen. Nächste Woche zieht Leonora in das Haus ein, das ich ihr überlassen und womit ich sie endgültig vom Hals habe. Sie ist viel zu alt, um wie eine Klette an mir zu hängen.

Nein, ich würde sagen, unterm Strich war das Ding ein voller Erfolg. Als Prozess, meine ich, als Prozess. Ob das *Produkt* nun etwas taugt, müssen naturgemäß Sie entscheiden.

Mir ist völlig klar, dass noch einiges retuschiert werden muss. Vermutlich werden Sie eine Entscheidung treffen, ob ein einheitlicher *Point of View* hergestellt werden soll oder nicht … ein durchgängiger Erzähler in der dritten Person, ein allwissender Autor, Innenperspektive oder Außenperspektive – der ganze literaturwissenschaftliche Scheiß. Da die Hälfte aus Briefen besteht, können Sie immer noch hier was schniegeln, da was bügeln und das Ganze einen Briefroman nennen, oder?

Mein Lieblingskandidat für den Titel ist *Die Lyrik anderer Leute,* aber ich werde die Befürchtung nicht los, dass Ihre schmierigen Vertriebsleute das für einen Tick zu louismäßig halten. Für mich ist es der beste Titel, der einzige Titel. Also egal, was für eine billige Alternative Sie sich zusammenfantasieren, für mich wird dieses Buch immer *Die Lyrik anderer Leute* heißen und nicht anders. Ihr Vorschlag *Was jetzt?* oder *Na und?* oder wie immer das ging, klingt mir zu sehr nach Joseph Heller und schielt zu sehr auf die Marktchancen, wie die Phrase, glaub ich, lautet. Sonst gefällt mir *Der Thaumaturg* ganz gut; das wäre mein Einsatz auf Platz. Bestimmt werden Sie mit einer eigenen Klugscheißeridee aufwarten. Roman findet *Whisky mit Soda* ganz hübsch.

Die Einzelheiten im Folgenden entsprechen in aller Regel den Tatsachen. Wenn Sie verlegerisches Fracksausen kriegen, können Sie immer noch Namen und Daten ändern – mir doch scheißegal. Übrigens ist mit dieser Manuskriptabgabe das zweite Viertel von meinem Vorschuss fällig: Ich mach mich hier vom Acker, such mir 'ne Braut und 'ne Bar, also schieben Sie den Scheck beim Harpo rüber, wo Sie mir auch 'ne Nachricht hinterlassen und Ihre professionelle Einschätzung loswerden können, so wenig die wert ist.

E.L.W.

Eins

Tatsache ist, ich war gerade von meiner Zeitung gefeuert worden, irgendein rasendes Gefasel von wegen, ich hätte bei einer Premiere Beleidigungen aus dem Parkett geschrien.

»Theaterkritik sollte aus in Bedachtsamkeit gebildeten Urteilen bestehen«, hatte mein nasser Furz von einem Chefredakteur gequiekt, der noch immer von den Wellen des Gezeters und Gequengels zitterte, das Schauspieler, Regisseure, Produzenten und (wie nicht anders zu erwarten) aufgeblasene feige Tugendbolde von Kritikerkollegen per Fax und Telefon den ganzen Vormittag lang über ihm ausgekippt hatten. »Sie wissen, dass ich zu meinen Leuten halte, Ted. Sie wissen, dass ich Ihre Arbeit schätze.«

»Davon weiß ich nicht die Bohne. Ich weiß, dass Leute, die klüger sind als Sie, Ihnen gesagt haben, dass ich eine Edelfeder an Ihrer schmierigen Kappe bin.«

Ich wusste auch, dass er zu der Sorte weibischer kleiner Wichte gehörte, die man in Foyers und Theaterbars im ganzen West End in ihre Gin and Tonics blöken hört, »ich gehe ins Theater, um mich zu amüsieren«. Das sagte ich ihm ebenfalls und noch ein paar Takte.

Ein Monatsgehalt, tiefes Bedauern, die Telefonnummer einer halbseidenen Reha-Klinik, und meine Feder war wieder auf dem Markt.

Wenn Sie ein halbwegs anständiges menschliches Wesen sind, sind Sie zu Ihrer Zeit wahrscheinlich auch irgendwo gefeuert worden ... Schule, Sitz im Ausschuss, Sportmannschaft, Ehrenmitgliedschaft eines Komitees, Club, Satanistengruppe, Partei ... irgendwas. Sie kennen dieses Gefühl freudiger Erregung, das in einem aufsteigt, wenn man aus dem Büro des Direktors stürzt, sein Schließfach ausräumt oder die Stifthalter vom Tisch fegt. Es hat keinen Sinn, die Tatsache zu leugnen, dass wir alle uns unterschätzt fühlen: Offiziell gesagt zu bekommen, dass wir nicht mehr zuständig sind, bestärkt unser Gefühl, von einer hartherzigen Welt nicht für voll genommen zu werden. Eigenartigerweise stärkt diese Erfahrung das, was Psychotherapeuten und die Trüffelschweine in den Medien unser Selbstwertgefühl nennen, weil sie beweist, dass wir die ganze Zeit Recht gehabt haben. Es stellt sich in unserer Welt selten genug heraus, dass man bei irgendetwas Recht hatte, und es bewirkt Wunder für die *amour propre,* selbst wenn paradoxerweise gerade unser Argwohn richtig war, dass jedermann uns sowieso für Hautverschwendung hält.

Ich bestieg die Fähre, die die überflüssige Strecke zwischen Zeitungsland und dem wahren London befährt, und sah zu, wie das Gebäude des ›Sunday Shite‹ in die Höhe wuchs, als wenige Knotenlängen zwischen uns und die düsteren Docklands gebracht wurden, und weit davon entfernt, Trübsal zu blasen oder mir verarscht vorzukommen, schwoll große Erleichterung in mir, und Fröhlichkeit wie vor den großen Ferien stieg in mir auf.

Zu solchen Zeiten, und nur zu solchen Zeiten, kann eine Tochter ein wahrer Segen sein. Da es inzwischen halb eins war, würde Leonora sich schon ihren Weg in den Harpo Club gestöckelt haben. Wahrscheinlich wissen Sie, welchen Laden ich meine – den richtigen

Namen kann ich nicht nennen, Anwälte sind nun mal Anwälte –, Drehtüren, große Bar, bequeme Sessel, Restaurants, im Großen und Ganzen erträgliche Kunst an den Wänden. Tagsüber clevere Verleger und was man früher so Mediahedin nannte; nachts der letzte Keucher der gestrigen Bohème von Soho und angespülter Schwipsträger, die in dem Privileg Trost suchen, vom ersten Keucher der morgigen Ration aufgesogen zu werden.

In der hinten gelegenen Bierstube umarmte, becharmte und beschrillte mich Leonora – nicht gerade mein Vorschlag, ein Name, der Ihnen alles Nötige über die läppische Mutter des Kindes verrät.

»Daddee! Was bringt denn dich schon im Tageslicht hierher?«

»Wenn du deine glitschige Zunge aus meinem Ohr nimmst, erzähl ich's dir.«

Wahrscheinlich dachte sie sich, dass eine ein wenig berühmte Tochter und ihr noch ein wenig weniger berühmter Vater, die auf solche Weise ihre unbekümmerte Zuneigung bekunden, bei den bürgerlichen Angehörigen ihrer Generation mit eingeklemmtem Schwanz Neid und Bewunderung hervorriefen, die ihre Eltern alle Jubeljahre mal zum Tee in Hotels trafen und nicht im Traum daran dachten, mit ihnen in aller Öffentlichkeit zu fluchen, zu rauchen und zu saufen. Typisch die verdammte Leonora; übers ganze Land verstreut gibt es Pubs, wo drei Generationen ganz normaler Familien jeden einzelnen verschissenen Abend zusammen fluchen, rauchen und saufen, ohne je auf den Gedanken zu kommen, dass sie einfach sensationelles Glück haben, eine einfach so famos fabelhafte Beziehung zu ihren wunderbaren Daddies zu haben.

Ich ließ Rothmans und Feuerzeug auf den Tisch fallen und das Bankpolster sich aufblähen wie ein römischer Kaiser, als ich mich setzte. Der übliche Abschaum schlug die Augen nieder, als ich den Raum in Augenschein nahm. Ein paar Schauspieler, ein namenloser Haufen Werbefuzzis, die Schwuchtel, die auf Channel Four Architekturprogramme moderiert, zwei rougebeschmierte alte Schachteln, die wohl Rockstars waren, und vier Frauen an einem Tisch, von denen die eine Verlegerin war, und die ich alle nach oben mitnehmen und mehr oder minder rabiat mit meinem Schwanz aufspießen wollte.

Leonora, die ich nie hatte aufspießen wollen, den Göttern sei's gedankt in diesen unversöhnlichen Zeiten, sah dünner aus und hatte glänzendere Augen als je zuvor. Hätte ich nicht gewusst, dass es gerade out war, hätte ich angenommen, dass sie unter irgendwelchen Drogen stand.

»Was soll denn das alles?«, fragte ich und griff nach einem tragbaren Kassettenrekorder, der vor ihr auf dem Tisch lag.

»Um eins mach ich ein Porträt von Michael Lake«, sagte sie. »Für ›Town & Around‹.«

»Von dem Hochstapler? Sein Getröpfel in drei Akten dünngepfiffenen Ausflusses ist der Grund, warum ich hier bin.«

»Was möchtest du damit besagen?«

Ich erklärte die Lage.

»O Daddy«, stöhnte sie. »Du bist der Gipfel! Ich hab am Montag eine Pressevorführung gesehen. Ich finde, es ist ein absolut brillantes Stück.«

»Natürlich findest du das. Und deswegen bist du eine Tratschthementippse, die sich die Zeit damit vertreibt, Dunstschwafel für snobistische Hochglanzmagazine zu rülpsen, bis eine reiche, pseudoaristokratische Tucke kommt und dich als Zuchtstute fordert, während ich mit all meinen Fehlern ein Schriftsteller bleibe.«

»Na, im Moment bist du kein Schriftsteller, oder?«

»Ein Adler in Fußriemen ist immer noch ein Adler«, verkündete ich im Brustton der Überzeugung.

»Und was machst du jetzt? Auf Angebote warten?«

»Weiß ich nicht, mein alter Schatz, aber eins weiß ich. Ich muss deine Mutter vom Hals haben, bis ich das geklärt habe. Ich bin schon zwei Monate im Rückstand.«

Leonora versprach zu tun, was in ihrer Macht stehe, und ich machte mich aus dem Staub der Bierstube, falls der Lakescheik zu früh dran war. Dramatiker stehen noch weniger als andere darüber, dich mit gutem Wein zu benetzen oder dir schlechte Haken zu versetzen, wenn der Billigmüll, den sie vor einem gutgläubigen Publikum ausgekotzt haben, als das bezeichnet wird, was er ist.

Ich setzte mich an die Bar und behielt den Spiegel direkt vor mir im Auge, der einen guten Blick über die durch die Eingangstür hinter mir Hereinströmenden gewährte.

Die Mittagsgäste zwitscherten um die Bar herum und warteten auf ihre Schnorrer beziehungsweise Gönner; der Tagesduft der Frauen und das durchs Fenster einfallende Sonnenlicht erzeugten eine Atmosphäre, die sich so sehr von dem finsteren, flackernden Nimbus unterschied, der nachts über dem Laden hängt, als würden wir uns in einem anderen Raum eines anderen Jahrzehnts einen auf die Lampe gießen. In Amerika, wo die Spelunken oft unter der Straße liegen, wie die niedliche Bar in dieser grauslichen Fernsehserie, die sie tagtäglich auf Channel Four wiederholen, wird eine Tagesatmosphäre absolut verbannt. Der Schlucker, denke ich mal, soll nicht daran erinnert werden, dass es da draußen eine Welt gibt, in der gearbeitet wird, sonst bekommt er womöglich noch Schuldgefühle wegen seiner Sauferei. Genau wie für immer mehr Etepetete-Europäer gehört für Amerikaner das Trinken in dieselbe Kategorie wie Glücksspiel und Hurerei: ein Geschäft, das man im Dunkeln erledigt. Was mich angeht, ich schäme mich nicht und werde nicht in die Toskana oder Karibik ausbüchsen, um mir ohne Schuldgefühle im Sonnenlicht die Kappe vollzuschießen. Das macht mich zum Freak in einer Welt der Mittagspausen, wo die Feuer alles Vinösen mit spritzigen Mineralwassern gelöscht und die Lohen alles Herzhaften mit Balsamessig betröpfelt oder unter Decken aus Radicchio, *Lollo Rosso* und Eichblattsalat erstickt werden. Gott wir leben in arschparalysierend trostlosen Zeiten.

Wo wir gerade beim Designergemüse sind: Bei einem Essen für literarische Revolverfressen hat der Romancier Weston Payne mal einen Salat aus Ampfer, Ahorn und allerlei anderem Laub zubereitet, das er am Gordon Square in den Vorgärten zusammengeharkt hatte. Dieses Blattwerk hat er mit einer pikanten Sauce gewürzt und unter allgemeinem Applaus als *Cimabue, Putana Vera* und *Lampedusa* serviert. Eine widerliche kleine Nervensäge von der ›Sunday Times‹ behauptete sogar, *Putana Vera* könne man bei ihm im Chelsea Waitrose kaufen. Eine Flasche Londoner Leitungswasser, das man gekühlt und kurz in einen Sodastrom gehalten hatte, wurde mit allen Anzeichen des Behagens als *Aqua Robinetto* weggeschlürft. Wirklich sehr angebracht. Schließlich waren Westons Romane denselben aufgeblasenen Spruchbeuteln zwanzig Jahre lang als Literatur angedreht worden, ohne dass die je Lunte gerochen hätten. Manchmal glaube ich, London ist der weltweit größte Laufsteg für Kaiser. War es vielleicht schon immer, aber in der guten alten Zeit hatten wir keine Angst auszurufen: »Du bist nackt, du dummer Arsch. Du bist splitterfatzkenackt.« Heutzutage brauchst du in Gegenwart eines brünetten Mädels von der ›Sunday Times‹, dessen Vater entweder ein gefeuerter Politiker ist oder ein Poetaster wie ich, bloß einen fahren zu lassen, und schon wirst du als neuer Thackeray aufgepeppt und porträtiert.

Wenn Sie jünger sind als ich, was Sie rein statistisch eigentlich sein müssen, können Sie sich nicht vorstellen, was es heißt, in die Sauf-und-Rauch-Generation hineingeboren worden zu sein. Es ist eine Sache, wenn ein Mann beim Älterwerden herausfindet, dass die nachfolgenden Generationen heruntergekommener, promiskuitiver, disziplinloser, einen ganzen Kontinent scheißignoranter und dumpfbeuteliger sind als seine eigene – die Entdeckung macht jede Generation –, aber überall um sich herum einen schleichenden Puritanismus zu spüren, Nasen sich rümpfen zu sehen, wenn man vorbeischwankt, den mitleidsvollen Ekel einer Jugend mit rosa Lungen, reinen Lebern und klaren Augen zu absorbieren, das Gefühl vermittelt zu bekommen, man habe einen Bus verpasst, von dem einem keiner was gesagt hat, mit einem Ziel, von dem man nie gehört hat, das kann einen fast schon niederschmettern. All diese frömmelnden, tugendhaften Malvolios, die mit einem »Würden Sie uns wohl bitte entschuldigen; einige von uns haben nämlich morgen Prüfung«-Ausdruck auf ihren blassen Präfektenfressen herumstolzieren. Kotzenswert.

Anscheinend konnte der Dekoklotz auf dem Barhocker neben mir meinem Gesicht die Genervtheit ablesen, denn sie starrte mich lange von der Seite an, ohne zu merken, dass ich ihre Inspektion im Spiegel inspizierte. Sie schwang ihren knochigen, aber appetitlichen Hintern vom Hocker, pflanzte sich in einen Sessel in der Ecke und ließ mich als einzigen Besitzer der Barauen zurück, um die Erdnüsse zu ernten und die Pistazien zu pflücken. Kannte sie irgendwoher. Sieben für fünf, dass sie Kolumnen für den ›Standard‹ schrieb. Leonora würde es wissen.

Natürlich kam der große Dramatiker zehn Minuten zu spät und schlenderte durch die Essenszone, ohne mich zu sehen. Sein Grienen verriet, dass er entweder die Gesamtheit meiner ehemaligen Kollegen gefoppt – was nicht besonders schwer ist – und für seine Greueltaten einiges an Lobpreis eingeheimst hatte, oder dass er die entzückende Nachricht von meiner Entlassung gehört hatte. Wahrscheinlich beides. Er erinnerte sich natürlich nicht mehr daran, denn das tun sie ja nie, aber ich war es, der den kleinen Scheißer überhaupt erst entdeckt hatte. Das war in jenen Tagen, als ich noch jeden Abend in der Off-Szene herumlungerte und Vorstellungen von Gruppen durchstand, die Namen wie *Offenes Repertoire* und *Geteilte Bühne* hatten; in jener Zeit garantierte mein Nicken den Aufstieg vom Obergeschoss eines Pubs in Battersea zum plüschigen Dramabordell im West End. Michael Lake hatte etwas geschrieben, das in einer besseren Welt ein völlig normales Theaterstück gewesen wäre, das aber die Banalität, den Analphabetismus und das zornige Schmollen jedes einzelnen anderen Stückes, das in jenem Jahr und den fünf Jahren davor geschrieben worden war, um einiges überragte. Im Misthaufen glänzt selbst eine Glasperle wie ein Saphir. 1973 muss das gewesen sein, spätestens '74. Inzwischen konnte der Mann natürlich nicht mal mehr seinem Milchmann einen Zettel schreiben, ohne dass der unter allgemeinen Akklamationen eine verschwenderische Inszenierung am National Theatre bekam … am *Royal* National Theatre, ich erbitte seine winselnde, arschkriecherische Vergebung. Die kleinen Flammen gesunder Wut und ordentlicher Leidenschaft, die in seinem Frühwerk hochgezüngelt waren, hatten eine unerträglich pompöse »Wohin treibt die Nation«-Feierlichkeit und völlige Gleichgültigkeit gegenüber dem Publikum oder dem Sinn für das Theater längst ausgepisst. Als Angehöriger einer Generation, die den bestimmten Artikel verachtet, hätte er natürlich von »völliger Gleichgültigkeit gegenüber Publikum oder Theatersinn« gesprochen, als wäre *Publikum* ein formloser Begriff und kein lebendes Gewirr sich räuspernder, hin- und herrutschender Menschen, und *Theater* ein intellektuelles Konzept bar jeder Verbindung mit Schauspielern, Bühnenbild, Scheinwerfern und Holzbrettern. Ihm doch egal, dass *Theater* seine humorlosen Texte, so gut es konnte, in gerade noch erträgliche Abende verwandelte, und dass *Publikum* seine Wassermühle in Suffolk und seine fahle Bratby-Sammlung finanzierte … Dank war dafür nicht von ihm zu erwarten. Im Gegenteil, die allgemeine Ansicht war, dass wir ihm dankbar sein müssten. Dreckiger kleiner Arschwisch.

»Noch mal dasselbe«, sagte ich zum Barkeeper.

»Der geht auf mich …«, eine Stimme, weiblich, an meinem Ellbogen.

»Einer der schönsten Sätze unserer Sprache«, sagte ich, ohne mich umzudrehen. Ich konnte im Spiegel sehen, dass es die Kreatur mit dem knochigen Hintern war, die sich wieder auf ihren Hocker hebelte. Ich *liebe* einfach kleine Frauen, mein Schwanz wirkt dann so viel größer.

»Und für mich einen Maker's Mark«, sagte sie und deutete auf eine Flasche oben im Regal.

Eine wahre Trinkerin, dachte ich beifällig. Die erfahrene Schluckschwalbe weiß, dass Barkeeper sich bei den von dir genannten Markennamen am Anfang grundsätzlich verhören. »Nicht Glenlivet, *Glenfiddich!* Nein, Sie Spatzenhirn, keinen poppigen Shandy, einen *doppelten* Brandy …« Immer erst die Flasche finden und beim Bestellen auf sie zeigen. Spart Zeit.

Ein Hauch von was Floris-Ähnlichem oder vielleicht noch Penhaligony wehte vorbei, als sie sich setzte. Angemessener Vorbau und ein schlanker weißer Hals. Etwas neurotisch im Auftreten, bei weiblichen Schnapsnasen merkt man das schnell. Normalerweise stehen die kurz vor jener Hysterie, die dann Gläser zerschmeißt oder unschuldig Herumstehenden eine langt.

Roddy goss eine ordentliche Portion in ein Highball-Glas, und sie sah aufmerksam zu. Noch ein gutes Zeichen. Ich war eine Zeit lang ein guter Kumpel von Gordon Fell, dem Maler, bevor er den Ritterschlag empfing und sich zu gut für schlechte Gesellschaft vorkam; in den Sechzigern haben wir uns mit einer gewissen Regelmäßigkeit die Birne zugelötet. Gordon trank immer Old Fashioneds, das hatte er seit dreißig Jahren so gehalten. Ließ die Augen keine Sekunde vom Barkeeper, während die zubereitet wurden, wie ein Spieler beim Blackjack, der beim Geben aufpasst wie ein Luchs. Eines Nachmittags war Mim Gunter krank, die alte Hexe, die im Dominion Club in der Frith Street, unserer Lieblingskaschemme, den Skorpionenhonig anrührte, und ihr Sohn Col musste die Stellung hinter der Bar halten. Na ja, Col war erst sechzehn, der arme Kerl hatte nicht den blassesten Schimmer, was ein Old Fashioned war, und ob Sie's glauben oder nicht, auch Gordon hatte keine Ahnung. Ich hab dann mal auszurechnen versucht, wie viele Stunden seines Lebens Gordon damit verbracht haben muss zuzusehen, wie sie vor seinen niemals blinzelnden Augen gemixt wurden, aber mir gingen die Servietten aus, auf denen ich die Additionen durchführte. Ich wusste, dass Angostura irgendwo zum Rezept gehört, aber das war schon alles. Schließlich mussten wir Mim im Krankenhaus anrufen, wo sie schon zurechtgemacht war, um auf die Bühne gerollt zu werden und sich den Krebs aus dem Kehlkopf schnippeln zu lassen. Unser SOS ging ihr, klaro, runter wie Öl. Drei Meter vom Telefon weg, am anderen Ende des Tresens, konnten wir immer noch hören, wie sie dem unseligen Col an der Strippe die übelsten Beschimpfungen an den Kopf warf und den Ärzten sagte, sie sollten sich verpissen, »hier geht's ums Geschäft«. Zwei Stunden später starb sie unterm Messer, und Gordon Fells ferngemixter Old Fashioned ging in die Geschichte ein als der letzte Drink, den sie je mixte.

Es ist folgendermaßen, wir beobachten den Barkeeper, aber wir nehmen nichts auf. Es sind die beruhigenden Bewegungen der Hände, die zufriedenstellende Fülle der Barbestände und Cocktailapparaturen, die Farben, Geräusche und die reichen, vielsagenden Düfte. Genauso habe ich Leute ohne Führerschein gekannt, die sich an keine Route erinnern können, obwohl sie die jahrelang im Taxi gefahren sind.

Das Glas war auf seinem Bierdeckel abgestellt, der Aschenbecher diskret rübergeschoben worden, und Roddy hatte sich dezent zurückgezogen, also konnten wir frei sprechen.

»Auf Ihr Wohl, Madam.«

»Und das Ihre.«

»Drängt sich mir der Eindruck auf«, fragte ich, »dass wir uns kennen?«

»Das hab ich mich auch gefragt, als ich eben hier gesessen hab. Ich fand aber, dass Sie zu abweisend aussahen, um zu fragen, deswegen bin ich zum Sessel in der Ecke verschwunden.«

»Abweisend?« Den Quatsch hörte ich nicht zum ersten Mal. Hatte was mit der Kieferpartie, Augenbrauen und einem kämpferischen, Bernard-Ingham-mäßigen Vorstülpen der Unterlippe zu tun. »Wie das so geht«, sagte ich, »ich bin das reinste Lamm.«

»Und als ich dann da drüben saß, ist mir aufgegangen, dass Sie Ted Wallace sind.«

»Höchstpersönlich.«

»Du erinnerst dich vielleicht nicht, aber ...«

»Du meine Güte, wir haben's doch nicht miteinander getrieben oder so?«

Sie lächelte. »Durchaus nicht. Ich bin Jane Swann.«

Sprach's, als sei der Name ein Grund dafür, dass ich sie nie gevögelt hatte.

»Jane Swann. Und ich kenne dich, ja?«

»Lass deinen Geist zurückschweifen an ein kleines Taufbecken in Suffolk vor sechsundzwanzig Jahren. Ein Baby und ein aufstrebender Dichter. Das Baby schrie eine Menge, und der aufstrebende Dichter gab sein Versprechen ab, den Versuchungen des Teufels wie des Fleisches zu widerstehen. Ein Versprechen, das ihm selbst das Baby nicht abkaufte.«

»Also, das ist ja zum in die Stiefel wichsen! Jane ... Jane Burrell!«

»Die bin ich. Obwohl ich jetzt Swann heiße.«

»Ich muss dir eine Unzahl silberner Serviettenringe schulden. Und eine ganze Bibliothek moralischer Unterweisungen.«

Sie zuckte die Schultern, als halte sie mich nicht gerade für eine Person, deren Geschmack für silberne Serviettenringe oder moralische Unterweisungen mit ihrem eigenen übereinstimme. Beim genaueren Hinsehen bemerkte ich in ihren Gesichtszügen etwas, das mich an ihre schauderhaften Eltern erinnerte.

»Hatte nie 'ne große Chance, dich näher kennen zu lernen«, sagte ich. »'ne knappe halbe Stunde nach der Taufe hat deine Mutter mich aus dem Haus geworfen. Seitdem hab ich sie oder Patrick kaum mehr zu Gesicht bekommen.«

»Obwohl ich immer sehr stolz auf dich war. Aus der Ferne.«

»Stolz auf mich?«

»Zwei deiner Gedichte standen in unserm Lesebuch. Keiner hat mir geglaubt, dass du mein Patenonkel bist.«

»Verdammt noch mal, du hättest mir schreiben sollen. Ich wäre gekommen und hätte deine Sixth Form vollgesülzt.«

Nur zu wahr. Nichts geht über die halb geöffneten, bewundernden Lippen einer Klasse Schulmädchen, damit ein Mann sich begehrt vorkommt. Warum sonst sollte man wohl Dichter werden wollen?

Sie zuckte erneut die Schultern und nippte an ihrem Bourbon. Ich merkte, dass sie zitterte. Eigentlich kein Zittern, eher ein Frösteln. Sie hatte etwas an sich, das mich an lang Vergangenes erinnerte. Dieses Vorbeugen, als wolle sie pinkeln, das Bein, das an der Fußleiste der Bar hin und her fuhr. Das hatte etwas von … Bildern hölzerner Geschirrhalter, Rabattmarken für Tee und spitze Büstenhalter … etwas Verblichenes.

Ich betrachtete sie erneut, die kleinen Zeichen fanden sich zusammen, und ich erinnerte mich. Jane sah jetzt genauso aus wie Mädchen in den frühen Sechzigern, wenn sie vom Besuch bei einer Engelmacherin zurückkamen. Ein nicht misszuverstehendes Zusammenkommen von Gesten und Gespreiztheiten, aber eins, das ich seit Jahren bei keinem Mädchen mehr gesehen hatte. Diese Mischung aus Scham und Trotz, aus Ekel und Triumph; dieses flehentliche Bitten in den Augen, das dich ermutigte, entweder die Trostlosigkeit eines völlig ruinierten Lebens zu betrauern oder den Sieg eines auf großartige Weise befreiten Lebens zu feiern, ein gefährlicher Blick. Ich erinnerte mich nur zu gut: Wenn man in jenen Tagen die Stimmung eines Mädchens falsch einschätzte und ihr gratulierte, wenn sie getröstet werden wollte, bekam man einen Tränenstrom und vierzehn Tage lang kreischende Szenen; wenn man Trost und Mitgefühl bekundete, wenn sie fand, sie habe Beifall und Lob für eine stolze und heroische Tat verdient, wurde einem ein Handkantenschlag aus Edelstahl übergebraten und noch ein verächtliches Lachen zuteil. Warum der Gesichtsausdruck meiner wiedergefundenen Patentochter mich an die Atmosphäre jener garstigen und wenig vermissten Zeiten erinnern sollte, wusste ich nicht. Frauen brauchen seit dreißig Jahren nicht mehr so verletzlich und schuldbewusst dreinzuschauen, das ist längst Männersache.

Ich räusperte mich. »Welche Gedichte?«

»Hm?«

»Im Lesebuch. Welche?«

»Äh, wart mal. *Der Historiker* und *Bei Betrachten des Gesichts von W. H. Auden.*«

»Ja logisch. Verdammt logisch. Die Einzigen, die es je in die Anthologien schafften. Cleverer Schrott.«

»Findest du?«

»Natürlich nicht, aber du erwartest doch, dass ich das sage.«

Sie bedachte mich mit einem traurigen Lächeln.

»Noch mal dasselbe, Roddy.« Ich klopfte auf den Tresen.

»Ich lese oft deine Theaterkritiken«, versuchte sie, da sie merkte, dass das Lächeln etwas zu offensichtlich mitleidsvoll gewesen war.

»Na, ab jetzt nicht mehr.«

Ich erzählte ihr, dass ich gefeuert worden war.

»Oh«, sagte sie und dann, »oh!«

»Nicht dass mich das kratzt«, versicherte ich ihr, auf eine Weise, die kein Beileid erlaubte. Ich ließ meine Ansichten über den gegenwärtigen Stand des britischen Theaters von der Leine, aber sie hörte gar nicht zu.

»Dann hast du also Zeit?«, sagte sie, als ich fertig war.

»Na ja … da bin ich mir nicht sicher. Ich hab eine mehr oder minder offene Einladung, die Restaurantkritiken in der ›Metro‹ …«

»Ich bin keine Schriftstellerin, weißt du, und kenne mich nicht gut genug aus …«

»… außerdem ist immer Platz für noch ein endgültiges Buch über die zornigen jungen Männer …«

»… du gehörst schließlich so gut wie zur Familie …«

Ich hielt inne. In ihren Augen sammelten sich Tränen.

»Was ist denn, meine Liebe?«

»Pass auf, was hältst du davon, wenn du mit zu mir nach Haus kommst?«

Im Cab ging sie auf nichts ein, was sie beunruhigte. Sie skizzierte eine kurze Autobiografie, genug, um mir zu zeigen, dass sie nicht so intelligent oder hübsch oder trendy oder interessant war, wie sie an der Bar gewirkt hatte. Aber das ist schließlich keiner, weshalb es immer gut ist, sich seinen Vorrat an Whisky und Kosmetika zu sichern.

Vor fünf Jahren hatte sie als kaum Einundzwanzigjährige einen Mann geheiratet, Swann, der eine Gemäldegalerie führte. Keine Kinder. Swann war momentan in Zürich und teilte seinen Futon mit einem Schweizer Mädchen, das heruntergekommen und stark genug gebaut war (wenn man Janes gehässigem Tratschen Glauben schenken durfte), um Gefallen an seinen Blutergüsse hervorrufenden Schlafzimmergewohnheiten zu finden. Janes Vater Patrick hatte der Herr vor gut sechs Lenzen zu sich genommen, wovon ich, bei näherer Überlegung, auch gehört hatte, und Rebecca, die Mutter, streunte immer noch zwischen Kensington und Brompton Road herum und mimte die Geistesringerin. Rebeccas anderes Kind, Janes Bruder Conrad, den ich als ziemlichen Scheißer in Erinnerung habe, war bei einem Verkehrsunfall ums Leben gekommen. Anscheinend breit wie 'ne Schrankwand. Besser so. Es gibt keine Entschuldigung dafür, einen Wagen nüchtern zu Schrott zu fahren.

Rebecca ist eine der wenigen Frauen, denen ich je begegnet bin, die … also, es ist eine Tatsache, dass Frauen keinen Spaß am Sex haben. Sie bestreiten das inzwischen mit nahezu religiöser Inbrunst, es bleibt nichtsdestotrotz eine Tatsache. Frauen finden sich mit Sex als dem Preis ab, den sie für einen Mann zu zahlen haben, um Teil dessen zu werden, was sie so gern eine »Beziehung« nennen, aber sie kommen ohne aus. Ihnen fehlt einfach der Hunger, sie spüren nicht diesen ständig stechenden, magenumdrehenden Hunger, der uns foltert. Das Blöde ist, wann immer ich das sage, werde ich als Frauenhasser beschimpft. Für einen Mann, der sein gesamtes Leben damit zugebracht hat, an Frauen zu denken und von ihnen zu träumen, ihnen hinterherzudackeln wie ein Welpe, der seinem Herrchen gefallen will, der seine gesamte Existenz danach ausgerichtet hat, mehr Kontakt mit ihnen zu bekommen, und der sein Leben und Streben einzig und allein nach seiner Fähigkeit beurteilt, sie anzulocken und ihn begehren zu lassen, für den ist es ganz schön hart, der Abneigung gegen dieses Geschlecht bezichtigt zu werden. Alles, was ich fühle, ist tiefe Anbetung, Liebe und Minderwertigkeit, gemischt mit einer ordentlichen Portion der guten alten Selbstverachtung.

Ich kenne die Argumente ... Gott im Himmel, wer denn nicht? Begehren, höre ich, sei eine Form des Besitzstrebens. Auf eine Frau scharf zu sein, heiße, sie auf die Ebene von Tieren, von Freiwild zu reduzieren. Selbst Anbetung wird mit einer so ausgepichten Argumentation, dass ich ihr nicht mehr folgen kann, als eine Art Verachtung interpretiert. All das ist, wie ich Ihnen kaum zu sagen brauche, allererste Kacke.

Einige meiner besten Freunde sind, wie man es bei einem ehemaligen Lyriker nicht anders erwartet, vom anderen Ufer. Desgleichen, wie man es bei einem ehemaligen Theaterkritiker ebenfalls nicht anders erwartet, einige meiner erbittertsten Feinde. Einen besser kontrollierten Feldversuch als die Welt der Schwuchtel kann man sich doch gar nicht vorstellen, um dieses Gefecht der Geschlechter aus der Welt zu schaffen, oder? Homos, Schoßomiten, Bücklinge, egal wie Sie sie nennen, führen trotz Problemen wie Schwulenklatschen, Presse, Virus, Polizei und Gesellschaft ein ziemlich fabelhaftes Leben. Klappen, Parks, Hampstead Heath, Strände, Supermärkte, Friedhöfe, Pubs, Clubs und Bars vibrieren zur Musik ihrer simplen erotischen Befriedigungen. Ein Mann, andersrum, sieht einen anderen Mann, andersrum. Ihre Blicke begegnen sich und … bums, zur Sache, Schätzchen. Sie brauchen den Namen ihres Partners nicht zu kennen, sie brauchen nicht mit ihm zu reden, sie brauchen in den Hinterzimmern der dunklen Nachtclubs unserer Großstädte nicht einmal sein verdammtes Gesicht zu sehen. Es ist eine Männerwelt, auf genaue, männliche Art und Weise geeicht, ausgerichtet an den Werkzeugen und Wünschen männlicher Sexualität. Halten diese großen, haarigen Ledermachos, die mit Riemen um die Schwänze und Gummiröhren in den dunklen Gassen in Magazinen posieren, sich etwa für unterdrückt? Jammern schwule Männer, die sich für eine Nacht im Club aufdonnern, vielleicht über den widerwärtigen Sexismus, der auf ihrer Attraktivität besteht, damit sie wie Schlachtvieh angeglotzt werden? Nicht die Spur.

In meinen Träumen stelle ich mir manchmal eine Welt vor, in der Frauen Spaß am Sex haben: eine Welt Heterosexueller, die durch Parks und über Promenaden tigern, heterosexuelle Bars, heterosexuelle Dark Rooms, heterosexuelle Kinos, heterosexuelle Stadtviertel, wo Frauen auf der Suche nach erotischen Zufallsbekanntschaften umherstreifen. Ein solches Bild ist nur in den Fantasien des eigenen Schlafzimmers vorstellbar, ins Leben gepresst von einer wütenden Faust und ein paar grunzenden Zuckungen. Wenn Frauen Sex so nötig hätten wie Männer, dann – duck dich, Ted, und renn um dein Leben – liefen nicht so viele Vergewaltiger in der Gegend herum.

Wir leben aber nun einmal in dieser Welt, und Anthropologen und Zoologen können uns zweifellos versichern, dass es eine biologische Notwendigkeit ist, dass das eine Geschlecht immerzu auf der Suche ist und das andere sich meistens langweilt. Männer haben schließlich Möglichkeiten der Ersatzbefriedigung für die Qualen ihrer ewig unerfüllten Wünsche. Im Großen und Ganzen regieren wir die Welt, kontrollieren die Wirtschaft und protzen mit lächerlichem Zurschaustellen unserer Selbstüberschätzung. Das meine ich nicht als Gemecker. Ich möchte nur, dass diese einfache Wahrheit verstanden und offen gesagt wird: Männer stehen auf Sex und Frauen nicht. Das muss man akzeptieren, und damit muss man leben.

Dass Frauen diese so offensichtliche Tatsache permanent leugnen, hilft absolut nicht weiter. Sobald ich sie meinen weiblichen Bekannten zu erklären versuche, streiten sie sie ab; sie behaupten, regelmäßig zu masturbieren; sie behaupten, dass die Vorstellung eines guten, anonymen Ficks sie total anmache; sie behaupten, dass sie vor wenigen Tagen erst einen Mann gesehen haben, dessen Hintern sie ein wenig an Mel Gibson erinnert hat und dass sie sich deswegen richtiggehend nassgemacht haben. *Vor wenigen Tagen?* Was ist mit *voriger Minute?* Was ist mit jeder einzelnen verfluchten, verdammt und zugenähten Minute jedes einzelnen verdammt und zugenähten verfluchten Tages? Schnallen die einfach nicht, dass Frauen die Champagnerkorken knallen lassen und die Tatsache begießen sollten, dass sie keine geifernden Tölen sind wie die Männer, dass sie in dem biologischen Glück schwelgen sollten, welches ihnen erlaubt, rationale Kreaturen zu sein, die über die Vorzüge der Partnerschaft mit einem Mann nachdenken können, über Mutterschaft und Arbeit und Freundinnen ... die einfach *denken* können, im Gegensatz zu uns armen Schweinen, die wir ganze Tage, die besser mit Arbeit und erhabenen Gedanken verbracht würden, damit zu tun haben, unter dem Gummiband unserer Unterhosen wund geschwollene Schwänze zurechtzurücken, wann immer ein Paar Titten vorbeitapert? Natürlich juckt es auch Frauen dann und wann, andernfalls gäbe es uns nicht als Rasse; natürlich bringen sie eine genitale Ausrüstung mit, die empfindlich genug ist, um sicherzustellen, dass Sex, wenn sie sich mal darauf einlassen, Schauer der Lust, Schreie des Entzückens und den ganzen schmutzigen Rest hervorrufen kann. Aber sie, die glücklichen, glücklichen Wesen, sind nicht auf immer und ewig *hungrig,* auf immer und ewig *verzweifelt,* sehnen sich nicht auf immer und ewig nach der einfachen körperlichen Tatsache, verdammt noch mal abzuspritzen. Ich meine, Tatsache ist doch, es ist jetzt, wo ich das hier schreibe, siebzehn Uhr, und ich habe mir heute schon zweimal einen runtergeholt. Einmal als Allererstes unter der Dusche und einmal kurz nach dem Mittagessen, bevor ich mich hier rangesetzt habe. Jede ehrliche Hure kann Ihnen mit dem Mitgefühl einer Krankenschwester erklären, dass Männer, die armen Hascherls, ihren Samen einfach verspritzen müssen. Warum Frauen in der Angelegenheit dieses derben Imperativs Gleichheit beanspruchen, ist mir zu hoch.

Aus beruflichen Gründen habe ich eine große Anzahl berühmter Männer getroffen, Männer mit gutem Ruf. Sehen Sie, die, die ich gut genug kennen gelernt habe, um bis in die frühen Morgenstunden bei einer Flasche Whisky mit ihnen herumzusitzen, haben mir ausnahmslos anvertraut, das eigentliche Motiv hinter ihrem Ehrgeiz, berühmte Schauspieler, Politiker, Schriftsteller oder was weiß ich zu werden, sei die Hoffnung gewesen, irgendwo tief in ihnen drin, dass Geld, Berühmtheit und Macht es ihnen ermöglichen würden, leichter flachgelegt zu werden. Whisky vermag die Schichten zu durchätzen, die diese schlichte Wahrheit verhüllen: der Ehrgeiz, seine Sache gut zu machen, der Herzenswunsch, die Welt zu verbessern, das Bedürfnis, sich Ausdruck zu verschaffen, die Berufung zu dienen … all diese ehrenwerten und fast schon glaubwürdigen Motive überlagern das arschnackte Faktum, dass man, wenn's drauf ankommt, immer nur das eine will.

Das bin ich dem Whisky schuldig. Ein Drink, dem nicht viele Frauen meines Bekanntenkreises ergeben sind, aber mich hat er gerettet. Ohne ihn wäre ich eine noch verlorenere und verstörtere alte Fotze als so schon. Wären diese langen, scotchgetränkten Nächte nicht gewesen, wäre ich in der Überzeugung durchs Leben gegangen, schmutzig ohnegleichen und gefährlich ohnegleichen zu sein. Der Ruin einer vielversprechenden Karriere, der gelegentliche Krach mit der Polizei und die Zerstörung einiger Ehen sind der Preis, den der Whisky mir abverlangt hat, wofür er mir zu sehen erlaubte, dass ich nicht allein war: verdammt anständiger Deal.

Aber … genug davon. Manchmal lass ich mich hinreißen. Wenn Sie zugkräftige Theorien über die Geschlechter und den ganzen Kram suchen, finden Sie in jedem Buchladen ganze Regale voll, die sich nichts anderem widmen. *Wenn Männer zu sehr verleumden, Verleumdungsbriefe von Frauen an Männer, die zu sehr verleumden,* Reaktionen auf Reaktionen auf Gegenreaktionen: wie in den Tagen des Kalten Krieges; jede Veröffentlichung der anderen Seite wird gelesen, jede Haltung analysiert, jedes Zucken des Netzes aufgespürt und jede kulturelle Veränderung eifrig studiert. Es gibt weiß Gott genug Kolumnisten, Kulturkommentatoren und Halbgebildete, um die Industrie der Geschlechterkriege auf immer und ewig aufrüsten und nachrüsten zu lassen. Egal, niemanden kümmert es einen Dreck, was ein Haufen minderbemittelter Journalisten über Gott und die Weiber zu sagen hat.

Nein, ich furze Ihnen diese Flachpfeiferei ins Gesicht, weder weil sie wichtig oder neu wäre noch weil ich mich in eine fruchtlose Debatte darüber einschalten möchte, sondern damit Sie meine Laune und Stimmung an jenem Tag etwas besser verstehen, an dem Jane mich auflas und nach Kensington verschleppte. Ihre Mutter Rebecca, hatte ich sagen wollen, bevor ich mich auf mein Steckenpferd schwang und ein paar Absätze lang davongaloppierte, war wahrscheinlich die einzige Frau, die ich je getroffen habe, die Sex um seiner selbst willen zu genießen schien, mit einem Appetit und Hunger, die dem männlichen Begehren vergleichbar waren. Und sie war die einzige Frau, die ich je getroffen habe, die am liebsten Whisky trank. Vielleicht gibt's da einen Zusammenhang.

Janes Haus fand sich irgendwo in der Nähe von Onslow Gardens. Sie hatte Geld in ihrem Beutel, keine Frage, bestimmt eine kleine Aufmerksamkeit ihres Onkels Michael, und wie jedes reiche, unbedarfte Gör heutzutage sah sie sich als Innenarchitektin.

»Die Leute haben gesehen, was ich aus der Wohnung gemacht habe«, sagte sie, als das Cab vor dem üblichen South-Kensington-Portal aus weißen Säulen hielt, »und mich gefragt, ob ich ihnen nicht auch etwas Beistand leisten könnte.«

Das Interieur entsprach meinen schlimmsten Befürchtungen. Scheußliche Girlanden mit Volantbordüren als Vorhänge, Rohseide anstelle von Tapeten, Sie können sich das ganze ausgelutschte Tohuwabohu bestimmt selbst vorstellen. Von so barbarischer Hässlichkeit, dass es das lauteste Testament eines hohlen und leeren Lebens herausschrie, das mir je untergekommen ist. Was für ein hundsmiserabler Nichtstuer, wie verdammt gelangweilt muss jemand sein, fragte ich mich, der sich hinsetzt und opulenten Müll dieses Ausmaßes zusammenfantasiert? Sie stand mit hochgezogenen Augenbrauen mitten im Zimmer und wartete auf meine gurgelnden Bewunderungsschreie. Ich holte tief Luft.

»Das hier ist eins der widerlichsten Zimmer, in denen ich in meinem ganzen Leben gestanden habe. Es ist genauso scheußlich, wie ich erwartet hatte, und genauso scheußlich wie die zehntausend Zimmer, die man trifft, wenn man hier im Kreis pisst. Es beleidigt das Auge und bildet den schändlichsten Cocktail aus überschätzten Klischees, der sich außerhalb von Beverly Hills finden lässt. Ich würde meinen Arsch so wenig auf diesem Sofa mit seinen kunstvoll sich beißenden und dynamisch drapierten Kissen platzieren, wie ich Hundekot fressen würde. Ich gratuliere zur Verschwendung einer kostspieligen Erziehung, einer Bank voll Geld und deines ganzen jämmerlichen Lebens. Und tschüss.«

Das hätte ich gesagt, hätte ich nur zwei Fingerbreit mehr Whisky intus gehabt. Stattdessen schaffte ich ein ersticktes: »Mein Gott, Jane …«

»Gefällt's dir?«

»Gefallen ist das falsche Wort … es ist, es ist …«

»Ich hab mir sagen lassen, ich hätte ein Auge dafür«, räumte sie ein. »›Homes and Interiors‹ war letzte Woche zum Fototermin hier.«

»Kann ich mir vorstellen«, sagte ich.

»Du hättest den Laden sehen sollen, bevor ich eingezogen bin!«

»Dieses Gefühl für Licht und Raum«, seufzte ich. Immer auf Nummer Sicher.

»Männer wissen so was im Allgemeinen nicht zu schätzen«, sagte sie anerkennend und ging zur Bar hinüber.

»Sieh zu, dass du Land gewinnst du arme alte Schlampe«, befahl ich mir, während meine feige ausgebreiteten Arme verkündeten: »Selbst ein Mann muss angesichts dieser gekonnten, geschmackvollen Komposition des Exotischen mit dem Einheimischen doch einfach zu Boden gehen.«

»Du hattest Macallan, habe ich gesehen«, sagte sie. »Ich hab auch Laphroaig, falls du den bevorzugst.«

»Nein, nein, der Macallan ist in Ordnung.«

Sie brachte die Drinks mit, zog ein Bein unter den Körper und sank auf eine Ottomane, die auf debile Weise mit einem Muster bezogen war, das sich, wie ich annahm, als von einem Leichenhemd der Maya oder einem mystischen Menstruationstuch aus Bali inspiriert herausstellen würde. Die große Absicht hinter dieser elenden Episode kultureller Vergewaltigung und den anderen, nicht minder hinfälligen, nicht minder unangebrachten Spielereien, die dieses erschreckende Zimmer verunstalteten, war, dachte ich mir, dass Jane sich dort ausstellte, umgeben von Freunden, deren Spektrum von Trinkgewohnheiten die aneinander gereihten, unglaublichen Mengen unangebrochener Liköre, Aperitifs und Schnäpse plausibel machte, während sanfte, gleichwohl tiefsinnige Konversationsfetzen wie Federbälle durch den Raum flogen. Stattdessen saß sie da, zitterte immer noch wie ein Backfisch, einzig in Gesellschaft eines Mannes, der heruntergekommen und weg vom Fenster war, aber einst ihre Eltern gekannt hatte. Und der wünschte sich trotz der angebotenen Gallonen Gratiswhisky meilenweit weg.

Sie schwenkte ihren Drink im Glas.

»Als Erstes solltest du wissen«, sagte sie endlich, »dass ich im Sterben liege.«

Oh. Klasse. Super. Einfach genial.

»Jane …«

»Es tut mir Leid.« Sie zündete sich mit ruckartigen Bewegungen eine Zigarette an. »Das war nicht besonders feinfühlig.«

Konnte man nicht sagen. Niemand versteht anscheinend, dass in solchen Angelegenheiten Takt und Mitgefühl von dem Sterbenden kommen sollten und nicht von dem armen Schwein, das das zu hören bekommt. Allerdings war sie bei mir an der richtigen Adresse. Ich war dem Tod zu oft begegnet, als dass ich mit seinen Formen noch zimperlich umgesprungen wäre.

»Bist du ganz sicher?«

»Die Ärzte sind einer Meinung. Leukämie. Ich habe keine Remissionen mehr.«

»Das haut mich um, Jane. Es tut mir sehr Leid.«

»Danke.«

»Angst?«

»Nicht mehr.«

»Ich nehme an, keiner weiß, wann Sense ist?«

»Bald, sagen sie … im Lauf der nächsten drei Monate.«

»Nun, mein Schatz. Wenn du mit deinen Feinden Frieden geschlossen und deinen Freunden Lebewohl gesagt hast, solltest du nicht allzu traurig darüber sein, die Party vorzeitig zu verlassen. Wir leben in einer verpfuschten Welt und einem verpfuschten Zeitalter, und bald genug treffen wir dich sowieso wieder.«

Sie lächelte dünn. »So kann man's auch sehen.«

»Nur so.«

Jetzt, wo ich Bescheid wusste, sah ich es ihr natürlich an. Es lag im Glanz ihrer Augen und der Straffheit und Blässe ihrer Haut. Auch der knochige Körperbau, den ich als die Pseudo-Anorexie eines neurotischen, reichen Mädchens gedeutet hatte, ging in Wirklichkeit wohl aufs Konto der Krankheit.

Sie lehnte sich zurück und atmete aus. Jetzt produziert sie sich nur, dachte ich. Mir erschien dieses Ausatmen als bewusste Demonstration der Reife und Weisheit, die das Todesurteil ihr verliehen hatten, das »die Dinge in ein anderes Licht rückte« und sie eigenartig frei gemacht hatte.

»Ich meinte eben, ich hätte keine Angst«, sagte sie, »und das stimmt. Aber am Anfang hatte ich sie. War einfach hysterisch. Sag mal ...«

»Ich höre.«

»Ich weiß nicht, wo ich anfangen soll. Was hältst du ... was hältst du von Geistlichen?«

Ich sackte zusammen. Jetzt geht's los, dachte ich. Jetzt geht der Scheiß also los. Das Handauflegen. Wenn keine Gottesbarden, dann ätherische Öle; wenn keine ätherischen Öle, dann Akupunktur; wenn keine Akupunktur, dann Kräuter; wenn keine Kräuter, dann durchscheinende Kieselsteine und esoterische Blattscheiden.

»Geistliche ...«, sagte ich. »Beziehst du dich auf die kattolnische oder die anglikanische Sorte?«

»Ich weiß nicht. Ich nehme an, du bist Atheist?«

»Manchmal falle ich vom Unglauben ab, aber im Grunde ja. Ich versuche, nicht darüber nachzudenken. Die Aasgeier in Soutane kreisen schon über dir, ja? Kämpfen um das Recht, deine Seele weißnagen zu dürfen?«

»Nein, nein … darum geht's nicht. O je …«

Sie stand auf und ging umher, während ich sitzen blieb, mich an den Whisky klammerte und wartete. Ich dachte über das Leben als Restaurantkritiker nach, fragte mich, ob ich noch Keime einer herbstblühenden Lyrik in mir spürte, und überlegte mit der Intoleranz der unheilbar Gesunden, dass Leukämie ein Leiden sei, von dem ich mich ohne weiteres lösen könnte. Reiß dich zusammen, Weib, und vertreib's dir mit Joggen, dachte ich. Wenn du nicht imstande bist, ein paar weißen Blutkörperchen zu verklickern, dass sie die Mücke machen sollen, ist es auch nicht schade um dich.

Endlich drehte sie sich um und schien zu einem Entschluss gekommen zu sein.

»Folgendes«, sagte sie, »es ist etwas Merkwürdiges vorgefallen. In meiner Familie. Ich verstehe es nicht, aber es könnte dich interessieren, glaube ich. Als Schriftsteller.«

»Ach ja?« Wenn Leute jemals sagen, »als Schriftsteller wird dich das faszinieren«, bereite ich mich auf dröhnende Langeweile und lähmende Banalität vor. Außerdem, was für ein Schriftsteller war ich denn? Sie versuchte, mir Honig ums Maul zu schmieren, damit ich aufpasste.

»Ich dachte, da du vorübergehend … äh … *unbeschäftigt* bist, könntest du so lieb sein und mir vielleicht helfen. Etwas zu untersuchen.«

»Nun, meine Liebste, ich weiß nicht genau, was dir dabei vorschwebt. Ich bin nicht gerade das, was man unter investigativen Journalisten versteht. Ich bin genau genommen überhaupt kein Journalist. Ich kann mir wirklich nicht vorstellen, was ein gescheiterter Lyriker, gescheiterter Romancier, gescheiterter Theaterkritiker und nur bedingt erfolgreicher Scheiterer dir womöglich zu bieten hätte.«

»Immerhin kennst du die Betroffenen, weißt du, und ...«

»Wow!« Ich hob die Hand. »Jane. Schatz. Engelchen. Mausi. In saftigeren Zeiten haben deine Mutter und ich einen weggesteckt. Das ist alles. Ich hab sie seit Ewigkeiten nicht mehr gesehen. Vor über zwanzig Jahren hat sie mich in einem Wirbelsturm aus geschleuderten Tauftorten und wüsten Beschimpfungen verabschiedet.«

»Ich meine nicht Mummy, ich meine ihren Bruder.«

»*Logan?* Du meinst Logan? Herrgott im Himmel, Weib ...« Ich wollte noch einiges loswerden, aber der Husten war über mich gekommen, was er jetzt öfter tat. Es geht mit einem Kitzeln in der Kehle los und kann sich, obwohl ich mich mit meinem Urteil zurückhalten sollte, zu einer ganz schön beeindruckenden Darbietung auswachsen. Etwas zwischen einem kotzenden Esel und einer explodierenden Puddingfabrik. Jane sah ohne Mitleid zu, wie ich keuchte und mich langsam zu verhältnismäßiger Ruhe schnaufte. »Du kanntest ihn«, wiederholte sie, »du kanntest ihn besser als die meisten anderen. Und du bist, vergiss das nicht, Davids Patenonkel.«

»Also«, ächzte ich und wischte mir die Tränen von den Wangen, »was das angeht, hab ich nichts vergessen. Hab ihm vor 'n paar Wochen erst ein Konfirmationsgeschenk geschickt. Bekam den reinsten Heiligenkringel zur Antwort.«

»Er hat dir *Gebäck* geschickt?«

»Nein, einen Götterkopfputz, einen ... ach, vergiss es.«

Keiner versteht mehr Englisch.

»Von *Davids* Konfirmation wusstest du, von meiner nicht.«

Herrgott, was für eine greinende alte Zimtzicke.

»Ich hab dir doch gesagt«, versetzte ich geduldig, »dass deine Mutter nichts mit mir zu tun haben will. Ich habe sie vor drei oder vier Jahren in Swafford gesehen und habe damals gemerkt, dass sie mir noch immer nicht vergeben hat. Dein Onkel Michael hingegen hat ein großes Herz.«

»Und ein noch größeres Bankkonto.«

Da erübrigte sich jede Antwort. Es war richtig, dass Michaels Freundschaft mir sehr viel bedeutete und die seiner Schwester Rebecca keinen Deut, aber ich redete mir ein, Geld sei dabei nicht alles. Andererseits redete ich mir auch ein, dass die Welt Dichter verehrte und dass es eines Tages keine Kriege mehr geben würde und dass alle Fernsehstars von einem tödlichen Virus dahingerafft würden. Zwischen dem, was ich mir einredete, und dem, was kalt und objektiv der Fall war, fiel ein verflucht riesiger Schatten.

»Ich möchte, dass du das als Auftrag betrachtest. Ich bin keine sonderlich reiche Frau …«

Nein, natürlich nicht, woher auch? Das hast du alles für Lalique-Flacons auf den Kopf gehauen, für peruanische Geburtstücher und namibische Lippenjuwelen, du blöde Kuh.

»… aber ich könnte dir hunderttausend jetzt geben und den Rest … entweder später oder dir in meinem Testament vermachen.«

»Einhunderttausend?« Ich erblickte mich in dem kunstvoll dunstvoll angelaufenen Spiegel über dem Kaminsims. Ich sah eine Meerbarbe, gaffend, stieläugig, knallrot und sehr, sehr gierig.

»Alles in allem eine Viertelmillion.«

»Eine Viertelmillion?«

»Ja.«

»Du meinst keine *Lire,* oder? Ich meine, du redest wirklich von britischen Pfund?«

Sie nickte feierlich.

»Ich weiß nicht ... Jane ... eine Viertelmillion ist eine Menge Geld und, ich will's dir nicht verhehlen, ungeheuer verlockend für mich. Aber ich weiß nicht, ob ich das Zeug habe, für irgendjemanden irgendetwas zu tun, das, wenn's mit halbwegs rechten Dingen zugeht, ein Zehntel dieser Summe wert wäre.«

»Du wirst hart arbeiten müssen«, sagte Jane.

Ich sah an ihren Mundwinkeln, dass nichts, was ich sagen konnte, sie umstimmen würde. Ihr Geist war so ausgeklinkt wie ihr Gesicht zugeschminkt.

»Und du wirst schnell arbeiten müssen. Egal was du entdeckst, ich muss es wissen, bevor ich sterbe. Das heißt wenn.«

»Äh ... wenn was?«

»Wenn ich sterbe.«

»Wenn du stirbst?«

»Wenn ich sterbe.«

Wir klangen zunehmend wie eine schwer beschickerte Konjugationsklasse.

»Aber du hast doch gesagt ...«

»Nein, die Ärzte haben das gesagt, die Ärzte haben gesagt, dass ich sterben werde. Ich glaube das nicht. Genau darum geht es.«

Ja, darum ging es allerdings. Wenn sie jemals dazu kam, mir einen Scheck zu geben, wäre der höchstwahrscheinlich mit »Jessica Rabbit« oder »L. Ron Hubbard« unterzeichnet.

»Ich glaube, dass ich gerettet wurde, verstehst du?«

»Aha. Klar. Gerettet. Ja. Super.«

Sie erhob sich, ging zu einem lackierten Sekretär und zeigte das seraphische Lächeln der unwiederbringlich Durchgeknallten.

»Ich weiß, was du denkst, aber das stimmt nicht. Du wirst schon sehen.« Sie nahm ein Scheckheft aus dem Sekretär und begann zu schreiben. »Hier!« Sie riss einen Scheck heraus und fuchtelte damit in der Luft herum, ein Banner guten Glaubens, das in der Brise trocknete.

»Pass auf …«, brachte ich heraus. »Jane. Bei meiner Ehre, oder den Krümeln, die davon noch übrig sind, ich kann dein Geld nicht annehmen. Ich verstehe nicht, was ich eigentlich für dich tun soll, ich bezweifle, dass ich Manns genug bin, es zu tun, und es besteht die, um's charmant auszudrücken, rasende Gewissheit, dass dein Verstand fremdgeht. Du solltest … jemanden konsultieren.«

Was ich mit »jemandem« meinte, war mir nicht klar. Doktor, Psychiater, Priester, nehme ich an. Überschäumende Heuchelei seitens eines Mannes, der an solchen Unflat nicht glaubt, aber was zum Teufel hätte ich denn sonst sagen sollen?

»Ich möchte, dass du nach Swafford fährst. Ich möchte, dass du meinen Verwandten erzählst, du wolltest Onkel Michaels Biografie schreiben«, sagte sie und reichte mir den Scheck. »Du bist wahrscheinlich der einzige Mensch auf Erden, dem er so ein Projekt erlauben würde.«

Ich hielt einen ordnungsgemäß unterschriebenen und datierten Scheck über einhunderttausend Pfund im Schoß. Eine Filiale meiner Bank liegt in der Nähe des U-Bahnhofs South Kensington. Binnen zehn Minuten konnte ich aus dem Haus sein und einen Einzahlungsschein ausfüllen.

»Es gibt«, sagte ich, »Berufsschreiber, die dir für einen Bruchteil dieser Summe ganze Familiengeschichten zusammentragen würden. Man nennt das Eitelkeitspublikationen.«

»Du hast es noch nicht verstanden«, sagte sie. »Du wirst keine Familiengeschichte schreiben, du wirst etwas Phänomenisches berichten.«

»Phänomenales«, murmelte ich gereizt.

»Du wirst ein *Wunder* bezeugen.«

»Ein Wunder. Verstehe. Und was genau für ein Wunder?«

Sie stockte. »Ich möchte, dass du nach Swafford fährst und deine Berichte ablieferst«, sagte sie. »Schreib mir regelmäßig. Ich bin gespannt, ob dir etwas auffällt. Du hältst mich für verrückt, aber ich weiß, dass du, wenn du hinkommst, selbst sehen wirst, was es zu sehen gibt.«

Ich verließ das Haus, walzte die Brompton Road hoch und reflektierte so eifrig wie ein beschlagener Spiegel im Sonnenschein. Jane war natürlich verrückt, aber ihr Scheck gesund und liebreizend gedeckt. Die Frage war jetzt nur, wie ich an eine Einladung nach Swafford herankam. Die Frage war, wie viel Arbeit ich für das Geld erledigen musste. Die Frage war, was für Arbeit ich für mein Geld erledigen sollte. Ich hasste das Weibsstück dafür, mir nicht erzählt zu haben, wonach ich eigentlich Ausschau halten sollte. Hätte sie mir wenigstens den kleinsten Hinweis gegeben, dann hätte ich es so einrichten können, ihre Wahnvorstellungen aufzuplustern, indem ich sie zu bestätigen schien. Aber was waren das für Wahnvorstellungen? Mein letzter Besuch in Swafford war zwar durchaus unterhaltsam gewesen, hatte aber nicht gerade Wunder offenbart.

Zwei

Lord Logan kniete zwischen seinen Söhnen und zeigte auf den Turm. David blickte hoch. Durch den Abendnebel sah er das Zifferblatt, frisch gestrichen in Gold auf blauem Grund.

»Ganz toll, Dad«, sagte Simon gerade. »Ist das echtes Gold?«

Lord Logan lachte.

»Vergoldet.«

»Im Salon ist es aber Gold. Hast du selbst gesagt.«

»Im Salon ja.«

»Und im chinesischen Zimmer, Dad, und in der Kapelle?«

»Blattgold.«

»Blattgold«, wiederholte Simon zufrieden. »Die Dekorateure haben mir das Buch gezeigt. Jede einzelne Seite war aus reinem Gold.«

David verdrehte die Augen. Das elektrische Licht verwob den Nebel um die Uhr herum zu einem gelben Ball, der über den Stallungen schwebte.

»Also«, sagte Lord Logan. »Wie spät ist es?«

»Äh, also«, sagte Simon und legte die Hand hinter die Ohren.

Auch David schaute empor und sah, dass es etwa eine halbe Minute vor zehn war. Im Kopf ließ er den Countdown beginnen.

Lord Logan zog die Knaben an sich und machte mit der Zunge ein Tick-Tack-Geräusch. Er spürte Davids warme Hand in der einen und Simons kalte in der anderen.

David wartete auf das schleifende Surren, das dem Schlagen immer voranging. Eins der großen Jagdpferde stampfte im Stall, und in der Ferne hörte David das Jaulen der Beaglewelpen in den Hundezwingern.

Die Uhr gab keinen Ton von sich. Sie standen nicht direkt vor ihr, daher nahm David an, dass ihr Winkel den Zeiger weiter fortgeschritten erscheinen ließ, als er wirklich war. Er fing einen neuen Countdown bei zehn an. Simon hatte gesagt, dass man die Sekunden genau zählen konnte, wenn man zwischen zwei Zahlen immer das Wort »Alligator« einschob.

»Zehn Alligator, neun Alligator, acht Alligator, sieben Alligator, sechs Alligator ...«, sagte David bei sich.

Simon nahm die Hände von den Ohren.

»Dad!«, sagte er vorwurfsvoll. Er hatte erst in diesen Ferien von Daddy zu Dad gewechselt und gefiel sich dabei, das neue Wort so oft wie möglich zu benutzen.

»Seht ihr?« Lord Logan hüpfte vor Vergnügen auf und ab.

In welchem Winkel sie auch zur Uhr standen, es bestand kein Zweifel mehr daran, dass es jetzt deutlich eine Minute nach zehn war.

»Aber ich *mochte* das Schlagen«, sagte Simon.

»Ja, versteht ihr denn nicht? Wir haben einen Mechanismus eingebaut. Tagsüber schlägt sie weiterhin, aber nicht nach Einbruch der Dunkelheit.«

»Klasse! Das ist klasse, Daddy!«

»Jemand musste ja was machen. Die Zwillinge sind pünktlich zu jeder vollen Stunde aufgewacht.«

»Wem sagst du das, Dad«, sagte Simon. »Du weißt doch, mein Zimmer liegt auf demselben Flur.«

»Ja, richtig«, sagte Lord Logan, stand auf und klopfte sich mit dem Handrücken die Knie ab. »Da ist noch etwas. Komm, David, du bist nicht zu schwer … hepp!« David sprang seinem Vater auf die Schultern, und sie gingen zum Haus zurück. »Jetzt wo du dreizehn bist, Simon, sollten wir dich aus dem Kinderzimmer rausholen und dir ein ordentliches Schlafzimmer besorgen, findest du nicht?«

»Oh, Mann«, sagte Simon.

»Ich meine, wenn du Weihnachten zu den Schützen gehörst.«

»Daddy!« Simon trat vor Begeisterung nach Kieselsteinen. »O Mann, Mannomann!«

Lord Logan rückte David im Huckepack zurecht.

»Puh! Ich werd langsam zu alt für so was, Davey.«

Aber David wusste, dass er, obwohl er bald zwölf wurde, klein und leicht war für sein Alter und dass sein Vater ihn ohne zu murren fünf Meilen weit hätte tragen können.

Vierzehn Tage später lag David auf seinem Bett und starrte an die Decke, genauso wie in der vorigen Nacht. Die vorige Nacht war der Weihnachtsabend gewesen, wenn alle Kinder wachliegen, um ihre Väter zu überraschen. Obwohl Simon behauptete, dass Lord Logan gar nicht selbst kommen würde.

»Podmore muss sich umziehen und sie in unsern Zimmern abladen.«

»Nein, ich wette, es ist Daddy. Dem macht das Spaß.«

David hatte es nicht geschafft, lange genug wach zu bleiben, um das herauszufinden. Aber heute Nacht würde er auf jeden Fall wachbleiben. Er musste einfach.

Der nagelneue Wecker, ein Weihnachtsgeschenk von Tante Rebecca, tickte auf seinem Nachttisch.

Halb zwei.

Das Wichtigste war, dass die Zwillinge nicht wach wurden. Die waren jetzt ein gutes Jahr alt und hatten, nachdem die Stalluhr zum Schweigen gebracht worden war, angefangen durchzuschlafen, wie das Kindermädchen es nannte. Aber bei den Zwillingen wusste man nie. Die waren immer imstande, Lärm zu machen. Damit sie besonders müde würden, hatte David am Vorabend eine Stunde damit verbracht, sie in ihren Bettchen zu vergnügen. Er hatte Grimassen gezogen und mit Buntstiften Bilder für sie gezeichnet, Lieder gesummt und war wie blöde durchs Zimmer gehopst, bis die Zeit für den Gutenachtkuss gekommen war.

»Sie wirken so erhitzt, Sheila.«

»Ja, Lady Anne. David hat sie aufgeregt.«

»Davey?«

»Ich hab ihnen bloß was vorgelesen, Mummy.«

»Aha. Komischer Junge. Macht nichts, dann schlafen sie wenigstens. Nicht wahr, meine Lieblinge? Gute Nacht, Edward. Gute Nacht, James.«

Viertel vor zwei.

David stand auf, zog eine dunkelbraune Kordhose über seinen Schlafanzug und schlüpfte in den marineblauen Rollkragennicki, den er in der Schule beim Sport trug, schließlich noch eine Wollmütze und schwarze Turnschuhe, auch aus der Schule.

Als er sich im Spiegel sah, überlegte er, ob er sein Gesicht mit Schuhcreme einschmieren sollte, entschied sich aber dagegen. Es wäre einfach katastrophal, wenn er sie nicht wieder abkriegte und am nächsten Morgen alle die Spuren sähen.

Zwei Uhr.

Er sah aus dem Fenster. Immer noch trocken. An sich eine klare Nacht, fast kein Nebel. Das bedeutete ordentlich harten Frost, und das bedeutete keine Fußabdrücke. Gott war auf seiner Seite. Gott und die Natur.

David ging zum Bett zurück, schüttelte ein Kopfkissen aus dem Bezug, legte diesen sauber zusammen, schob ihn sich unter den Nicki und befestigte ihn unter dem Gummiband von Schlafanzug und Hose.

Er ging zur Tür und schlich hinaus auf den Flur.

Die gegenüberliegende Tür zum Zimmer der Zwillinge war offen; ein Zwanzig-Watt-Nachtlicht warf einen schwachen gelben Schimmer in den Durchgang. David hörte, wie die Zwillinge im Gleichtakt atmeten.

Als er an der Tür zu Simons altem Zimmer vorbeikam, presste David sich enger an die Wand, um eine lockere Diele in der Mitte des Gangs zu vermeiden. Das Kindermädchen war zwar die einzige Erwachsene, die in der Nähe schlief, wachte aber beim geringsten Laut auf, also musste er furchtbar vorsichtig sein.

Zentimeterweise schob David sich an der Wand entlang zur Flurtür hin, die ins Hauptgebäude führte. Tagsüber konnte man im Kinderflügel Ball spielen, Schränke zuknallen, rufen und schreien, ohne dass einen jemand hörte, aber nachts wurde jeder Ton verstärkt. Allein sein Atem schien fürchterlichen Krach zu machen. Die Wände, der Teppich, das Dach, die Heizungsrohre, alles war in Bewegung, klickte und summte wie Teile einer Maschine.

Er öffnete die Tür. Ein schwacher Geruch von Zigarrenrauch hing in der Luft und das gewichtige Ticken einer Standuhr. Der Nordkorridor lag vor ihm und dahinter die Treppe. Geräuschlos ließ David die Tür hinter sich zuschwingen und schlich mit Schritten voran, die den Siebenmeilenstiefeln der Verstohlenen alle Ehre gemacht hätten. Er wusste nicht mehr genau, wie viele Gäste im Haus waren; mindestens zwölf, dachte er, und weitere zehn oder elf kamen morgen zur Jagd. Um auf Nummer Sicher zu gehen, musste er an allen Schlafzimmern so vorbeischleichen, als litten ihre Bewohner an Schlaflosigkeit.

Er ging jetzt wieder die Mitte des Korridors entlang, da er wusste, dass hier Vitrinen und Tischchen mit Porzellan, Silber und Gläsern an den Wänden standen, die eine Menge Lärm machen würden, wenn er gegen sie stieß.

Er hatte die Hälfte hinter sich, und der Marmorglanz der Treppe war schon vor ihm in Sicht, als ihn plötzlich ein Geraschel zum Stehen brachte. Unter der Tür des Zimmers, an dem er gerade vorbeikam, dem Hobhouse Room, war ein gelber Lichtstreifen erschienen. David stand da wie angewurzelt und versuchte, trotz offenem Mund und hämmerndem Herzen zu horchen. Er hörte das seidene Rascheln, als ein Morgenmantel angezogen wurde.

Plötzlich durchzuckte ihn die panische Erinnerung, dass der Hobhouse Room kein Badezimmer hatte. Wie wahnsinnig floh er den Korridor hinab und hielt bei der Standuhr am Ende an, wo er sich an die Wand presste. Er lehnte sich zurück und holte so ruhig Luft, wie er nur konnte, versuchte sein Atmen dem Takt der lauten, schluckenden Schläge des Pendels anzupassen, das in der Uhr neben ihm schwang.

Er hörte, wie die Tür des Hobhouse Room aufging und Schritte auf ihn zukamen.

David verstand nicht, was los war. Er wollte schreien: »Aber das Badezimmer liegt auf der *anderen* Seite!«

Die Schritte kamen näher und näher. David hielt den Atem an und kniff die Augen zusammen. Die Schwingungen der Uhr gingen ihm durch und durch, jedes Ticken wie ein elektrischer Schlag.

Die Schritte hielten. »Er sieht mich an«, dachte David. »Ich kann ihn atmen hören.«

Dann kam der Klang von Fingernägeln, die auf Holz klopften. Auf der anderen Seite der Uhr, von David aus gesehen, war eine Schlafzimmertür. Der Leighton Room, wo Tante Rebecca immer wohnte. David hörte ihr Flüstern.

»Max? Bist du das?«

Neben David antwortete eine Männerstimme, heiser und mürrisch.

»Mach auf, es ist verdammt kalt hier draußen.«

Die Tür ging auf und wieder zu.

David wartete. Lachen und andere Töne drangen aus dem Leighton Room. Er wusste, dass Tante Rebecca alle möglichen Spiele mochte. Er beschloss, einfach davon auszugehen, dass sie und der Mann, Max, eine Weile im Zimmer bleiben würden. David holte tief Luft und ging weiter Richtung Treppe.

Seine Route war sorgfältig geplant und ziemlich kompliziert. Als Erstes musste er zur Bibliothek, dann in die Küche, dann draußen durch die Waschküche zu den Stallungen und am Ende wieder durch die Küche in die Bibliothek.

Oben an der Treppe war es dunkel. David zog seine Turnschuhe aus, damit die Gummisohlen auf dem Marmor nicht quietschten. Langsam ging er hinunter und tastete beim Hinabtappen nach den Ecken der Bilderrahmen. Seine Hand fand die Ecke des letzten Gemäldes, ein riesiger Tiepolo, von dem er jeden Zentimeter kannte, sodass er jetzt sicher sein konnte, auf der untersten Stufe zu stehen. Unten wandte er sich nach links und ging schnell durch die offene Vorhalle, der kürzeste Weg zur Bibliothek.

Auf halbem Weg durch die Halle rannte er in etwas Riesiges, etwas Spitzes und Stachliges, das ihn festhielt und ins Gesicht pikste. Der Schock war so enorm, das Gefühl, sich völlig in den Klauen von etwas zu befinden, das er nur für ein Gespenst oder ein wildes Tier halten konnte, dass er unwillkürlich aufschrie; ein kurzer Angst- und Schmerzensschrei.

Im Augenblick seines Aufschreis wurde David klar, dass er bloß in den Weihnachtsbaum hineingelaufen war. Angewidert von seiner eigenen Feigheit spuckte er eine Nadel aus, trat aus dem Baum zurück und horchte. Von oben war kein Geräusch zu hören: keine Rufe, kein Ächzen im Schlaf, kein Plärren der Zwillinge, bloß ein helles Geklingel des Weihnachtsschmucks, mit dem sich der Baum von der Kollision erholte. Wahrscheinlich war Davids panischer Ausruf doch nicht so laut gewesen. Vor seinem inneren Ohr spielte er ihn noch einmal ab und stellte fest, dass es genau genommen nicht mehr als ein heiseres Keuchen gewesen war.

Den Baum vorsichtig umrundend, nahm David seinen Weg zur Bibliothek wieder auf.

In der Bibliothek war der Geruch nach Zigarrenrauch so stark, dass sich die Haare an seinen Beinen aufstellten. Warm war es auch; ein schwach oranges Glimmen im Kamin zeigte, dass das Feuer noch nicht erloschen war. David schloss die Tür hinter sich und tastete nach dem Lichtschalter.

Er blinzelte in der plötzlichen Helligkeit und sah sich im Zimmer um. Erleichtert sah er, dass die Fensterläden geschlossen waren. Keine Rechtecke aus Licht konnten auf den Südrasen fallen, die für jeden sichtbar gewesen wären, der in irgendeinem Schlafzimmer im ersten Stock aus dem Fenster sah.

Im fünften Regal, hinter Lord Logans gewaltigem Schreibtisch, stand eine elegante Reihe zwölf alter Bücher mit dem Titel *Crabshawe's History of the Countie of Norfolk.* Sie waren in sandfarbenes Leder gebunden und hatten Goldprägedruck.

David fuhr die Reihe mit dem Finger entlang, wie ein Bücherwurm im Buchladen, bis er zu Band VI kam, den er herauszog und auf den Schreibtisch legte. Er schob seine Hand in die Regallücke und suchte nach dem Hebel. Er zog kräftig daran und war schockiert vom lauten Schwirren der Feder, die die Sperre freigab. Tagsüber hörte sich der Mechanismus wie ein leises Flüstern an.

Der ganze Regalabschnitt schwang nach hinten, David schritt durch die Geheimtür und in die dahinter liegende Kammer.

Hier konnte er keinen Lichtschalter finden und musste also mit dem Licht arbeiten, das aus der Bibliothek hereinfiel. Sehen konnte er allerdings und mehr noch spüren: die Köpfe von Fuchs und Hirsch, die auf ihn herabstarrten, den leichten Duft nach Waffenöl und das Pendel einer weiteren Standuhr.

Er ging zu einem kleinen Sekretär zwischen zwei Waffenschränken an der Wand. Auf dem Sekretär lag ein großes, wattiertes Lederbuch von Smythson's in der Bond Street. *Wildbuch* stand darauf. Vorletzte Weihnachten hatte Simon es Daddy geschenkt. David wusste noch, wie aufgeregt er darum gebeten hatte, es sich anschauen zu dürfen, da er so eine Art Enzyklopädie oder Lexikon der Dschungel und Prärien erwartet hatte. Er war enttäuscht gewesen, als er herausgefunden hatte, dass es bloß leere Seiten enthielt und linierte Rubriken mit Überschriften wie »Datum«, »Art«, »Gewehre«, »Anzahl erlegt« und so weiter.

Hinter dem Wildbuch befand sich eine kleine Schublade. David zog sie auf und wühlte mit einem Finger in ihrem Inhalt, bis er – unter Gummibändern, Kunstfliegen und Mullkompressen – einen Schlüssel fand, um den sich seine Faust mit erleichtertem und entschiedenem Griff schloss. Als Nächstes war die Küche an der Reihe.

Beim Durchqueren der Halle vermied er mit großer Sorgfalt den Weihnachtsbaum. Jetzt, da er wusste, dass er dort stand, konnte er natürlich ganz deutlich sehen, dass er an der Treppe wie ein großer und zottiger Bär Wache hielt.

David erschauerte in dem plötzlichen warmen Luftzug, der ihn traf, als er die mit rotem Flanell bespannte Tür öffnete und die Stufen zur Küche hinabstieg.

Durch die hohen, halbrunden Fenster fiel Mondlicht herein; es glänzte auf den Weidenkörben, die schon für das große Frühstück bereitstanden. David ging um den Tisch in der Mitte herum, setzte sich auf einen Stuhl neben dem Herd und zog seine Turnschuhe wieder an. Sein Ellenbogen berührte ein Stück Butterbrotpapier auf dem Tisch. Er lüpfte eine Ecke des Papiers und roch geräucherten Schinken. Sofort zog sich seine Kehle krampfartig zusammen. Er wandte sich ab und atmete tief durch, musste aber trotzdem sein Gesicht in der Armbeuge verbergen, um das Geräusch trockenen Würgens zu ersticken. Nach einer Weile stand er auf und wischte sich die Tränen aus den Augen.

Am hinteren Ende der Küche befand sich eine Tür, die zur Waschküche und zu den Vorratskammern führte. David ging hinüber und knipste das Licht an.

Die Anlage des Kühlraums summte, vom anderen Ende des Korridors kam eine große schwarze Katze auf ihn zu und dehnte beim Gehen die Beine.

»Pst!«, sagte David.

Die Katze schmiegte sich an seine Beine und fing zu schnurren an.

»Na, dann komm«, sagte David, und die Katze begleitete ihn zur Speisekammertür.

Das zweite Regal der Speisekammer enthielt, ordentlich aufgereiht, Zucker, Mehl, Backpulverdosen, Hefepackungen, Gelatinebeutel, Gewürze, Tortendekorationen und Kartons mit Succade und Zitronat, alles in riesigen Großhandelspackungen. Auch Servietten für Kindergeburtstage gab es da, Schachteln für Baisergebäck, Konfettitüten, Geleeschalen aus Wachspapier und Keksdöschen für Spielzeugläden.

David zog den Kissenbezug unter seinem Nicki hervor und begann ihn zu füllen. Für die Katze legte er ein Stück kandierte Angelika auf den Boden, aber die schnupperte nur, hob eine Pfote und stolzierte voller Ekel hinaus.

Als der Bezug mit den richtigen Sachen voll war, verließ David die Speisekammer, schaltete das Licht im Gang aus und ging zurück in die Küche.

Mit dem Bezug über der Schulter wie der Weihnachtsmann verließ er das Haus durch die Hintertür.

Er ging durch die Nacht, vor Mund und Nase bildeten sich Kondenswölkchen. Er war glücklich und fühlte sich zum Bersten voll Energie und Vitalität.

Das Nebengebäude, auf das er zustrebte, hatte einst zum Waschkomplex gehört und lag zwischen den Stallungen und dem Cottage des Wildhüters. Simon nannte es jetzt das »T und L«-Zimmer, für Treiber und Lader.

Der Mond, der strahlend am sternenübersäten Himmel stand, schien auf die Tür und erleuchtete das eiserne Vorhängeschloss mit einem Silberschimmer. David holte den Schlüssel aus der Tasche und öffnete das Schloss.

Weit entfernt im Gestrüpp und Unterholz regten sich Fasane in ihren Nestern. Kaninchen flohen vor belfernden Fähen, Eulen stießen auf umherhuschende Wühlmäuse herab, und hinten im Garten spielte die schwarze Katze, die, von David unbemerkt, mit ihm aus der Küche geschlüpft war, mit einer sterbenden Maus in den Pfoten.

Auf einer Kiste mit der Aufschrift »Eley« saß David breitbeinig vor der Maschine. Er schob den Messinghebel zurück und summte eine Melodie vor sich hin, während er die Fußhebel bediente.

11

Simon sprang gleichzeitig mit Soda, seiner Spanielhündin, aus dem Range Rover und suchte in den Treibermassen nach seinem Bruder. Endlich sah er David ein Stück abseits stehen, wie er einem Labrador über den Kopf strich. Auf einen Pfiff von Henry, dem Burschen des Wildhüters, drehte der Hund sich um und rannte zur Gruppe der Hundeführer, die sich auf den Aufbruch vorbereitete. David, der Gesellschaft beraubt, sah in Simons Richtung hoch. Sofort tat Simon so, als suche er den Himmel ab und schnuppere den Wind.

Vor ihm lag das Schussfeld, ein langer Streifen, begrenzt von Buchen, Eichen und Ulmen. Simon schloss sein Gewehr, brachte es an der Schulter in Anschlag und zielte in die Luft über den Bäumen.

»Peng!«, flüsterte er. »Peng!«

Eine riesige Hand legte sich auf seine Schulter. »Willst du gut als Waidmann werden, kann so manches dich gefährden. Niemals richte bloß zum Spaß …«

Simon fiel ein: »… dein Gewehr wem auf die Nas. Musst du Hecken überklettern, magst du ob der Pause wettern, doch ist raus erst die Patrone, dann ist Sicherheit dein Lohne.«

Lord Logan nickte.

»Tut mir Leid, Dad«, sagte Simon und kippte sein Gewehr ab. »Ich wollte bloß … na ja.«

Sein Vater zuckte schmunzelnd die Achseln. Verschwörerisch sah er über die Schulter und zog einen Taschenflakon aus dem Mantel. »Chivas Regal«, sagte er. »Aber nur einen Schluck. Und sag deiner Mutter nichts davon.«

Der Whisky brannte Simon in der Kehle, und Tränen traten ihm in die Augen.

»Puh!«, sagte er. »Danke, Dad.«

Lord Logan schraubte den Deckel wieder zu und sah auf Simons Hündin hinab. »Whisky mit Soda«, sagte er und zwinkerte.

Simon lachte. Er war heute der einzige Schütze mit eigenem Hund. Alle anderen mussten sich auf die Vorstehhunde verlassen, um das von ihnen erlegte Federwild zu apportieren. Soda gehörte Simon, und sie würde ihm seine Beute persönlich bringen.

»Wir losen acht Stände aus und gehen zu zweit!«, rief Henry.

Lord Logan sah in Richtung des Schussfeldes, wo die Auslosung stattfand. »Hast du gezogen?«, fragte er.

Simon schüttelte den Kopf.

»Gut«, sagte sein Vater. »Lass es. Sollen die alten Kämpen es unter sich ausfechten, was? Wir postieren dich hinter Conrad.«

Simon sah enttäuscht drein. »Aber ich will an die vorderste Front!«

»Conrad ist ein lausiger Schütze. Da bist du gut aufgehoben.« Lord Logans Mund verzog sich in dem besonderen Widerwillen, den er für Heulsusen und Jammerlappen aufsparte.

Simon wurde rot. »Danke, Dad.«

»Also dann. Möge die Schlacht beginnen.«

Simon blieb ein paar Schritte zurück, um den Eindruck beobachten zu können, den sein Vater bei den anderen hervorrief, als er sich jetzt zur großen Schützengruppe gesellte. Männer und Frauen wichen mit verstohlen in seine Richtung gleitenden Augen zurück. Alle lächelten. Simon wusste, dass einige von ihnen grinsten, weil sein Vater so lachhaft perfekt gekleidet war, die blitzenden Purdey-Gewehre, das funkelnagelneue Leder, der perfekt sitzende Hut von Lock's, die Pulswärmer, der Patronengürtel, der maßgeschneiderte Tweedrock und die hautengen Gamaschen, die sich unterhalb seines breiten Rumpfs verjüngten – dunkle Strümpfe über Beinlingen. Dad wusste das auch, und es war ihm egal. Er wollte von allem das Beste, das sagte er oft genug. Mummys Freunde und Verwandte trugen schäbigen alten Tweed und schmutzige Stiefel und waren auch noch stolz darauf. Dad ließ sie lächeln. Er wusste, dass sie auch aus anderen Gründen lächelten.

David war mit den anderen Treibern in das Wäldchen hinter dem Schussfeld gegangen. Die Schützen und Lader, ausnahmslos Männer, begannen ihre Positionen einzunehmen, zwei pro Schießstand. Simon ging zu einem der Lader.

»Bleib man hier; bloß 'n paar Schachteln«, sagte er.

Die Erwachsenen hatten jeder einen Lader und zwei Flinten, sodass sie mit der einen weiterschießen konnten, während die andere geladen wurde. Simon hatte zwei 12er-Schrotflinten, aber das eine war eine Bockdoppelflinte, ein Geschenk von Tante Rebecca, die als Frau keine Ahnung hatte, dass Bockflinten nicht angesagt waren; die taugten höchstens für Ausländer, bewaffnete Überfälle und Sonntagsjäger. Bei einer ordentlichen Schrotflinte mussten die Läufe nebeneinander liegen, das wusste doch jeder. Als ob das nicht schon schlimm genug war, hatte das Gewehr von Tante Rebecca ein Innenschloss statt eines Hahnschlosses, womit es endgültig unten durch war. Simon hatte es daher zu Hause gelassen, so schön und gut es für ein privates Probeschießen auch sein mochte. Er hoffte bloß, dass Tante Rebecca, die sich mit Onkel Ted und einigen Frauen und Zuschauern aus dem Dorf weiter hinten herumtrieb, nichts merkte. Simon hatte noch eine Schrotflinte, eine Vier-Zehner, mit der er aufgewachsen war und auf Krähen und Karnickel geballert hatte, aber nachdem er lange mit sich zu Rate gegangen war, hatte er sich entschieden, bloß seine zuverlässige alte Zwölferflinte mitzunehmen und selbst zu laden.

Er füllte die Taschen seiner Barbour-Jacke mit Patronenschachteln. Soda sprang um ihn herum und zeigte genau die Aufregung und Vorfreude, die Simon mühsam zu unterdrücken versuchte.

Er sah seinen siebzehnjährigen Vetter Conrad, der Stand Nr. drei gezogen hatte, und stellte sich hinter ihm auf.

»Ach du Scheiße«, sagte Conrad. »Stell dich bloß nicht hinter mich. Ich will nicht draufgehen.«

Simon wurde rot.

»Ich bin ein guter Schütze«, stieß er hervor.

»Hast auch noch 'n verdammten Hund mitgebracht, ja? Also, nicht dass er mir in die Schusslinie läuft.«

»Das wird sie nicht«, sagte Simon ungehalten.

»Will ich ihm auch geraten haben.«

»Pst!« Lord Draycott, ein älterer Herr weiter unten in der Reihe, funkelte Conrad unter einer ziemlich weit geschnittenen Schirmmütze an.

Conrad schnaubte verächtlich. »Es geht um Fasane, Herrgott noch mal! Die sind so gut wie taub.«

»Das hier sind Wildvögel, Conrad«, flüsterte der Mann neben Conrad, den Simon als Max Clifford erkannte, einen Freund seines Vaters. »Jagdvögel. Die sind schreckhaft. Nicht handzahm wie in Hampshire.«

Irgendwie klang das Wort »Hampshire« in Max' sanfter Stimme wie eine fürchterliche Beleidigung. Conrad wurde rot und wandte sich ab. Simon beruhigte sich. Soda saß brav neben ihm und hechelte leise mit heraushängender Zunge. Ruhe senkte sich über sie.

Simon flüsterte sich weiter den »Rat eines Vaters« vor.

»Halt den Mund und bleib still stehen, Wild kann hören, Wild kann sehen. Gier nicht, lieber unlädiert lass den Vogel als halbiert.«

Ein Fasanenhahn stolzierte aus dem Wäldchen ins Schussfeld auf sie zu und gackerte laut. Jemand lachte.

Simon griff in die Tasche und holte zwei Patronen heraus.

»Wenn vor deines Nachbarn Nest ein Fasan sich sehen lässt, lass von der Maxim' dich leiten: Nie die Linie überschreiten!«

Der Fasan kam weiter durch den Streifen und ruckte mit dem Hals blasiert vor und zurück.

Simon schob die Patronen in die Läufe und schloss die Flinte.

»Treiber bleiben ungesehen oftmals hinter Büschen stehen. Ruhig stets und wachsam bleib, nie schieß bloß zum Zeitvertreib.«

Der fröhliche Lauf des Fasans verlangsamte sich. Voller Zweifel spähte er umher und schien langsam eine Reihe rosiger Gesichter wahrzunehmen, braunen, grünen und rostroten Tweed und funkelnden, auf ihn gerichteten Waffenstahl. Er hielt im Stolzieren inne und reckte den Hals in glotzender Ungläubigkeit, die Simon an den schielenden Barkeeper in den Laurel-und-Hardy-Filmen erinnerte.

Simon atmete heftig durch die Nase und schluckte.

»Magst du fehlgehn, magst du töten«, flüsterte er sich zu, »ist die Einsicht stets vonnöten: Die erlegten Vogelquoten lohnen keinen einz'gen Toten.«

Der Fasan warf einen Blick zurück ins Gehölz, das er gerade verlassen hatte. Simon dachte, dem Vogel schwane etwas. Mit einem aufsteigenden, ermutigenden Ton in der Kehle, als wolle er seiner Familie und seinen Freunden hinten im Wald ein verzweifeltes Warnsignal schicken, stieg der Fasan in die Luft.

In dem Moment brachte Lord Logan ein silbernes Horn an die Lippen und stieß hinein. Tief im Wald erklang ein mächtiges Gebrüll, und die Treiber begannen zu stampfen und auf den Boden zu schlagen.

Simon leckte sich die Lippen, stieß seine Füße in eine feste Zwei-Uhr-Stellung und verlagerte das Gewicht aufs Vorderbein. Sein rechter Daumen entsicherte das Gewehr. Die anderen Schützen erhoben sich von ihren Sitzstöcken. Soda setzte sich auf.

Plötzlich war die Luft angefüllt mit Schwadronen aufsteigender Fasane. Wie heiseres Husten ertönten überall Gewehrschüsse, und Rauchwölkchen erblühten in der Luft.

Im Kopf war Simon das so oft durchgegangen. Die Vögel stiegen steil auf, um über die Bäume hinwegzusetzen, was die Position der Schützen bestimmte. Aber sie kamen so schnell: drei- oder vierhundert auf einmal. Als Simon sie sichtete, waren sie schon direkt über ihm. Er folgte einem Vogel aus der Deckung nach oben und schoss den ersten Lauf ab, kurz bevor sein Gewehr die Senkrechte erreichte. Er senkte das Gewehr auf fünfzig Grad, nahm einen weiteren Vogel ins Visier und schaffte es erneut zu feuern, wobei er auf den Schnabel zielte.

Er hatte sein Gewehr gebrochen und wollte gerade mit fahrigen Bewegungen nachladen, als ein Ruf aus dem Wald scholl.

»Ruhig, Jungs: halt, halt! Wartet mal!«

Die letzten paar Fasane flatterten vorbei, und Simon hörte Echos der letzten Salven, die von den Fenstern und Ziegelmauern des eine halbe Meile hinter ihnen liegenden Hauses zurückgeworfen wurden. Die erste Welle hatte vielleicht vierzig Sekunden gedauert, und er hatte es gerade mal geschafft, seine beiden Läufe abzufeuern. Conrad hatte vierzehn Schüsse abgegeben. Bellen und Kläffen ertönte zwischen den Bäumen.

»Such, Soda!«, rief Simon. »Such, Mädchen!«

Soda lief los und sauste ins Gehölz: Simon glaubte, mit dem zweiten Schuss einen Vogel erlegt zu haben. Soda hatte es bestimmt gesehen.

Ein Ruf erklang.

»Seht! Seht doch!«

Als der Gewehrrauch sich langsam verzog, sah Simon, dass die Luft vor ihnen anscheinend voll fallender Blütenblätter war. Die Hundeführer standen verwirrt da, ihre Hunde umkreisten sie und winselten im sie umgebenden bunten Wirbelsturm.

Hinter sich hörte Simon die Stimme von Tante Rebecca. »Das ist … meine Güte … das ist ja *Konfetti!*«

»Bravo! Reizend!«, sagte Onkel Ted.

»Schöner Mist!«, sagte Conrad.

Soda trottete mit einem Fasan im Maul aus dem Gebüsch und ließ ihn zu Füßen ihres Herrchens fallen.

Simon sah angewidert hinab. »Das ist ein Geflügelter«, sagte er. Der Vogel lebte noch, sein Schnabel öffnete und schloss sich, seine krummen, gerunzelten Beine scharrten ungestüm. Simon hob ihn auf und drehte ihm den Hals um, bis er ein Knacken hörte.

Die anderen sammelten sich um ihn.

»Was ist denn los, zum Teufel?«

»Das ist die einzige verdammte Beute!«

Simon sah entgeistert hoch, als man sich um ihn scharte.

»Wie meint ihr das?«

»Wir meinen«, sagte Conrad, »dass sonst keiner auch nur einen einzigen verdammten Vogel erlegt hat. Das meinen wir.«

Simon verstand noch immer nicht. Die erste Welle aus einer so gut bestückten Deckung wie dieser brachte normalerweise eine Beute von mindestens hundert Vögeln.

Lord Logan nahm Simon den Fasan ab. Henry, der Gehilfe des Wildhüters, eilte mit einem Ausdruck wilden Zorns und zugleich völliger Verdutztheit auf sie zu.

Lord Logan untersuchte den Fasan. Kleine silberne Kugeln steckten in seiner Kehle.

»Silberschrot?«, stieß jemand hervor. »Ein bisschen überspannt Michael, selbst für dich.«

Simon sah, wie die Augen seines Vaters unter ihren buschigen Brauen kurz aufblitzten.

»Das ist kein Schrot«, sagte er und rollte ein Silberkügelchen zwischen Daumen und Zeigefinger hin und her. »Und auch kein Silber.«

Er steckte die Kugel in den Mund und zermalmte sie mit den Zähnen.

»Zucker!«, sagte er traurig. »Bloß Zucker.«

Simon holte eine heile Patrone aus der Tasche und pulte das Ende ab. In die ausgestreckte Handfläche seines Vaters kippte er ein Häufchen aberhunderter farbiger und silberner Zuckerkügelchen, Reis und ein Konfettiklümpchen.

»Herrgott!«, sagte Conrad. »Sabsen. Die verdammten Sabsen.«

»Sabsen?«, sagte Simon. »Aber die würden doch nicht ...«

»Klar! Sabsen! Das war Sabotage, verdammt noch mal!«

Das Rufen wurde lauter und zu einem Gebrüll, das sich mit dem Glucken der Fasane mischte, die ihre Nester wieder einnahmen, es mischte sich auch mit dem tränenden, perlenden Lachen eines der Treiber, der hinter den anderen zurückgeblieben war und jetzt auf dem Boden lag, tief im Wald, vor Glück strampelte und, seiner Branche alle Ehre machend, die Fäuste ins Erdreich trieb.

Drei

Lieber Onkel Ted,

bloß eine kurze Notiz, um mich ganz herzlich für dein Geschenk zu bedanken. Ich finde es sehr schade, dass du es nicht zum Gottesdienst selbst geschafft hast, aber soweit ich weiß, hast du fürchterlich viel zu tun.

Mr. Bridges, mein Englischlehrer, hat gesagt, dass dein Geschenk eine Erstausgabe ist und dass die sehr wertvoll ist. Ich bin überwältigt von deiner Großzügigkeit. Die *Vier Quartette* habe ich noch nie gelesen, aber *Das wüste Land* haben wir fürs GCSE durchgenommen, und es hat mir ungeheuer gut gefallen, deswegen freue ich mich sehr darauf, diese neuen Gedichte zu lesen und zu verstehen. Mir drängt sich die Frage auf, ob es da wohl eine Verbindung zu Beethovens Quartetten gibt. Im Moment ist Wordsworth mein Lieblingsdichter.

Die Konfirmation war großartig. Vorher hat der Bischof von St. Alban's mit uns allen gesprochen und uns an die Feierlichkeit dieses Anlasses gemahnt. Als der Augenblick kam, wo er mir die Hand auf den Kopf legte, habe ich gemerkt, dass ich weinte. Ich hoffe, du findest nicht, dass das falsch von mir war. Ich glaube, am meisten bewegte mich die Vorstellung der Apostolischen Nachfolge. Christus legte Petrus die Hand auf, Petrus wurde Bischof von Rom und legte jedem anderen die Hand auf, der Bischof wurde. Auch wenn wir im 16. Jahrhundert mit Rom gebrochen haben, so können sich doch die Bischöfe der Church of England durch dieses Handauflegen bis auf Christus zurückführen.

Als ich die Hostie kaute, war ich überrascht, wie schmackhaft sie war. Alle hatten mir erzählt, dass sie widerlich schmeckt – wie Pappe. Mich erinnerte sie eher an das Reispapier unter Makronen. Der Wein war sehr süß, aber so ist er mir sowieso am liebsten.

Du hast gesagt, du hofftest, die Konfirmation werde halten, was ihr Name verspricht und der Gottesdienst nicht nur meinen Glauben öffentlich stärken, sondern mich auch privat festigen. Also, ich glaube, das hat er. Alle finden, dass die Welt von Jahr zu Jahr immer schlimmer wird. Es gibt mehr Verbrechen, mehr Armut mehr Korruption, mehr Leid. Ich glaube, die Gnade, über die wir im Konfirmationsunterricht oft diskutiert haben, ist wahrscheinlich das Einzige, was die Welt retten kann. Ich weiß, dass das sehr idealistisch ist, aber ich finde, logisch macht es mehr Sinn als alles andere. Gnade dreht sich darum, nach *innen* zu sehen, nicht nach draußen. Wenn alle in ihre Seelen oder Psychen oder wie man das auch nennen mag, hineinsehen würden, dann würden all die Sünden der Welt verschwinden. Wenn wir nur alle die Hände erheben und sagen würden, »Ich bin schuld an all diesen Problemen«, dann gäbe es keine Probleme.

Simon ist dieses Semester zum Hauspräfekt geworden und ist unter den ersten XV, wir sind also alle sehr stolz auf ihn. Nach der Schule will er zur Armee gehen, aber Daddy möchte, dass er versucht, nach Oxford zu kommen. Ich weiß noch nicht, was ich machen möchte, aber auf keinen Fall zur Armee. Am allerliebsten, wirklich lieber als alles andere, möchte ich ein Dichter werden wie du.

Was sonst ist es schließlich wert getan zu werden?

> Die Welt ist uns zu nahe; früh und spät;
> Im Tausch und Kauf ist unsre Kraft
>   geschwunden.
> Nichts haben wir in dir, Natur, gefunden
> Wie feile Mitgift unser Herz verschmäht!

Mit den Hausaufgaben bin ich fertig und habe gerade eine fantastische Zeile in den *Vier Quartetten* gefunden, wo es darum geht, dass die Steine eines Gebäudes das Licht nicht zurückstrahlen, sondern geradezu *absorbieren.* Ich finde, das sagt sehr viel über die Liebe Gottes.

Ich hoffe, dass du meine Liebe absorbierst und danke dir für ein wunderbares Geschenk.

Herzliche Grüße,

David
XXXX

Ich tat mein Schlechtestes, mich zu erinnern, ob ich in dem Alter auch so ein Frömmler, so ein kleiner Scheißer gewesen war, dem man in einem fort nur die

Fresse polieren wollte. Ich erinnerte mich, dass ich verbotenen Jazz gehört hatte und Leitern hochgeklettert war, um zu spechten, wie die Tochter des Hausvorstehers sich auszog. Ich erinnerte mich an alle Gefechte, Fürze und Fummeleien, die zu einer britischen Erziehung von Scheißhausstandard und Scheißhausqualität dazugehören: Ich erinnerte mich, dass ich über Ungerechtigkeit maulte, vor Leidenschaft jaulte und vor Einsamkeit faulte; ich erinnerte mich natürlich daran, dass ich Vorträge über Lyrik gehalten und versprochen hatte, die Dichter der Zukunft würden die Menschheit bei den Eiern packen und so übel zurichten, dass die gesamte menschliche Rasse um Gnade winseln würde. Aber so eine Hirnwichserei von wegen Gnade und Sünde? So ein Dünnsäureverklappen über Wordsworths Sonette? Nicht dass ich wüsste. »Vorher hat der Bischof von St. Alban's mit uns allen gesprochen und uns an die Feierlichkeit dieser Zeremonie gemahnt«, meine Güte. Wollte der scheinheilige Laffe einen Brief an seinen Patenonkel schreiben oder einen Besinnungsaufsatz für die Schülerzeitung? »Am allerliebsten, lieber als alles andere, möchte ich ein Dichter werden wie du.« Meinte er nun, dass er, wie ich, den Beruf des Dichters ergreifen wollte? Oder war er so ein Kriecher (und Idiot), dass er ein Dichter von meiner Sorte werden wollte? Beim kalten Christus und der verhedderten Dreifaltigkeit, was für ein Anus.

4 Butler's Yard
St. James's
LONDON SW 1

Lieber David,

welch ein bemerkenswerter Brief. Ich bin entzückt, dass mein kleines Geschenk so sicher ins Schwarze getroffen hat.

Auch ich fand es schade, dass ich bei deiner Konfirmation nicht zu den Gästen zählen konnte. Ich erinnere mich der meinen mit außergewöhnlicher Klarheit. Chichester ist nicht gerade die schönste unter unseren großen Kathedralen – pummelig und hässlich wie eine Kröte, um die Wahrheit zu sagen –, aber geheiligt sei sie dem Gedächtnis. Der Gottesdienst fand an einem jener Nachmittage statt, die uns nur in der Vergangenheit begegnen. Das Sonnenlicht liebkoste den Altar, die Kelche, Patenen und Kerzenleuchter, die Mitra des Bischofs und unsere Neophytenhäupter mit einem goldenen Schimmer, der darauf abzielte, auch den unbeugsamsten Atheisten unter uns in bedingungslosem Glauben wiehern zu lassen.

Der letzte Scheiß natürlich. Das Einzige, was an jenem Nachmittag im Licht schimmerte, war der Tropfen an der Nase vom Bisch.

Welche Haltung man zu diesen Angelegenheiten auch einnehmen mag, es kann doch wohl keinen Zweifel daran geben, dass das Numen, welches von einer Menschenversammlung erschaffen wird, die ein gemeinsames spirituelles Ziel eint, so greifbar ist wie der Boden, auf dem sie knien. Ob dies in einer anglikanischen Kathedrale nun aufrichtiger ist als in einem buddhistischen Tempel oder einer Salonséance bekloppter Esoteriker, das zu beurteilen schlägt nicht in mein Fach. Aber es freut mich, dass dir der alte Tom Eliot etwas gibt, den ich tatsächlich noch gekannt habe. Er hat mich als blutigen Anfänger bei Faber and Faber veröffentlicht. Sagte damals ein paar ziemlich nette Sachen über mich – allerdings sagte er am Ende nette Sachen über eine ganze Flotte untalentierter Trottel, von denen du nie gehört haben und von denen du auch nie wieder etwas hören wirst. Da war ein Mann namens Botterill, auf den er absolut abfuhr. Wer liest heute noch Botterill? Noch weniger Leute als mich, und das will was heißen.

Aber das tut eigentlich nichts zur Sache. Im Grunde wollte ich nur sagen, wie sehr mich die Empfindungen beeindruckt haben, die du mit solchem Mut und solcher Überzeugung in deinem Brief zum Ausdruck gebracht hast. Mein einziges anderes Patenkind ist deine Kusine Jane, und der Kontakt mit jener Seite deiner Familie ist, wie du weißt, abgebrochen, sodass ich mich sehr glücklich schätze, ein so intelligentes und interessantes Patenkind zu haben, mit dem es eine solche Freude ist, in Briefkontakt zu stehen. Wahrscheinlich hast du bald Ferien. Es wäre ein Genuss für mich, wenn wir uns treffen und erfahren könnten, ob wir zusammen dieser Frage von Leben und Kunst nicht auf den Grund kommen können. Ich frage mich, ob es vielleicht möglich wäre, dass ich im Sommer einige Zeit vorbeikomme und bei Euch auf dem Landsitz wohne? Wir könnten miteinander lesen, denken, reden, an stärkenden Getränken nippen und Gänseblümchen pflücken oder, wie Burns es ausdrückt, wir »zupfen am Maßliebchen zart«. Mein eigener Sohn (erinnerst du dich an Roman?) wird den größten Teil des Sommers bei der ihm gebührenden und ungebührlichen Mutter verbringen, sodass ich allein sein und intellektueller und spiritueller Reize bedürfen werde.

Unverschämt. Ted, du Plattkopp, das also ist aus dir geworden? Bei deinen Patenkindern um Landhausbesuche nassauern? Gib's doch zu, du armes altes Arschloch, der einzige »intellektuelle und spirituelle Reiz«, dessen du je bedurft hast, bestand in dem Flinkfick mit einem Hausmädchen im Gebüsch. Aber ich musste irgendeinen Weg nach Swafford finden, wenn ich mein liebes, liebes Geld verdienen wollte. Außerdem konnte die Gesellschaft eines vor sich hin träumenden Romantikers mich vielleicht so weit anekeln, dass ich selber zu neuer und knackiger Lyrik angestachelt wurde.

Also warum schlägst du das nicht deinen Eltern vor, alter Junge, und schaust mal, was sie davon halten? Ich habe dich seit Ewigkeiten nicht gesehen, und mag ich auch liederlich und schmachvoll leben, so bedeuten mir meine Versprechen am Taufbecken doch etwas. Vielleicht kann deine Jugend mich inspirieren, wieder Gedichte zu schreiben. Ich merke zunehmend, dass die Zeit und das Altern meine Kräfte haben verderben lassen und dass, wie dein Lieblingsdichter es ausdrückt, die »glänzende Vision« in der Tat »ins gemeine Licht des Tageslichts erlischt«.

Wohin ist nun die Strahlung der Vision,
Wohin die Herrlichkeit des Traums entflohn?

Peh-uh! Ich musste aufspringen und pfeifend, summend und nach der Täfelung tretend durchs Zimmer laufen, um den Geschmack des letzten Satzes wieder loszuwerden.

Also freuen wir uns auf einen Sommer der Entdeckungen und des Amusements,

dein dir herzlich gewogener Patenonkel

Ted.

O du jaulender alter Heuchler, was bist du für ein Biest, was für ein fürchterliches, grausames Biest. Welch ein riesiges, geiferndes, verruchtes und verächtliches Monster. Wie kannst du noch aufrecht gehen? Wie kannst du dir noch ins Gesicht sehen? Wie kannst du schlafen? Du grässlicher, grässlicher Mann.

Lieber Onkel Ted,

bei deinem Brief habe ich getanzt vor Freude. Mummy und Daddy wollen sich bald mit dir in Verbindung setzen. Ich hoffe, dass du wenigstens einen ganzen Monat bleiben kannst!

… so kann Natur
Den Geist in uns mit Stille und mit Schönheit

So stärken und so prägen, mit erhabenen
Gedanken nähren, dass uns üble Zungen,
Selbstsüchtiger Menschen Hohn
  und rasches Urteil,
Dies Grüßen ohne Freundlichkeit, und all
Die tristen Händel unsres Tagesablaufs
Nie übermannen oder uns den Glauben
Zerstören, dass dies alles, was wir sehn
Voll Segen ist.

Ich zähle die Tage,

in Liebe,

David XXX

11

Swafford Hall
Swafford
Norfolk

Sonntag, 19. Juli 1992

Liebe Jane,

wie versprochen, der erste Bericht aus den Mauern Trojas. Mein Brief an deinen Vetter und Patenbruder, wenn es so was gibt, wirkte wahre Wunder. Der kleine Davey hätte mir am liebsten sein Taschengeld geschickt, um die Zugfahrkarte zu bezahlen, so erpicht war er auf mein Kommen. Wenn ich nicht alles fürchterlich vermassele, bleibe ich so lange hier, wie ich mich benehmen kann.

Liverpool Street Station ist in die unheilvolle und inakzeptable Mischung eines Edwardianischen Vergnügungspiers und eines Fernsehstudios am hellichten Tag verwandelt worden, seit ich ihn das letzte Mal gesehen hatte. Absolut widerwärtig. Da dein Scheck unerklärlicherweise eingelöst worden zu sein scheint, bin ich Erster Klasse gefahren. Soweit ich feststellen konnte, hatte der gesamte Zug nur einen einzigen Raucherwaggon. Die aussichtslosen Versuche von Britrail, die Fluggesellschaften nachzuäffen (von vornherein ein idiotisches Projekt, ungefähr so sinnvoll, als ginge man zum Friseur und bäte um einen Lindsay-Anderson-Schnitt), gehen so weit, die Abteile mit einem lächerlichen Bahnmagazin namens »Manager« oder »Top-Reisender« oder irgend so einem ausgerotzten Mist zu verdrecken. Gottlob bin ich bald tot. 'tschuldigung, das klingt ein bisschen gefühllos angesichts deiner Krankheit. Du weißt schon, wie ich's meine.

Egal, nachdem anderthalb Stunden pittoresker Landschaften vor meinem Fenster verstrichen waren, kam der Zug zu einem hodenstrangulierenden Halt in Diss Station und brachte die kleine Pyramide aus Mini-Johnny-Walkers zum Einsturz, die ich auf dem Tisch vor mir errichtet hatte. Auf dem Bahnsteig sah ich einen Jugendlichen, der einen Bund Autoschlüssel hochwarf und auffing wie ein Gangster einen Silberdollar. Ein schwarz glänzender Spaniel saß neben ihm und setzte seine Zunge der Luft aus, wie es bei diesen Kreaturen Brauch ist. Die dusslige Art und Weise, auf die ich meinen Koffer quer durch eine enge Abteiltür zu zerren versuchte, muss ihm verraten haben, wer ich war. Es ist unwahrscheinlich, dass er sich an mich von vor vier Jahren erinnerte, als ich Swafford das letzte Mal heimgesucht hatte.

»Hello, Sir«, sagte er, griff nach dem Koffer und befreite ihn gewandt. »Ich bin Simon Logan. Willkommen in Norfolk.«

»Guter Mann. Ted Wallace.«

»Das ist Soda. Mein Spaniel.«

»Es ist mir eine große Ehre, Soda«, sagte ich und legte dem Tier zur Begrüßung einen Zeigefinger auf die Schnauze.

Simon geleitete mich zum Ausgang.

»David wollte mitkommen, aber ich dachte, du würdest den Zweisitzer bevorzugen.«

Auf dem Parkplatz stand ein zweifarbiger Austin-Healey, oben eisblau, unten elfenbein. Das Auto für ein brünstiges Starlet, dachte ich, die Sorte, in der Diana Dors sich hätte ablichten lassen, wie sie Kopf und Schal zurückwirft, mit strahlenden Zähnen und einem Aufblitzen der geflügelten Sonnenbrille. Du bist wahrscheinlich zu jung, um dich an Diana Dors zu erinnern, aber das schreib ich dir ohne Sonderhonorar dazu. Ich hatte eigentlich Michaels gut bestückten Rolls-Royce erhofft, aber der Bursche liebte dieses Maschinchen offensichtlich, also schnalzte ich bewundernd.

»Das Dach und die Fensterteile hab ich zu Hause gelassen, um im Kofferraum Platz für dein Gepäck zu haben. Solang es nicht regnet, ne?«

Ich sah hoch in den weiten Himmel über East Anglia, unberührt von Wolken und blau wie … meine Kräfte sind jeglichen poetischen Vergleichs verlustig gegangen. Mir fällt nichts ein, was so blau wäre. So blau wie blau. So blau wie das Höschen der Heiligen Jungfrau. So blau, wie er war.

Sobald wir das Städtchen Diss hinter uns hatten, erzeugten das Motorengebrumm des Austin und die nicht gekennzeichneten Feldwege das wohltuende Wunschbild des milden und staubigen Englands von Dornford Yates. Halb erwartete man Pferde, die sich vor Schreck über den ungewohnten Anblick eines Automobils aufbäumten, und gaffende Dörfler, die einander erstaunt in die Rippen boxten. Wir sahen aber niemanden. Ein Laken der Stille lag über der Welt, und wir zerfetzten es wie ein Rennboot einen See. Wahrscheinlich hast du auch noch nie von Dornford Yates gehört, aber da hast du's.

Im Fahrtwind schlug mir meine Stirnlocke ins Gesicht, als ich nach rechts und links schaute, und stach mir in die Augen. Simon, dessen Haar unmodisch kurz ist, sah stur geradeaus, jede Sekunde der Konzentration am Lenkrad bereitete ihm etwas, das einem Orgasmus nahekam. Ich schätzte, er war siebzehn und hatte erst seit kurzem einen Führerschein. Er gehört zu den Jungs, die ihre Fahrprüfung am Morgen ihres Geburtstages machen und Ausreden finden, zwanzig Meilen weit zu fahren, um eine Schachtel Streichhölzer zu kaufen. Soda saß glücklich hinter uns eingeklemmt, ihre Zungenspitze wurde vom Fahrtwind zurückgepeitscht, bis sie die Ohren berührte.

Ein silbernes Funkeln am Horizont zog meine Aufmerksamkeit an, auf der anderen Seite eines flimmernden Getreidefeldes, dessen Ähren sich gerade von Grün zu Gold verfärbten.

»Was ist das?«, brüllte ich.

Simon drehte den Kopf.

Ich zeigte mit dem Finger und gellte: »Da drüben! Das glänzende Ding da, wie 'ne Kirche.«

»Ach das. 'n Silo.«

»Was?«

»Für Getreide. Billiger zu bauen als 'ne alte Scheune neu zu überdachen. Mehr Lagerkapazität.«

»Hässliches Scheißding.«

Außerdem fiel mir auf, dass das Land, mal abgesehen von Noël Cowards Scherzen über Norfolk, mir *flacher* vorkam, als ich es in Erinnerung hatte. Das war nicht möglich, aber Weite und Tiefe des Blickfelds waren ohne Zweifel gewachsen. Das lag natürlich an den Hecken, oder besser, an ihrem Fehlen. Es muss zwanzig Jahre her sein, dass man angefangen hat, sie niederzureißen, aber mein Greisengedächtnis rechnet immer noch mit ihnen. Genauso wenig würde es mir wahrscheinlich auffallen, wenn der Stadtrat von Westminster über Nacht entschiede, den Verkehr am Piccadilly in beide Richtungen fahren zu lassen, weil Piccadilly für mich sowieso immer eine Straße mit Gegenverkehr war, auch wenn es Jahrzehnte her sein muss, dass sie das versaut haben. Und jetzt hier in East Anglia, mit den entblößten Feldern und diesen riesigen, in Plastikplanen eingehüllten Rollen, dem Amt für Strohballen unterstellt, und diesen großen, hässlichen Silos, sieht die Landschaft Amerika immer ähnlicher – du weißt schon, die großen Weizenfelder in Iowa, wo massenhaft Mähdrescher Seite an Seite wie Panzerdivisionen über den Horizont rollen. Ich bin bekanntlich eine Stadtratte, brauche harten Asphalt unter den Füßen und Luft, an der ich was zu beißen habe, aber das ländliche England hat trotz allem seinen Platz in meinem Herzen, und die Vorstellung gefällt mir nicht, dass Hooligans sie kaputt machen.

Simon lachte.

»Du musst an die Ernte denken«, schrie er, und dann – der Schlachtruf aller räuberischen Landbesitzer –, »du willst doch schließlich was im Magen haben, oder?«

Aber rund um Swafford Hall, fiel mir beim Näherkommen auf, sind die Hecken noch dicht an dicht gepflanzt. Für einen unverbesserlichen Snob wie mich gibt es nichts Belebenderes als den Blick aus einem Auto auf vorbeihuschende Parkbäume, welche die Kamine, Fenster und Säulen eines Landhauses halb verdecken und halb offenbaren, wie eine Striptease-Tänzerin mit ihrem Schleier. Wir fraßen uns durch die Lindenallee, der ganze vulgäre Glanz des Anwesens glitt, wie es bei L. P. Hartley heißen würde, in Sicht, und ich sah mit einem Stich des Bedauerns und der Selbstvorwürfe, dass ein Junge auf halber Höhe der Barockstufen saß, die vom vorderen Säulengang herabflossen wie geschmolzene Lava. Er stand auf, schirmte das Sonnenlicht mit der Hand ab und sah in unsere Richtung.

Ich hatte jeden Gedanken daran verdrängt, wie ich dieses unsägliche Kind loswerden sollte. Er hatte seinen Zweck erfüllt, indem er mir die Einladung verschafft hatte; es hatte mir wirklich gerade noch gefehlt, mich durch die Gegend schleppen und das großspurige Geseire eines pubertierenden Burschen über mich ergehen lassen zu müssen, oder schlimmer noch, gezwungen zu sein, mir selbst zuzuhören, wie ich meine eigenen Pfennigweisheiten unters Volk brachte. Die Lösung war vielleicht, ihm irgendeine Aufgabe zu stellen, ihn mit einer teuflischen Arbeit zu betrauen, die ihn mir vom Leib hielt. »Schreib mir ein Langgedicht in *terza rima*«, sah ich mich sagen, »wenn du Lyriker werden möchtest, musst zu zunächst lernen, die Formen zu meistern.«

Simon wirbelte eine Wolke Staub und Schotter auf, als er mit einer scharfen und unsinnig schlitternden Wendung unter Einsatz der Handbremse vor dem Haus zum Stehen kam. David schritt die Stufen herab und rieb sich den Staub aus den Augen.

»Tag, Onkel Edward«, sagte er, lächelte und errötete.

Er ist wahrlich ein anmutiger Knabe. Hab ja nie besonders viel Geschmack an meinem eigenen Geschlecht gefunden, der füllenhafte Charme erhöhte meinen Blutdruck nicht um ein Millibar – eigentlich finde ich seinen Anblick für einen Mann etwas lächerlich –, aber mir fällt auf Anhieb eine ganze Reihe Schriftsteller und Künstler meiner Bekanntschaft ein, die bei seinem bloßen Anblick die Besinnung verlieren, stöhnen und beim nächsten erreichbaren Wodka Halt suchen würden. Simon sieht auf farblose Weise gut aus, wie ein altes Fotoporträt. Er wächst auf respektable Weise aus seinen Pickeln heraus und zum gewöhnlichen englischen – oder in seinem Fall halbenglischen – Mannsbild heran. Davids Teint dagegen ist erstaunlich rein; in meinem ganzen Leben hab ich keine so völlig makellose Haut gesehen. Ich finde das schon fast ein bisschen abnorm. Ich darf annehmen, du kennst ihn besser als ich. Auf jeden Fall verraten seine niedergeschlagenen Augen und geröteten Wangen eine jungfräuliche Bescheidenheit, die bei der heutigen Jugend selten geworden ist. Er berechtigt zu der Hoffnung, genau so ein kleiner Musterknabe zu sein, wie seine Briefe schon befürchten ließen.

»Davey, du junge Spürnase, gutes Timing«, sagte ich und wälzte meinen Madensack aus dem Wagen.

Was man mit schelmisch verkehrter Hochnäsigkeit heutzutage überall einen »Real-Live-Butler« nennt, stand auf der Schwelle.

»Äh, Podmore, nicht wahr?« Nach einem Augenblick konzentrierten Zögerns winkte ich in seine Richtung, ein Zögern, das mich als mein Gedächtnis durchforschend zeigen sollte, wie ich auf mindestens zwanzig weitere Butler kam, die ich näher kannte, und sie wieder verwarf. Für dich, meine Liebe, ein Kinderspiel, aber für uns Bohemiens ist es harte Arbeit, den Eindruck von Sorglosigkeit hervorzurufen.

»Guten Tag, Mr. Wallace. Schön, dass Sie wieder einmal hier sind, Sir.« Ich wage zu behaupten, dass er es mir keine Sekunde lang abgekauft hat.

David hatte mein Gepäck aus dem Kofferraum des Austin geholt, mit einer besitzergreifenden Miene, die aller Welt kundtat, dass ich, jedenfalls was ihn betraf, *sein* Gast war. Simon winkte über die Schulter und steuerte den Wagen mit quietschend durchdrehenden Hinterrädern auf die nächste Mission.

Nun gut. Hier stand ich also. Wie lange ich bleiben würde, hing, nahm ich an, von der Art des Empfangs ab, den Michael mir bereiten würde. Dein Vorschlag, ihm zu erzählen, ich würde gern seine Biografie schreiben, ist ja schön und gut, aber.

Tatsache ist, ich habe es dir bislang verschwiegen, Jane, aber ich weiß aus guter Quelle, dass mindestens zwei bekannte Lohnschreiber bereits erfolglos versucht haben, eine Biografie Michael Logans zu verfassen. In Journalistenkreisen ist Swafford Hall auch bekannt als Hotel Autoria.

Damit meine ich nicht, dass es nicht klappen kann – schließlich vertraut Michael mir, ungefähr so, wie man Guy Burgess vertraute in der Annahme, ein so bedingungslos indiskreter und unverlässlicher Bursche *müsse* einfach loyal und aufrichtig sein –, aber ich denke, du solltest dir darüber im Klaren sein, dass wir letzten Endes vielleicht eine andere Herangehensweise werden anwenden müssen. *Nous verrons ce que nous verrons.*

David war oben an der Treppe angelangt, vom Gewicht des Koffers hatte er Schlagseite.

»Schon gut Mr. Podmore«, sagte er. »Ich zeige Onkel Edward sein Zimmer.« *Mister* Podmore? Beunruhigend bürgerlich.

»Sollte ich mich nicht bei deinen Parentes melden, bevor wir weitergehen?«, fragte ich und spürte die Aussicht auf den langen Tee auf der Terrasse, der nahtlos mit Cocktails auf der Veranda verschmilzt und auf den ich mich von ganzem Herzen gefreut hatte, in der Ferne schwinden.

»Mummy ist heute Nachmittag zum Shopping nach Norwich«, wurde mir glücklich beschieden. »Und Daddy ist in London. Hier lang.«

Ich verkniff mir die Frage, wann Michael zurück erwartet wurde. Der Trick, einen guten Gast abzugeben, besteht darin, niemals Fragen nach der Zusammensetzung des Haushalts zu stellen. Selbst die großartigsten Gastgeber sind nervöse Kreaturen und legen Neugier als Indiz mangelnder Zufriedenheit aus.

»Klasse«, sagte ich und schleppte mich die Treppe hoch.

Indem er mir den Landseer Room zugeschustert hatte, verschaffte David mir zumindest eine erstklassige Unterkunft. Hast du da mal geschlafen? Das Zimmer ist riesengroß, hat ein bequemes Bett, ist reich bestückt mit Chippendale und Hepplewhite und hat eine exzellente Aussicht. Von besonderem Interesse für mich, der ich ein Mann voller Liebe zum nassen Element bin, ist das dazugehörige Badezimmer, das zu babylonischer Fülle mit kostbaren Essenzen und Salbölen vollgestopft ist, und in dem Dusche und Wanne mit Hähnen ausgerüstet sind, die von einer Konsole am Bett bedient werden können. Nur ein Michael Logan konnte so verrückt sein, erst eine Dienerschaft in Lohn und Brot zu nehmen und dann die Kosten nicht zu scheuen, Apparaturen zu installieren, die die Arbeit für sie machten. Zumindest die Vorhänge werden jedoch von Hand bedient, was ein großer Segen ist, denn wenige irdische Genüsse übersteigen den, zum Klang eines Hausmädchens zu erwachen, das das Tageslicht hereinritschen lässt.

Alles hat jedoch seinen Preis, und im Fall des Landseer Room kommt die Rechnung in Form des aberwitzigen Gemäldes, das über dem Kamin hängt. Diese schändliche Verschwendung eines Viertelmorgens Leinwand stellt eine Art Spaniel dar, der stolz und wachsam auf dem Festungswall eines Schlosses sitzt, von dem aus man eine weite Speyside-*Strath* oder *Glen* sieht oder was auch immer man heutzutage in Schottland für »Tal« sagt. Das Machwerk nennt sich, wenn du grad einen Eimer zur Hand hast, *Herr all dessen unter seinem Blick.* Andere Schlafzimmer bieten, wie ich weiß, erträglichere Kunst an, darunter einen ganz passablen *Fluch der kumäischen Sibylle* und einen recht saftigen *Zeus schändet Europa unter den Blicken von Nymphen und Dryaden in grotesken Posen,* aber keins bietet den Stil und Komfort dieses Zimmers, also bin ich bereit, den Spaniel zugunsten der Duftbäder und lieblichen Aussichten durchgehen zu lassen. Ich werde Michael unter anderem fragen müssen, ob er seine Kunst eigentlich nach dem Gewicht kauft oder ob er sein Auge benutzt. Zumindest bleiben mir die unaussprechlichen Schrecken des Hobhouse Room versagt, dessen fürchterliches *Er wird die Lämmer in seinen Arm sammeln* bei allen nicht mit eiserner Standhaftigkeit Begabten Albträume und hysterische Zuckungen verursachen kann. Hast du mal Oliver Mills kennen gelernt? Ein alter Busenfreund von deinem Vater und mir. Die kreischendste aller kreischenden Tunten, ein von den Kanzellümmeln verstoßener Film- und Fernsehregisseur – du musst Oliver einfach kennen. Egal, der jedenfalls wurde mal gefunden, wie er, nur in eine Daunendecke gehüllt, vor dem Hobhouse Room auf und ab robbte und jammerte: »Gebt mir eine Mansarde, ein Dienerzimmer, eine Hundehütte, die letzte Bruchbude, *irgendwas!*« Natürlich musste Muggins mit ihm Zimmer tauschen.

Aber mit dem herrischen Spaniel, der sein Land (oder sind das schon Ländereien?) überblickt, kann ich leben, besonders da der andere herrische Spaniel, David, süße Sorge getragen hat, all meinen Marotten Befriedigung widerfahren zu lassen.

»Ah!«, sagte ich, als ich das Bartischchen sah. »Alles ist, wie es sich gehört!«

David folgte meinem Blick auf den großen, grünen, glitzernden Wald in seinem funkelnden Kristallsee. »Whisky war doch richtig, nicht wahr, Onkel Edward?«

»Bevor wir fortfahren, alter Knabe«, sagte ich, »können wir den Onkel bleiben lassen? Ted reicht, einfach Ted.«

»Gut«, sagte David. »Ted. Wie bei Heath.«

»Ein Junge in deinem Alter hat von Ted Heath gehört?«

David war verwirrt. »Er war immerhin Premierminister, oder?«

»Ach, *der* Ted Heath. Dachte, du meinst den Musiker.«

»Musiker?«

Herrgott, ich hasse Kinder. Und, Herrgott, ich hasse mein nachlassendes Gedächtnis.

»Also, David«, sagte ich, »ich werd wohl … äh … ich werde baden und mich ein wenig hinlegen.«

»Ja … gut.« Er verbarg seine Enttäuschung gut. »Klar. Du weißt wo alles ist?«

»Ziemlich.«

Er ging rückwärts zur Tür. »Ich … wenn du runterkommst … da ist der Südrasen, der liegt …«, er zeigte auf die Wand hinter dem Bett »… in der Richtung. Da häng ich wahrscheinlich rum, falls du … du weißt schon. Dich unterhalten willst.«

Ich fühlte mich etwas gemein.

»Davey«, sagte ich und sah ihm in die Augen. »Es ist einfach wunderschön, hier zu sein. Wir haben eine herrliche Zeit vor uns. Danke, dass du mich hergebeten hast.«

Seine Miene hellte sich auf. »Danke, dass du gekommen bist. Es gibt so viel …«, er stockte, schüttelte den Kopf, verließ das Zimmer und schloss die Tür hinter sich.

Glänzend und weich vom Patschuliöl und glühend vom guten Malt, setzte ich mich eine Stunde später, vor mir ein Blatt Swafford-Hall-Briefpapier, dahinter der Ausblick über den Rasen und den Park. Auf die Plackerei, dir diesen Brief zu schreiben, wollte ich mich später konzentrieren, aber vorerst gab es keinen Grund, nicht meiner Muse die Titten zu kitzeln und zu schauen, ob sie nichts auszudrücken hatte. Es war unwahrscheinlich, dass mir unter so friedvollen Umständen dabei ein Gedicht käme, aber Fragen kostet ja nichts. Wie immer schrieb ich als Erstes die paar Worte auf, die meine Laune und die Landschaft nahelegten.

hingerissen
Äußeres
schmuddelig
Suspension
ataraktisch
schwerfällig
Gewicht
Weichheit
bersten
dies
ausbreiten
Oberlehensherrlichkeit
pissgolden
geweitet
heißer

Ich prüfte die Liste eine gute Viertelstunde lang. Oft vergrätzen die seltenen Worte Otto Normalverbraucher, aber der denkt nie, nie denkt er auch nur eine *Sekunde* lang an das Leben des Lyrikers. Ein Maler hat Öl-, Acryl- und Pastellfarben, Terpentin, Leinöl, Leinwand, Zobel- und Schweineborsten. Wann hast du derlei das letzte Mal gebraucht? Vielleicht um einen Kricketschläger einzuölen oder Lidschatten aufzutragen. Das heißt, du hast wahrscheinlich im ganzen Leben noch keinen Kricketschläger eingeölt, aber du verstehst schon, was ich meine. Und Musiker erst: Ein Musiker hat ganze Maschinen aus Holz, Blech, Darm und Kohlefaser; er hat übermäßige Septimen, Vorzeichen, dorische Tonarten und Zwölftonreihen. Wann hast du das letzte Mal eine übermäßige Septime gebraucht, um deinem Freund eine Szene zu machen, oder ein hauptstimmiges Fagott, um Pizza zu bestellen? Noch nie. Noch nie, noch nie, noch nie. Anders der Lyriker. O ja, der arme Poet: Bedaure den armen, verdammten Lyriker. Der Lyriker hat keine ihm vorbehaltenen Materialien, keine ihm eigenen Tongeschlechter. Er hat nichts als Worte, dieselben Werkzeuge, mit denen die ganze Welt nach dem Weg zum nächsten Kackstübchen fragt oder mit denen sie Entschuldigungen für die tollpatschigen Treubrüche und unbeholfene Ausflüchte für ihr ordinäres Leben hervorstammelt; der Dichter hat nichts als dieselben, ganz dieselben Worte, die alltäglich in Abermillionen Formen und Phrasen fluchen, beten, verwünschen, schmeicheln und belügen. Der arme, verdammte Dichter kann nicht mehr »kosen« für »knutschen« benutzen, oder »Ephebe« für »Teenager«, man erwartet von ihm, dass er aus dem Plastik und Styropormüll, die den Sprachboden des 20. Jahrhunderts übersäen, neue

Gedichte erschafft, dass er aus den gebrauchten Wortkondomen gesellschaftlichen Verkehrs frische Kunst macht. Ist es denn ein Wunder, wenn wir uns dann gelegentlich zu »bramarbasieren«, »ataraktisch« oder »nachgieblich« flüchten? Unberührte Worte, unschuldige Worte, unkontaminierte und unverletzte Worte, deren Beherrschung allein kundtut, dass wir eine Beziehung zur Sprache eingehen, die der des Bildhauers zum Marmor, der des Komponisten zum Notensystem verwandt ist. Nicht, dass irgendwer sich jemals davon *beeindrucken* ließe. Man stöhnt nur immer über die »Undurchdringlichkeit« oder gratuliert sich dazu, Ellipsis, Dunkelheit und Allusion aufklären zu können, die angeblich das Werk vertiefen und bereichern. Ein Bastard, dieser Beruf, das kannste mir glauben.

Nun, also … mir würde wohl eine Reihe Ausreden einfallen, aber ich glaube, die eigentliche Wahrheit ist, dass ich meine Energie verloren, sie seit zehn Jahren wie Tränen vergossen habe. Zu viele Auftritte in der *Late Show* und bei Melvyn Bragg, zu viele vorschnelle Angebote, Anthologien und Ähnliches herauszugeben, zu viel Beachtung und zu viele Streicheleinheiten, und in letzter Zeit viel zu viel von der guten alten Stromsuppe. Ich strich die Wörterliste durch, kritzelte in wütenden Buchstaben »SCHWULST!« über die Seite und verstaute sie im Schreibtisch. Ich hätte sie zerrissen und weggeworfen, wäre da nicht diese derangierte Universität in Texas, die mich für die Rechte an all meinen Papieren bezahlt hat.

»Papiere?«, hatte ich gefragt, als ihr Professor für Lyrik der Moderne an mich herantrat. »Was meinen Sie denn mit Papieren?«

»Ach, zum Teufel, Sie wissen schon … Notizbücher, Entwürfe, Briefe … Papiere eben.«

Welcher selbstbewusste und unerträgliche Winzling von belletristischem Loddel führt denn *Notizbücher?* Fragte ich mich. Völlig absurd, aber gutes Geld, also setzte ich mich ein Wochenende lang auf den Hosenboden und fälschte Dutzende von echt aussehenden Rohentwürfen meiner bekannteren Gedichte. Es war der größte annehmbare Unfug, unentzifferbares Griechisch an den Rand zu krakeln, »aber Skelton????«, *»mild und leise wie er lächelt«,* »vgl. Reitlingers *Economics of Taste,* Bd. II, S. 136« und »Nein, nein, nein, nein, nein, nein! Macht das Feld dicht! Macht das Feld dicht!!!« in drei verschiedenfarbigen Tinten über die Seiten zu schreiben. Einmal schrieb ich mit Bleistift »die Nachwelt kann mich am Schwanz lutschen«, und radierte es wieder weg. Es dauerte keine vier Jahre, bis eine amerikanische Studentin das entdeckte und sich brieflich erkundigte, was ich damit gemeint hatte. Drei Monate später kam sie mit einem Forschungsstipendium nach England und fand es heraus.

Entschuldige meine Abschweifungen, meine Liebe, aber du ahnst ja nicht, wie gut es tut, das alles mal loszuwerden, und da du mir nicht gesagt hast, wonach ich eigentlich suchen soll, habe ich sonst noch nichts zu schreiben.

Als ich jedenfalls gerade an der Verskunst verzweifelte und mir noch ein Glas Scotch eingoss, klingelte das Telefon an meinem Bett.

»Ted, ich bin's, Anne.«

»Meine Liebste!«

»Genau. Schon eingelebt?«

»Wie eine Madenbrigade im Speckknödel.«

»Dann komm runter, ich will mit dir reden.«

Sie war in einem der nach Süden gelegenen Salons und sah aus dem Fenster. Beim Knarren des Parketts drehte sie sich um und bedachte mich mit einem Lächeln des Willkommens.

»Ted, es ist wirklich fabelhaft, dich zu sehen.«

Ich gesellte mich zu ihr ans Fenster, küsste ihr beide Wangen und trat dann einen Schritt zurück, um sie zu begutachten. Sie war schon immer ein anziehendes kleines Wesen; blondes Haar, ausgeprägte Wangenknochen, Augen so blau wie etcetera. Ich weiß nicht, wie gut du sie kennst, schließlich ist sie bloß eine angeheiratete Tante von dir, also bring ich dich mal aufs Laufende.

Sie hatte Logan geheiratet, als er und ich noch in Uniform herumtrampelten. In jenen Tagen besaß er keinen roten Heller, und sie war die Tochter eines entbehrlichen Pleitegeiers von Graf. Während eines albernen Divisionsmanövers in der Gegend von Thetford Chase waren Michael und ich als die einzigen Subalternoffiziere, die nicht »Pardon« sagten oder ihre Messer wie Bleistifte hielten, vom Kommandeur zum Dinner nach Swafford Hall eingeladen worden, damals ein so feuchtkalter Klotz, dass man im Salon den Atem vor dem Mund sah und die Nippel der Damen vorstanden wie Bakelit-Beschläge. Anne war damals elf Jahre alt und zum traditionellen Kinderdienst rekrutiert worden, Oliven herumzureichen und die Gäste lieblich anzulächeln, bevor sie ins Bett gesteckt wurde. Mir war sie nicht besonders aufgefallen, außer als ich merkte, dass die Rückseite ihres qualvoll schlichten Samtkleides voller Hundehaare war.

Auf der Rückfahrt im Auto drehte Michael, dem sich der Kommandeur in schnarchender Betäubtheit an die Schulter gekuschelt hatte, sich zu mir.

»Tedward«, flüsterte er, »eines Tages heirate ich das Mädchen und kaufe das Haus.«

»Nicht bevor ich Poeta Laureatus geworden bin«, hatte ich gesagt.

»Die Wette gilt.«

Der Fahrer drehte sich um und grinste. »Und ich bin dann Chef der Labourpartei«, sagte er.

»Schnauze, Korporal«, fauchten wir im Chor, »und achten Sie auf die Straße.«

Der Kommandeur war aufgewacht und kotzte ausgiebig Michaels kleine Uniformjacke voll.

Wie es dem Fahrer erging, weiß ich nicht. Wenn du mich fragst, wurde er wirklich Vorsitzender der Labourpartei. So was hat mich nie sonderlich interessiert. Gesichert ist, dass sie mich nicht zum Poeta Laureatus ernannt haben, und das würden sie auch dann nicht, wenn ich der letzte lebende britische Lyriker wäre, für den ich mich im Übrigen auch halte. Michael und ich verließen die Armee, sobald wir unsere zwei Jahre hinter uns hatten. Zehn Jahre danach hatte er Lady Anne geheiratet, wieder zwei Jahre später starb der adlige Schwiegervater an einem Gefäßverschluss und Michael kaufte Swafford von Alec, dem neuen Lord Bressingham, einem heimtückischen jungen Bauernlümmel, der nach einer Kreuzung aus Bryan Forbes und Laurence Harvey aussah, und der heilfroh war, das Bargeld in seiner Brieftasche aus Eidechsenleder verstauen und in ein Apartment am Berkeley Square verschwinden zu können. Es war eine schrullige kleine Laune des Schicksals, das Alec Bressingham in Zusammenarbeit mit Logans Schutzengel dazu auserkor, während der nächsten fünf Jahre dieses Geld als Jetons in der Kasinokette von Mayfair zu verjubeln, über die Michael damals gebot. Alec gelang es sogar, sich in einem Hotel zu erschießen, das Logan gehörte. Anne hatte das nicht sonderlich mitgenommen, der Bursche war bloß ein entfernter Vetter gewesen, und sie hatte ihn sowieso immer des Antisemitismus verdächtigt, ein Makel, den sie überall witterte, wie so viele, die in den Stamm einheirateten. Mich sprach sie allerdings von diesem Laster frei, wahrscheinlich, weil ich so unverschämt gewesen war, Michael als »du alter Jude« zu begrüßen. Meistens freut sie sich, mich zu sehen, solange ich mich anständig benehme.

Ich schloss meine Inspektion ab.

»Und es ist genauso fabelhaft, dich zu sehen, Annie«, entgegnete ich. »Du siehst jünger aus. Hast ein bisschen abgespeckt.«

»Michael ist in der Stadt. Hofft, nächste Woche rauskommen zu können. Ich soll dir von ihm einen Schlag auf die Rippen verpassen.«

Ich merkte, dass sie immer noch das Fenster im Auge hatte, und folgte ihrer Blickrichtung. Der Südrasen erstreckt sich, wie du sicher weißt, zu einem See hinab, vor dem auf einer kleinen Erhebung eine Miniaturausgabe der Villa Rotonda steht, die als eine Art Gartenhaus genutzt wird. Anne sah, dass ich sie beobachtete, zuckte die Achseln und lächelte.

»David sitzt da drin«, sagte sie. »Ted, ich glaube, es ist wirklich das Beste, dass du gekommen bist.«

»Aha«, sagte ich unverbindlich.

»Ich mache mir seinetwegen solche Sorgen. Ich sollte es dir nicht verheimlichen … es ist etwas seltsam.«

Sie brach ab. Simon stand in der Tür.

»Mutter, ich hau ab nach Wymondham, Robbie besuchen. In Ordnung?«

»Ja, Liebling.«

»Ich bleib vielleicht über Nacht.«

»Gut, gut. Denk dran, Podmore zu sagen, dass du nicht zum Abendbrot da bist ...«

Er nickte und ging. Anne setzte sich.

»Armee, hab ich gehört?«, sagte ich und setzte mich zu ihr aufs Sofa.

Sie wirkte verwirrt. »Armee? Was für eine Armee?«

Ich zeigte auf die Tür. »Simon.«

»Ach so. Ja. Ja, stimmt.«

»Hört sich verrückt an«, sagte ich und quasselte weiter, um ihr die Chance zu geben, das loszuwerden, was sie gerade loswerden wollte. »Ich bin bloß hingegangen, weil ich andernfalls in den Bau gewandert wäre. Die Vorstellung, dass jemand sich aus freien Stücken einziehen lässt, wenn es nicht obligatorisch ist ... seinen Wosbie hat er hinter sich, ja?«

»Nein ... Wosbie gibt's nicht mehr. Das erledigt jetzt ... das *RCB*, glaub ich.«

»Klar«, grunzte ich leutselig, zufrieden, die Rolle des herumposaunenden alten Haudegens zu spielen. »Natürlich. ›Berufssoldaten‹ nennen die sich heutzutage. Die Fähigkeit, die Portkaraffe beim Herumgehen nicht das Tischtuch berühren zu lassen, reicht nicht mehr. Heute muss man Kantonesisch sprechen, einen Panzermotor auseinander nehmen, eine Diskussionsgruppe über das Posttraumatische Stresssyndrom leiten können und die Vornamen seiner Männer kennen.«

»Ted«, sagte sie endlich mit einem bittenden Unterton. »Du bist ein Dichter. Ein Künstler. Ich weiß, dass du ... dass du dich gerne zum Klassenclown machst, aber das bist du trotzdem.«

»Das bin ich trotzdem.«

»Ich habe dein Werk nie richtig verstanden, aber das ist natürlich auch nicht Sinn der Sache, stimmt's?«

»Na ja …«

»Aber ich weiß, dass du eine Menge nachdenkst über … über, ich weiß nicht … *Ideen.*«

»Ein junger Lyriker sagte mal zu Mallarmé: ›Ich hatte heute Nachmittag eine wunderbare Idee für ein Gedicht.‹ – ›O je‹, sagte Mallarmé, ›wie schade.‹ – ›Wie meinen Sie das?‹, fragte der junge Lyriker gekränkt. ›Nun‹, sagte Mallarmé, ›Gedichte bestehen nicht aus Ideen, nicht wahr? Sie bestehen aus Worten.‹«

»Ach, sei doch mal ernst Ted, bloß einmal. Bitte.«

Ich hatte gedacht, ich wäre ernst, aber brav setzte ich eine nachdenkliche Miene auf und beugte mich vor.

»Wir alle machen uns ziemliche Sorgen darüber, dass David zunehmend merkwürdig wird.«

»Ach ja?«

»Es ist nichts«, Annie legte ihre Hände an die Wangen wie eine errötende Maid, »nichts, was mit Händen zu greifen wäre. Er ist wirklich lieb. Schrecklich höflich, schrecklich rücksichtsvoll. Jeder findet ihn einfach süß. Er hat nie Schwierigkeiten in der Schule. Er scheint bloß nicht ganz … von dieser Welt zu sein.«

»Ein Tagträumer.«

»Nein, auch nicht ganz. Ich finde, er ist immer … so weit weg von uns. Ergibt das Sinn?«

»Wir leben in einer Zeit, die auf Privates Wert legt, weißt du.«

»Bei einer Soiree am letzten Wochenende sagte er laut und deutlich zur Gattin unseres hiesigen Abgeordneten: ›Welches Tier, glauben Sie wohl, hat den längsten Penis?‹ Sie lachte hysterisch und zerbrach den Stiel ihres Weinglases. Aber er meinte es ganz ernst. ›Wirklich, welches, glauben Sie? Welches Tier?‹ Schließlich schlug sie aus reiner Verzweiflung den

Blauwal vor. ›Nein‹, sagte er. ›Der männliche Kaninchenfloh. Der erigierte Penis des männlichen Kaninchenflohs hat zwei Drittel der Länge seines Körpers. Finden Sie das nicht einfach unglaublich?‹ Dann merkte er, dass wir alle ihn anstarrten, wurde puterrot und sagte: ›Bitte entschuldigt. Ich kann nicht besonders gut Konversation machen.‹ Also wirklich, Ted. Findest du das etwa nicht außergewöhnlich?«

»Aber natürlich«, sagte ich. »Ich meine, der arme *weibliche* Kaninchenfloh. Ich wünsche ihr bloß, dass ihre Aufnahmeapparatur elastisch genug ist, um eine so ungestüme Brechstange heil zu überstehen. Aber wirklich«, fügte ich hastig hinzu, denn ich merkte, dass das nicht ganz die erwünschte Antwort war, »David ist fünfzehn. Fünfzehnjährige sind immer komisch. Sie rütteln gerne am Gitter, zerren an der Leine, um ihre … ihre Grenzen kennen zu lernen, so nennt man das wohl.«

»Du wirst merken, was ich meine, wenn du etwas Zeit mit ihm verbracht hast. So distanziert, so in sich gekehrt. Als ob er hier zu Besuch wäre.«

»Also, ich bin zu Besuch hier«, sagte ich und erhob mich, »und es ist ein wunderbares Gefühl. Aber ich werde natürlich auf ihn Acht geben, wenn du das möchtest. Wahrscheinlich wird sich herausstellen, dass er in die Tochter des Wildhüters verknallt ist oder irgend so was.«

»Kaum. Sie hat eine Hasenscharte.«

»Das legt der Liebe keinen Riegel vor. In der Rupert Street gab es mal eine Hure mit 'ner Hasenscharte. Hab nie so köstlich einen ge-…«

Ich hob mir die Geschichte lieber für ein andermal auf, verbeugte mich zu einem flotten Lebewohl und folgte meinem Kompass Richtung Südrasen.

David war aus der Villa Rotonda herausgekommen, lag jetzt bäuchlings vor ihr auf dem Rasen und kaute auf einem Wegerichhalm.

»Gut gebadet, gut geschlafen?«, fragte er.

»Zu Letzterem bin ich nicht gekommen«, sagte ich und setzte mich auf die unterste Stufe der Steintreppe, die zum Gartenhäuschen hinaufführte.

Er sah mich mit zusammengekniffenen Augen an. »Das Gartenhaus steht dir«, sagte er. »Dieselben noblen Proportionen.«

Frecher Schleimer.

»Du sprichst ein wahres Wort gelassen aus«, erwiderte ich und sah mich über die Schulter nach dem Gebäude hinter mir um. »John Betjemans Spitzname für mich war der wilde Rotonda.«

Er lächelte gehorsam und nahm den Halm aus dem Mund. »Hast du geweint?«, fragte er.

»Anflug von Heuschnupfen. Die Luft ist voll Pollen und anderen widernatürlichen Schadstoffen. Meine Schleimhäute sind auf London geeicht, weißt du, mit seinem bekömmlichen Schwefel und nahrhaften Stickstoff.«

Er nickte. »Ich hab dich durchs Fenster bei Mummy gesehen.«

»Aha.«

»Habt ihr über mich gesprochen?«

»Wie um Himmels willen kommst du denn darauf?«

»Ach«, er starrte auf eine Glücksspinne, die um seine Fingerspitzen herumjagte, »sie macht sich Sorgen um mich.«

»Wenn du in einer Zeitung bei den Stellenangeboten die Anzeige für eine Mutter aufgeben und die Jobbeschreibung umreißen wolltest, gäbe es keine bessere Wendung als ›muss imstande sein, sich vierundzwanzig Stunden täglich Sorgen zu machen‹. Dafür sind Mütter nun einmal da, Davey. Und wenn sie mal zehn Minuten lang aufhören, sich Sorgen zu machen, dann macht ihnen das Sorgen, also verdoppeln sie ihre Sorgen.«

»Ja, das weiß ich auch … aber sie sorgt sich mehr um mich als um Simon oder die Zwillinge. Ich merke das daran, wie sie mich ansieht.«

»Ja, aber die Zwillinge haben auch ein Kindermädchen, oder nicht? Und Simon, also beim besten Willen, Simon ist …«

»Simon ist was?«

Ich zögerte, die Worte »gewöhnlich« oder »stumpfsinnig« oder auch nur »unintelligent« zu benutzen, weil die wahrscheinlich nicht ganz fair waren.

»Simon ist eher konventionell, stimmt's? Du weißt schon, Haussprecher, Rugby, Armee, das alles. Er ist … sicher.«

»Ich bin also *unsicher?*«

»Das will ich verdammt hoffen. Es kommt nicht infrage, dass ein Patenkind von mir in der Gegend herumläuft und *nicht* wild und gefährlich ist.«

David lächelte. »Mummy hat dir wahrscheinlich von dem Abendessen neulich erzählt?«

»Die Sache mit dem Kaninchenfloh?«

»Warum sind sexuelle Angelegenheiten den Leuten peinlich?«

»Mir nicht.«

»Nein?«

»Bestimmt nicht«, sagte ich und nahm mir eine Zigarette.

»Du hast eine Menge Sex, nicht wahr? Sagen jedenfalls alle.«

»Eine Menge? Kommt drauf an. Ich schubse keine von der Bettkante, wenn du das meinst.«

»Simon sagt, er hätte dich mal mit Mrs. Brooke-Cameron gesehen.«

»Hat er? Wirklich? Ich hoffe, wir haben ihm was geboten.«

Er stand auf und klopfte sich das Gras ab. »Hast du Lust auf einen Spaziergang?«

»Warum nicht? Du kannst mir einen kräftigen Wanderstab schnitzen und mir die Namen der wilden Blumen nennen.«

Wir machten uns in Richtung zum See und dem dahinter liegenden Gehölz auf.

»Meiner Meinung nach«, sagte er, »ist Liebe den Leuten viel peinlicher als Sex.«

»Aha. Und wie kommst du darauf?«

»Na ja, es redet keiner darüber, oder?«

»Ich dachte, sie reden über kaum was anderes. Jeder Film, jeder Popsong, jede Fernsehsendung. Liebe, Liebe, Liebe. *Make love, not tea. All you need is love.* Liebe ist eine strahlende Sache. Alte Liebe kostet dich.«

»Also dann kann man genauso gut sagen, sie redeten über Religion, weil sie so oft ›Mein Gott!‹ oder ›Um Himmels willen!‹ sagen. Sie *sagen* ›Liebe‹, aber sie reden nicht wirklich darüber.«

»Und ich frage mich«, sagte ich, »ob du je verliebt warst.«

»Aber ja«, sagte David. »Seit ich denken kann.«

»Mhm.«

Eine Weile gingen wir schweigend weiter und umrundeten den See. Die Wasseroberfläche zuckte vor Ruderwanzen, Libellen und einem Knäuel auf dem Wasser laufender Insekten, die ich nicht kannte. Ein schwerer, fleischiger Geruch nach Wasser, Schlamm und Verwesung stieg von den Ufern auf. David entging nichts, während wir dahinschritten, seine Blicke schossen in alle Richtungen. Dabei hatte ich nicht den Eindruck, als ob er etwas suche. Ich musste eher an ein Spiel namens Hectors Zimmer denken, das ich mal bei den Crawfords oben in Schottland gespielt habe. Kennst du das? Man zeigt dir eine Minute lang ein Zimmer, dann verkrümelst du dich, und alle anderen machen sich darüber her, jeder nimmt eine kleine Veränderung vor, verrückt eine Lampe, entfernt einen Papierkorb, vertauscht zwei Bilder, stellt einen neuen Gegenstand rein, so Sachen halt. Dann musst du wieder reingehen und so viele Änderungen finden wie möglich. Am Anfang haben die Crawfords es im Zimmer ihres Sohns Hector gespielt, daher der Name, und ich dachte immer, die eigentliche Absicht bestehe darin, den Männern und Frauen zu zeigen, wo genau das Schlafzimmer des anderen lag, und damit das nächtliche Rendezvoodoo vorzubereiten. Das ist jedenfalls der einzige Nutzen, den ich je daraus ziehen konnte. Egal, ein Spieler hat einen ganz bestimmten Gesichtsausdruck, wenn er in das Zimmer zurückkommt, ein schwaches Lächeln und ein huschender, prüfender Blick, mit plötzlich argwöhnischem, aber amüsiertem Herumwerfen des Kopfes, als könne man Möbel und Einrichtungsgegenstände noch *in migranti* erwischen. Davids Verhalten erinnerte mich an genau diesen Augenblick des Spiels.

»Ich glaube«, sagte ich, »ich meinte eher, ›hast du je geliebt?‹, obwohl das eine widerliche Phrase ist.«

David war stehen geblieben und untersuchte Pilze an einem Erlenstamm.

»Natürlich«, sagte er. »Seit ich denken kann.«

»Ähem. Ich glaube, ich muss noch deutlicher werden, Davey. Hattest du je sinnliche Gelüste?«

Er sah zu mir hoch und sagte langsam: »Seit ich denken kann.«

»Tatsächlich? Und hast du daraufhin je etwas unternommen?«

Er wurde etwas rot, sagte aber entschieden: »Nein. Niemals.«

»Gibt es jemand Bestimmten?«

»Erinnerst du dich«, fragte er, »an die Treibjagd am Weihnachtstag vor vier Jahren, als jemand an den Patronen herumgebastelt hatte und das ganze Konfetti durch die Gegend flog?«

»Lebhaft.«

»Alle dachten, die New-Age-Fritzen wären das gewesen, die in der East Lodge gewohnt haben. Die Lauten anfertigten und eine Ziege hielten.«

»Das wurde erwähnt, ja, ich erinnere mich.«

»Die waren es aber nicht.«

»Nein?«

Während wir uns auf den Rückweg zum Haus machten, erzählte er mir, was er angestellt hatte. Er hat mich nicht zu ewigem Stillschweigen verpflichtet oder irgend so ein Quatsch, aber da mich die pompösen Rituale der Jagd eh nicht sonderlich begeistern, habe ich nicht die Absicht, es irgendjemandem zu erzählen. Abgesehen von dir natürlich, der ich es gesondert schicken werde, nachdem ich es im Lauf des Wochenendes zu einer amüsanten Anekdote ausgearbeitet habe.

Erst später am Abend, als ich mich zum Essen umzog, dämmerte mir, dass er meine letzte Frage nicht beantwortet hatte.

III

20. Juli 1992, viel zu früh

Inzwischen ist Montag, es geht auf sieben in der Frühe zu, und ich habe einen Großteil der Nacht mit dem Schreiben dieses Briefes verbracht.

Nach dem Abendessen hatte ich schlechte Laune. Keiner wollte noch was mit mir trinken, keiner wollte Karten spielen oder sich sonst wie unterhalten. Also bin ich nach oben gegangen und hab mich in meinem Zimmer dem Weltschmerz ergeben.

So ein melancholischer Anfall ist schwer zu erklären. Du kannst versuchen, ihn zu rationalisieren. Vielleicht dümpelte ich im Trüben, weil ich Schuldgefühle wegen meines Missbrauchs von Logans Gastlichkeit hatte: Machen wir uns doch nichts vor; ich agiere als von dir bezahlter Spion. Das ist allerdings eine eher unwahrscheinliche Erklärung meines Gemütszustandes, der, denke ich, eher dem Anno Domini geschuldet ist.

Ich lag im Zimmer unter dem großen Baldachin meines Himmelbetts und verfolgte den Sommernachtsjuckreiz über meinen Körper. Ein kleines Stechen weckte das nächste und noch eins, bis ich auf dem Bett bockte wie dieses kleine Mädchen im Exorzismusfilm. Dasselbe fand in meinem Kopf statt, geistiges Jucken platzte wie Blasen. Zu wenig Whisky vorm Zubettgehen, das war das Problem.

Mit sechsundsechzig, dachte ich, trete ich in die letzte aktive Phase meines körperlichen Lebens ein. In Bewegung erinnert mein Körper Augen und Ohren an nichts so sehr wie an einen Müllbeutel voll Joghurt; meine Konzentrationsfähigkeit – neben Egoismus das einzige Talent, das ein Lyriker braucht – ist verblichen. Ehen sind futschikato und beruflich hält mich jeder für einen Witz. Den Dichter der Rechten nennt man mich. Typisch aufkeimende Unverschämtheit. Bloß weil ich die Glattzüngigkeit der schnell verblühenden Klassiker unserer akademischen Cosa Nostra nicht mitmache, bloß weil ich Bock auf einen Titel habe und auf gesittetes Benehmen stehe, bloß weil ich den Unterschied zwischen Politik und Poetik kenne, bloß weil ich einen Rest Nationalgefühl habe, bloß weil ich Kipling für den besseren Lyriker als Pound halte (eine Ansicht, zu der sich übrigens in letzter Zeit selbst Leinenschuhe tragende Akademiker durchgerungen haben), bloß weil ich, kurz gesagt, meinen eigenen Grips und meine eigenen Ellenbogen habe, ignorieren und schmälern sie mich. Scheiß drauf. Scheiß auf die alle. Gar nicht nötig: Die sind schon beschissen. Aber trotzdem habe ich dieses Gefühl, das ich einfach nicht loswerde, das Gefühl, dass ich in dieser Lebensperiode von der Zeitung aus guten Gründen rausgeschmissen worden bin – nein, so stimmt's nicht, ich bin offensichtlich aus guten Gründen gefeuert worden –, was ich sagen will, ist, dass ich mich mit voller Absicht habe feuern lassen.

Und die Dämlichkeit der Dinge – auch die hielt mich wach. Du hast sicher auch solche Momente durchgemacht, wo das Leben einem grenzenlos absurd vorkommt. Gerade jetzt, wo ständig dieses Todesurteil über dir hängt. Mir begegnen die am häufigsten, wenn ich aus dem Fenster eines fahrenden Autos oder

Zuges schaue. Du siehst plötzlich etwas absolut Gewöhnliches, meinetwegen auf dem Bahndamm nickende Glockenblumen oder eine Familie beim Picknick auf einem Rastplatz, und plötzlich kann dein Verstand die Vorstellung der einen Welt voller Leben und Objekte und Mitmenschen nicht mehr aufrechterhalten. Allein die Idee eines Universums scheint dir monströs, und du siehst dich außerstande, daran teilzuhaben. Was, beim Himmel, glaubt jener Baum, wozu er da ist? Warum liegt dieser Kieshaufen da so geduldig? Was tue ich, wenn ich aus einem Fenster starre? Warum hängen all diese Glasmoleküle so zusammen, dass ich durch sie hindurchsehen kann? Natürlich vergeht ein solcher Moment, und wir kehren in unser angestammtes Reich stumpfen Denkens und noch stumpferer Zeitungen zurück: In Bruchteilen einer Sekunde sind wir wieder Teil dieser Welt, bereit, wegen der Stupidität eines Kabinettsangehörigen einen Herzanfall zu erleiden oder uns dazu verführen zu lassen, uns um irgendeinen kreuzbescheuerten neuen Trend in der Konzeptkunst zu kümmern, wieder einmal werden wir Teil des großen Komposthaufens. Unsere Absence ist so flüchtig und unsere Kontrolle über sie so schwach, dass kein Willensakt diese Erfahrung zurückholen kann.

Peter Cambric, den ich in den Siebzigern, also wahrscheinlich etwas vor deiner Zeit, ganz gut kannte, wurde bis zu seinem Tode von der Geschichte einer Jagdpartie verfolgt, zu der er sich 1964 in Südafrika aufgemacht hatte. Er nietete ein paar Elefanten um, was unseren heutigen Tugendterroristen zu seiner Verdammung reichen würde, schaffte es aber, auch noch ein paar Buschleute umzupusten, was man schon damals für charmant übertrieben hielt. Vor hundert

Jahren hätte man eine solche Anekdote mit den Worten abrunden können, »die ganze Sache wurde natürlich unter den Teppich gekehrt«. 1964 sprach es sich jedoch herum, und Peter führte ein klägliches Dasein, wo immer er auftauchte: Wie im Fall des armen Profumo oder bei einem von der Watergate-Bande war sein Name für immer und ewig mit diesem einen Skandal verbunden. Die Sache war, Peter war immer ein hervorragender Schütze gewesen, und das Gerücht, dass er absichtlich auf diese Eingeborenen gezielt habe, war nicht totzukriegen. Das war nicht unbedingt glaubhaft, Cambric kam schließlich aus einer fortschrittlichen Familie, sprach von seinem Sitz im Oberhaus im liberalen Interesse und stimmte konsequent gegen die Todesstrafe. Die Auslegung der Affäre lautete dann, dass er die Schnalzlaute der Kalahari-Buschleute für den Ruf eines Straußen oder so gehalten hatte. Das reichte, um Cambric bei den Mächtigen dieses Landes wieder salonfähig zu machen, aber nicht, um ihn vom Ruch des Unschicklichen zu befreien. Jedenfalls – ich hole tief Luft – führt dies alles irgendwo hin, denn eines Tages Mitte der Siebziger teilte ich mir beim Cheltenham Gold Cup mit Peter ein Auto in die Stadt zurück, und wir saßen hinten und soffen nach dem Motto »gut gekotzt ist halb gefrühstückt« die Gratisflaschen Hine oder Martell oder sonst einen Cognac leer, dessen Stammhaus damals gerade das Rennen sponserte. Cambric hat mir damals gebeichtet, dass er tatsächlich bewusst und sorgfältig gezielt, dafür aber eine Entschuldigung hatte. Offenbar war einer dieser eigenartigen Momente, die ich dir gerade geschildert habe, plötzlich über ihn gekommen. Der ganze Schauplatz, das *veld,* die Bäume, das Wild, die Träger, selbst der Himmel über ihm, alles war ihm auf einmal völlig unwirklich vorgekommen. Das Dasein verlor jegliche Bedeutung. Das Leben hatte nicht einmal mehr vergängliche Substanz; weder sein eigenes noch das anderer. Sobald er jedoch zum zweiten Mal abgedrückt hatte, kam er wieder zu sich, ließ das Gewehr fallen und keuchte: »O mein Gott, o mein Gott«, als ihm die Wahrheit bewusst wurde.

»Meine Erfahrung, Ted«, erzählte er mir, »war nichts weniger als Ekstase.«

»Ekstase?«

»Ich habe seit jenem Tag viel von Mutter Juliana und in der *Wolke des Nichtwissens* gelesen. Die Mystiker. Ekstase heißt ›außer sich geraten‹. Aus dem Griechischen.«

»Mhm«, sagte ich. »Ja. Dir ist klar, mein alter Liebling, dass sich das vor Gericht alles ziemlich schwammig anhören würde?«

»Es gibt eine höhere Gerechtigkeit«, sagte Peter mit dem sentenzenhaften Überschwang der reichlich Abgefüllten, und dabei beließen wir es.

Während ich juckend dalag, verfluchte ich meine eigene Anfälligkeit, die sich, dem hoffnungslosen Humbug der Dingwelt konfrontiert, stets eher der müßigen Enklave ergeben hat als der mystischen Ekstase. Wenn man am Abgrund steht und noch einen Stoß bekommt, dann braucht ein Mann einen Grund, um morgens aufzustehen, und zwar etwas Überzeugenderes als drohendes Wundliegen.

Ich warf die Decken ab und watschelte mit knackenden Knöcheln barfuß zum Beistelltisch mit den Drinks. Ich starrte die Flaschen an.

»Beim Schwanz Gottes«, sagte ich mir. »Es ist fast vier Uhr früh. Ich kann doch unmöglich so runtergekommen sein.«

Ich stand da und starrte eine knappe Stunde lang auf diese Whiskyflaschen. Hinter ihren großen grünen Hälsen wurde ein Lichtstreifen zwischen den Vorhängen heller, und Vogelzwitschern erklang in der Luft. Konnte die Tränen nicht zurückhalten. Launische Tränen, frustrierte Tränen, traurige Tränen, rührselige Tränen, schuldbeladene Tränen ... ich weiß nicht, was es für Tränen waren. Einfach Tränen, müßige Tränen.

Mach dich auf die Socken, dachte ich, schnappte mir eine volle Flasche und schlüpfte in ein Paar Schuhe. Lauf ein bisschen herum.

Da ich den Schwierigkeitsgrad der großen Eingangstür lieber nicht riskieren wollte, ging ich durch ein Flügelfenster im Salon hinaus und trödelte eine Weile auf der Terrasse herum, schnupperte die Morgenluft und versuchte mir einzureden, sie sei viel gesünder als unsere Londoner Dämpfe.

Trotz sämtlicher Lebensbeweise um mich herum, den schon erwähnten Vögeln und dem anschwellenden Pflanzenleben aus Rabatten, Büschen und Bäumen wurde mir das absolut Tote meiner Umgebung bewusst. London dagegen, London morgens um halb fünf schwirrt nur so vor Leben. Das Tuten der Zeitungslieferanten, die durch die leeren Straßen donnern, das zischende Urinieren der Obdachlosen, das schnelle Staccato billiger Pfennigabsätze, die die Alleen hinabklackern, das Rasseln einsamer Cabs und auf Plätzen und Straßen lauteres Zwitschern der Amseln und Spatzen, als die Provinz je kennen lernen wird, all diese Geräusche werden durch die allen großen Städten gemeinsame Eigenschaft belebt und erhalten durch sie Bedeutung: eine Akustik. In der Stadt klingt das alles. Die ländliche Welt zeigt weder Resonanz noch Widerhall oder Echo, nicht den geringsten Laut der Zivilisation. Damit eignet sie sich prima für den gelegentlichen Erholungstrip oder Wochenendausflug, taugt aber nicht im Geringsten als menschlicher Lebensraum. Das Landvolk ist natürlich anderer Meinung: Wenn sie könnten, wie sie wollen, würden sie Piccadilly und die Strand mit Moos auslegen und würden Glyzinien die Mauern des Buckingham Palace hinaufranken lassen, bloß um jegliches Geräusch von Nachhall abzuhalten. Und wie mit Klängen, so auch mit Ideen. Ruf in der Hauptstadt morgens einen Gedanken in die Luft und er wird im ›Standard‹ in der letzten Ausgabe fürs West End in den Lokalnachrichten gedruckt, am selben Abend im Harpo Club herumgeschrien und im »Time Out« der folgenden Woche als alter Hut veralbert. Belanglos, keine Frage, widerlich, ei gewiss, aber jedenfalls Anzeichen einer lebhafteren Atmosphäre als in Arkadien vorherrscht, wo die Ideen so quicklebendig sind wie ein durchlöcherter Tennisball auf einem Torfmoor.

Eins aber, das muss ich zugeben, kann die Provinz wirklich gut, und das ist Tau. Und als ich an der Terrassenbalustrade lehnte und die Whiskyflasche umklammerte, ohne jedoch zu trinken, lenkte der Frühtau mein Auge auf sich. Der breite Rasenstreifen, der sich zum Begrenzungsgraben hinabzieht, und das ungemähte Gras dahinter, wo die Pferde manchmal weiden, waren, wie man erwarten kann und darf, mit Unmengen hübscher und ansprechender Tautropfen übersät. Eine dunklere Spur im Gras, die in der Rasenmitte verlief, zog meine Aufmerksamkeit an, eine Spur, die besagte, dass jemand vor kurzem hier entlanggelaufen war. Ein Gärtner, Gärtnerbursche, Wildhüter oder Hausdiener würde sich selbst in diesen ungesitteten Zeiten an die Wege halten, überlegte ich, wer aus der Familie also war – ein kurzer Blick auf die Uhr – wer war um drei Minuten vor fünf schon auf den Beinen?

Ich ging der Spur nach und durchnässte dabei ein exzellentes Paar Wildlederschuhe. Wen schert's, dachte ich, wie ein Mädchen aus der Heilsarmee in einem Theaterstück der Sechziger, das das Leben kennen lernt, hier gibt es Abenteuer mitzumachen. Ich verfolgte die geschlurfte Fährte meines Vorgängers, bis ich am Endstück des Rasens ankam, wo er sich zum tiefen Begrenzungsgraben hinabschlängelte. Der dunkle, freiliegende Boden, der Sonne ausgesetzt und ausgetrocknet, nahm hier keinen Tau an, oder wenn doch, saugte er ihn sofort auf, und ich konnte keiner Spur mehr folgen.

Falls mein mysteriöses Wild keine Sprungfedern an den Hacken hatte, die so stark waren, dass er oder sie mit ihrer Hilfe über den Graben setzen konnte, dann musste es nach rechts gegangen sein, in ein dunkles, dicht mit Lorbeer und Rhododendron bewachsenes Gebiet. Ich machte mich dorthin auf und kam mir inzwischen ziemlich verarscht vor.

Der Streifen, einer dieser Säume, mit denen kein Gärtner etwas anfangen kann, war so dicht mit bösartigem Gestrüpp bepflanzt, dass ich keinen Eingang finden konnte. Ich stand davor, schwenkte die Flasche wie eine Keule und lauschte. Nichts zu hören. Das Gras zu meinen Füßen wuchs hier wieder üppiger, trug aber keine Anzeichen für das Vorhandensein menschlicher Wesen. Ich drehte mich um und ging völlig verwirrt zur Rasenecke zurück. Sehr gegen meinen Willen begann ich an dein Wort »Wunder« zu denken. Halt mich nicht gleich für verrückt, aber sag mal, meine Beste, hast du jemanden … mein Verstand sträubt sich gewaltig gegen den Gedanken … jemanden *fliegen* gesehen? Lächerlich, natürlich, aber … schreib mir, ob sich das mit dem deckt, was ich für dich herausfinden sollte.

Ich hatte ein Gefühl, das dem glich, was einen des Nachts überfällt, wenn man einem geheimnisvollen Geräusch auf den Grund zu gehen versucht, das einem den Schlaf raubt. Du stehst mit klopfendem Herzen und offenem Mund an der Treppe. Als Erstes eliminierst du das Offensichtliche: Kletterpflanzen, die gegen die Fensterscheibe schlagen; dein Hund, Weib oder Kind beim Ausräumen der Speisekammer; Dielenknarren beim Einschalten der Nachtspeicherheizung. Nichts davon passt zu dem Geräusch, also fängst du unter Ankämpfen gegen die aufsteigende Panik an, weniger wahrscheinliche Gründe in Betracht zu ziehen: eine Maus in ihren letzten Zuckungen; eine Fledermaus, die durch die Küche schwirrt; nicht abgeschaltetes Kinderspielzeug; die Katze, die aus Versehen (oder mit Absicht) auf die Fernbedienung getappt ist und eine Videokassette zurückspult, aber auch davon erklärt nichts dieses ganz bestimmte Geräusch, also … wenn du mir im Geringsten ähnelst, jagst du die Treppe hoch, springst wieder ins Bett, ziehst dir die Decke übern Kopf und spielst die Ahnungslose.

Ich ging zurück zum Grabenrand und schaute über die dahinter liegende Parklandschaft. Ich konnte dort kein Anzeichen von Fußspuren sehen, aber vielleicht stand ich im falschen Winkel. Mit dem Gefühl, der letzte Schwachkopf zu sein, schlitterte ich die Böschung hinunter und zog mich an der steilen Seite des Grabens hoch, mit der vollen Flasche Zehnjährigem als einziger Waffe. Wieder auf Parkhöhe, ging ich durchs dichte Gras und suchte nach Zeichen menschlicher Schritte. Fehlanzeige. Keine Spur. Ich sah mich um und sah deutliche Spuren meines Herwegs. Unmöglich konnte irgendjemand hier entlanggekommen sein. Ich ging weiter und stieß plötzlich ohne Vorwarnung mit der Zehe gegen etwas Hartes und Metallisches. Wie ein schottischer Volkstänzer herumhüpfend, stieß ich einen unterdrückten Schrei aus und fiel hin. Ein abscheulicher Schmerz schoss in meine kalte, nasse Zehe und ein abscheulicher Strom von Verwünschungen aus meinem kalten, nassen Mund. Es war ein in einem großen Büschel längeren Grases halb verborgener Eimer, ein schwerer, galvanisierter Eimer.

Ich erhob mich und hüpfte vom Schmerz gekrümmt herum; der Nagel meiner großen Zehe, der zum Einwachsen neigt, war heftig gegen die Schuhspitze geschlagen. Ich zog den Korken aus der Flasche und setzte sie an die Lippen. Als das Whiskybouquet mir in die Nase stieg, hielt ich inne.

Der Vorfall hatte etwas unerklärlich Idiotisches und Jämmerliches, zugleich aber äußerst Beunruhigendes. Eine Fußspur, die nirgends hinführt; ein Mann, der ihr mit einer Flasche Whisky in der Hand folgt; der Weg endet damit, dass ich fast ins Gras beiße. Ich bin, wie du weißt nicht abergläubisch, Jane. Ich glaube an keine Symbole der Vorsehung, sondern einzig und allein an von Menschen erschaffene Symbole, aber ich wäre doch wahrlich ein arschgelöcherter, schweinsköpfiger, bigotter Rationalist, wenn mich eine solche traumähnliche Sequenz nicht nachdenklich stimmte.

Ich fluchte, presste den Korken wieder auf die Flasche, ohne auch nur einen Tropfen probiert zu haben, hob den Arm und ließ die Flasche mit einem Klingen und Klirren in den Eimer fallen. Bloß dieses eine Mal, entschied ich, würde ich mir ein wenig Aberglaube gestatten. Warum sollte ich, wo ich schon mal hier war, bei den Komatropfen nicht etwas kürzer treten?

Nachdem ich dem Graben ein zweites Mal entkommen war, hoppelte ich zum Haus zurück und schlug mir vor Verärgerung auf die Schenkel. Mit jedem Schritt, der mich weiter vom Graben wegbrachte, wuchsen meine Selbstvorwürfe. Was ist das für ein Mann, der eine volle Flasche zehnjährigen Malt wegwirft? Vielleicht hatte ich gar nicht zu viel getrunken, sondern eher zu wenig; auf jeden Fall hatte ich zu wenig geschlafen; und am allerschlimmsten, ich hatte es nicht geschafft, diesen ersten Brief an dich zu beenden. Das Weitertrinken verschob ich auf später am Tage, auch der Schlaf konnte mir gestohlen bleiben. Aber jetzt habe ich so ziemlich alles gesagt, was zu sagen war; wenn auch das Meiste davon ziemlich unzusammenhängend, ich bin saumäßig müde, und meine Faust kann keine Buchstaben mehr formen, also verpiss dich, Schatz, und lass mich in Ruhe.

Dein ergebenster Patenonkel

Ted

IV

David starrte vorwurfsvoll an die Decke. Er hatte wieder einmal die fürchterliche Sache. Egal in welche stinkenden Gullys oder auf welche transzendenten Kirchturmspitzen er seine Gedanken zwang, immer noch staute das Blut sich in jener schmerzenden Wurzel, und immer noch glühten seine Wangen vor pochender Hitze.

»Runter!«, keuchte er. »Runter, runter, runter.«

Er wusste, was bevorstand. Er wusste ganz genau, dass seine Eier mit Samen vollgepackt waren und schmerzten, dass seine Kanäle und Röhren pulsten und schwollen unter dem Drang zu entladen. Seit mindestens einem Jahr machte er jetzt die Erfahrung der klitschigen Niederlage, mit dem Wissen aufzuwachen, dass der Damm in der Nacht ungebetenerweise geborsten war. Was sein Körper während seiner Träume tat, konnte er nicht kontrollieren und nicht dafür verdammt werden, aber er konnte, er durfte nicht auch noch seinem Bewusstsein gestatten, dieser üblen, vorstehenden, drängenden Hässlichkeit zum Opfer zu fallen.

Vier Uhr der Stalluhr zufolge, welche die sommerlich frühe Dämmerung zum Leben erweckt hatte.

David stand. Er erschauerte, als der beschämende Kopf des Monsters mit reibendem Zerren an der Pyjamahose entlangschabte und sich in einer zuckenden Sekunde durch den Schlitz stemmte, blind gegen den Stoff stocherte, bis er die Freiheit der Öffnung fand und sich in blödem Triumphe in die Höhe reckte.

»Hör auf, hör auf!« David atmete heftig. »O bitte … bitte.«

Aber nichts konnte es aufhalten; kein kaltes Wasser, keine Gebete, keine Drohungen, keine Versprechungen.

David stand neben dem Bett, packte das Biest wütend und würgte es.

»Du … wirst … dich … benehmen!«, fauchte er und schüttelte es zornig hin und her.

Das Vieh. Es gewann. Lange Samenfäden schossen aus seiner Spitze und tropften mit flachem, triumphierendem Platschen auf den Teppich.

David warf sich aufs Bett, verwundet, verwildert, verzweifelt. Er schluchzte ins Kissen und schwor sich, dass so etwas nie wieder vorkommen dürfe.

Nach einer Weile fühlte er sich besser, stand auf und begann sich anzuziehen.

Er richtete es so ein, dass die letzten fünf Worte seines Gebets mit den fünf Schlägen der Stalluhr zusammenfielen.

»Gut, süß, wahr, stark und REIN!«, japste er.

Er hoffte, durch Hinzufügen des Wortes »stark« Kalamitäten wie die vor einer Stunde vermeiden zu können. Reinheit erforderte Stärke. Woher die Stärke kommen sollte, konnte er nicht sagen. Doch wohl nicht aus Reinheit? Das wäre dann das, was sein Vater einen Catch 22 nannte. Stärke kam von innen.

Er musste jetzt los. Er war gern hier, aber es würde nie reichen, um …

Aufgeschreckt zuckte er zusammen. Schritte! Er konnte sie deutlich hören. Jemand schlurfte auf ihn zu.

Er hörte Husten und ein würgendes Geräusch. Onkel Ted! Es gab nicht den geringsten Zweifel daran, dass es Onkel Ted war. Was suchte der denn hier so früh? Er war doch wirklich nicht der Typ, der je vor zehn Uhr aufstand – wenn's hoch kam. David blieb mucksmäuschenstill, und obwohl es um ihn herum pechschwarz war, kniff er fest die Augen zusammen. Onkel Ted hustete abermals und ging dann, wie David annahm, in Richtung Lorbeerbüsche davon.

Dann kam er noch einmal zurück und stand direkt über ihm, schnaufte und schimpfte und stampfte mit dem Fuß auf, sodass Erde David ins Gesicht fiel. David wagte nicht, die Krümel abzuwischen. Er lag einfach in der warmen Erde und wartete. Er hörte ein Scharren und dann dumpfe Schläge. Suchte Onkel Ted nach dem Eingang? David hielt den Atem an. Die Schläge hörten auf. Es wurde still. Eine Assel krabbelte ihm über die Wange.

Plötzlich erklang ein metallisches Scheppern, gefolgt von lauten Schreien und Flüchen. Onkel Ted war im Park! Aber was machte er da bloß?

»Hinterfotzige, gottverfluchte, satansschlampige Pissarschscheiße …«, hörte David, ein kurzes Poppen und dann nichts mehr. Das kurze Poppen hörte sich wie ein Korken an, der aus einer Flasche gezogen wurde. David fragte sich, ob er verrückt wurde. Das nächste Geräusch war wieder ein Scheppern, und dann kam das Schlurfen in seine Nähe zurück. David hielt wieder die Luft an.

Endlich drehte Onkel Ted sich um, verärgert grummelnd und röchelnd, und stampfte zum Haus zurück.

Zehn Minuten später hockte David, nachdem er die aufklappbare Torftür sorgfältig hinter sich geschlossen hatte, sich im Graben hin und suchte das Haus nach Lebenszeichen ab. Als er den Blick senkte, sah er die Spuren auf dem Rasen und verfluchte sich.

»Natürlich!«, flüsterte er. »Der Tau! Ich muss wirklich besser aufpassen.«

Vier

12a Onslow Terrace
LONDON SW 7

Dienstag, 21. Juli 1992

Lieber Onkel Ted,

dein Brief ist heute Morgen angekommen. Ich habe ihn mehrmals durchgelesen. Erstens, weil deine Handschrift so schwer zu entziffern ist und ich Schwierigkeiten mit einigen unklaren Sätzen hatte. Zweitens, weil einiges darin steht, das mich aus anderen Gründen irritiert. An der Handschriftenfront habe ich mich zum Beispiel ziemlich lange gefragt, was du mit »fischgleichem Karma« in Bezug auf David meintest. Ich weiß, dass David der Natur nacheifert, aber das schien mir doch etwas weit zu gehen, bis ich merkte, dass du »füllenhaften Charme« meintest. Ein andermal bezeichnest du dich selbst als Rotarier, was mir unwahrscheinlich vorkam. Ich habe jetzt beschlossen, dass es »Bohemien« heißen soll. Als ich schließlich zu dem Satz kam, »Machen wir uns doch nichts vor; ich trete als von dir geprahlter Sermon auf«, konnte ich nur annehmen, dass der Whisky dich übermannt hatte. Inzwischen bin ich nach Auszählung der Buchstaben und seit ich deine Federführung besser kenne, zu der

Entscheidung gelangt, dass du eigentlich schreiben wolltest, »ich trete als von dir bezahlter Spion auf«.

Das bringt mich auf mein Hauptanliegen. Ted, ich möchte nicht, dass du dir als Schlange an Logans Busen vorkommst oder als Viper auf Swaffords Rasen. Ganz am Anfang deines Briefes hast du eine Anspielung auf das trojanische Pferd gemacht, und auch das ist eine schlechte Anallegorie. Du bist ein alter Freund und jetzt ein Gast von Michael und Anne Logan. Du bist Taufpate eines ihrer Kinder. Es ist doch wohl nichts Besonderes daran, wenn du eine Zeit lang bei ihnen bleibst, oder? Obwohl es richtig ist, dass ich dich gebeten habe, nach Swafford Hall zu fahren, und dass ich es auch bin, die dich dafür bezahlt, dass du mir deine Eindrücke schilderst, habe ich das doch in dem sicheren Wissen getan, dem *sicheren Wissen,* dass du, wenn du erst einmal für eine Weile dort bist, herausfinden wirst, dass dein eigenes Gespür als Schriftsteller und als Freund der Logans dich freiwillig dort festhalten werden. Ich bin sogar sicher, dass keine zehn Pferde dich von dem Ort fortzerren können werden. Du kannst dich mit ebenso wenig Berechtigung einen bezahlten Spion nennen, wie ein seriöser Fotojournalist sich für einen Schnüffler halten muss.

Du glaubst vielleicht, dass du bei Verfolgung dieser Angelegenheit bloß dem Spleen einer sterbenden Neurotickerin nachgibst, die verrückt genug ist, dir dafür eine Stange Geld zu zahlen. Vielleicht hast du Recht. Seit einem Monat habe ich es mir immer wieder durch den Kopf gehen lassen und mich gefragt, ob ich mir das alles nicht nur einbilde. Vor einiger Zeit war ich bei einem Priester, und der erzählte mir, es sei normal, wenn »Sterbende Visionen empfangen«. Ich war bei einem Psychotherapeuten, der sagte dasselbe mit anderen Worten: »Der verletzte Verstand spielt sich realistische Bilder vor, mit denen er zwischen seinen Wünschen und der furchteinflößenden Wirklichkeit zu vermitteln sucht. Im großen Maßstab reagiert die Gesellschaft mit ihrer Kino- und Fernseh-Industrie nicht anders.« Irgend so ein Zeug. Aber ich weiß, dass, was ich weiß, das ist, was ich weiß, und dass nichts je wieder so sein kann wie früher. Ich will dich nicht in Verlegenheit bringen, indem ich dir erzähle, dass ich jetzt weiß, dass es einen Gott gibt und dass Gott so vollkommen und real ist wie der Stift, mit dem ich gerade schreibe. Bist du je in einem heißen Land gewesen, an einem sengend heißen, ungemütlichen Ort und hast dann eine kühle Kathedrale betreten oder einen Tempel? Oder bist du je an einem bitterkalten, die Wangen erstarren lassenden Wintertag zu einem Kaminfeuer hereingekommen? Stell dir dieses Gefühl der Erleichterung, des Willkommens und Frohlockens hoch zehn vor, hoch zwanzig, so hoch wie du willst, und immer noch hast du kein Quäntchen der Empfindung, die die Gegenwart Gottes vermittelt.

Ich sagte, ich wolle dich nicht in Verlegenheit bringen, aber wahrscheinlich habe ich das. Vermutlich wirst du sagen, dass ich mich bloß selbst blamiere, aber das stimmt nicht. Aber darauf möchte ich vorerst nicht eingehen.

Ich bin dir so dankbar dafür, dass dein erster Brief so gehaltvoll war. Ich fand ihn ganz und gar nicht »unzusammenhängend«: Absolut alles, was du mir erzählst, ist von Interesse. Ich beschwere mich nicht einmal darüber, dass du dich immer so über mich lustig machst. Ich nehme an, du bist grob und hasst mich, weil du dich meinetwegen wie eine Prostituierte oder wie ein Spion fühlst. Das macht mir überhaupt nichts aus, aber es tut mir Leid, dass du unglücklich warst und »im Trüben dümpeltest«. Welch eine bezaubernde Redewendung.

Deine Geschichte von Peter Cambric fand ich sehr interessant. Ich kann nicht ganz glauben, dass jemand, der sich so in »Einklang« und im Zustand der »Ekstase« befindet, imstande sein soll, eine so bewusste Handlung durchzuführen, wie das Zielen mit einem Gewehr und Drücken des Abzugs. Eine meiner eigenwilligeren Therapeutinnen versuchte, mich in einen ähnlichen Geisteszustand zu versetzen, als Teil einer Prozedur, die mein Blut heilen oder reinigen sollte. Ihre Methode hatte etwas mit Alpha- und Thetawellen im Gehirn zu tun. Die braucht man für den Biofeedback – das ist der übliche Name für diese Methode. Wir befanden uns als Gruppe in einem Zimmer, lagen auf Couches, alles Leukämie- und Aidspatienten, und mussten uns total entspannen, bis unsere Theta- und Alphawellen rauschten oder strahlten oder eremitierten oder was die nun grade machen, und dann ließen sie uns mit unseren Körpern kommunizieren.

»Stellt euch euer Blut als einen Strom von Kristallen vor, absolut rein und absolut klar«, sagte sie etwa. »Stellt euch vor, wie sanft es fließt und wellt und gleitet. Aber jetzt schaut tiefer in das Blut, unter seiner Oberfläche liegt ein Knäuel Tang. Ihr glaubt, ihr könnt es nicht erreichen, aber das könnt ihr. Ihr könnt es erreichen, ihr könnt in den Strom hinabgreifen. Beugt euch vor und greift in den Strom und nehmt den Tangknoten, nehmt ihn in die Hand. Er ist wie Gelee. Fühlt sich an wie Gelee. Reibt ihn zwischen euren Fingern. Ihr könnt ihn zusammendrücken und mit den Fingern zerreiben, bis er sich auflöst. Wenn er sich auflöst, könnt ihr eure Hände ins Wasser tauchen und die aufgelösten Reste vom Strom hinwegspülen lassen. Der ganze Tang wird entwirrt und aufgelöst und all seine winzigen Teilchen fließen jetzt frei und leicht den Strom hinab und verlieren sich im Ozean. Jetzt ist der Fluss wieder rein und frei und klar.«

Das alles ging stundenlang so weiter und kostete Tausende, wie du dir denken kannst. Im Kopf funktioniert es ein Stück weit. Aber egal, wie doll ich mich entspannte, immer wenn sie sagte, ich solle das Gelee mit den Fingern zerreiben, betrachtete ich meine Hände (im Geist, meine ich), und etwas in meinem Kopf brachte die Stränge dazu, hart und verfilzt und knotig und unauflöslich zu werden. Ich zwang sie dazu, wieder zu Gelee zu werden, zu etwas mit der Konsistenz von zu lange gekochten Spaghetti, und dann habe ich gerieben und gerieben und dachte, ich hätte gewonnen, aber dieser Dämon in meinem Kopf zwang mich, im Kern der weichen Spaghetti noch ein Knäuel aus groben schwarzen Fasern zu sehen. Und so ging es immer weiter, ein Teil von mir war bereit, den Tang aufzulösen, ein anderer zwang mich zu der Einsicht, dass das Herz des Tangs böse und unüberwindbar sei. Wenn die Sitzung dann vorbei war, lächelte ich die Heilerin genauso glückselig an wie alle anderen, um ihre Gefühle nicht zu verletzen (blödsinnig, wenn man bedenkt, wie viel Geld sie aus uns rausholte), und sagte, dass ich einen überwältigenden Frieden verspürte, aber ich wusste, dass der kleine Knoten immer noch da war.

Ich bin die Einzige aus dieser Gruppe, die noch am Leben ist.

Ich muss mich beeilen, wenn ich den Brief noch aufgeben will. Ich möchte, dass du ihn unbedingt hast, bevor Onkel Michael ankommt.

Ted, ich weiß, dass ich das Richtige getan habe, als ich dich nach Swafford geschickt habe. Die Länge deines Briefes und dein jetziger Gemütszustand zeigen mir, dass Gott in seiner überwältigenden Güte einen Weg gefunden hat, auf dem er uns beide durch ein und dieselbe Handlung zur Erlösung führt. So war es doch seine Fügung, die dich zu meinem Patenonkel gemacht hat.

Vergib mir, wenn dir das zu direkt auf die Nase gebunden ist, wie man in Amerika sagt, aber ich habe kein Interesse mehr daran, Verlegenheiten aus dem Weg zu gehen. Wenn mein jüngeres Ich diesen Brief lesen könnte, wäre es selbst in Millionen Jahren nicht davon zu überzeugen, dass ich ihn geschrieben habe.

Schreib, sobald du kannst und so viel du kannst. Wenn die Möglichkeit besteht, dass du dir eine Schreibmaschine oder einen Computer leihst, würde mir das entzündete Augen und Kopfschmerzen ersparen …

Alles Liebe und in der Hoffnung auf Neuigkeiten,

Jane

11

Swafford

Freitag/Samstag, 24./25. Juli

Jane,

wie du siehst, bin ich widerstrebend deiner bitte nachgekommen und habe eine maschine aufgespürt. Sie gehört simon und scheint ziemlich wenig gebraucht zu werden. sie macht mit den worten das gleiche wie die Firma KRAFT mit Käse.

anscheinend haue ich zu heftig auf die tasten, weil ich mechanische schreibmaschinen gewohnt bin. AU?ERDEM VERSTEHE ICH DIESE VERDAMMTE Shift-Taste nicht. entweder blockiert sie und schreibt nur noch großbuchstaben, oder sie verweigert sich mir vollständig. IMmerhin wirst du's wenigstens lesen können, falls ich simon oder davey dazu bringen kann, mir zu zeigen, wie der drucker funktioniert.

zu deiner erbauung lege ich diesem brief die geschichte von david und der sabotage der weihnachtlichen fasanenjagd bei. selbst wenn sie für deine fragen nicht von belang ist, gefällt sie dir vielleicht.

Dein Brief war mir entgegen deinen Erwartungen überhaupt nicht peinlich. Ich weiß nicht, für wen oder was du mich hältst, für 'n Typen wie Henry wilcox oder C. Aubrey Smith, der sofort rosa anläuft und stocksteif dasteht, sobald man das wort Gefühl oder glaube ausspricht. Ich bin Lyriker, verdammt noch mal, nicht Finanzbeamter. DIE EINZIGEN Gefühle, die einen Lyriker ärgern, sind billige Gefühle, unverdiente Gefühle, geklaute Gefühle, das Gefühl der Wunscherfüllung, Gefühle, die aus der Fantasie oder dem Geratewohl stammen und nicht aus dem Bauch. so steht's zumindest im handbuch für poeten.

ABER; KURZE Pause nur, um anzumerken, dass es das Wort »Anallegorie« nicht gibt, so sehr das zu bedauern ist, ich habe deine gefühle nicht zu beurteilen. die Macke (apropos Macken: Du scheinst vergessen zu haben, dass »Neurotiker« aus dem Griechischen kommt, wo es kein »ck« gibt. Vielleicht kanntest du die richtige Orthographie, aber deinem Unterbewusstsein war daran gelegen kundzutun, dass du nicht ganz richtig tickst), die Macke … welche Macke wollte ich gerade erwähnen? ACH RICHTIG; DIE Macke bei dieser Textverarbeitungssache ist, dass man nicht zurückgehen und ein Wort durchstreichen kann. bei einer schreibmaschine kannst du die rücktaste benutzen und deine fehler mit x'en bedecken. Das scheint hier völlig unmöglich zu sein. man kann sich für all seine sünden absolution erteilen, aber niemand wird irgendwie schlau daraus. Außer einem selbst.

Da wir gerade beim Rosaanlaufen und Stocksteifdastehen sind, sobald bestimmte Dinge erwähnt werden, am vergangenen Wochenende hatten wir ein sehr viel volleres Haus, als ich erwartet hatte. Im letzten Brief erwähnte ich, dass ich es unhöflich fände, wenn man sich bei Gastgeber oder Gastgeberin nach der Zusammensetzung eines geselligen Beisammenseins erkundigt, ich war daher erstaunt, als ich entdeckte, dass ein

Mädchen, das sich als deine beste Freundin ausgibt, seit Freitagabend hier draußen ist. Nennt sich Patricia Hardy, riecht nach Gurkensaft und verursacht allerlei Röte und Steifheit beim Endunterzeichnenden. wahrscheinlich wusstest du, dass sie kommt. Hoffentlich ist sie nicht hier, um den Spion auszuspionieren.

Auf sie und die anderen komme ich später zurück. Wo hatte ich letztes Mal aufgehört? Montagmorgen. Genau. Ich beendete meinen ersten Brief an dich, torkelte matt nach unten, um ihn in der Halle in den Kasten zu werfen, döste fünf Minuten lang mit ans Wandbarometer gelehntem Kopf, bevor es mir gelang, mich am Geländer nach oben zu ziehen, immer einen Pfosten nach dem anderen, und fiel schließlich um fünf vor acht ins Bett.

ICH ERWACHTE RECHTZEITIG ZUM Mittagessen, und es gelang mir im kleinen Wohnzimmer, Annies aus Erstaunen und Vorwürfen gemischte Blicke von vornherein zu ersticken.

»Konnte nicht schlafen. Bett zu bequem, viel zu ruhig«, erläuterte ich, aber ich sah, dass sie dachte, ich hätte die ganze Nacht oben in meinem Zimmer gesessen und mich nach und nach bis zum Stupor besoffen. Da es meiner Meinung nach nur wenige Dinge auf dieser Welt gibt, die durchsichtiger würdelos sind als die Bemühungen eines Alkoholikers, strahlend und vital zu erscheinen, um der Welt zu beweisen, dass er sich keines Katers schuldig gemacht hat, schluckte ich die Beleidigung ihres Blicks runter und lehnte den angebotenen Sherry ohne weitere Beteuerungen meiner Unschuld ab.

Ich werde dich nicht durch jede einzelne Stunde jedes einzelnen Tages geleiten: Inzwischen ist Samstag, und am Montag und Dienstag ist sehr wenig vorgefallen, das ich der Erwähnung für wert halte. Simon war noch weg, und Anne schien eifrig bemüht, dass ich David so viel Gesellschaft leiste wie möglich.

»Es heißt, er sei sehr intelligent«, sagte sie. »Ich fürchte, in den Ferien bekommt er nicht genug Anreize. Simon ist so viel älter und hat … andere Interessen. Wie du weißt, war ich ja auch nicht gerade ein Bücherwurm. Michael kümmert sich natürlich rührend um ihn, aber er hat in letzter Zeit so viel zu tun … erinnerst du dich an seine Nichte Jane? Jane Swann?«

Ha! Zum ersten Mal fiel dein Name. Du hast mir nicht klargemacht, ob dein Zustand der Welt bekannt ist oder nicht, also erwähnte ich ihn nicht, sondern wartete neugierig ab, ob die Nachricht nach Swafford gedrungen ist.

»Das will ich meinen«, antwortete ich, »auch sie ist mein Patenkind.«

»Ach richtig, natürlich ist sie das. Jane war im Juni hier, was teilweise in die Zeit fiel, als Simon und Davey ihre letzten Klausuren vor den Ferien hatten, und sie und Davey mochten sich auf Anhieb. Wirklich umso beachtlicher, als …« Sie brach verwirrt ab.

»Als?«

»Ich weiß nicht genau, was dir *bekannt* ist«, sagte sie mit jener Oberschichtbetonung, die es verraten hätte, selbst wenn es mir unbekannt gewesen wäre.

»Die Leukämie? Doch, Jane hat mir davon erzählt.«

»Tatsächlich? Ich wusste gar nicht, dass ihr Kontakt habt. Eine schreckliche Angelegenheit. Jane hat sich hierher eingeladen und …«

Sie behielt für sich, was sie noch hatte sagen wollen. Natürlich wusste sie von deiner Mutter und mir, also hielt sie es vielleicht für taktlos, bei deinem Zweig der Loganfamilie ins Detail zu gehen.

Also warst du im Juni in Swafford, ja? War das, als Gott dich heimgesucht hat, oder kamst du als Folge der Heimsuchung? Zweifellos wirst du es mich wissen lassen, wenn du den Zeitpunkt für gekommen hältst.

(Noch etwas Außergewöhnliches an dieser Maschine: Wenn man Apostrophe oder Anführungszeichen schreibt, weiß sie automatisch, ob die nach links oder rechts neigen sollen. Beim Tippen des obigen Gesprächs habe ich also immer dieselbe Taste für An- und Abführungszeichen gedrückt, und sie hat es automatisch »so getippt«. Ganz schön gewieft. Langsam verstehe ich, warum man so ein Gedöns darum macht.)

Fazit der Konversation war, dass Davey mich mehr oder weniger für sich hat. Er begreift schnell, gar keine Frage, und ich halte ihn für ehrlich interessiert an Lyrik und Kunst und Philosophie und der Praxis der Vernunft. Wie in seinem Alter üblich, glaubt er, die einzige Aufgabe der Lyrik liege in der Schilderung der Natur. Keats, Clare, Wordsworth, ausgewählter Browning und Tennyson, der gängige Plunder. Zartfühlend belehrte ich ihn eines Besseren.

»Nein, nein, nein, junger Freund. Du musst doch schon mal den Ausdruck ›erhabene Abgeschiedenheit‹ gehört haben. Diese Typen schreiben nicht über Löwenzahn und Gänseblümchen, sie schreiben über sich selbst. Romantische Dichter sind von sich selbst stärker eingenommen als der therapiesüchtigste Kalifornier, den du dir vorstellen kannst. ›Einsam wandle *ich* wie eine Wolke‹, ›*Mein* Herz schmerzt‹, ›*Mein* Herz hüpft auf‹.«

»Aber sie müssen doch die Natur lieben?« Wir waren im Park und auf dem Weg ins Dorf, wo ich meinen Vorrat an Rothies auffüllen wollte. Michael hält für seine

Gäste nur Zigarren bereit. Das muss Montagnachmittag gegen drei gewesen sein. Wir hatten einen Beaglewelpen dabei, der Auslauf brauchte. Seine Funktion war es, die Länge des Spaziergangs zu verdoppeln, meine Wildlederschuhe zu bepinkeln und sich am eleganten Bravourstück zu versuchen, seine Kiefer um vorbeiflatternde Schmetterlinge zu schließen.

»Pass auf; alter Knabe. Natur ist der Scheiß, in den wir hineingeboren werden. Sie ist hübsch, aber keine Kunst.«

»›Schönes ist wahr und Wahres schön – ihr wisst irdisch nur dies, mehr Wissen braucht ihr nicht.‹«

»Jaaa, aber wenn du glaubst, dass Schönheit nur *dort draußen* vorhanden ist, steht dir eine ziemlich grottige Jugend bevor, weißt du. Bild dir doch bitte nicht ein, dass Schöllkraut und Mädesüß, Hahnenfuß und Klee unser einziger Weg zu Wahrheit, Schönheit und vedischem Glücke sind. John Clare konnte in durchgedrehter Trance durch Auen und Talgründe wandeln, weil es Auen und Talgründe zum Wandeln gab. Heute haben wir Städte und am Stadtrand – Megaschuppenbebauung. Wir haben Fernsehen und Lymphknotentherapien mit Algenpackungen.«

»Und deswegen müssen wir darüber schreiben, ja?«

Lass dir dieses »wir« auf der Zunge zergehen, Jane. Ich war achtunddreißig, bevor ich wagte, »Dichter« in meinen Ausweis eintragen zu lassen und die Mitgliedschaft im *genus irritabile vatum* zu bekennen.

»Wir *müssen* über gar nichts schreiben.«

»Shelley hat gesagt, die Dichter sind die uneingestandenen Gesetzgeber der Welt.«

»Ja, und er hätte noch zehnmal idiotischer aus der Wäsche geguckt, wenn alle seiner Meinung gewesen wären.«

»Wie meinst du das?«

»Na ja, dann hätte man die Dichter als die *eingestandenen* Gesetzgeber der Welt beschreiben müssen, oder etwa nicht? Und sie hätten ihre samtgewandeten Ärsche hochkriegen und Gesetze erlassen müssen. Ihm hätte das bestimmt nicht gepasst.«

»Ich sehe nicht, inwiefern das eine sonderlich hilfreiche Einsicht sein soll.«

»Dann entschuldige bitte.«

Wir gingen schweigend weiter, der Beaglewelpe hüpfte wie ein Delphin durch das Meer des hohen Grases.

»Hör zu«, sagte ich, »ich finde es gut, dass du Lyriker werden möchtest. Ich bewundere das. Aber ich kann mir wirklich und wahrhaftig keinen Beruf vorstellen, der noch … also pass auf; wir schließen eine Wette ab. Ich wette, dass du, David Logan, während meines Aufenthalts hier außerstande sein wirst, einen einzigen Beruf zu nennen, der weniger Nutzen, weniger Chancen, weniger Zukunft, weniger Sinn, weniger Status und schlechtere Aussichten hat als die Berufung zum Poeten.«

»Abwassertechniker«, antwortete er wie aus der Pistole geschossen.

»Zwei Szenarios«, sagte ich. »Szenario A: Sämtliche Lyriker in England, Schottland, Wales und Nordirland treten in Streik. Resultat? Es würde vierzehn Jahre dauern, bevor irgendjemand außerhalb des Gordon Square oder der Redaktionsstuben von ›Times Literary Supplement‹ das auch nur merkte. Bedrängnis-, Mühsals- und Ungemachsquotient? Null. Auswirkung? Null. Nachrichtenwert? Null. Szenario B: Sämtliche Abwassertechniker allein in London treten in Streik. Resultat? Scheißhaufen und Tampons schwappen in deiner Spüle, deine Füße platschen durch Auswurf und Schlamm, wo du auch hintrittst. Typhus, Cholera, Durst und Katastrophe. Bedrängnis-, Mühsals-, Ungemachs-, Auswirkungs- und Nachrichtenwertsquotienten? Hoch.«

»Schon gut, schon gut, war ein schlechtes Beispiel. Ähm … dann eben Komponist. Ein Komponist von E-Musik.«

»Da kommen wir der Sache schon näher. Moderne Komponisten haben in der Tat ein kleines Publikum, das gebe ich zu. Aber die meisten von ihnen, die nämlich, die nicht das große Geld scheffeln – und Geld kann man selbst mit dem scheffeln, was als ›ernste‹ Musik zu bezeichnen sie sich nicht nehmen lassen –, die vertreiben sich die Zeit und verdienen ihre Miete, indem sie Filmmusiken schreiben, Melodien für Werbespots und Seichtmusik für Flughäfen, dirigieren und in Konservatorien Harmonielehre und Kontrapunkt unterrichten oder was in der Art. Wenn sie wollen, können sie abends in einem Nachtclub Klavier spielen. Welche Kleinkunstfertigkeiten bringt dagegen ein Dichter mit? Er hat ein noch kleineres Publikum, seine Arbeit beschränkt sich schließlich und endlich auf jene, die dieselbe Sprache sprechen: Sucht er einen anderen Job, beschränken seine Alternativen sich auf die *Lyrik anderer Leute.* Er rezensiert. Meine Güte, und wie er rezensiert. In jeder Tages- und Wochenzeitung, jedem Magazin und jeder Vierteljahresschrift, die dir nur einfallen, verdient er sein täglich Toastbrot, indem er die Lyrik anderer Leute kritisiert. Oder er lehrt. Anders als der Komponist lehrt er nicht das Handwerk seiner Innung, lehrt er nicht Prosodie und Metrum und Form, sondern die Lyrik anderer Leute. Ist er ein großes Tier, dann kann er die Lyrikreihe eines der wenigen verbliebenen Verlagshäuser herausgeben, die so was noch im Programm haben. Er veröffentlicht die Lyrik anderer Leute, und er macht Anthologien aus der Lyrik anderer Leute. Gewiss kann er auch in der *Late Show,* dem *Kaleidoskop* und *Kritikerforum* auftreten und über die Lyrik anderer Leute reden. Jesus Gott, wenn ich die Wahl hätte, in diesem Jahrhundert als Lyriker oder als Komponist noch einmal von vorne anzufangen, nähme ich den Komponisten und spendete aus Dankbarkeit die Hälfte meines Jahreseinkommens Wohltätigkeitsorganisationen.«

Davey sah nach diesem Ausbruch ziemlich durcheinander aus, und ich fühlte mich sofort wie das mieseste aller Schweine. Er dachte einen Moment nach und biss sich auf die Unterlippe. »Ich weiß, dass du das alles nicht so meinst«, sagte er. »Ich weiß, dass du nur meine Berufung prüfst. Ich weiß, dass es nichts Besseres gibt, als ein Dichter zu sein, und dass du es auch weißt.«

Mittlerweile hatten wir die Gasse erreicht, die in die Hauptstraße des Dorfs mündet, und mir wurde klar, dass etwas Eigenartiges und Wunderbares geschehen war, genauer gesagt, dass etwas Widerwärtiges und Schreckliches nicht geschehen war. Ich hatte mich eine halbe Stunde lang mit einem Jugendlichen unterhalten, der behauptete, ein Dichter zu sein, und er hatte nicht im Geringsten zu erkennen gegeben, dass er mir auch nur ein einziges seiner Gedichte vorlesen wollte. Vielleicht ist dies das Wunder, Jane, auf das du angespielt hast …

Das war am Montagnachmittag. Dienstag war ein ereignisloser Tag. Wir sind im Boot auf den See hinausgerudert und ich habe Chablis getrunken und auf

Davids Bitte hin aus meinen *Gesammelten Gedichten* vorgelesen. Er machte immer noch keine Anstalten, mir seine eigenen aufzudrängen.

Er fand *Bei Betrachten des Gesichts von W. H. Auden* zu gekünstelt, woraufhin ich entgegnete, genauso gut könne man sich darüber beschweren, dass *Die Hundertundein Dalmatiner* so viele Hunde enthielten. Ihm gefielen *Martha, in einem Lichtspalt gesehen* und *Ballade des Arbeitsscheuen,* aber sein eigentlicher Favorit war natürlich *Wo der Fluss endet,* und ich brachte es nicht übers Herz, ihm zu sagen, dass das in Wirklichkeit auf die Mitteilung hin entstanden war, dass die Lyrik von Gregory Corso und Lawrence Ferlinghetti ins Schulcurriculum aufgenommen worden war. Er hielt es für ein ökologisches Gedicht, ein grünes Gedicht *avant la lettre,* über Abwassereinleitung ins Meer. Die Jugend ist ein Stoff, bei dem ich schäumen könnt.

Wie umnachtet oder unter Hypnose merkte ich, dass ich ihn fragte, ob er, wo ich ihm jetzt meine gezeigt hatte, mir nun seine zeigen würde.

Er wurde rot wie ein überreifer Pfirsich. »Die willst du nicht wirklich sehen«, sagte er.

»Oder hast du welche im Kopf? Ehrlich, ich würde gern was hören.«

Und das aus dem Mund von Ted Wallace, merk's dir, von dem man sagt, dass er sich bei drohenden Lyriklesungen sofort in dichtesten Verkehr stürzt.

Das Gedicht war kurz, das war gut. Das Gedicht war lieblich, das war gut. Das Gedicht hatte Form, das war gut. Das Gedicht war schlecht, das war schlecht. Das Gedicht hieß »Der grüne Mann«, das war unverzeihlich.

Der grüne Mann

Ich sog an der Erde und sog an der Flur
Erde ist trocken, Puder für Locken
Ich reckte mich hoch und pflückt' am Azur
Azur ist blau und als Kleid zum Frohlocken

Ich leckte das Gras und leckte es rein
Reines Gras wird Heu; Gold fürs Gewebe
Ich umarmte das Laub; presste sein Grün
Gepresst wird Mark Blut, und Blut muss leben

Ich säte den Samen, Saat meines Seins
Samensaat ist weiß, weiß wie der Wind
Sei bald geboren, Blut meines Gebeins
Der Erde Sohn und der Wälder Kind

Der Mann aus Stroh, der Gott der Glut
Blau ist sein Mantel, stolzgeschwellt
Das süße Grün, das Grün im Blut
Wasche uns rein und erlöse die Welt

Ich hatte dich gewarnt. Es ist, als röche man die Fürze eines anderen, oder? Er scheint auf seine anmutige Weise ein Wichsen im Walde aufgezeichnet zu haben. Falls du dich fragen solltest, ob ich dieses Machwerk liebevoll meinem Gedächtnis anvertraut habe, so sei versichert, dass ich es von einem sorgfältig kalligraphierten Manuskript abgeschrieben habe, das Davey mir überreichte, nachdem ich ihm (was blieb mir anderes übrig?) Komplimente gemacht hatte.

So viel zu Dienstag. Mittwochmorgen dagegen war für Swafford von höchster Bedeutung, denn dieser Tag sah Michaels Rückkehr aus der Stadt. Soweit wir wissen, hofft er, jetzt einige Zeit bleiben zu können. In seinem Arbeitszimmer hat er eine Art Telekommunikationszentrum eingerichtet, wo er sich damit abrackern kann, Unternehmen auszuschlachten, Pensionsfonds zu übervorteilen und das zu akquirieren, was große Tiere wie dein Onkel halt so akquirieren … Akquisitionen, nehme ich an.

Mittwochnachmittag standen David und ich auf dem Bleidach über dem Vorderportal und sahen der Landung des Hubschraubers auf dem Südrasen zu. Michael kletterte heraus, stürmte aufs Haus zu, wobei er seinen Kopf festhielt (seine Perücke, wenn man dem schmierigen Gerücht in diesem Hause Raum lassen will. Ich werde es schon noch herausfinden, da mach dir keine Sorgen), und sah, sobald er den schlagenden Rotorblättern entkommen war, zu uns hoch. David winkte, Logan winkte zurück. Ich winkte, Logan linste, winkte dann und sprang herum. Ein Willkommen. Ein großes, auftrumpfendes Willkommen von einem großen, auftrumpfenden Mann.

Wir strömten die hölzernen Sprossen hinunter, ich keuchte in Davids Kielwasser; wir polterten durch den alten Kinderflügel, stolperten die Hintertreppe hinab und hurraten zu seiner Begrüßung in die Halle wie Jo und Amy March in der klebrigsten Sonntagnachmittagsserie, die du dir vorstellen kannst. Deine Tante Anne kam aus dem vorderen Salon, gewann mit einer Länge Vorsprung und wurde als Erste geküsst. Michael sah aus der Umarmung seiner Frau hoch, als wir zum Bremsen unsere Hacken in den Marmor stemmten und peinlich berührt zum Stehen schlitterten.

»Davey! Und Tedward! Ha-ha-ha!«

Mein Gott, man kann diesen Mann nur beneiden. Nicht um seine Macht, seinen Reichtum und seine Position, obwohl man ihn, ehrlich gesagt auch darum beneiden kann, sondern um seine Autorität und seine – doch, ja, seine Macht in diesem Sinne – seine Macht in seiner Familie und über seine Familie und um die großen Richtstrahlen verdammt reinen Charismas, die er so uneingeschränkt und unaufhörlich von sich gibt, ungefähr so wie Gewichtheber und Feuilletonchefs Körpergeruch abgeben.

Vergleichen Sie und arbeiten Sie die Unterschiede heraus:

Letzte Weihnachten wird Ted zu Helen nach Hause eingeladen, Helen ist meine zweite Frau und die Mutter von Leonora und Roman.

Ted, der nicht Auto fährt, landet fahrplangemäß, wie dem Haushalt per Brief und Fax angekündigt, in Didcot Station. Jemand da, um ihn abzuholen? Kein Schwein.

Also nimmt Ted sich für die letzten zwölf Meilen ein Taxi. Er kommt an und drückt mit der Spitze seiner Plumpuddingnase auf die Klingel, denn seine Arme sind mit Geschenken überladen.

Niemand kommt, also drückt Ted gegen die Tür und merkt, dass sie aufgeht. Er geht zum Wohnzimmer und wankt unter dem Gewicht seiner Pakete. Er erreicht die Schwelle mit vor festlichem Frohsinn rosigen Wangen und Augen, die wie Elfenlämpchen glitzern. Old Ted ist der Inbegriff weihnachtlicher Stimmung, Heinrich der Achte, wenn er mal gute Laune hat, Bruder Tuck und Clarence der Engel, alle in ein strahlendes Bündel zusammengerollt. Er ist ganz Heiterkeit und Lebensfreude, väterliche Liebe und julfestliches Vergnügen. Er gleicht Maronen, die am offenen Feuer rösten, einem Johannisbeerpunsch mit Glühwein und haufenweise Mistelzweigen. Seine blühend leuchtende Gutmütigkeit verspricht Spiele, Wangenkneifen, Possen, Hoppe hoppe Reiter, Kurzweil und Keksscherze.

Seine Exfrau, sein einziger Sohn, seine einzige Tochter, der Freund seiner einzigen Tochter und der einzige neue Mann seiner Exfrau sehen vom Fernseher hoch, wo Cilla Black gerade die Weihnachtssendung von *Herzblatt* moderiert und sagen:

»Pst!«

»Ach, du bist's.«

»Hast du was getrunken, Daddy?«

»Hi.«

»Gott, du siehst ja furchtbar aus.«

»Pst!«

Zuhaus-ist-der-Seemann-zurück-von-der-See-und-der-Jäger-zu-Hause-vom-Hügel, das glaub ich aber nicht die Bohne.

Das war genau der flegelhafte, taktlose, mürrische Empfang, der neunundneunzig von hundert Vätern tagtäglich zuteil wird. Es war weder neu noch überraschend. Die einzig angemessene Reaktion auf so gefühlloses Benehmen ist natürlich, sich zu betrinken und so unangenehm zu werden, dass du der ganzen Bagage den Gefallen tust, ihr eisiges Willkommen zu rechtfertigen und beim nächsten Mal dasselbe zu garantieren.

Augenblick weinerlichen Selbstmitleids vorbei, ich fahre fort. Wir verließen deinen Onkel Michael (einen Mann, der im Leben noch keinen Raum betreten hatte, ohne dass alle Anwesenden aufsprangen und sich entweder wie zahme Gazellen um ihn scharten oder vor Angst aus dem Fenster sprangen) in der Halle.

»Also, Davey … was gibt's Neues, was hast du zu erzählen?«

»Die Erdbeersträucher sind zum Bersten voll. Ich hab sie mir gestern Abend mit Onkel Ted angeschaut.«

»Dann gibt's Erdbeeren zum Nachtisch. Ja. Einen Berg Erdbeeren. Tedward!« Michaels blaue Flecken hinterlassende Bärenumarmung. »Ich hab schon gehört.« Ausgebreitete Arme, hochgezogene Schultern, wie der gekreuzigte Jesus.

Plötzlich konnte man sehen, dass Christi Haltung am Kreuz in Wirklichkeit bloß das große Schulterzucken eines mitteleuropäischen Juden war. »Ich werde gekreuzigt, meine Mutter steht am Fuß des Kreuzes und jammert, weil ich kein frisch gewaschenes Leintuch anhabe. Wai geschrien!« – so ein Schulterzucken. Die Sorte, die Nichtjuden nie hinkriegen. Ich verstand es als Bezugnahme auf meine Entlassung beim Lumpenblatt.

»Ach, wurscht«, sagte ich (mein Schulterzucken, erkannte ich im Spiegel in der Halle, verlieh mir den Buckel einer sauren, verdrossenen Matrone), »es ist bloß eine blöde Zeitung.«

»Genau! Bloß eine Zeitung. Das hab ich auch gesagt, als ich sie '82 verkauft habe. Es ist bloß eine Zeitung. Sagt mal …« Er brach ab und sah sich um.

»Und wo ist Simon?«

Annie hatte sich bei ihm eingehängt. »Simon hat bei Robbie übernachtet. Treckerrennen, wie du aus dem Fax, das ich dir geschrieben habe, genau weißt. Er ist morgen früh wieder zurück.«

Annie schickt Michael also Faxe und erzählt ihm vom Kommen und Gehen seiner Sippschaft, ja? Ich muss schon sagen, Jane, dass mich das mächtig überrascht hat, denn ich war ja, wie du dich entsinnen wirst, am Montag im Salon dabei gewesen, als Simon beiläufig verkündete, er werde über Nacht wegbleiben, und Anne es kaum gehört zu haben schien. Man sagt, die einzige Fähigkeit, die ein Finanzgenie brauche, sei der Blick fürs Detail. Wenn das auch für Elternschaft zutrifft, bin ich ein hoffnungsloser Fall, da es schon all meine Kraft in Anspruch nimmt, mir Geschlecht, Alter und Namen meiner beiden zu merken.

Nachdem alle ausreichend gegrüßt und umarmt worden waren, eilte Michael nach oben, um zu baden und seinen Bankiersanzug durch das familienfreundliche Polohemd und die Shorts zu ersetzen. Das Wissen, dass er oben war, verwandelte Haus Swafford. Schwer zu sagen, wie genau die Atmosphäre sich verändert hatte. Es war, als hätten wir in den letzten Tagen bloß die Zeit totgeschlagen. Ich bin ein paar Jahre älter als er, aber es gelingt ihm immer noch, dass ich mich in seiner Gegenwart wie ein Vierjähriger fühle. Umso dämlicher war es daher, dass ich ihm gleich an seinem ersten Abend zu Hause eröffnete, was ich vorhatte.

»Du willst *was?*« Seine Augenbrauen rückten zusammen und bekamen einen Ausdruck, der ein finsterer Blick brüllenden Zorns, aber auch ein Stirnrunzeln amüsierter Verblüfftheit sein konnte. Furchttriefend, wie ich war, interpretierte ich ihn als Ersteres.

»Michael, Michael … es geht nicht darum …«

»Jetzt bist du also eine Art Lohnschreiber? Eine Art … wie hieß die noch gleich? Eine Art im Dreck wühlender Kitty Kelley? *Das Privatleben Michael Logans.* Nein, nein, schlimmer, noch viel zu zahm. *Das* heimliche *Leben Michael Logans. Die heimlichen Leben Michael Logans.* Tedward, Tedward. Das ist ja furchtbar.«

Scheiße. Scheiße-Scheiße-Mist-Mist. Ich breitete die Arme aus.

»Michael, du altes Walross, ich wusste, dass das passieren würde. Ich hab mich natürlich völlig falsch ausgedrückt. Es geht nicht um *dich,* du interessierst mich nicht. Nicht *du per se.* Es geht um die ganze ... die ganze *Sache.*«

»Für einen Dichter kannst du dich nicht gerade bewundernswert ausdrücken.«

Ich lehnte mich nervös zurück. Der Mann hatte sich so gefreut, als er mich sah, war so ungeheuer und kolossal entzückt gewesen. Jetzt war ich mit der Tür ins Haus gefallen und hatte ihn in die Enge getrieben. Wir saßen allein am großen Esstisch, die Gedecke waren abgeräumt, Annie hatte sich in den Salon zurückgezogen und Davey sich zur Nachtruhe begeben. Erdbeeren mit Sahne erfüllten uns – Michaels Worte werden niemals leichthin gesagt –, noch dazu die echte, altmodische Sorte Erdbeeren, Spätlese, die Sorte, der man das Fruchtfleisch so leicht auspresst, wie man eine junge Möhre aus dem Misthaufen zieht, nicht dieser moderne Abklatsch, dem die Blätter abfallen und der nach abgestandenem Cidre schmeckt; auch guter Wein füllte uns, und eine milde Wolke von Michaels Havanna und meinen Rothies hing in der Luft. Ich hatte den Augenblick für günstig gehalten.

»Verdammt noch mal, Michael, du kennst mich doch«, sagte ich mit einem gewinnenden Lächeln.

»Genau davor hab ich Angst«, erwiderte er.

»Unter deiner Würde. Mich interessieren nicht die Gerüchte oder Skandale ... nicht, dass es einen gab, sicherlich, und wenn doch, ist er mir egal. Ich sage Biografie, aber ich meine dabei auch eine Art Geschichtsschreibung, eine Art Abriss. Schau mal, Michael«, ich beugte mich wieder vor, »ich glaube, die beiden großen Fäden in der Geschichte des zwanzigsten Jahrhunderts sind die Angelsachsen und die Juden. Im nächsten Jahrhundert sind es vielleicht die Lateinamerikaner und Araber oder die Schwarzen und die Asiaten, oder die Venusier und die Marsianer, soll mich auch nicht jucken, aber in den letzten hundert Jahren« (ich improvisierte hier natürlich wie verrückt) »haben die Juden und die Anglos mehr oder weniger das Antlitz des gesamten Globus gestaltet, das Geistesleben, die Kunst, die Populärkultur, die Geschichte, die … ach, Gott weiß, was noch … das Schicksal der Menschheit, wenn du willst. Nun ist die Tatsache, aus ihrer Rasse rauszuheiraten, bei Angelsachsen ebenso verbreitet wie bei Juden. Aber du und Annie, weißt du, ihr bildet eine besonders fesselnde, eine besonders *lebhafte* Fallstudie, die Grundlinien fallen ins Auge. Du bist nicht *irgendein* Jude, sondern vielleicht der mächtigste in Europa. Anne ist nicht *irgendeine* Anglo, sie stammt aus einer der ältesten Familien Britanniens, deren Vorfahren dieses Land seit mehr als tausend Jahren regiert, requiriert und ruiniert haben. Die Linie ihrer Mutter sorgt für einen Happen Russell, wie beim Premierminister und bei Bertrand, und zum Rezept gehört außerdem ein Schuss Marlborough und Churchill sowie eine Salatbeilage aus Cecils und Pagets. Eure Familie ist also eine Einheit, ein Gewebe aus den beiden großen Fäden. Vielleicht gehört die Dominanz von Angelsachsen und Juden in der Welt der Vergangenheit an, von Christus bis Marx, Einstein, Kafka und Freud, über Shakespeare, Lincoln, Franklin, Jefferson und Colonel Sanders. Deine Nachkommen, deine Ehe, deine Familie, das alles wird nachgerade zum Symbol, findest du nicht? Mich interessiert nicht, ob du deiner Frau treu gewesen bist, Michael, oder was für schmutzige Geschäfte du in jungen Jahren abgeschlossen hast. Ich glaube wirklich, wir haben hier Material für ein fabelhaftes Buch.«

Eh-härlich …

Michael starrte mich eine Zeit lang an, die mir wie eine Woche vorkam. »Ich werd's mir überlegen, Tedward.«

Ich lächelte. »Mehr wollte ich nicht.«

»Du bleibst ordentlich lange. Wir haben also viel Zeit, uns darüber zu unterhalten. Lass uns zu Anne rübergehen.«

Dabei beließen wir es vorerst.

Hab ich's richtig gemacht, Jane? Ich glaube, er hat's geschluckt – warum auch nicht? Die Geschichte ist verdammt überzeugend – ich glaube nicht, dass ich irgendwelchen anderen Entwicklungen einen Strich durch die Rechnung gemacht habe. Aber ich wünschte, ich wünschte, Jane, meine Herzallerliebste, dass du mir genau sagen würdest, wonach ich eigentlich Ausschau halten soll.

Lass mir ein bisschen Zeit, um mich zu strecken und mir noch einen Whisky einzuschenken, und dann werfen wir einen Blick auf den Donnerstag.

III

Donnerstag brachte das, was man die Eröffnung des Hauses für die Sommersaison nennen könnte. Als ich hörte, dass weitere Gäste erwartet wurden, ging mir der Gedanke durch den Kopf, dass ich für Davey so eine Art Vorhut war und dass der Grund, warum er sich so sehr über mein frühes Kommen gefreut hatte, darin bestand, dass er eine Allianz gegen etwaige eklige Erwachsene bilden konnte, die später kamen, und damit nicht auf den Status des übersehenen Kindes oder lästigen Anhängsels relegiert werden würde. Dies war eine voreilige und unbedachte Diagnose, wie sich später herausstellen sollte.

Wir führten ein Gespräch über Leute, in dem wir einige Übereinstimmung zwischen uns feststellten. Ich meinte, ich sei nervös, jemand Neues kennen zu lernen, und Davey meinte, ihm gehe es ebenso. Er bemerkte, es überrasche ihn kaum, dass wir über viele Dinge so einhelliger Meinung seien: Schließlich seien wir, wie er erläuternd hinzufügte, im Grunde genommen gleich alt.

»Jetzt hast du mich aber kalt erwischt, junge Walnuss. Wie meinst du das?«

»Na ja, ich bin fünfzehn Jahre von der Wiege entfernt und du schätzungsweise fünfzehn Jahre von der Bahre.«

Nicht gerade Worte, die man von einem adrett gescheitelten und polierten Jugendlichen erwartet, aber er hatte natürlich den Nagel auf den Kopf getroffen, bis *pueri senes* und der ganze Kram.

Der erste Gast, der aufkreuzte, war deine Busenfreundin Patricia. Mein Gott, Jane, die hat ja was in der Bluse, wenn ich das mal so sagen darf!

Sie war aus eigenem Antrieb gekommen, auf Erholungsurlaub von einer »fatalen« Affäre mit Michaels Handlanger Martin Rebak. Wahrscheinlich weißt du davon. Rebak, Logans CEO (das steht für *Chief Executive Officer* und ist eine Art Kreuzung aus Geschäftsführer und Vorstandsmitglied, glaube ich), war ein Jahr lang mit ihr zusammen: Man sprach von Hochzeit und ewiger Liebe, aber dann nahm er ein PR-Mädel mit auf seinen aufsteigenden Ast und ließ Patricia völlig niedergeschmettert zurück. Fairerweise erklärte Michael diesem CEO, er sei eine Fotze und ein Vieh, und Anne und er haben sich gewissermaßen offiziell auf Patricias Seite gestellt. Noch kann der CEO in Simons Worten »die Platzierung halten« (Simon ist heute Morgen von seinem Treckerrennen zurückgekommen), ist aber eine Spur angekotzt, dass er der Empfänger von Logans altmodischem Mafiaboss-Missfallen ist. Ob Michaels Sympathie für das arme Hasi dem Wunsch entspringt, es selber zu bespringen, das wissen die Götter und deine Wenigkeit (nehm ich an). Es gibt dahingehende *Gerüchte,* dass Michael ein konsequenter und gewissenhafter Einlocher sei, aber Gerüchte gibt es über jeden. Dass fast alle Gerüchte der Wahrheit entsprechen, soll uns im Moment nicht kümmern.

Trotzdem, was für ein Gerät! Sie scheint ihres verlorenen Geliebten wegen nicht gerade in Sack und Asche zu gehen, strahlt vielmehr vor Freude wie ein Flammenwerfer und ist so kreuzfidel wie eine Kompanie Blödelbarden.

»Sie kenne ich doch«, spricht sie mich an, nachdem sie Podmore mit einem Kuss bedacht hat, ich meine ... *Podmore* ... »Sie sind Ted Wallace! Gestern stand ein Artikel über Sie im ›Evening Standard‹. Sie sind gerade irgendwo gefeuert worden, war da nicht sowas? A. N. Wilson hat was zu Ihrer Verteidigung geschrieben, und Milton Shulman sagte, Sie wären eine Schande für den guten Ruf von Literaturkritikern.«

»Wie Myra Hindley eine Schande für den guten Ruf von Kindsmördern ist.«

»Und wir sind uns zweimal begegnet«, fuhr sie fort. »Davon einmal bei einer Buchpräsentation, waren das Ned Sherrins Theateranekdoten im Ivy?«

»Sie werden es mir kaum glauben«, sagte ich, »aber ich habe jede einzelne Präsentation von Ned Sherrins Theateranekdotenbüchern verpasst. Das widerspricht sämtlichen Gesetzen der Wahrscheinlichkeit, aber mir ist es gelungen. Ich halte das meiner Selbstdisziplin und unerbittlichem Training zugute. Sehen Sie, das Problem ist, wenn man zu einer geht, kann man sich nicht zurückhalten, auch zur nächsten zu gehen, dann wieder zur übernächsten und so weiter. Und eh man sich's versieht, geht man jede Woche zu einer. Ich glaube, der einzige Ausweg wäre, dass Ned Sherrin aufhörte, sie zu schreiben, aber das wäre irgendwie geschummelt, finden Sie nicht auch?«

»Ich weiß! Es war in der National Portrait Gallery. Porträts von Kindern für irgendeine Wohltätigkeitsveranstaltung.«

»Oh-oh, eine dunkle Erinnerung bricht sich Bahn.«

»Da waren diese ganzen Porträts«, erklärte Patricia Michael und Anne. »Ihr wisst schon, von Princess Diana und Margaret Thatcher und so weiter, gemalt von Fünfjährigen. Und Ted sagte lauthals, ›Das nennt ihr Gemälde? Das kann doch jeder x-beliebige moderne Künstler.‹ Und dann haben Sie sich aufgeregt, weil Sie nicht rauchen durften.«

»Je nun, ich hab nie was dagegen, mich zum Gespött zu machen, das geb ich sofort zu …«

»Aber zum *ersten* Mal sind wir uns 1987 bei einem Abendessen am Pembridge Square begegnet.«

Sie hörte sich immer mehr wie einer von diesen »Leiden Sie unter Ihrem schlechten Gedächtnis?«-Leuten an, die in der rechten unteren Ecke der Titelseite des ›Telegraph‹ annoncieren.

»Pembridge Square? Pembridge Square? Ich glaube nicht, dass ich irgendwen kenne, der am Pembridge Square wohnt …«

»Die Gossett-Paynes.«

»… abgesehen natürlich von Mark und Candida Gossett-Payne. Was es nicht alles so gibt. Nett, dich wiederzusehen, Patricia.«

Aus dem Augenwinkel konnte ich sehen, dass der Punkt erreicht war, von dem an die Angelegenheit knifflig wurde. Gegen Ende unserer Konversation hatte Davey die Halle betreten und lauerte und funkelte gefährlich. Er sah aus, als habe er beschlossen, gegen dieses mit Geist und bezaubernd hohem Busen bewehrte Wesen Front zu machen. Er nahm – vermutlich zu Recht – an, dass ich sie ihm als Gefährtin für Spaziergänge und Bootsausflüge vorziehen würde. Dem sollte allerdings nicht so sein.

»Äh … David kennst du sicher schon«, sagte ich und zog ihn heran.

Im Nachhinein betrachtet, reagierte sie ziemlich ungewöhnlich. Sie ging auf ihn zu und fiel auf die Knie … nicht gerade erforderlich, da sie allerhöchstens fünfzehn Zentimeter größer ist als er.

»David!«, sagte sie und sah ihm tief in die Augen. »Ich bin Patricia. Wir kennen uns, erinnerst du dich?«

Sie fiel wieder in ihren Mrs.-Gedächtnis-Trott, während David sie mit seinen klaren Augen ansah.

»Mein *Gott,* und nun sieh dich einer an!«, gurrte sie. »Gibst du ... David ... gibst du mir einen Kuss?«

Also, ich meine, Herrgott noch mal ... als wäre er ein Kleinkind oder ein sabbernder Ahn. Er spielte brav mit, muss man ihm lassen: ein flirtender Blick unter den Wimpern hervor und eine bescheiden dargebotene Wange. Aber ich lass mir den Arsch mit Feigen ausstopfen, wenn sie nicht versucht hat, den Kopf zu einem ordentlichen Lippen-an-Lippen-Knutsch herumzubiegen ...

Sie ist deine Freundin, Jane, und ich würde echt die Hälfte meiner Krawattensammlung drangeben, wenn ich sie auf den Punkt bringen könnte, auf den es ankommt, aber ich muss doch sagen, dass ich sie für etwas unausgeglichen halte.

Wir begaben uns alle ins Damenzimmer zum Kaffee. Davey musste eine deutliche Neigung zu dümmlichem Grinsen bekämpfen, als wir Vorschläge fürs Wochenende besprachen. Simon gondelte höflich herein: Ihm wurde von Patricia bloß ein beiläufiges Winken zuteil. Als er das Gesprächsthema mitgekriegt hatte, bemerkte er, heute sei der letzte Tag der *East of England Show.*

»Nein, wirklich?«, sagte Patricia gedehnt und bekundete so herablassende Gleichgültigkeit, dass Simon rot anlief. Sie wandte sich an Davey und fragte ihn, was er von David Mamet halte.

»*East of England Show,* was?«, sagte ich zu Simon, der dastand und seine Schuhspitze an der Wade polierte. »'ne landwirtschaftliche Sache, oder wie?«

»Na ja … also, du weißt schon … ich glaube, das ist nicht besonders interessant für Leute, die nicht … wirklich auf solche Sachen stehen.«

»Nein?«

»Aber hier ist es ziemlich beliebt. In der Gegend hier, mein ich. In Norfolk und so.«

»Ach so. Geschicklichkeitsprüfungen für Hütehunde und dergleichen, nehm ich an.«

»Äh, nicht ganz … wir sind hier ja in East Anglia. Gibt's nicht viele Schafe.«

»Dann vielleicht Norwich-Terrierprüfungen. Cromer-Krabbenrennen. Norfolk-Truthahn-Kropf-Wettbewerb.«

»Da gibt's seltene Rinderarten, und es gibt Ausstellungen und Stände und kleine Parcours für Springpferde und … aber … wie ich eben meinte, es ist nicht besonders interessant, nehm ich an.«

»Dir gefällt's, Simon, darauf kommt es an«, sagte seine Mutter. Sie hatte sich mit Michael zu einer Konferenz unter vier Augen in die Ecke zurückgezogen. Schlafzimmer- und Mahlzeitenplanung wahrscheinlich. Sie drehte sich zu mir. »Er ist ganz verrückt danach, weißt du. Hat seit Jahren keinen Schaudonnerstag verpasst. Ich bin überrascht, dass du nicht längst unterwegs bist Schatz.«

»Na ja, ich dachte, ich sollte … du weißt schon, unseren Gast begrüßen und fragen, ob nicht jemand mit … aber wohl nicht …«

»Simon, alter Junge«, sagte ich, »wenn du Platz hast, würd ich liebend gern mitfahren. Das heißt, falls es dich nicht langweilt.«

David drehte sich erstaunt um. Patricia gab mir das, was ältere Schriftsteller unerklärlicherweise immer einen »fragenden« Blick nannten. Warum? Aus Hohn? Vielleicht Erleichterung? Weiß der Geier. Anne sah erfreut aus, und Michael, der den Morgen über ziemlich beunruhigt gewirkt hatte, nickte gütig. Simon tat entweder aus Höflichkeit oder aus echtem Gefühl heraus sein Entzücken kund.

»Nein! Ganz und gar nicht. Ist mir ein Vergnügen. Wir können den Austin-Healey nehmen, wenn du willst. Falls nicht noch jemand …«

Was um Himmels willen in mich gefahren war, kann ich wirklich nicht sagen. Eine Landwirtschaftsshow … im glühenden Juli … in East Anglia. Seltene Rinderarten … Springreiten … fette Schweine … wahrscheinlich auch noch Tontaubenschießen.

Wir brachen sofort auf, nur Simon, Soda und ich. Mal abgesehen von der schrecklichen Aussicht auf massenhaft Farmer, sah ich mich außerstande zu sagen, ob ich es eigentlich nett oder nervend finden sollte, dass Patricia und Davey unverzüglich ein Band der anscheinend gegenseitigen Hingabe geknüpft hatten. Ich sehe keineswegs zum ersten Mal eine Frau, die Zuneigung zu einem jüngeren Mann beschleicht – schließlich gibt es den scheinheiligen Begriff des Gigolos –, aber auf dem Fußballplatz des Schlafzimmers ziehen die meisten Mädchen meiner Erfahrung nach den erfahrenen Stürmer dem frisch eingewechselten Dribbler vor. Männer sind da natürlich ganz anders: Die bolzen auf alles, bis der Abpfiff sie im Abseits kalt erwischt.

Die *East of England Show,* musste ich leider erfahren, findet in der Nähe von Peterborough statt, knapp zwei Stunden Fahrzeit von Swafford entfernt. Mein Gesicht muss meine Bedenken verraten haben.

»Du hättest vorigen Monat kommen sollen«, sagte Simon. »Vorigen Monat war die *Royal Norfolk Show.* Die war in Costessey, bloß 'ne halbe Stunde weit weg.«

Costessey wird trotz seiner Schreibung »Cossy« gesprochen.

Simon stieg dann in eine Geschichte ein, die dir, Jane, nur allzu gut bekannt sein dürfte.

»Ich hab meine Cousine Jane zur *Royal Norfolk* mitgenommen«, sagte er. »Kennst du Jane?«

»Meine Patentochter«, schrie ich gegen den Fahrtwind.

»Richtig. Dann weißt du bestimmt auch, dass es ihr nicht so gut geht.«

Ich nickte.

»Ich hab gedacht, dass ein Tag an der frischen Luft vielleicht gut für sie wäre. Leider kollabierte sie mitten in einer Mähdrescherschau. Schrecklich.«

»Schrecklich«, pflichtete ich ihm bei.

»Ich dachte, sie wär hinüber, fürchte ich. Du hast noch nie jemanden so blass gesehen. Die Ambulanzleute vom St. John's wollten sie gleich ins Norfolk and Norwich bringen. Das ist ein Krankenhaus.«

»Find ich vernünftig. Besser als ein Restaurant oder, sagen wir, ein Fußballstadion.«

»Sie hat sich aber im Zelt etwas erholt, und ich hab sie nach Swafford zurückgefahren. Einen Arzt wollte sie nicht. Ist direkt ins Bett gegangen. Da blieb sie dann ein paar Tage lang. Davey hat ihr jeden Nachmittag was vorgelesen, und Dad hat eine echte, ausgebildete Krankenschwester eingestellt. Dad ist ihr Onkel.«

»Jetzt wirkt sie ziemlich gesund«, wagte ich zu bemerken. »Ich hab sie in London gesehen.«

»Jou, echt gut erholt. Erstaunt mich aber nicht besonders. Bei Schweinen sieht man das öfter.«

Vetterliche Zuneigung zeigt seltsame Formen.

Auf der Fahrt nach Peterborough dachte ich über die komische Aussprache von Costessey nach und unterhielt Simon und Soda mit einem improvisierten Limerick.

Es war mal ein Mädchen aus Costessey
mit Schenkeln wie Rhodos' Kolostes. Sey
war äußerst begehrt,
weil peitschenbewehrt.
Man liebt' ihren Hieb: Sie war bostessey.

»Super!« Simon kam vor Begeisterung fast von der Straße ab. »Der ist einfach super.«

Nachdem wir am Showgelände angekommen waren, wiederholte er den Limerick unermüdlich vor seinen Kumpeln, von denen eine ganze Anzahl zugegen war. Der Geist der Poesie kann, wie du sieht, selbst in kargen und wenig aussichtsreichen Böden Blüten treiben. Simon, für den Lyrik ein Buch mit sieben Siegeln in einem abgeschlossenen Schrank auf dem Dachboden eines einsamen Hauses in einem abgelegenen Weiler eines weit entfernten Landes ist, sagte jedem seiner Freunde aufs Neue, »das ist Onkel Ted. Er ist ein berühmter Dichter. Er hat sogar im Auto eben ein Gedicht gemacht, während wir hergefahren sind!« Und dann sagte er es auf. Der Sachverhalt, dass ich ein »echter Dichter« war, schien den Limerick zu verwandeln und verlieh ihm fast schon Kunstcharakter.

Erinnerte mich an eine Masche, die wir in unserer Dominionzeit immer abzogen, wenn wir abgebrannt waren. Das Dominion war und ist immer noch ein Trinkclub um die Ecke vom Harpo, nicht so ganz deine Szene, Teuerste. In den späten Fünfzigern und frühen Sechzigem pflegte ich dort mit Gordon Fell herumzulungern, dem späteren ›Sir‹ Gordon, Maler und kulturelle Ikone (so jedenfalls beschrieb ihn neulich meine Tochter Leonora in einem Artikel). Der Trick bestand darin, Gordon bis Oberkante Unterlippe mit den zuckersüßen Old Fashioneds abzufüllen, die er so liebte, und ihn dann zum Reden zu bringen. Sobald er im Lauf des Gesprächs jemanden erwähnte, der nicht gerade Busenfreund eines der Anwesenden war – nennen wir ihn zum Beispiel Tiny Winters, dann fragten wir:

»Tiny Winters ... Tiny Winters ... hilf mir mal auf die Sprünge, Gordie, wer ist das gleich?«

Und Gordon lallte irgendeine Beschreibung dieses Kerls. Wir sahen verwirrt drein und schüttelten dann nachdrücklich den Kopf.

»Nichts zu machen. Kann ihn einfach nicht einordnen.«

Das brachte Gordon auf hundertachtzig, kein Wunder, Tiny Winters oder um wen es grade ging, war uns natürlich nur zu gut bekannt. »Ihr kennt Tiny! Tinyl Jeder kennt Tiny!«, tönte Gordon indigniert.

Wir schienen mit unseren Gedächtnissen zu ringen.

»Wie sieht er denn aus?«, fragte schließlich jemand.

»Na ja, er ist ... ach Scheiße, her mit einem Blatt Papier ...«

Tätää! Sieg. Heraus mit der Zeichenkohle, und binnen fünf Minuten waren wir Besitzer eines echten Fell. Schon damals bekam man selbst für die gröbste Zeichnung 50 Pfund. Je gröber, desto besser sogar.

»Ach, *der* Tiny! Capito. Ja natürlich, wie geht's dem alten Tiny denn?«

Einer von uns schob das Blatt in die Tasche, machte sich im Cab zur Cork Street auf, kam zurück und verteilte die Beute, und der gute Gordon war kein bisschen schlauer.

Natürlich musste dieses depperte kleine Wiesel Crompton Day losziehen und ihm eines Nachmittags alles verklickern. Und als wir die Schote das nächste Mal abziehen wollten, gab Gordon sich besonders viel Mühe mit dem Porträt, Zunge im Mundwinkel, schielend vor Konzentration. Wir hechelten schon vor lauter Vorfreude, das sah nach mindestens 75 Pfund aus. Als er fertig war, legten wir mit unseren üblichen »Ach so, *jetzt* weiß ich, wen du meinst«-Sprüchen los, aber bevor wir uns das Porträt vom Tresen schnappen konnten, hatte er es genommen und zerriss es vor unseren entsetzten Augen in kleine Streifen.

»Da habt ihr's, meine Lieben«, sagte er und reichte jedem von uns einen schmalen Streifen. »Jeder einen.«

Mist. Danach kriegte man ihn nicht einmal mehr dazu, einem auch nur den Weg zum nächsten Restaurant aufzuzeichnen.

Mein Limerick jedenfalls machte bei der Show die Runde, ziemlich überschätzt, wie gesagt, durch die Tatsache, dass er von einem bekannten Dichter stammte. Natürlich konnte er nicht wie eine Fell-Zeichnung zu Geld gemacht werden. Lyrik funktioniert einfach nicht so, o nein. Die Öffentlichkeit macht sie sich unverzüglich zu eigen. Schon gut, ich sollte mein müdes altes Steckenpferd wirklich langsam zum Abdecker bringen.

Du willst wohl kaum etwas hören à la »Der Tag, an dem ich zur *East of England Show* fuhr«, also überspringe ich die Einzelheiten der fesselnden Darbietung synchronisierter John-Deere-Traktoren, erspare dir die ganze Geschichte des Suffolker Zugpferdewettbewerbs, und verschiebe meine Beschreibung des Titanenkampfes zwischen den Rote-Bete-Bauern aus Dereham und Umgebung und den Runkelrübenpflanzern aus dem Neane Valley (in Vereinigung mit der Pfahlwurzelgenossenschaft aus North Cambridgeshire) auf ein andermal.

Simon ist, sieht man von seinem Mangel an Fantasie und seinem verschwindend geringen Witz ab, doch immerhin ein zuvorkommender Mensch und widerstand den ganzen Tag lang der Versuchung, mich den Verwüstungen der zahllosen, Hüte tragenden Damen zu überlassen, die wie Libellen im August von Teezelt zu Teezelt huschten und nippten. Insofern Landwirtschaftsshows für mich eine neue Erfahrung waren und einem Mann in den Sechzigern jede neue Erfahrung besonderes Vergnügen bereiten sollte, egal wie grotesk sie scheinen mag, kann ich nicht behaupten, dass es der grässlichste Nachmittag meines Lebens war. Simon erlaubte Soda und mir unzählige Kurzstopps in den Bierzelten und Sandwichereien und schlug sogar vor, wir sollten einen Rothman's Bus aufspüren, von dessen Bereitschaftsdienst er gehört hatte. Ich verproviantierte mich händeweise mit Gratisrothies, füllte einen Fragebogen aus und raspelte im Bus einigen der schwer mit Tang behängten Püppchen mit meinem Süßholz die Schärpen weg. Der Bus war ein umgebauter Doppeldecker, mit der fröhlichen Rothman's-Livree in Blau, Weiß und Gold herausgeputzt. Erinnerte mich an meine Jugend, als man Zigarettenmädchen in Theatern, Nachtclubs und bei Kinopremieren so oft sah wie heutzutage Wohltätigkeitsbettler. Die Sache ist, in jenen Tagen hatte man gute Karten, ein Zichtenmädel für 'n Fünfer auf dem Klo vernaschen zu können: Ich werd das Gefühl nicht los, dass die Stickerverkäufer der Stiftung zur Rettung unserer Kinder oder die Körbchenschwenker von der Gesellschaft für zystische Fibrose nach der Polizei kreischen und einem 'ne Anzeige wegen visueller Vergewaltigung anhängen würden, wenn man im heutigen, fürsorglichen Britannien den Blick bloß unter ihr Schlüsselbein schweifen ließe. Im Lauf der Jahre hat es einen gnadenlosen und beunruhigenden Anstieg der öffentlichen Moral gegeben. Mir macht das Sorgen.

Wir verließen das gesellige Beisammensein um sechs und zogen zahlreiche glänzende Luftballons mit den bezaubernden Logos und exotischen Farben der Viehfutterlieferanten und Depotfungizidherstellern hinter uns her – es sollte sich herausstellen, dass Michael sich nach dem Abendessen gern über durch Helium erhöhte Stimmen amüsiert.

Auf der Rückfahrt plagte Simon mich mit der Bitte um weitere Limericks. »Mach einen auf Swafford«, bat er immer wieder.

> Es hatt' eine Lady aus Swafford
> die Frisur einst getürmt zum Rekord.
> Nach dem Grunde gefragt,
> hat sie schnippisch gesagt:
> »Ohne Schatten wär' längst ich verdorrt.«

»Nicht schlecht. War aber nicht besonders obszön, oder?«

»Soda mochte ihn«, antwortete ich gekränkt.

»Jetzt mach einen Limerick auf mich.«

»Ähm ...«

> Einst lebte ein Bub namens Simon,
> der hasste Gedichte mit Reimen.
> Er fand es infam,
> dass sein eigener Nam'
> nur gepaart werden konnte mit Schleimen.

»Da hast du echt verdammt Recht. In der Schule hat man mich immer Schleimer genannt. Wusstest du das?«

»Sagen wir, nicht ganz blind geraten«, sagte ich.

»Okay, wie wär's mit einem auf dich?«

> Einen alten Charmeur namens Ted,
> den fand man entbehrlich im Bett.
> Lag sie auf dem Rücken,
> konnt' er fummeln und drücken,
> doch er bumste die Koje bloß fett.

Simon war von der Vorstellung begeistert. »Kommt das wirklich vor?«

»Was, dass man die Öffnung verpasst, meinst du? Klar. Laufend.«

Dass er das nicht gewusst hatte, dachte ich, bedeutete, dass der Junge entweder noch unberührt war, oder es hatte ihn eine Frau mit so viel Erfahrung verführt, dass er ohne einen Moment des Wegschlüpfens eingeführt worden war. Schwein gehabt.

Der Heimweg aus Peterborough kam mir, wie das oft ist, merklich kürzer vor als der Hintransport.

In einer Wiederholung meiner Ankunftsszene vom Sonntag lümmelte Davey sich auf der Vordertreppe herum.

»Hallo, junger Spund. Und wo ist deine Freundin?«

Er drehte den Kopf zur Seite, um das Attribut zu dementieren.

»Wir sind beladen mit Geschenken«, sagte ich. »Schau, für dich ein fettes Schwein, gewirkt aus edelstem Homespun und ausgestopft mit feinstem Kapok.«

Er griff danach. »Das ist ziemlich lustig«, sagte er. »Danke«.

»Die Dame, die es mir verkaufte, fragte, ob ich dem Künstler Modell gesessen habe. Dies war recht köstlich, insofern sie selbst nichts so ähnlich sah wie dem gemeinen Kormoran oder einer Krähenscharbe, die sich vom Ölschlick zu befreien sucht. Nichtsdestotrotz wirst du meines Erachtens zustimmen, dass es eine mehr als nur oberflächliche Ähnlichkeit zwischen diesem exzellenten Schwein und meiner weisen und verruchten Wenigkeit gibt. Wenn du eine Nadel hineinstichst werde ich zucken und jaulen.«

»Ich wäre gern mitgekommen, weißt du.«

Ha! Wo ist der Therapeut für Selbstverleugnung mit einem Diplom der Universität von Dunstable und einem Regierungsstipendium, wenn man mal einen braucht? Ich wartete, bis Simon und Soda außer Hörweite waren, glättete Daveys Ego mit Beschreibungen, wie spröde und reizlos der Nachmittag gewesen sei, und schlurfte ins Haus, um mich zum Essen umzukleiden. Denn der heutige Abend sah die Logans den Landkreis bewirten, ein Anlass für Abendgarderobe.

Sonst war niemand zu sehen, daher entdeckte ich erst, als wir in der Zusammenkommerei zusammenkamen, dass Mutter Mills zur Party gehörte.

Oliver Mills. Ich weiß nicht, ob du ihm je begegnet bist. Er war Kaplan unseres Regiments damals in den Tagen des National Service. Seither hat er die Finsternis gesehen und sich des Priesteramts entledigt. So zumindest lautet seine Version: Ich glaube ja, auf trägen Klatsch vertrauend, dass er für Armee und Kirche einfach zu heiß wurde und sie ihn nicht mehr zügeln konnten. Sein Appetit auf kesse Subalternoffiziere und deftige junge Mannschaftsgrade kannte keine Grenzen. Ich hörte von einem Vorfall etwa 1959, der sehr wohl der Tropfen gewesen sein mag, der das Fass zum

Überlaufen brachte. Ein General inspizierte einen Zug begeisterter Kadetten, der in Bälde sein Patent erhalten sollte, und blieb vor einem ausnehmend püppchenhaften Epheben stehen.

»Sir! Ihr Name?«

»Cyprian Manlove, Sir.« (Oder so.)

»Sind Sie ein Mann mit festem moralischem Rückgrat?«

Keine Antwort.

»Nun, Sir?«

Woraufhin der unglückselige Bursche in Tränen ausbrach und vom Paradeplatz wegrannte. Erhängte sich mit seinem Sam-Browne-Koppel und hinterließ einen Abschiedsbrief, in dem er seine Mutter um Vergebung bat. Natürlich gab es keine Beweise, aber man wusste, dass er Altardiener in der Kapelle gewesen war, und kurze Zeit darauf legte Oliver seine Stola zusammen und stürzte sich Hals über Kopf in die Weltlichkeit. Der Junge war nicht gerade Mutter Mills' Typ gewesen, aber in jenen Tagen hatten Schwule keine Wahl.

Oliver fand seinen ersten sicheren Hafen bei der BBC, diesem Andersrummelplatz vaterlandsloser Gesellen wie keinem zweiten, wo er den größten Teil der trostlosen Sozialdramen inszenierte, die alle Welt zum Goldstück des goldenen Fernsehzeitalters schönlügt, aber ehrlich gesagt, sehe ich mir lieber stocknüchtern John Major an, als je wieder einen einzigen dieser selbstgerechten Ausflüsse abzusitzen. Die meisten der dafür verantwortlichen Dramatiker sind inzwischen Gott sei Dank an Alkoholvergiftung oder desillusioniertem Sozialismus gestorben, und Oliver spezialisiert sich dieser Tage, wie du weißt, auf detailreich und liebevoll gemachte Kostümadaptationen der Klassiker und scheißt auf die Arbeiter, obwohl er es dir nicht gerade danken würde, wenn du das sagtest. Es gibt keinen Besseren für das Schreiben affektierter Petitionen an die Presse: »Sehr geehrte Herren, wir, die Unterzeichnenden, sind entsetzt über die Versuche der Regierung, die Stipendien des *Arts Council* zu kürzen / Mehrwertsteuer auf Kordhosen einzuführen / Dickie Attenborough zu privatisieren«, du kennst den glattzüngigen Schlick, den ich meine: Er ist imstande, im Harpo Club die üblichen Verdächtigen auszukundschaften und bringt sie dazu, sich als Mitunterzeichner aufführen zu lassen. Wollte mich mal dazu bewegen, meinen Namen unter eine Tirade zu setzen, die die Einführung der Mehrwertsteuer auf Bücher bejammerte. Meist ein leutseliger und amüsanter Gesellschafter (falls du dir den Verstand gern in gekräuselte Schleifchen legen lässt), wenn er aber gerade seine sozialistischen Reste mit den kostspielig geschmückten Klauen umklammert, der humorloseste Teigkloß, der je vor der südafrikanischen Botschaft Mahnwache hielt oder einem widerstrebenden Erstbesteiger eine »Stoppt Aids!«-Plakette anpinnte.

»Quid pro quo«, hatte ich gesagt. »Erst unterschreibst du einen von mir aufgesetzten Brief, der die Regierung dazu auffordert, das Auspeitschen von Graffitischmierern und Müllwegschmeißern auf dem Marktplatz wieder einzuführen …« Ich hatte damals gerade außerordentlich kratzbürstige Ansichten zu diesem Thema, da die meiner Wohnung gegenüberliegende Mauer am Butler's Yard gerade mit Buchstabenähnlichem vollgesprayt worden war, das wie auf dem Kopf stehendes Arabisch aussah.

Mutter Mills war natürlich verwirrt davongestapft. Trotzdem verstanden wir beide uns blendend, und er begrüßte mich am Donnerstagabend in Swafford frohgemut, als ich frisch gebadet und geschrubbt und auf dem Weg zu meinem Glas Prä-Dinner-Sprit eintrudelte.

»Also, wenn das nicht der Happy Hippo ist«, sagte er – Herrgott, wie ich diesen alten Spitznamen hasse –, »der von einem Stärkeren zur Tränke geprügelt wird.«

»Hallo, Oliver«, schnaufte ich, »und was entpflückt dich Kensington?«

»Dasselbe wie dich, Engelchen. R & R. Mutter war in den letzten Monaten so betriebsam wie eine begierige braune Biene. Sie ist gekommen, um sich den Flor wieder zu füllen.«

»Aber lökert immer noch den Wodka weg, fällt uns auf.«

»Seit Barbara Cartland Fergie als vulgär bezeichnete, hat kein verlotterter Esel mehr die Françoise Frechheit besessen, solch Sonja Schäfchen ein schwarzes zu schelten.«

Ich ignorierte ihn und goss mir einige Wurstfingerbreit Macallan ein, derweil er von seiner neuen Liebschaft flötete.

»Dennis. Ein Name, so romantisch wie Fliegenspray, aber so süß und vertrauensvoll und schwer beschwänzt. Ich nehme noch einen Woddie, wo du grade dabei bist.«

»Was macht er denn, dein Dennis?«

»Alles, was ich verlange.«

»Beruflich.«

»Sozialversicherungsangestellter, wenn du's unbedingt wissen musst. Ich hab ihn am *Christopher Street Day* kennen gelernt.«

Manchmal beneidet man Tunten und manchmal nicht. Zumindest müssen wir simplen alten Heten keinen Haushalt mit Lieferanten und Schweißern und

Laufburschen aufmachen. Nenn mich einen Snob, nenn mich unhöflich, aber wie Oliver die Vorstellung erträgt, dass ignorante Leichtgewichtzephalen aus Clapham oder Camberwell ihm ins Bett furzen oder sich vor seinem Drehspiegel die Eier kratzen, ist mir unbegreiflich.

»Und wie steht's bei dir, Ted? Wie wir das sehen, hast du der Liebe junge Träume über Rasen und Auen kavaliert.«

»Kaum mit ihr gesprochen.«

»Nein, nein. Nicht die Quarktasche. Ich meine den karamelgeschenkelten Hylas der Marschlande. Den Rupert Graves der Ikener, wie du ganz genau wusstest.«

Hatte ich gewusst, aber Missverständnis vorgeschützt.

»Beziehst du dich zufällig auf meinen Patensohn?«

»Bitte, Ted. Du bist ein Püppchen, wenn du du selbst bist, aber nicht mal als Kaminholz geeignet, wenn du so steif und mürrisch bist. Sag Mutter einen Spruch auf, sonst kommt sie furchtbar schlecht drauf.«

Bei so viel Stilsicherheit lässt sich kaum das kühle Äußere bewahren.

»Für dich muss er ein schnuckliges kleines Ding abgeben, das ist kaum zu bestreiten«, gab ich zu und machte es mir in einem Sessel bequem. »Übrigens empfindsam, wo's nach außen dringt.«

»Als ob ich das nicht wüsste. Während du mit Simon Simplicius bei den groben Kürbissen dem Feudelweitwurf huldigtest, nahm er mich in seinem kleinen Dinghi mit, *sehr* zum Verdruss des Patricia-Elements, das zu geängstigt oder hochgestöckelt oder engbestrumpft oder schnöseldörflich war, um an Bord zu klettern, den sündigen Davey aber dennoch ganz für sich haben wollte. Und *wir* wissen warum, nicht wahr?«

»Wissen wir das?«

»Aber natürlich!« Oliver sah mich erstaunt an und merkte, dass ich wirklich ahnungslos war, und wurde selber ganz verwirrt. »Oder nicht? Ich meine, Liebling. Ich dachte, du wärst aus demselben …«

In diesem Moment öffnete sich die Tür, und Max und Mary Clifford stolzierten herein.

»Ah, Ted … zurück von deinen Abenteuern.« Max reichte mir eine schlaffe Hand. Gebürtiger Liverpooler, aber mit Akzent und Manieren, die den Duke of Devonshire wie Ben Elton klingen lassen. Ein Selfmademan, der seinen Schöpfer preist, wie mal jemand über einen anderen sagte, oder ein anderer über jemanden. Seine Frau Mary stammt aus Wales – Wrexham, falls mein Gedächtnis mir keinen Hundekot andreht, und verfügt ebenfalls über Vokale wie ein Kollier aus Laliquekristallen.

Sie bot eine gepuderte Wange dar und wedelte mit einem wackligen Finger. »Also, Ted, ich hoffe, du bleibst heute *sehr* anständig und *sehr* nüchtern. Der Bischof und seine Gattin kommen heute Abend, und auch die Draycotts werden zugegen sein, also: beste Ballmanieren.«

Nix hipp-hipp und nix hurra.

»Dasselbe gilt für dich, Oliver. Kein atheistisches Gerede bitte schön.«

In einem Ton, als ob *sie* die Party veranstaltete und *ihr* das Haus gehörte.

»Ist er Heidi oder Lorraine?«, wollte Oliver wissen.

Mary verstand nur Bahnhof. »Er heißt Ronald, Oliver. Ronald und Fabia sind meines Wissens die Namen der beiden. Sie waren in Ripon.«

»Ich glaube, Oliver möchte wissen«, sagte ich, »ob der Bischof zur *High Church* oder zur *Low Church* gehört.«

»Danke, Teuerster«, sagte Oliver.

»Oh, nichts dergleichen«, artikulierte Max voller Autorität und ergriff geschickt mit einer Hand zwei Sherrygläser. »Grundsolide Privatschulfibel. Keinerlei Schnickschnack.«

»Hört sich nach Gertrud Gemäßigt an«, meinte ich zu Oliver.

»Hin ...« Oliver betrachtete versonnen seine Fingernägel. »Schade. Das Verhohnepipeln der Niedrigmieten kann ich am besten. Bischöfeködern«, erläuterte er Mary, »ist Mutters Spezialität.«

»Also Oliver«, kreischte Mary, »ich *verbiete* dir hiermit ...«

»Was verbietest du?« Michael war hereingekommen, mit glatt zurückgekämmtem Haar und im Hemdausschnitt funkelnden Saphiren.

»Oliver droht, sich heute Abend über den Bischof lustig zu machen.«

»Wirklich?« Michael sah zu Oliver hinüber, der als schleppenden Gruß mit den Eiswürfeln im Glas klimperte. »Ich glaube, er macht sich eher über dich lustig, Mary.«

»Ach.«

»Aber versuch dein Glück ruhig, Oliver. Ich glaube, Ronald hat in der Armee geboxt. War das nicht so, Max?«

»So habe ich's gehört, Michael. So habe ich's gehört.«

Max hat einen eigenen Stimmfall kultiviert, mit dem er sich an Michael wendet. Er verrät der Welt eine besondere Beziehung, ein enges und geheimes Band, dank dessen man sich insgeheim über diese Welt lustig macht. Er macht mich absolut wahnsinnig, wie du dir vorstellen kannst. Ich kannte Michael lange vor Max und Konsorten. Es ist zugleich Neid (ich weiß, dass Max als Stallgefährte mit Michael auf eine Art Tacheles reden kann, die mir versagt bleibt) und Fürsorge. Ich fühle mich wie Piggy im *Herrn der Fliegen,* den man zurücklässt, als Ralph mit den anderen aufbricht, um die Insel zu erkunden: »Aber ich war als Allererster mit ihm zusammen! Ich war dabei, als er die Muschel fand«, möchte ich am liebsten schreien.

Im Großen und Ganzen blieb der Bischof letztlich ungeködert. Zwanzig Leute nahmen am Abendessen teil. Ich glaube, ich geb dir am besten die Gästeliste, und du kannst mir im nächsten Brief schreiben, ob du weitere Einzelheiten brauchst.

Michael und Anne
Ted
Patricia
Max und Mary Clifford
Rose (Michaels uralte österreichische Tante,
sagte kein einziges Wort)
Oliver
Simon
David
Ronald und Fabia + Norvic
(der Bisch und die Bischin)
John und Margot Draycott
Clara (die Tochter der Cliffords –
spindeldürr, trägt 'ne Zahnspange)
Tom und Margaret Purdom
(örtliche Gutsbesitzer)

Malcolm und Antonia Whiting
(örtliche Literaten, mir zu Gefallen. Ha!)
DEINE MUTTER

Ja, ich fand, das war's wert, bis zum Ende aufgespart zu werden. Man hätte mich mit einem Zahnstocher erlegen können. Deine Mutter. Rebecca Burrell, geborene Logan. In Fleisch und Blut.

Fünf Minuten bevor wir zum Essen hineingingen, als, wie ich dachte, schon die ganze Besatzung angemustert hatte, hörte man das Läuten der Türglocke, und sie stand da. Mit Gepäck, mit Geschenken für die Buben, mit all den nützlichen, pfiffigen Gaben von Fortnum's, die Stadtratten ihren armen ländlichen Verwandten mitbringen – Bauernpasteten, steingemahlene Brotlaiber, Norfolkhonig, Senfkörner und luftgetrockneter Lavendel –, kurzum, mit allem Zubehör, das einen langen und gemütlichen Aufenthalt ankündigt.

»Bex!«, schreit Michael und fällt ihr um den Hals. Dann strahlt er mich an. »Los, gib meiner Schwester einen Kuss, Ted.«

Sie trug ein glänzendes Ich-weiß-dass-du-schmutzige-Unterhosen-anhast-Gesicht zur Schau, aber die Spur eines Lächelns lauerte in seinen Winkeln. Weihnachten vor vier Jahren hatte ich sie das letzte Mal gesehen. Ich glaube, Michael hatte damals gehofft, die diplomatischen Beziehungen wiederherstellen zu können, aber es hatte nicht geklappt. Ich war zu barbarisch, Rebecca von ihrer schlimmsten Verbohrtheit und Stella Stolz, wie Oliver vielleicht sagen würde, hatte nur gar zu leicht ihr verruchtes Netz weben können. Bei so vielen Leuten um uns herum war es ein Leichtes gewesen, den anderen zu übersehen. In den nächsten Wochen wird das schwieriger sein.

Also, Jane, jetzt mal heraus mit der Sprache: Wusstest du, dass das Biest von Phillimore Gardens kommen würde, oder nicht? Falls ja, dann hasse ich dich und hasse dich und hasse dich, weil du mich nicht gewarnt hast.

Beim Essen saßen wir weit auseinander, was eine gewisse Erleichterung bedeutete. Mir war die Wonne zuteil geworden, Patricia hineinführen zu dürfen, und ich saß zwischen ihr und Margaret, der ortsansässigen Gutsbesitzerin. Simon saß am Tischende seiner Mutter neben Clara Clifford und versuchte, sie in ein Gespräch zu ziehen, ohne beim Anblick der Essensreste, die sich in ihrer Zahnspange verfingen, das Kotzen zu kriegen, was mir nicht gelungen wäre. David saß an Michaels Ende und versuchte unauffällig, Fleisch zu vermeiden. Er musste die haarsträubenden Bemerkungen Antonia Whitings parieren, von denen einige bis an mein Ende drangen.

»Malcolm und ich versuchen, ein South Norfolk Festival für Lyrik und Prosa auf die Beine zu stellen. Wir dachten, JEYES in Thetford könnte es sponsorn. Malcolm macht sich Sorgen, dass ›JEY-Tuch-Festival‹ einen falschen Beigeschmack hat. Was meinst du?«

Oliver war, größtenteils dank Mary Cliffords geistlosen Benimmregeln vorhin, wieder einmal völlig unmöglich. Die Erwähnung eines Festivals erinnerte ihn an eine Anekdote, und er erging sich weitschweifig über die erotischen Abenteuer, die seinen Besuch des venezianischen Filmfestivals voriges Jahr begleitet hatten.

»Man *fasst* es einfach nicht, was für Freier sich auf dem ganzen Dorsoduro tummeln«, sagte er. »Nach einer Woche fühlte sich meine Rückmuschi wie ein Windsack an.«

»Was ist eine Rückmuschi?«, wollte David wissen.

»Wir waren von Venedig ziemlich enttäuscht, nicht wahr, Tom?«, warf Margaret Purdom hastig ein.

»Die Preise in Harry's Bar waren aberwitzig. Absolut unverschämt. Für zwei Bellinis wollten die …«

»Da war ein Knabe«, fuhr Oliver fort, »der schaffte hinter dem Gitter an der Academia an. Ich hab ihn dazu gekriegt, mit mir ins Gritti zurückzukommen, und bekam als Erstes eine entzückende Warnung. Wisst ihr, ihn zierte einfach ein enorm großer …«

Die Tür ging auf, und Podmore kam herein, um die Suppenteller abzuräumen. Oliver reagierte der Situation angemessen. Er weiß ganz genau, dass man *devant les domestiques* keine lockeren Reden schwingt, und kaum vom Atemholen unterbrochen, legte er die Hand an den Mund, als wolle er Podmore vor Verderbnis beschirmen, und fuhr fort, »… ein enorm großer S-C-H-W-A-N-Z …«, wobei er das Wort laut und ungestüm flüsternd buchstabierte. Podmores Kinn zuckte für den Bruchteil einer Sekunde, und Margaret Purdom stieß einen kleinen spitzen Schrei aus, aber Oliver schien ganz angetan von seiner gesellschaftlichen Gewandtheit.

»Es war so süß«, nahm er den Faden wieder auf, nachdem Podmore uns verlassen hatte, »Gianni, denn das war sein Name, erklärte eifrig, mit einer dieser göttlich staubigen italienischen Stimmen, dass er Angst habe, er könne mir weh tun. ›Carissimo‹, sagte ich ›ich gebe zu, es ist ein Monster, aber nach dem, was ich in der letzten Woche durchgemacht habe, hast du Glück, wenn er die Seiten berührt. Es wird wie ein Papierschiffchen auf dem Canal Grande sein.‹ Aber das reicht an Abenteuern. Reisen Sie viel, Bischof?«

Patricia stieß mich an. »Oliver erfindet das doch alles, oder?«, flüsterte sie.

»Natürlich«, sagte ich. »Keiner hat mehr Sex, ob nun von vorn oder von hinten.«

»Wie meinst du denn das nun wieder?«

»Das große Paradox unserer Zeit. Bevor die offene Gesellschaft eingeführt wurde, waren alle überall zugange wie geile Ziegenböcke. Aber von dem Augenblick an, als die Jugend die ganze Zeit darüber reden wollte, konntest du nicht mal mehr flachgelegt werden, wenn du 'ne Flunder am Fischmarkt warst. Sobald etwas zum Recht wird, kriegt ihn keiner mehr hoch. Unsicherheit, verstehst du.«

»In *Geralds vierzehn Tage*, meinem dritten Roman ...« sagte Malcolm Whiting.

»Ich finde das alles so überflüssig«, bot die Purdom zu meiner Rechten an.

»Überflüssig?« Am anderen Ende der Tafel hatte Oliver die Lauscherchen aufgestellt.

»Hört, hört«, sagte Max.

»Der Protagonist von *Geralds vierzehn Tage ...*«

»Der Tag, an dem Sex überflüssig wird«, sagte Michael, »wird wahrlich ein finsterer Tag sein.«

Ich war froh, dass er sich zur Teilnahme am Gespräch entschlossen hatte. Nichts ist schlimmer als ein Jude, der dasitzt und eine Konversation verfolgt. Bedächtig nicken sie mit jenem falschen Anflug rabbinischer Weisheit, dass man sofort mit Knüppeln auf sie einschlagen möchte.

»Wollen Sie damit sagen, Sex sei heute überflüssig wegen der künstlichen Befruchtung?«, fragte Simon im kläglichen Versuch, halbwegs gebildet zu klingen.

»Ich sage ja nicht, dass Hex selber überflüssig ist ...« Margaret Purdom gehört zu diesen widerlichen Großbürgern, die sich einfach nicht dazu durchringen können, das »S« in Sex auszusprechen. »Ich meine bloß dieses endlose *Drüberreden* und dass man's im Fernsehen zeigt und uns immerzu mit der Nase draufstößt.«

»Schockiert Sie das, Mrs. Purdom?«, fragte Oliver.

»Natürlich nicht ... es kommt bloß so ungebeten. Neulich war da diese Sache ...«

»Was ist mit Teetrinken?«

»Wie bitte?«

»Teetrinken«, sagte Oliver. »Haben Sie etwas gegen Teetrinken im Fernsehen?«

»Nein, natürlich nicht. Ich verstehe nicht ...«

»Und doch *bittet* niemand um Teetrinken, oder? Ich meine, in Fernsehserien könnte die Kamera ohne Not den kochenden Kessel zeigen und dann einen diskreten Schnitt folgen lassen. Aber nein, sie müssen die ganze Angelegenheit zeigen. Anwärmen der Teekanne, Eingießen, Einwerfen des Zuckerwürfels und langsames Schlürfen aus der Tasse. Ist das nicht auch ›überflüssig‹? Kommt das etwa nicht völlig ungebeten?«

»Kaum zu vergleichen, Oliver«, sagte Max.

»Nein, natürlich nicht! Weil das Teetrinken niemanden schockiert, oder? Sex schockiert einen, aber keiner gibt das zu. Ich könnte diese Mary-Whitehouse-Kreatur und ihre moralische Minderheit akzeptieren, wenn sie die Mabel Mumm hätten zuzugeben, dass sie in der Tat ehrlich und tief schockiert sind über das Schauspiel nackten Kopulierens auf öffentlichen Bildschirmen. Bis in ihre flanellenen Schlupfschlüpfer hinein schockiert. Aber stattdessen halten sie es für beeindruckender, wenn sie sich diesen dämlichen Anflug von Weltlichkeit geben. ›Ich bin nicht *schockiert*‹, sagen sie, ›ach du meine Güte, nein. Ich finde es bloß alles so ermüdend‹, als wäre Laura Langeweile gleich eine Vivian Verbrechen.«

Während Ma Purdom noch mit der Antwort haderte (in einem Schlagabtausch, den Oliver, wie ich vermutete, schon mehr als einmal durchgefochten hatte ... wahrscheinlich in einer dieser Talkshows, bei denen man die Moderatoren anrufen kann, die die BBC uns jetzt ohne Ende auferlegt im vergeblichen Versuch, dem Publikum in den Arsch zu kriechen), eilte ihr kühner Gatte Tom zur Verteidigung herbei.

»Ja, das ist nun alles sehr clever ausgedacht«, sagte er, »aber Sie können nicht abstreiten, dass die Welt sich in einem moralisch degenerierten Zustand befindet.«

»Aber kein Gedanke, mein Bester. Die Menschen lügen, betrügen, vergewaltigen, schwindeln, töten, verstümmeln, foltern und zerstören. Schlimme Sache das. Die Menschen hüpfen auch zusammen in die Heia und kuscheln sich aneinander. Gute Sache das. Aber wenn wir behaupten, Vögeln sei ein Zeichen moralischen Verfalls, dann spielen wir ein winziges bisschen plemplem, nicht wahr?«

»Trotzdem sehe ich nicht ein, dass wir uns *immerzu* damit beschäftigen müssen ...«

»Die Rezensenten kritisierten an *Geralds vierzehn Tage* ...«

»Wenn Sie wirklich gegen die Promiskuität der Jugendlichen angehen wollen«, sagte der Bischof, »dann sollten Sie eher dafür kämpfen, dass Sexszenen im Fernsehen realistischer werden. Zeigen Sie die ganze Sache mit Schauspielern, die wie normale Menschen aussehen und nicht wie Models. Wenn die Kinder das Geschiebe erst einmal kennen lernen, den Gestank und das ganze schwierige Durcheinander, dann sind sie vielleicht weniger erpicht darauf, es auszuprobieren, solange sie nicht müssen.«

Nicht ganz fair gegenüber der Lady Bischof, fand ich, aber gut gegeben. Von dem schlüpfrigen Gerede erhitzt fing Patricia an diesem Punkt bewusst oder unbewusst an, ihr Bein an meinem zu reiben. Es tat gut, einen weiblichen Schenkel zu spüren, der sich an meinen presste, und als Opfer des Erbfluchs über den Männern, der in der Prahlerei vor Frauen besteht, raffte ich mich dazu auf, die Gesellschaft eine Zeit lang mit funkelnden Theorien über Kunst und Leben in meinen Bann zu ziehen.

Oliver, der nun einmal ein Biest ist, versuchte unentwegt, mich mit sarkastischen kleinen Einwürfen zu untergraben. Natürlich hielt ich die Stellung, ließ aber nicht zu, dass die Konversation in eine fruchtlose Schlammschlacht ausartete.

»Um noch mal einen Augenblick lang auf das Thema Sex zurückzukommen«, sagte Michael in eine Pause hinein, die auf eine Platitüde Simons folgte, die selbst seinen eigenen Standard unterbot. »Als ich Newsline Papers Ltd. kaufte, habe ich eine Konferenz interessierter Gruppen anberaumt, um herauszufinden, ob wir aufhören sollten, auf den Seiten unserer Regenbogenpresse nackte Frauen abzubilden.«

»Als interessierte Gruppen galten zweifellos Maurer und picklige Teenager«, sagte Oliver.

»Als solche galten Psychologen, Soziologen, Feministinnen, Moralisten und Vertreter verschiedener Religionen«, sagte Michael. »Mit dem Maurer und dem Teenager komm ich allein klar. Diesen Fachleuten sagte ich: ›Tun Sie so, als gehörte Ihnen diese Zeitung. Wenn Sie sie nicht binnen sechs Monaten in den schwarzen Zahlen haben, sind Sie Ihren Job los. Was tun Sie also?‹ Ihr habt im Leben noch kein so dummes Zeug gehört. ›Bringen wir mehr gute Nachrichten‹, ›Machen wir ein Blatt für die ganze Familie daraus‹, ›Frauen in besserem Licht zeigen‹, ›positives Denken‹, ›Familienwerte‹ ... Ich knallte ihnen eine Ausgabe des Konkurrenzblatts auf den Tisch. ›Hier liegt die Konkurrenz‹, sagte ich. ›Die haben täglich eine Millionenauflage. Es enthält das Gegenteil all dessen, was Sie gerade erwähnt haben, aber es verkauft sich. Warum? Sagen Sie mir bitte, warum? Weil die Menschen dumm sind? Weil die Menschen grausam sind? Weil die Menschen keine Ahnung haben? Weil die Menschen roh sind? Warum?‹ Und sie antworteten: ›Weil es da ist. Es verkauft sich, weil es da ist.‹ – ›Der ‚Independent' ist auch da‹, sagte ich, ›und der ‚Christian Science Monitor' und die ‚Spare Rib' und der ‚Morning Star'. Sie sind auch da, verkaufen sich aber nicht. Geben Sie mir eine bessere Antwort.‹ Aber es kam keine bessere Antwort.«

»Natürlich nicht. Denn eigentlich wollten sie sagen«, meinte Max, »dass Zeitungen von *ihnen* kontrolliert werden sollten. Sie wissen alles besser.«

»Gut, aber wer wollte das bestreiten, Max?«, sagte Michael. »Vielleicht wissen sie wirklich vieles besser. Aber beim Verkauf von Zeitungen wissen sie es nicht besser, darauf wollte ich hinaus. Ich hab's ein paar Wochen lang ohne nackte Frauen probiert, und die Auflage sank. Wir haben die nackten Frauen wieder reingetan, und der Absatz stieg wieder. Was hätte ich sonst tun sollen?«

»Du hättest in eine andere, nicht so beschissene Branche einsteigen können«, sagte David mit plötzlichem und außergewöhnlichem Ungestüm.

Die gesamte Tafel erstarrte in bedrohlichem, tödlichem Schweigen. Solche Wildheit aus dieser Quelle hatte etwas Schreckliches. Es gibt selbst in besseren Zeiten wenig schließmuskelflatternd Peinlicheres als einen Familienkrach. Ich merkte, dass Patricia neben mir die Luft anhielt.

»Nun, Davey«, sagte Michael, »ich bin in eine andere Branche eingestiegen, falls du dich erinnerst. Ich habe die Zeitungen verkauft.«

»Und jemand anders hat sie gekauft und verdient bis auf den heutigen Tag mit den Bildern nackter Frauen eine hübsche Stange Geld«, sagte Max.

»Na, Gott sei Dank ist das nicht mein Vater!« David zitterte über seine eigene Courage, hielt sich davon abgesehen aber tapfer.

»David ist sehr bekümmert um die Reinheit meiner Seele«, sagte Michael ruhig, etwa so, wie ein Ehemann über die Besorgtheit seiner Gattin um seine Taille witzeln mag.

Plötzlich machten sich mehrere Teilgespräche selbstständig, und für den Rest des Abends dominierte kein Einzelthema mehr die Party.

Davey verließ die Tafel mit den Damen, aber Simon blieb zum Port; sein Versuch, zugleich erwachsen, respektvoll, blasiert dankbar und gleichgültig zu wirken, scheiterte kläglich.

Max glitt an mein Tischende herüber und legte mir einen Arm auf die Schulter.

»Also, der war ja ganz schön schlimm, was?«, sagte er leise. »Aber dem kleinen Davey kann man natürlich nichts nachtragen, stimmt's? Die Sonne scheint dem kleinen Davey aus dem Heck, oder etwa nicht? Hätte Simon so überschwenglich und anmaßend gesprochen, obwohl das gar nicht seine

Art ist, dann hätte er dafür verdammt büßen müssen.«

Ich erinnerte mich, dass Max Simons Patenonkel war, und fand es amüsant, dass er ihm solche Loyalität erwies. Ich fühlte mich zur Revanche verpflichtet, und bald gingen wir wie zwei alte Generäle aufeinander los, die bei erneutem Durchspielen von Waterloo Partei ergreifen.

»Na ja, er mag eine Spur überschwenglich gewesen sein, aber es war tapfer, es war feurig, und es war tief empfunden.«

»Ein falscher Fuffziger, und das weißt du, Ted.«

»Dann ist es besser, von Geburt an bar jeder Fantasie und Ideale zu sein, als später ihren Verlust zu riskieren, willst du darauf hinaus?«

»Simon hat weder keine Fantasie noch keine Ideale. Er hat bloß genug Manieren und Anstand, andere zu respektieren.«

»Die Sorte Manieren und Anstand, die nichts infrage stellen, nichts provozieren und nichts erreichen.«

»Bä pfui, Ted. Als ob du ein Wort davon glaubst. Du bist der schlimmste Zyniker Großbritanniens, und das weißt du auch.«

»Max«, meinte ich, »sag niemals einem Mann, er sei ein Zyniker. Zynisch nennen wir jene, bei denen wir fürchten, sie könnten uns auslachen.«

»Werd bloß nicht zum Aphoristiker, du oller Bauernfänger.«

Das Problem mit Max, so abstoßend er auch sein mag, ist, dass er nicht ganz so dämlich ist, wie man ihn gerne hätte. Er ist auch nicht gerade brillant, aber hat eben immer ein bisschen mehr auf dem Kasten, als einem gerade in den Kram passt.

»Das ist eine blöde Unterhaltung, Max.«

»Du hast Recht. Um die Wahrheit zu sagen, bin ich bloß vorbeigekommen, weil ich eine Zigarette von dir schnorren wollte. Michaels gigantische Zigarren schaffen mich.« Ich gab ihm das Erwünschte, und er paffte wie ein Schuljunge. »Hab von deiner unehrenhaften Entlassung beim Lumpenblatt gehört. Tut mir echt Leid. Bin ganz deiner Meinung, was den Lake-Typ angeht. Seine Stücke werden immer schlechter. Und? Zufrieden, dass Rebecca gekommen ist? Ihr beide ... wart ihr nicht ... vor langer Zeit mal?«

»Ich glaube, da war ich nicht der Einzige«, sagte ich und bereute es sofort.

Max funkelte mich an und betrachtete dann den Stiel seines Glases. »Schau an, schau an. Wer um alles in der Welt kann dir das wohl verraten haben?«

»So was spricht sich rum.«

»Nein, tut es nicht. Ganz und gar nicht. Ist nur ein einziges Mal passiert. Weihnachten vor ein paar Jahren. In eben diesem Hause. Und ich dachte, wir wären so vorsichtig gewesen. Da sieh mal einer an. Wenn das nicht geheimnisvoll ist. War doch wohl nicht die betreffende Dame selbst, oder? Allein die Vorstellung, allein die Vorstellung.«

Ich zappelte ein wenig am Haken. Es war nicht meine Absicht, David in die Scheiße zu reiten; bei seiner Wiedergabe der großen Jagdsabotage (die wirst du ja inzwischen gelesen haben, Jane) hatte er die Geschichte von Rebeccas und Max' nächtlicher Zusammenkunft als beiläufige Einzelheit erwähnt. Verstanden hat er sie damals selber nicht.

Auf der Suche nach einem unverfänglichen Themenwechsel erinnerte ich mich an etwas, das Donald Pulsifer, der Naturfotograf, mir mal erzählt hat. Um einen wütenden Gorilla zu verwirren und zu beruhigen, sagte er, schlägt man sich am besten selbst. Wenn du einen heftigen Angriff gegen deine eigene Person vornimmst, dich ohrfeigst, in den Magen boxt, an den Haaren ziehst und dir das Gesicht zerkratzt, lässt das Tier von seinem Vorhaben ab, neigt den Kopf und kommt – wahrscheinlich – auf dich zu, streichelt und liebkost dich voll Mitleid, leckt dir die Wunden und wiegt dich wie ein Baby.

»Ich muss sagen, es war ein Schock, als ich gesehen habe, wie Rebecca heute Abend reinkam«, sagte ich und nahm mir vor, Pulsifers Theorie auszuprobieren. »Wir haben uns bei Janes Taufe fürchterlich gestritten. Das heißt, das ist meine offizielle Version. In Wirklichkeit war ich betrunken und hab mich schlecht benommen. Ein paar Jahre davor hatte Rebecca, wie soll ich sagen, *tendre* für mich empfunden, weißt du. Für sie war ich mehr als bloß ein Bettgenosse. Meine erste Frau, Fee, war mit diesem amerikanischen Präriepoeten abgehauen, und ich hatte mich in ein trauriges und verfügbares Etwas verwandelt. Dann fing Patrick Burrell an, ihr an den Lenden zu schnüffeln und zu schlabbern, und sie setzte mir ein Ultimatum. ›Wenn du mich nicht heiratest, zieh ich los und heirate Patrick‹, sagte sie. ›Dann nimm den Einfaltspinsel‹, sagte ich. ›Mir doch scheißegal.‹ Das war übel. Äußerst übel. Sie hielt Wort, ehelichte die ölige Ratte, und dem entsprang Jane, für die ich als Patenonkel auserkoren wurde, unter anderem wohl, um mir zu beweisen, dass sie ›glücklich war! Jawohl! Unendlich, unendlich glücklich!‹, und ich nahm die Ehre an, um zu zeigen, dass auch ich ihr nichts nachtrug. Und dann, bei dem … wie nennt man das … beim Schmaus? Nee, kann nicht sein, also bei der Tauffeier … muss doch 'n Wort dafür geben … hab ich mich sehr dumm benommen.«

»Ach ja?« Max war jetzt völlig gefesselt und schien jegliches Interesse daran verloren zu haben, wie ich an sein kleines Geheimnis gelangt war.

»Ich fand Rebecca allein im Wintergarten. Ich sagte ihr, dass sie mir fehle. Ich sagte ihr, dass ich wünschte, ich hätte sie Patrick nicht heiraten lassen.«

»Oh, du Idiot.«

»Es stimmte. Hölle und Verdammnis, es stimmte.«

»Und was sollte ihr das noch nützen?«

»Ja, jetzt frag ich mich das auch, ne? In meinem Champagnernebel hatte ich gedacht, sie würde gerührt sein. Stattdessen zerschmiss sie vor Zorn fünfzehn Dach- und Fensterscheiben im Wintergarten. Ich verbreitete die Version, sie habe meine unerwünschten Annäherungsversuche zurückgewiesen.«

»Na, das erklärt jedenfalls eine Menge«, sagte Max. »Weißt du, ich habe mich immer gefragt, warum Rebecca so eisig wird, wenn dein Name fällt.«

»Jetzt weißt du es.«

»Herrgott Ted, ich dachte echt, du könntest Frauen besser einschätzen, als ein derartiger Trampel aufzutreten.«

Diese ungeheuerliche Kumpligkeit eines Mannes von Welt galt nach meinem Dafürhalten nicht gerade als Kopfstreicheln oder Wundenlecken, aber verglichen mit dem eisigen Blick von vor fünf Minuten war es eine eindeutige Verbesserung.

»Nun bewegt euch mal an dieses Ende, ihr beiden«, rief Michael. »Wir wollen ein bisschen Spaß mit den Damen und diesen Ballons haben.«

Also füllten wir uns die Lungen mit Helium, krochen in den Salon und brachten die Frauen zum Juchzen.

Ein Spieleabend folgte, dessen Einzelheiten du kaum wirst hören wollen. Ich glänzte ziemlich mit Scharaden, hielt alle zum Narren mit meinem anschaulichen Porträt eines Steins, dem drei Blumen entsprossen, und bedeutete ihnen, dass der Name gemeint war.

»Das *muss* einfach *Der Name der Rose* sein!«, schrien alle.

Haha. Es war Gertrude Stein. Eine Rose ist eine Rose ist eine Rose, verstehst du?

Simon machte sich wieder einmal zum Gespött, als er bei einer Runde »Wenn ich so sagen darf« raten sollte und das Wort »schelmisch« noch nie gehört hatte. Ich glaube, der Bursche hat weniger Hirn als Ohrenschmalz.

Ich versuchte, Oliver allein zu erwischen, um unser zuvor unterbrochenes Gespräch fortzuführen, du weißt noch, welches ich meine, ja?

»Patricia … wollte den sündigen Davey ganz für sich haben … Und wir wissen warum, nicht wahr?«

»Wissen wir das?«

»Aber natürlich! Oder nicht? Ich meine, Liebling. Ich dachte, du wärst aus demselben …«

Aber Oliver wich weiterhin geschickt aus, und nachdem wir uns von den nicht über Nacht bleibenden Gästen verabschiedet hatten, wankten wir alle unserer Wege in die verschiedenen Betten.

Und jetzt ist es Samstagmorgen, eine Reitpartie ist zu Trab, Kanter und Galopp aufgebrochen, ich habe einen steifen Hals, Podmore hat versprochen, für ein spätes Frühstück zu sorgen, und dieser Brief ist fertig.

Ewig dein

Ted

Fünf

12a Onslow Terrace
LONDON SW 7

27. Juli 1992

Lieber Ted,

was für ein langer Brief. Wie schön gedruckt. Wie packend. Wie beunruhigend. Ich werde deine zahlreichen Fragen eine nach der anderen beantworten.

Patricia: Ja, ich wusste, dass sie am Wochenende zu euch stoßen wollte. Ich sah keinen besonderen Grund, warum ich dir das hätte erzählen sollen. Sie spioniert nicht hinter dem Spion her, falls dir das Sorgen gemacht haben sollte. Sie ist einfach da, weil sie da sein will. Wie du gemerkt hast, erholt sie sich von einer unglücklichen Liebesaffäre. Mich interessiert allerdings brennend, was sie macht und tut, und ich möchte dich bitten, sie genau zu beobachten. Patricia ist sehr verletzlich, und ich möchte nicht, dass ihr etwas zustößt.

Mummy: Ich hatte keine Ahnung, dass sie rausfahren würde, es überrascht mich allerdings nicht. Ich danke dir für die elliptische (nennt man das so?) Weise, in der du mich über dein Verhältnis zu ihr aufs Laufende gebracht hast. Sie zieht oft von Ort zu Ort, ohne dass sie mir davon erzählt, daran ist nichts Ungewöhnliches. Sie weiß nicht, warum du zu Besuch bist (ebenso wenig wie Patricia), aber beide wissen von meiner Leukämie, wie auch die Logans.

Michael: Ich bin sicher, dass er deiner Bitte nachkommen wird. Wenn nicht, ist das auch nicht schlimm, dann musst du eben als inoffiziell wissbegieriger Gast auftreten und nicht als beauftragter Stadtschreiber.

Ich habe nun noch ein paar spezielle Anliegen an dich.

Erstens: Bitte benutze in deinen Briefen keine lateinischen Wendungen mehr. Du solltest inzwischen darüber hinaus sein, mir deine Überlegenheit beweisen zu müssen. Dasselbe gilt für Hinweise auf Rechtschreibfehler und falschen Stil.

Zweitens: Erkundige dich nach den Zwillingen, Edward und James. Du hast sie so gut wie nicht erwähnt. Du schreibst ›sie wohnen bei einer Familie‹. Welcher Familie? Wo? Warum? Wann kommen sie zurück? Das könnte wichtig sein.

Drittens: Finde heraus, wie es Oliver geht und was ihn hertreibt.

Viertens: Ich brauche mehr Informationen über Tante Anne. Du hast mir zum Beispiel gar nicht erzählt, wie sie auf Davids Ausbruch beim Abendessen am Donnerstag reagiert hat, als es um Michaels Zeitungsanteile ging.

Fünftens: Lass um Himmels willen die Finger von Patricia. Sie ist etwas Besonderes und lässt nicht mit sich spaßen.

Sechstens: Du hast nur die Gäste erwähnt. Das Haus ist voll von anderen Männern und Frauen. Da sind Haus- und Gartendiener, da ist Podmore. Von denen habe ich nichts gehört.

Siebtens: dauernde Wachsamkeit; dauernde Obhut; dauernde Beobachtung; dauernde Aufmerksamkeit.

Mehr schreibe ich nicht, weil ich möchte, dass du dies so schnell wie möglich bekommst.

Alles Liebe,

Jane

11

Swafford Hall
Swafford
DISS
Norfolk

25. Juli 1992

Jane,

du siehst, ich bin in Swafford! Du errätst es *nie,* wer noch alles hier ist. Einmal deine Mutter, die fantastisch elegant aussieht, und … dreimal darfst du raten … Ted Wallace, dein verloren geglaubter Patenonkel. Ach, wenn du doch bloß auch hier wärst. Du hast immer gesagt, du wolltest ihn mal kennen lernen. Soweit ich es beurteilen kann, ist er einfach ewig hier, also warum kommst du nicht auch raus? Deine Mutter kommt anscheinend ganz gut mit ihm aus, was mich etwas überrascht – David hat erzählt, sie hätten sich immer gehasst.

Und erst David *selbst?!* Alles, was du gesagt hast, scheint absolut wahr zu sein, obwohl man förmlich Schlange steht, um von ihm beachtet zu werden. Ich muss diesen schrecklichen Oliver Mills ebenso abwehren wie Ted und selbst deine Mutter, glaube ich, wenn ich nur mal fünf Minuten mit ihm allein sein will.

Wer ist sonst noch da? Ach ja, Max und Mary Clifford, war ja zu erwarten, und ihre Tochter Clara, die ziemlich schielt und eigentümlich und unglücklich ist. Michael war ziemlich still, aber am Donnerstag gab's ein äußerst ereignisreiches Abendessen mit einer Menge Lokalgrößen, einschließlich Ronald Leggatt, dem Bischof von Norwich, und seiner fetten Frau Fabia. Die Draycotts waren natürlich da, diese langweiligen Schreiberlinge, die Whitings, und noch ein Paar, das ich nicht einordnen kann.

Kaum hatten wir uns gesetzt, fing Oliver an, sich schlecht zu benehmen, erzählte alle möglichen entsetzlich geschmacklosen Geschichten und redete lauthals über Sex, also stieß ich Ted an, der neben mir saß, um ihn dazu zu bringen, das Thema zu wechseln. Großer Fehler! Ich glaube, du bist wirklich gut dran, dass du den Mann nie kennen gelernt hast. Es gibt Fußballhooligans hinter Gittern, die mit Recht behaupten können, sensibler und weniger schweinisch zu sein.

»Ich gebe dieser grässlichen Therapiebesessenheit die Schuld«, sagte er, als es darum ging, wie besessen heutzutage jeder von Sex ist. »Kennt ihr einen Seelenklempner, der nicht gern ein Rohr verlegt?«

»Was stimmt denn nicht mit Therapien, Ted?«, fragte ich – wie ich hoffte, nicht allzu schnippisch. Ich wollte nicht den Eindruck erwecken, selber eine gemacht zu haben.

»Na ja, kommt darauf an, welche verdammte Sprache du wählst, nicht wahr?«, sagte er mit übertrieben geduldiger Stimme, als ob ich zwei Jahre alt wäre. Ich glaube, er gehört zu den Männern, die auch mit Marie Curie so sprechen würden, als wäre sie eine sabbernde Analphabetin.

»Reden Sie jetzt über den sexuellen Diskurs?«, fragte Malcolm Whiting.

»Nein, er diskutiert sexuelles Gerede«, sagte Oliver.

»Ich habe ein Buch namens *Der Liebesbaum* geschrieben, das Sie vielleicht ...«, fing der Idiot Whiting wieder an.

»Ich meine Folgendes«, unterbrach Onkel T. »In der guten alten Zeit besaß, wenn wir unsere Seelen auf dem Spiel glaubten, das Lateinische die ganze Autorität, und es war der Kurat oder Curé, der die Sakramente verabreichte. Heute, im Zeitalter der Technik, sagen wir Psyche für Seele, und Therapeut für Kurat, da Griechisch nun einmal die Sprache der Wissenschaft ist. Obwohl wir uns, mit dem ganzen New-Age-Gewichse um uns rum, neuerdings auch noch auf unsere germanischen Wurzeln besonnen haben und die Welt vom ›Heilen‹ daherplappert. Derselbe Ablauf: heilig, gesund oder heil. Sakramente, Therapie oder Heilen.«

»Sie sehen da wirklich keinen Unterschied, Mr. Wallace?«, fragte der Bischof. »Sie finden nicht, dass es verschiedene Arten des Krankseins gibt?«

»Verschiedene Arten der ›Heillosigkeit‹, meinen Sie? Na ja. Wenn ich mir ein Bein breche, gehe ich zu meinem alten Freund, Dr. Posner. Wenn mir das Herz bricht, gehe ich zu meinem alten Freund, Dr. Macallan.«

»Dr. Macallan?«

»Er meint Whisky«, erklärte deine Mutter und bedachte Ted mit einem scharfen »Warum hältst du nicht die Klappe und lässt es gut sein?«-Blick.

»Aha«, sagte der Bischof, »und mal angenommen, eins Ihrer Kinder wäre irgendwie krank?«

»Übergeschnappt?«

»Wenn Sie wollen. Ich nehme doch an, dass Sie es nicht mit Whisky abfüllen würden?«

»Ich war immer der Meinung«, sagte Max, »wenn jemand sich für Napoleon hält, sollte man ihn zu jemandem schicken, der sich für den Duke of Wellington hält. Das würde die Sache schnell bereinigen.«

»Allerdings sind nur wenige Menschen auf so eindeutige Weise geistlich krank«, sagte der Bischof.

»Ja, sehen Sie, ›geistlich‹ ist Ihr Ausdruck«, erwiderte Ted. »Das ›geistlich Kranke‹ des einen ist des anderen ›Mangel an Selbstvertrauen‹ ist beim Nächsten ein ›überhöhter Blutzuckerspiegel‹ und beim Vierten ›holistische Unausgeglichenheit‹. Da zahlste 'n Heidengeld, und am Ende stehste genauso dumm da wie vorher. Tatsache ist doch, dass nichts je wirklich seelversorgt *oder* therapiert *oder* ganzgemacht werden kann.«

»Wovon sprichst du überhaupt?«, fragte Michael. Langsam wurde es gefährlich.

»Alles fault. Auch wenn ich mich dem Vorwurf der Werbung in eigener Sache aussetze: Kunst allein kann diesen Prozess aufhalten.«

»Was für ein großkotziger Scheiß, Schatz«, sagte Oliver. »Lang, lang ist's her, dass uns die Kunst Unsterblichkeit gewährte. ›So lang lebt *dies* und heißt dich fortbestehn‹ und der ganze Mist. Die Erfindung der Kamera hat uns allen ewiges Leben verliehen. Die Dunkle Dame und der Goldknabe der Sonette sind jetzt auch nicht unsterblicher als Oprah Winfrey oder die Teilnehmer beim ›Glücksrad‹.«

Darauf ging Ted natürlich überhaupt nicht ein.

»Das glaubst du doch selber nicht, und außerdem hab ich das gar nicht gemeint. Du wirst doch wohl zugeben, dass Künstler, zumindest die toten, intelligenter, sensibler und einfühlsamer vorgehen als jeder Therapeut mit einem Abschluss in Innerlichkeitsjargon der Universität Keele, oder jeder Pfaffe im Außendienst mit einem Diplom vom King's College, oder, was das anbelangt, jeder verrückte Druide, der mit heißen Händen und einem Amethystklumpen Energie-Channeling betreibt.«

»Aber Herzchen, wir wissen doch alle, dass es die Kunst ist, die die Menschen in den Wahnsinn treibt.«

»Gewiss, Künstler sind verrückt, Oliver, das gebe ich zu. Jeder einzelne Herr Hans und jede einzelne Frau Grete. Alle, die sich mit Geist und Seele befassen, sind verrückt. Zeig mir einen normalen Psychotherapeuten, und ich zeige dir einen Scharlatan, zeig mir – mit Verlaub des Bischofs – einen heiligen Priester, und ich zeige dir einen Abtrünnigen, zeig mir einen gesunden New-Age-Heiler, und ich zeige dir einen Quacksalber. Aber wer sagt denn, dass es nicht besserer Balsam für verwundete Seelen ist, wenn man sie als Patienten zu einer Lyriklesung oder in eine Kunstgalerie schickt, als wenn man sie zwingt, über ihr Verhältnis zu ihren Müttern zu sprechen, oder sie mit dem Leib Christi vollstopft?«

»Aber du unterscheidest doch wohl zwischen Geist und Körper nehme ich an«, sagte Rebecca. »Ich meine, einen Mann mit körperlichen Beschwerden würdest du doch nicht in eine Kunstgalerie schicken, oder?«

»Natürlich würde er das. Deswegen hängen in der Tate doch so viele Leprakranke herum«, sagte Max und holte sich damit einen ziemlich billigen Lacher, fand ich.

»Der Antiheld im *Liebesbaum* erfährt seinen Niedergang, weil ...«

»Nein, nein.« Ted wurde immer aufgebrachter. »Ein mechanischer Fehler kann behoben werden, und die Medizin ist dazu absolut in der Lage. Aber das ist kein Heilen, das ist kein *Ganzmachen.*«

»Und nur die Kunst vermag zu heilen?«

Ich merkte, dass wir in genau dem Gespräch zu ertrinken drohten, in dem wir nie hätten landen dürfen, aber ehrlich, ich sah absolut keinen Weg, ihm zu entgehen. Sämtliche Logans, David, Simon, Michael und Anne starrten Ted praktisch mit offenen Mündern an.

»Ich will's mal so sagen«, antwortete Ted, »wir sind alle erwachsen. Selbst die Religiösen unter uns sind nicht mehr abergläubisch. Kein glücklicher, zuversichtlicher Mensch glaubt mehr an Geister oder Telepathie oder Wunder. Aber Kunst ist von Dauer. Als Einziges kann sie nicht nur nicht widerlegt, sondern sogar greifbar und unbestreitbar belegt werden.«

Er blickte mit einem unschicklich selbstgefälligen Gesichtsausdruck in die Runde, als wolle er uns zum Widerspruch herausfordern. Die meisten von uns sahen bloß peinlich berührt auf die Teller hinab. Es hätte auch nicht schrecklicher sein können, wenn er seinen Schwengel herausgeholt und Lady Draycott ins Ohr gestopft hätte. David starrte mich konsterniert an, und Rebecca schüttelte traurig den Kopf. Aber dann fing Simon, der dumme, ungeschlachte Simon, dem der ganze Unterton zu hoch gewesen war (falls man das so sagen kann), an zu sprechen.

»Also ich glaube, es gibt ein paar Sachen, die nicht erklärt werden können …«, begann er, aber barmherzigerweise galoppierte Michael zu seiner Rettung herbei und sprach über seine Zeitungen.

Aber stell dir vor, selbst da bekamen wir keinen sicheren Boden unter die Füße. Er provozierte eine ganz seltsame Szene, wo David damit herausplatzte, dass er Michaels Besitz von Boulevardblättern schon immer gehasst habe. Die Jugend kann ja so puritanisch sein, findest du nicht auch? Ich weiß noch, dass ich in seinem Alter ein bisschen in die Richtung ging, aber nicht so extrem. Michael ließ es mit wahrer Engelsgeduld über sich ergehen, aber alles in allem war es ein sehr merkwürdiges Abendessen geworden.

Aber worauf wollte Ted eigentlich hinaus? Ich meine, er *weiß* es doch wohl, nehme ich an. Sollte ich ihn vielleicht beiseite nehmen und bitten, sich da nicht einzumischen? Wenn sein geiferndes Grinsen irgendwas zu bedeuten hat, dann will er unbedingt mit mir schlafen, also müsste ich ihn dazu bringen können, sich zu benehmen. Gestern hat er sich den ganzen Tag im Zimmer eingeschlossen und »geschrieben«, was wahrscheinlich heißt, dass er seinen letzten Rest Schamgefühl im Alkohol zu ersäufen versucht hat.

Es ist so schade, dass du nicht hier bist Jane. Inzwischen müssen diese Ärzte mit ihren Untersuchungen doch wirklich fertig sein. Ich verstehe nicht, wie du es aushältst, dir so viel Spaß entgehen zu lassen. Ich gebe zu, wenn auch ungern, dass Oliver als Erster an die Reihe kommen sollte, da er es dringender nötig hat als ich, aber mein Gott, ich kann es kaum erwarten …

Alles Liebe,

Pat

P.S.: Mist, ich hab die Samstagspost verpasst, also bekommst du dies frühestens am Dienstag.

III

Swafford 28. vii. 92

Jane,

Katastrophe. Absolute, verfluchte Katastrophe. Ich weiß nicht, wie es dazu kommen konnte, und ich weiß nicht, wie ich es dir sagen soll. Ich bin versucht, aus Swafford wegzurennen mit den schrillen Schreien »Flieht, flieht! Es ist alles aus!« auf den Lippen. Vielleicht kommt man meiner Flucht jedoch sowieso mit einem schleunigen, wilden Rauswurf zuvor. Die Drohung hängt über mir wie das Schwert des Damokles. Der war übrigens Grieche, also darf ich … wobei ich hinzufügen will: Was zum Teufel fällt dir eigentlich ein, mir den Gebrauch lateinischer Wendungen zu verbieten? Zu den immer weniger Dingen, auf die man im Alter noch stolz sein kann, gehören:

A) eine buchstäbliche und übertragene Weitsichtigkeit, die einen entfernte Schulmädchen und entferntes Schulbubenlatein klar erkennen lässt,

B) Geringschätzung des Imagedenkens und der Meinungen anderer,

C) Respekt und Reverenz der Junioren (oder – falls dir das zu latinisierend ist – »die Hochachtung und Lehnstreue unseres Nachwuchses«).

So jedenfalls hatte ich Naivling mir das vorgestellt.

Ich schlage einen Deal vor: Ich lass das Latein bleiben, wenn du versprichst, NIE WIEDER Worte wie »etwas Besonderes« zu benutzen. Dank auch schön.

Und jetzt die Erklärung der Katastrophe.

Wie gut kennst du dich mit Computern aus? Wahrscheinlich sehr viel besser als ich. Die Maschine, an der ich gerade sitze, ist die Erste, die ich je angefasst habe. Für mich ist sie eigentlich nicht mehr als eine karrierebewusste Schreibmaschine. Sie gehört Simon und ist mit ihrem Drucker und einer einfach barocken Opulenz an Kabeln in mein Zimmer gebracht worden. Sie wohnt auf dem Schreibtisch und summt ähnlich gereizt wie der Maschinenraum eines U-Boots. Wenn ich sie einige Zeit nicht benutzt habe, erleidet ihr Bildschirm einen Anfall, und Fische in bunten Farben ziehen ruhig darüber hin und her, eine exzentrische Verschrobenheit, die mir komischerweise gefallen will. Mit dem Computer ist ein Gerät verbunden, das sich MAUS nennt, wohl weil es Quietschlaute von sich gibt, wenn man es packt und über eine harte Fläche schiebt.

Alles, was ich über die Bedienung von dem Ding weiß, ist, dass ich die ganze Zeit SPEICHERN muss. Dieser Aufhebungsbedarf hat nichts mit Dachböden zu tun, sondern verhindert angeblich, dass die Sachen, die ich gerade tippe, im Nichts verschwinden. Der gespeicherten Arbeit gibt man einen DATEINAMEN. Meine Briefe an dich werden vom Computer in einem kleinen Umschlag auf dem Bildschirm aufbewahrt. Der Umschlag heißt TEDS MAPPE, und die Briefe heißen JANE.1 und JANE.2. Ich nenne sie vielleicht Briefe, aber der Computer nennt sie DATEIEN. Das ist ein eher unpassender Name, da sie nichts mit Dateien zu tun haben, aber das ist ja auch gehupft wie gesprungen. Hab Geduld. Ich komme langsam zur Sache.

Als ich mich heute Morgen an den Computer gesetzt habe, um dir das hier zu schreiben, entschloss ich mich, meinen letzten Brief an dich noch einmal zu lesen, um mir seinen Inhalt wieder ins Gedächtnis zu rufen. Die dazu erforderliche Prozedur ist verhältnismäßig einfach. Ich zeige mit der Maus auf die DATEI, die ich mir ansehen will, dann drücke ich zweimal schnell auf eine Taste am Kopf der Maus, und, als wär's ein Wunderwerk der Technik, der Brieftext erscheint auf dem Bildschirm.

Während ich mich auf diesen Vorgang vorbereitete, merkte ich zum ersten Mal, dass in TEDS MAPPE auf dem Bildschirm neben dem DATEINAMEN jedes Dokuments noch eine ganze Reihe weiterer Informationen langweilig technischer Natur angezeigt wird: ZEICHENZAHL, DOKUMENTVORLAGE, TITEL, solche Sachen, denen dann Zahlen und abstruse Abkürzungen folgen. Außerdem gibt es zwei Spalten mit den Titeln »ERSTELLT« und »LETZTE ÄNDERUNG«. Mir wurde klar, dass diese Beschreibungen sich auf ZEITANGABEN beziehen. Mit anderen Worten, wenn du dir eine Datei bloß ansiehst, weißt du gleich, wann du sie zum ersten Mal geschrieben hast und wann du sie das letzte Mal verändert hast.

Und nun kommt's. Ich habe entdeckt, dass JANE.2, mein letzter Brief an dich, angeblich »am 27. 07. 92 um 20.04« zuletzt geändert worden ist – also gestern Abend um fünf nach acht. Nun weiß ich aber hundertprozentig, dass ich gestern Abend um fünf nach acht mit Rebecca, Oliver und Max zum Aperitif in der Bibliothek Cocktails geschlürft habe. Außerdem weiß ich hundertprozentig, dass ich seit meiner Marathonsitzung am Freitag und Samstag, dem 24. und 25., den Computer keines Blickes mehr gewürdigt habe.

Ich bin den Text durchgegangen, weil ich sehen wollte, ob er wirklich ›geändert‹ wurde. Ich konnte keine Veränderungen entdecken, aber jemand bräuchte bloß versehentlich auf die Leertaste gedrückt zu haben, während er oder sie den Brief las, und das hätte schon als hinreichende Änderung gegolten und den Spalteneintrag unter dem DATEINAMEN verändert.

Danach hielt ich mich erst mal für übertrieben paranoid. Woher wollte ich denn wissen, dass der Computer das genaue Datum weiß? Vielleicht glaubt er ja auch, es sei ein kalter Dezemberabend in Heidelberg in der Glanzzeit des Heiligen Römischen Reiches. Um das herauszufinden (da ich keine Möglichkeit sah, wie ich den Computer fragen konnte, was er unter Wochentag versteht), habe ich einen brandneuen Brief geschrieben und dann darauf geachtet, mit welchem Datum er ihn stempelte. Es ist gar keine Frage, der Computer ist auf die Minute genau.

Das kann also nur heißen, dass JEMAND meinen letzten Brief an dich gelesen hat. Das wäre nie passiert, wenn du mir erlaubt hättest, per MANUSKRIPT (das heißt lateinisch handschriftlich) mit dir zu kommunizieren.

Ich weiß nicht, wer der Missetäter sein kann. Diese Maschine gehört Simon, und er kann natürlich mit ihr umgehen … er hat hier ein lächerliches Programm geladen, das den Bestand jagdbarer Vögel auf dem Anwesen von Swafford auflistet und den Verlauf der Jagdsaison verzeichnet. Seine Erfahrung im Umgang mit Computern muss ihm aber wohl zugute gehalten werden, weil er wahrscheinlich nicht so dämlich wäre, eine Änderung an meinem Brieftext vorzunehmen und den dann auch noch auf eine Weise abzuspeichern, dass ich als absoluter Grünschnabel merke, dass daran herumgepfuscht worden ist. Andererseits wissen wir, dass Simon nicht zu den gescheitesten Hervorbringungen von Mutter Natur zählt.

David vielleicht? Durchaus möglich, bloß ist er so besessen von Ehrlichkeit und Tugend und Sittenstrenge, dass er sich wahrscheinlich eher die Augen ausgerissen hätte, als sich dabei zu ertappen, wie er anderer Leute Briefe liest. Allerdings könnte ich mich in den Arsch beißen vor Entsetzen, wenn ich nur daran denke, dass er, falls er es gewesen sein sollte, dann auch meine alles andere als schmeichelhaften Bemerkungen zu seinem verdammten Gedicht gelesen hat. Eieiei.

Oliver, Max und Rebecca können es nicht gewesen sein, das steht immerhin fest. Die waren von fünf vor acht bis zum Ende des Abendessens mit mir zusammen. Die andern Anwesenden, Simon, David, Clara, Michael, Anne, Mary und Patricia kamen alle erst gegen zwanzig nach runter, schätze ich; falls ich also nicht beweisen kann, *es war der Butler,* müssen wir wohl Poirot kommen lassen.

Aber darum geht es eigentlich nicht, oder? Sorge macht mir nicht das *wer,* sondern das *was jetzt?* Es war ein verdammt langer Brief und nicht nur vollgestopft mit indiskretestem Tratsch, sondern würde auch jedem klarmachen, dass du mich fürs Herumschnüffeln bezahlst: Daher meine Befürchtung, man könne mir die Tür weisen. Gegenwärtig mogle ich mich so durch. Scheiß auf die Technologie. Scheiß auf dich. Scheiß auf mich und jeden, der dafür verantwortlich ist.

Als Nächstes kommen wir zu den sieben Thesen von Onslow Terrace, die du mit dem letzten Schreiben angeschlagen hast:

1. *Keine lateinischen Wendungen mehr.*
Hatten wir schon.

2. *Erkundige dich nach den Zwillingen.*
Ähm. Die Zwillinge sind, dies zur Beantwortung deiner Frage, bei Annes Schwester Diana, die, wie du dich erinnern wirst, in der Nähe von Inverness wohnt. Edward leidet an Asthma, und die Luft in Schottland hält man um diese Jahreszeit für weniger schädlich als die in Norfolk. James und Edward sind unzertrennlich: Also sind sie zusammen gefahren. Aber zu diesem Thema bekommst du unter These vier noch einiges zu hören.

3. *Finde heraus, wie es Oliver geht und was ihn hertreibt.*
Erst hab ich überhaupt nicht verstanden, was du mit »Finde heraus, wie es ihm geht« gemeint hast. Es geht ihm wie … Oliver, dachte ich. Und was ihn hertreibt: Seine Erklärung am letzten Samstag lautete »R & R«, was du vielleicht nicht verstanden hast. Es ist Jargon der Achtziger und bedeutet Ruhe und Regeneration, manchmal auch Ruhe und Rekreation, im Zweifelsfall noch Ruhe und Rekonvaleszenz. *Weder* Rock and Roll, noch Reim und Räson, noch rau aber reif, noch Radikale und Revolutionäre, noch Rum mit Rosinen: überhaupt nichts anderes, sondern schlicht und einfach Ruhe und Regeneration.

Es gibt ein hübsches amerikanisches Sprichwort: »Wenn es aussieht wie eine Ente und watschelt wie eine Ente, dann ist es wahrscheinlich eine Ente.« Oliver sieht aus wie einer, der R & R braucht, watschelt wie einer, der R & R braucht, fand ich. Daher braucht er wahrscheinlich R & R. Ich hab nicht ganz verstanden, warum du wolltest, dass ich mehr über ihn herausfinde.

Aber da ich ja auf ewig dein Ergebenster bin, ging ich ihm gestern Morgen nach dem Frühstück etwas um den Bart. Er saß in der Bibliothek, erfüllte einen Streifen Sonnenlicht mit Zigarettenrauch und entleerte die Zeitungen ihres Klatsches.

»Morgen, Herzliebster. Rate mal, wessen kleines Stück am Nash bis zum Ende der Spielzeit ausverkauft ist?«

Er meinte natürlich Michael Lakes *Halbparadies,* die Ursache meines Untergangs, das sie am National Theatre gerade zu Jubelstürmen hinreißt.

»Er wär's kaum wert gewesen, dass ich mich darüber so aufrege«, sagte ich und verteidigte meinen Angriff auf das Stück, »wenn ich erwartet hätte, es würde in vierzehn Tagen vom Spielplan genommen. Aber ich *wusste* es, ich war mir absolut sicher, dass das Publikum es mit Haut und Haar fressen würde. Darum ging's ja gerade.«

»Wenn Teddy eins nicht abkann, dann ist es ein erfolgreicher Linker, der links geblieben ist. Jedes Mal, wenn du an Michael Lake und seinesgleichen denkst, hastet Sheila Schuld vorbei und knallt dir ihre Handtasche direkt auf den Solarplexus. Stimmt's oder hab ich Recht?«

»Oh, Oliver, lass uns über was anderes reden.« Ich sank in den Sessel ihm gegenüber, der schräge Sonnenstrahl fiel zwischen uns.

Oliver und ich hatten gemeinsam an einem Friedensmarsch nach Aldermaston teilgenommen, waren derselben Ortsgruppe der Labour Party beigetreten (West Chelsea natürlich … nichts allzu Haariges oder Tätowiertes) und schrieben für dieselben Zeitschriften, die zu jener Zeit so weit nach links neigten, dass sie Moskaus Unterstützung brauchten, damit sie nicht umkippten. Nichts kam mir mehr zupass als der Prager Frühling 1968, ich ergriff die Gelegenheit beim Schopfe, die Gesellschaft in jedem Wortsinn zu verlassen. Oliver behauptet immer, ich hätte ihn verraten, meine Prinzipien verraten und auch jenes nichtexistente Bündel aus Vorurteil und Ahnungslosigkeit namens »das Volk« verraten. Natürlich wissen wir alle, dass der wahre Verräter, der für Oliver unentbehrliche Judas, niemand anderes war als die von ihm über alles geliebte Geschichte. Er hat jetzt das Alter erreicht, wo er sich nicht zu schade ist, der Welt seine bedauernswert vagen und schwer bereinigten Aufzeichnungen – auch »Tanja Tagebuch«, wie er dieses Werk insgeheim nennt – anzudrehen. Die Jahre 1955 bis 1970 sind gerade erschienen, eine Menge scheinheiliger Unflat wird auf *mein* Haupt ausgeschüttet, aber naturgemäß sehr wenig über sein widerwärtiges Treiben in Kellernachtclubs. Bloß ein paar glattzüngige Phrasen über das »Erwachen schwuler Identität« und Arschwischereien vergleichbaren Kalibers. »Tanja« besteht zum größten Teil aus Medienklatsch und seiner bekannt einäugigen Interpretation der Politik. »Die« sind abgestumpft und unfähig, »wir« sind Helden des Volkes.

»Über was anderes reden?«, sagte er. »Worüber möchtest du denn lieber reden? Den strengen Geruch des arbeitenden Menschen und den Beweis seiner Undankbarkeit, der darin besteht, dass er nie von dir gehört hat?«

»Mein Frühstück wird gerade verdaut«, sagte ich. »Ich weigere mich, es von den Vorträgen eines Mannes wieder ans Licht bringen zu lassen, der mich aus der Behaglichkeit eines weichen Ledersessels in der Landhausbibliothek eines Millionärs über politische Moral belehrt.«

»Eine politische Wahrheit bleibt eine politische Wahrheit, ob sie nun im Arbeiterpub oder Aristokratenclub ausgesprochen wird, mein Schatz, und das ist dir auch zur Genüge bekannt. Aber«, fügte er süßlich hinzu, als er spürte, dass ich drauf und dran war, ihn mit einer Antwort aus der Fassung zu bringen, »du hast Recht. Reden wir vom Kohl, nicht von Königen. Simon lässt mich wissen, sofern es nicht regne, werde die Wintergerste schon in Bälde gülden glänzen. Hingegen werde Wendy der Wasserschlauch mit einem Bann belegt, falls Clara Cumulus nicht gekniffen und zu Tränen gerührt werden kann.«

»Wo du grad Clara erwähnst«, sagte ich und fragte mich, ob Oliver bei der Wahl dieses Vornamens wohl etwas Bedeutsames entfahren war. »Was macht die Frucht der Cliffords eigentlich so? Ist sie … ich meine …«

»Falls du meinst, dass ihr nur mehr zwei Körbchen zum *Corps de ballet* abgehen, so irrst du, Liebster. Sie ist vierzehn, hat Silberblick und vorstehende Zähne, dafür aber weder Busen noch Busenfreundin, und nichts kann sie glücklich machen. Da kannst du doch wohl kaum erwarten, dass sich die ganze Party um sie reißt, oder?«

»Und du selbst? Bereit, deinem Schöpfer ins blutunterlaufene Auge zu sehen?«

»O Herr, wir werden ob der Ansteckung ins Gebet genommen, das seh ich doch von weitem. Mutter ist ganz sicher, danke, Schatz, und ganz gesund. Sozialismus ist immer noch ihre einzige ansteckende Krankheit.«

»Du hast allerdings etwas abgenommen.«

»In jenen Tagen, die meine Jugend sahen, als man Fitzrovia noch für den Ursprung der Zivilisation hielt und Quentin sich noch Crisp anfühlte, fand man Gewichtsverlust noch erstrebenswert. Heutzutage hält man es wohl eher für ein Banner der Schande. Bloß weil wir Gary Glitter lieben, Teuerster, müssen wir doch nicht gleich fett werden, um den Befürchtungen unserer Freunde gerecht zu werden.«

»Ja, Herrgott noch mal, vielleicht hörst du endlich auf zu erwarten, ich würde überall auf den süßen kleinen Zehenspitzchen politischer Korrektheit dahertrippeln?«

»Schatz, die wahre politische Korrektheit in diesem unserem Lande besteht, wie du ganz genau weißt, darin, die Minderheiten zu verarschen und ›Heuchler, Heuchler‹ zu schreien, wann immer einer etwas anderes behauptet.«

Wir können einfach nicht anders, Oliver und ich. Wir könnten nicht mal die Chancen in der dänischen Fußballiga ohne Keifen diskutieren.

»Na dann – es ist schön, dich so gesund und munter zu sehen«, bot ich an.

»Ha, siehst du, da täuschst du dich, mein fetter Ted. Der wahre Grund dafür, dass ich abnehme, liegt darin, dass mein Dennis mir die Sachen, für die es sich zu essen lohnt, vorenthält. Vielleicht hab ich 'ne hübsche Figur, aber ich hab auch 'ne hübsche Angina.«

»Oh, mein lieber Oliver, das tut mir sehr Leid.«

»Ich hab nur Schmerzen in der Brust, nichts Ernsthaftes. Aber mein süßer Dennis zieht es vor, das als eine *Warnung* anzusehen.«

»Also bist du hergekommen, um seinen Adleraugen zu entgehen und dich bis obenhin mit guten Sachen vollzustopfen.«

»So in etwa, Ted, ja.«

So. Da hast du's, Jane. Das sollte zu These 3 reichen, hoffe ich.

4. *Mehr Informationen über Tante Anne*

Später am selben Vormittag schleifte Davey mich zu den Stallungen, auf dass ich Pferden und Hunden guten Tag sage. Anne klapperte auf der Rückkehr vom Morgengalopp in den Hof.

»Das ist ja eine Überraschung«, sagte sie beim Absteigen. »Werden wir dich zu Pferde sehen, Ted?«

»Wenn ich bedenke, was wir beide so wiegen, ist es wahrscheinlich fairer, wenn ich das Pferd auf den Rücken nehme und lostrabe«, sagte ich.

Ein Stallbursche kam und übernahm Annes Ross.

»Kann ich Sie einen Moment sprechen, Lady Anne?«, fragte er.

»Worum geht's, Mr. Tubby?«

»Wegen Lilac, ne. Simon sacht, die's krank.«

Wir drängelten uns vor der Box des betreffenden Pferdes. Lilac ist eine große, kastanienbraune Stute und gehört Michael. Sie stand schräg, mit an die Seitenmauer gelehntem Kopf da, eine trostlose Pose, die Krankheit bezeugen mochte oder auch nicht, auf jeden Fall eine eher deprimierte Einstellung zum Leben vermittelte. Pferde finde ich immer so trübe im Blick und einfältig im Verhalten, dass es mir – anders als etwa bei Hunden – schwer fällt, ihren Gesundheitszustand einzuschätzen.

»Simon is heut Morgen die Runde mit ihr, und da hat er gesehn, wie se nich frisst und im Kreis läuft und wie se Blut im Speichel hat«, sagte Tubby.

»Aber gestern war sie in Ordnung, oder?«

»Klar, da war se echt gut beinander, Lady Anne.« (Verzeih den Versuch, den Wortlaut wiederzugeben, Jane, Schatz. Es ist eine ziemliche Herausforderung.) »Als se vonner Weide reinkam, war se richtig voll … tjä … Feuer … kann man so sagen.«

»Oje, haben Sie irgendeine Vermutung, woran es liegen könnte?«

»Wusste Simon auch nich. Abba er sacht, dasses Kreuzkrautvergiftung oder vielleicht Grasschnupfen sein kann.«

»Oje, ich hoffe, er irrt sich. Wir hätten doch wohl gemerkt, wenn es Kreuzkraut wäre? Das dauert doch immer etwas, nicht wahr?«

»Kann auch auf 'n Mal kommn, Lady Anne, is jedenfalls, was Simon sacht.«

Wer war hier der Experte, fragte ich mich, Simon oder dieser angestellte Profi? Typisches Weiterschieben des Schwarzen Peters, nahm ich an. Wenn das Pferd plötzlich im Eimer war und anfing, die Leute zu beißen, war es Master Simons Schuld, nicht die des Stallburschen.

Davey streichelte dem Pferd übers Maul und blies ihm sacht in die Nüstern. »Ich frage mich«, sagte er und öffnete die Box, »ob …«

»NEIN, Davey! Nein!«, kreischte Anne. »Komm da sofort weg!«

David sprang vom Tor zurück, als wäre es starkstromgeladen. Tubby sah diskret beiseite, aber ich konnte ein Glucksen nicht unterdrücken.

»Entschuldige, Liebling, ich wollte dich nicht anschreien.« Anne schnaubte durch die Nasenlöcher wie die Stute, als sie sich nach ihrer verwunderlichen Explosion beruhigte. »Kranke Pferde können sehr gefährlich sein. Sehr launisch.«

David war knallrot vor Verwirrung oder Schmach oder Furcht oder Zorn oder Frustration. »Lilac kennt mich genauso gut wie jeden anderen …«, brachte er heraus.

Anne erlangte ihre Beherrschung zurück, eifrig bemüht, vor Tubby und mir das Gesicht zu wahren. »Ich weiß, Schatz, ich weiß. Aber solange wir nicht wissen, was ihr fehlt, besteht immer das Risiko einer Infektion. Pferde entwickeln manchmal Krankheiten, mit denen sie Menschen anstecken können, weißt du.«

»Wann habe ich mich *überhaupt* das letzte Mal angesteckt?«, fragte David.

Lächelnd wendete Anne sich mir zu. »Ich fahre in einer halben Stunde nach Norwich zum Zahnarzt«, sagte sie. »Warum kommt ihr beiden nicht mit? David kann dir die Sehenswürdigkeiten zeigen.«

Ich saß im Range Rover vom neben Anne, der besiegte, fast mürrische David auf dem Rücksitz.

»Morgen kommen die Zwillinge nach Hause«, sagte sie. »Angus und Diana fahren in Urlaub.«

»Und Edward?«

»Der hat außerhalb seiner Asthmasaison eine neue Behandlung gemacht, schon den ganzen Winter und Frühling über. Bisher hat's keine Probleme gegeben, und wir glauben, wir können es riskieren, dass er nach Hause kommt. Wenn's dann doch wieder losgehen sollte, müssen wir uns was anderes einfallen lassen. Margot hat mir von einem Kurort in der Schweiz erzählt. Sie fehlen mir fürchterlich.«

Sie hatte die Welt und sich selbst überrascht, als sie mit achtundvierzig Jahren noch einmal schwanger geworden war und Zwillinge zur Welt gebracht hatte. Ich erinnerte mich an sie als achtzehn Monate alte Klackse, Weihnachten '88, als ich das letzte Mal in Swafford gewesen war.

»Sie werden bald fünf, schätze ich?«

»Das ist ein weiterer Grund, warum sie zurückkommen. In vierzehn Tagen haben sie Geburtstag.«

David kam wieder in Stimmung, nachdem Anne uns in der Nähe vom Stadtzentrum abgesetzt hatte und zu ihrem Zahnarzttermin weitergefahren war.

»Weißt du, was an Norwich so interessant ist?«, fragte er, als wir auf dem Bürgersteig herumstanden.

Ich bezweifelte, dass es da irgendetwas gab, außer er meinte die Entfernung zu London, verlieh aber dem erbetenen Unwissen Ausdruck.

»Es gibt in Norwich genau zweiundfünfzig Kirchen und dreihundertfünfundsechzig Pubs.«

»Echt wahr?«

»Sagt man jedenfalls. Das heißt, du kannst dich jeden Abend im Jahr in einer anderen Kneipe betrinken und das jede Woche im Jahr vor einem anderen Altar bereuen.«

Dann standen unsere Chancen also beruhigende sechs zu eins, dass wir eher über einen Pub als eine Kirche stolpern würden. Die Wahrscheinlichkeit hatte aber gerade ihren freien Tag, und ich fand mich plötzlich mit David in einem Kirchhof wieder und sollte die edlen Proportionen des zur Apsis gehörigen Ostendes der großen Kathedrale und die sie überwölbenden Strebebögen bewundern. Die edlen Proportionen der strebenlosen Wölbungen eines großen Barmädchens hätten zwar einen unendlich stärkeren Sog auf mich ausgeübt, aber ich ließ mich führen. Versonnen dachte ich daran, dass es wahrscheinlich zwanzig Jahre her war, seit ich zum letzten Mal in einer Kathedrale gestanden hatte. Der Geruch der Steine und die perfekte Ausgewogenheit von Temperatur und Atmosphäre, weder warm noch kalt, weder trocken noch feucht, kennzeichnet das Innere aller normannischen und gotischen Sakralbauten und trägt viel zum Mysterium und zur Pracht dieser Kunstwerke bei. Sagt er.

David brachte mich nach draußen zum Kreuzgang, wo er mir das Wappenschild der Familie seiner Mutter zeigte.

»Und wo, glaubst du, finden sich Aufzeichnungen über die Vorfahren deines Vaters?«, fragte ich.

»In der Bibel, nehm ich an.«

»Ist es dir recht, der Saat Abrahams zu entstammen?«

»Du zählst nicht als Jude, wenn bloß dein Vater einer ist, weißt du.«

»Hab ich auch so gehört.«

»Das Problem mit den Juden«, sagte David und setzte sich auf ein kleines Sims im offenen Torbogen mit Blick auf den Rasen im Innern des Kreuzgangs, »ist, dass sie keinen Sinn für die Natur haben. Immer bloß Städte und Geschäfte.«

»Meinst du die Juden im Allgemeinen oder einen bestimmten Juden?«

»Also, ich glaube, Daddy ist sogar ländlicher orientiert als die meisten, findest du nicht?«

Er kann es sich auch leisten, dachte ich.

Da er mein Schweigen als Widerspruch deutete, verschränkte David die Arme und dachte kurz nach.

»Warum setzt du dich nicht?«, fragte er schließlich.

»Möchtest du's genau wissen?«

»Ja«, sagte er erstaunt.

»Der Grund, warum ich mich nicht setze«, sagte ich, »ist, dass ich in jüngster Zeit äußerst üppig blühende Krampfaderknoten entwickelt habe.«

»Krampfaderknoten?«

»Du musst davon gehört haben. Hämorrhoiden.«

»Ach so, Hämorrhoiden. Ja. Hat Daddy auch. Er hat eine Salbe und einen Spatel zum Auftragen. Die hab ich in seinem Badezimmerschrank gesehen. Er sagt, eines Tages bekomme ich die auch, weil Hämorrhoiden das Elend des jüdischen Mannes sind. Hämorrhoiden und Mütter. Wodurch kriegt man die?«

»Die kommen mit dem Alter und sitzenden Lebensgewohnheiten. Können nur kuriert werden, wenn man sie mit einem Skalpell herausschneidet. Die Behandlung ist grausamer als die Krankheit.«

»Hast du nicht am Donnerstagabend gesagt, dass nichts geheilt werden kann?«

»Touché, du blöder Hund.«

»*Du* bist kein Jude, oder?«, fragte David nach einer Pause.

»Leider nicht. Trotz der Hämorrhoiden.«

»Aber trotzdem bist du ein ziemlich städtischer Typ, würdest du das nicht auch sagen?«

»Bloß bei Nordnordost«, sagte ich. »Ich bin nicht gleich fix und foxi, wenn ich ein Fax vom Fuchs unterscheiden soll.«

»Simon findet, ich wäre der Städter der Familie, weil ich das Töten nicht gut finde. Er meint, den Städtern sei jeder Begriff der Bedeutung des Lebens abhanden gekommen, deswegen konzentrierten sie sich auf die Bedeutung des Todes.«

»Das klingt mir ein bisschen zu gescheit, als dass es von Simon stammen könnte.«

David lachte. »Ja, wahrscheinlich hat er's in der ›Shooting Times‹ aufgeschnappt.«

Ich tastete in der Tasche nach einer Rothie. David sah entsetzt aus.

»Was ist los?«, fragte ich. »Die Viktorianer pflegten Aschenbecher in den Kirchenbänken anzubringen, wusstest du das nicht? Predigten wurden nach Zigarrenlänge beurteilt. Eine Zehnzentimeterpredigt, eine Zwölfzentimeterpredigt, eine volle Corona und so weiter.«

»Niemals!«

»Ich schwöre bei Gott.«

»Erzähl's lieber dem Reiseleiter.«

Ich sah das ein und verzichtete.

David sah mich an. »Weißt du, warum Mummy heute Morgen nicht wollte, dass ich in den Stall gehe und mich um Lilac kümmere?«

Ich schüttelte den Kopf.

David seufzte und kaute auf seiner Unterlippe herum. »Sie möchte nicht, dass ich … sie hat Angst, weißt du.«

»Angst?«

»Ich kann … manchmal … fast … ich weiß, dass du lachen wirst …«

»Ich werde nicht lachen«, versprach ich. Jedenfalls nicht hörbar.

»Ich kann manchmal mit Tieren *sprechen.*«

Na und, dachte ich, ich spreche manchmal mit der Wand. Aber ich wusste, dass er das nicht meinte. Er meinte natürlich, dass die Tiere ihm antworteten.

Mein Sohn Roman, der ungefähr in Daveys Alter ist, behauptete mal, er könne die Maus verstehen, die er in einem Käfig in seinem Schlafzimmer hielt.

»Und was erzählt diese Maus so?«, hatte ich gefragt.

»Er erzählt mir, dass er gern einen Freund hätte.«

Eine ziemlich durchsichtige Bitte um ein zweites Haustier, hatte ich gedacht und mich flugs zu Harrod's verfügt, um ihm eines zu kaufen, unter der strikten Voraussetzung, dass sie seine Männlichkeit garantierten. Später ging mir auf, dass es in Wahrheit vielleicht eine Bitte von Roman selbst gewesen war. Bei jenen Gelegenheiten, wenn seine Mutter ihn während der Schulferien zu mir verfrachtete, war er in London oft einsam, nachdem der Reiz des Neuen verflogen war: zu jung für seine Schwester Leonora – der einzige Grund, warum er gezeugt worden war, war schließlich der Versuch gewesen, etwas zu erschaffen, was Helen und mich zusammenhalten konnte –, zu jung, um mit mir ins Theater zu gehen, zu alt, um von einem Kindermädchen beschäftigt zu werden.

Jetzt überkam mich die Erkenntnis, dass David, so idyllisch seine Kindheit dem Außenstehenden vorkommen mag, vielleicht ebenso Grund zur Einsamkeit hat. Er teilt weder die landwirtschaftlichen noch die sportlichen Interessen seines Bruders und (vermutlich) seiner örtlichen Altersgenossen; seine Verhaltensweise vermittelt, obwohl sie nicht direkt abschreckend ist, den Eindruck der Ferne, der Trennung von der Herde, des – mit Annes Ausdruck – Weitwegseins. Es ist normal, dass ein empfindsames und intelligentes Kind sich zurückzieht. Lieber stellt man seine Unabhängigkeit zur Schau, als dass man Zurückweisung riskiert. Tiere sind willkommene Freunde, weil sie einen nie beurteilen. Heranwachsende Mädchen können bekanntlich so in ihre Ponies vernarrt sein, dass man schon gesehen haben will, wie sie den morgendlichen Würfelzucker zwischen die Schamlippen klemmen und ihn sich aus der feuchten Feige schlecken lassen. Die bedingungslose Liebe, die ein Tier bieten kann, Liebe ohne Schuldgefühle, Zurückweisung, Gewalt oder Ansprüche, ist für Jugendliche ungeheuer verlockend. Sie sind natürlich zu dämlich und merken daher nicht, dass selbst die intelligenteste Kreatur so etwas nur fürs Futter tut. Für ein Tier geht die Liebe durch den Magen, und da endet sie auch.

»Du sprichst also mit Tieren?«, fragte ich nach.

»Sie vertrauen mir. Sie wissen, dass ich nicht hinter ihren Eiern her bin, oder ihrer Milch, ihrem Fell, ihrer Kraft, ihrem Fleisch oder ihrem Gehorsam.«

»Viele von ihnen sind allerdings hinter dem Fleisch der anderen her, oder nicht? Oder sprichst du nur mit vegetarischen Tieren?«

Ich hätte mich ohrfeigen können, als ich sah, wie sarkastisch die Frage für David geklungen haben muss. Ich hatte sie ganz ernst gemeint.

Er stand auf. »Wir treffen Mummy an der Stadthalle«, sagte er. »Das ist ein ganzes Stück Weg. Lass uns schon mal losgehen.«

Anne und ich saßen in der Teestube der Stadthalle und mampften Pfannkuchen. David hatte um die Erlaubnis gebeten, noch über die Straße in die Stadtbücherei gehen zu dürfen.

»Ich hätte nicht gedacht, dass ich das machen könnte«, sagte Annie.

»Was machen?«

»Zubeißen. Ich war darauf gefasst, dass mir alle möglichen schrecklichen Spritzen und Füllungen bevorstehen.«

»Also ein unbeschriebenes Gesundheitsattest?«

»›Wenn ich in Ihrem Alter solche Zähne habe, Lady Anne, kann ich mich glücklich schätzen.‹«

»Zweischneidiges Kompliment.«

»In unserem Alter nimmt man jedes Kompliment, das man kriegen kann, findest du nicht?«

»Es ist so lange her, dass mir eins gemacht wurde«, sagte ich, »dass ich die Frage eigentlich nicht beantworten kann.«

»Oh, mein armer kleiner Tedward. Dann mach ich dir jetzt eins. Du bist erst seit einer Woche in Norfolk und siehst schon tausendmal besser aus als bei deiner Ankunft.«

»Das geht als Kompliment an dich und deine Gastlichkeit, meine Liebe, nicht an mich.«

»Ach je, da hast du natürlich Recht. Dann sag ich dir eben, wie schön es ist, dich bei uns zu haben.«

»Engel.«

»Nein, Ted, ist es wirklich. Ich hoffe, es gefällt dir. Du brauchst nur zu sagen, wenn du etwas möchtest.«

Ich öffnete meine Hände und beteuerte, dass weder Prinz noch Papst mir mehr bieten könnten.

»Und du?«, sagte ich. »Ein glückliches Häschen?«

»Wonnevoll.«

»Keine Stürme am Horizont?«

»Wie kommst du darauf?« Sie runzelte kurz die Stirn und kümmerte sich um die Teekanne.

»Ach, gar nichts Bestimmtes. Ich denke bloß manchmal, es muss doch ein komisches Leben für dich sein. Da wohnst du in dem Haus, in dem du groß geworden bist, aber …«

»Aber mit einem Mann aus einer anderen Welt? Also Ted, wirklich! Ich hab doch von allem nur das Beste. Meinen eigenen Freundeskreis plus die ganzen Wirtschaftsbosse und Politiker und Künstler und Schriftsteller und Exzentriker, die Michael so anzieht.«

»Das ist eine Liste, die manch einen auf der Welt schon zum Kotzen bringen könnte.«

»Na ja, so gesehen hört's sich ziemlich fürchterlich an, aber ich hab wirklich Glück gehabt. Reden wir doch nicht drum rum, ich bin nicht sonderlich helle, und Michael ist ein wundervoller Ehemann. Ich meine, es wäre unanständig, wenn jemand in meiner Lage sich noch beschweren wollte. Einfach unanständig.«

Ich ließ mir noch eine Tasse eingießen.

»Damit will ich nicht sagen«, fuhr sie fort, »dass es mich nicht aufregt, wenn die Zeitungen schreckliche Dinge über ihn schreiben. Ihn beispielsweise mit diesem widerlichen Bob Maxwell vergleichen. Ihn als

Unternehmensaufkäufer oder Finanzpiraten oder Firmenausschlachter beschimpfen. Wenn sie bloß *wüssten,* Ted! Sie haben ihn nicht weinen sehen, wenn er Leute entlassen muss!«

Haig pflegte über den Verlustlisten zu weinen, dachte ich. Hat ihn aber nie davon abgehalten, seine Soldaten in die nächste Salve zu schicken, oder?

»Er kümmert sich, Ted. Er ist so anständig. Ich bin stolz auf ihn. Die Jungen sind stolz auf ihn.«

»Das alles ist mir schon klar, meine Beste. Ich bin übrigens auch stolz auf ihn, was das angeht.«

»Ich meine, Ted, es ist einfach genug für mich, wenn ich eine gute Frau und Mutter bin, oder nicht? Wenn man das schließlich sagen kann, dass man im Leben eine Familie gegründet hat, dann war es doch am Ende nicht umsonst. Es muss doch nicht jeder Sachen erschaffen wie Michael oder du.«

In der Phase steckt Anne also, dachte ich. »Ich habe vielleicht nicht den Ring komponiert oder ICI gegründet, aber ich habe vier Kinder großgezogen.« Habe vier Kinder großgezogen mit der Unterstützung einer Unzahl von Mägden, Kindermädchen, Ammen und Hilfskräften, deren Arbeitskraft besser genutzt worden wäre, hätten sie ein mittelgroßes Internat geführt.

»O du allerbester meiner lieben alten Schätze«, sagte ich und tätschelte ihr vielleicht sogar die Hand. »Als Erstes musst du eingestehen, dass du in Wirklichkeit sehr viel tust. Ich glaube, es gibt kaum Komitees, Stiftungen oder Wohltätigkeitsverbände, bei denen du nicht im Vorstand sitzt. Man lacht vielleicht über Lady Mildtätig, aber was du tust, muss getan werden, wird getan und könnte nicht ohne dich getan werden.«

»Danke, dass du das sagst, Ted. Ich muss zugeben, dass man sich ab und zu nicht ausreichend gewürdigt vorkommt. Heutzutage sitzen in den Wohltätigkeitskomitees und Elternräten und Sitzungen so schreckliche Typen. So falsch und mäklig und spöttisch. Sie wollen bloß, dass ich lächle und nicke wie die Queen. Wenn ich mal etwas vorschlage, werde ich oft bloß ausgelacht, als ob mein Job einzig und allein darin bestünde, im Briefkopf zu stehen und einen großen Hut zu tragen.«

Ich konnte mir diese Sitzungen sehr gut vorstellen. Die Nieten mit Ingwerteints, getönten Brillen, Anzügen von der Stange, Siegelringen und Segeltuchschuhen, die an Rasierbrand und schlechter Aussprache leiden, die koreanische Schaumlöffel importieren oder Golfplätze leiten und jetzt die Vorstände und Komitees und Ratssitze des Landes bevölkern, was sehen die wohl in dieser Lady Anne Ponsonby-Smythe-Twistleton-Dandy? Konservativ, Labour oder Liberal, für sie ist sie ein schlechter Witz.

»Wäre es nicht herrlich«, stellte ich mir Annes glockenhelles Stimmchen vor, »wenn wir die Herzogin von Kent fragen, ob sie die neuen Duschräume im Erziehungsheim einweihen möchte?«

Blicke unterdrückten Wieherns werden ausgetauscht, und Schuppen regnen auf Sitzungsunterlagen nieder, als Köpfe langsam und ungläubig geschüttelt werden.

»Mit Verlaub, Frau Vorsitzende, das wäre der Situation kaum angemessen«, sagt ein Bauunternehmer für Managerwohnungen, womit er meint. »Das Denken erledigen wir schon, danke, Kleines. Du hältst am besten deine adlige Klappe und unterschreibst die blöden Schecks.«

Der arme alte Schatz, dessen einziges Verbrechen darin bestand, nett sein zu wollen.

»Was du tust«, sagte ich, »wird anerkannt. Meine Güte, allein deine Familie! Ich hätte wahrlich lieber vier feine Söhne, die darauf brennen, es in der Welt zu etwas zu bringen, als vier flaue Poeme, die im *Oxford Book of Modern Poetry* vor sich hin modern.«

»Aber du hast doch auch Kinder!«

»Helen hat sie. Ich bin der schlechte Einfluss. Ich glaube, ich kenn meine Patenkinder besser als Roman oder Leonora.«

»Ted, es ist schrecklich, so etwas zu sagen. Ich weiß, dass du einfach ein fabelhafter Vater sein musst, schon die Art und Weise, wie du mit Davey umgehst. Du behandelst ihn als einen Gleichgestellten.«

»Das ist überheblich. Ich sollte ihn als überlegen behandeln.«

»Ach je, ich weiß, was du meinst. Er fällt dir doch nicht zur Last oder?«

»Mein Gott wie sollte er! Ich kann mir vorstellen, dass die Betragenszeugnisse des Kindes im Vergleich mit denen der heiligen Agnes gut abschneiden.«

»Verstehst du jetzt, was ich meinte, als ich sagte, dass ich mir seinetwegen Sorgen mache? Bin ich einfach hysterisch? Schau mal, er hat es so schwer. Im Schatten von jemandem wie Simon aufzuwachsen. Manchmal ... da kommt er!«

David kreuzte auf und schwang eine Tragetasche voller Bücher.

»Und worüber habt ihr beiden euch unterhalten?«

»Über die Eigenschaften, die den zehnjährigen Macallan vom achtzehnjährigen unterscheiden. Ich hab deiner Mutter just beschrieben, dass der zehnjährige, wie wohl billiger, der bessere Tropfen ist.«

»Ganz deiner Meinung«, sagte David. Frechdachs.

Während wir zum Parkplatz gingen, fragte ich ihn, was er sich aus der Bücherei geliehen habe.

»Ach, nichts Besonderes.«

Zufällig konnte ich einen der Titel erkennen, als er die Tüte im Range Rover verstaute.

Stauntons Anatomie des Pferdes lautete er. Haha! Im Moment beschließt das meinen Bericht über Lady Anne, obwohl ich gern die Gelegenheit fände, sie darüber auszuquetschen, was sie mit »im Schatten von jemandem wie Simon« meinte.

5. *Lass um Himmels willen die Finger von Patricia. Sie ist etwas Besonderes und lässt nicht mit sich spaßen.*

Das ist deiner in jeder Hinsicht unwürdig. Ich nehme an, ich sollte geehrt sein, dass du dir vorstellen kannst, Patricia würde mir überhaupt gestatten, sie »in die Finger« zu kriegen. Oder glaubst du, dass ich zum Vergewaltigen neige? Oder in ihrem Fall, mich zum Vergewaltigen auf Zehenspitzen stelle?

Ich bestreite nicht, dass sie »etwas Besonderes« ist. Wer ist das nicht, verdammt noch mal? Es ist nur ein kleiner Schritt von der Verwendung des Wortes »besonders« zur Beendigung von Telefongesprächen mit »Ich liebe dich« statt des üblichen und wünschenswerten »Wiederhören« oder »Na dann, verpiss dich«.

Deine Warnungen gingen eh an die falsche Adresse, denn sie hat mich in die Finger bekommen.

Nach dem Mittagessen fand sie mich in der Hängematte, wo ich es mir mit ›Telegraph‹ und einem Gläschen vom Speziellen gemütlich gemacht hatte.

»Eine Runde Krocket, Ted?«

»Nun«, entgegnete ich und ließ die Zeitung sinken, »ich kann die Tore sehen, aber wo sind Schläger und Kugeln? Oder sollen wir Flamingos und Igel nehmen?«

»Sie werden in einem Kasten in der Hütte da aufbewahrt«, sagte sie und zeigte auf das Ebenbild der Villa Rotonda. Hütte, du meine Güte.

Wie es sich so ergibt, bin ich im Krocket ganz gut. Ich weiß nicht warum, denn sonst gibt es kaum ein Spiel, bei dem ich kein totaler Versager bin. Gestern haben Simon und ich Tennis gespielt: Der Bursche stand bloß ruhig mitten auf dem Court, tätschelte den Ball sanft übers Netz, und ich sauste schnaufend herum, schlug und knüppelte wie eine alte Dampflok um mich. Oliver sah zu und meinte hinterher, das Schauspiel habe ihn an eine Windmühle im Anrennen gegen Don Quijote erinnert.

Die sanfte, boshafte Kunst des Krockets hingegen ist eher nach dem Geschmack meines tiefliegenden Schwerpunkts und meiner hochentwickelten Heimtücke. Wir spielten, was immer am besten ist, jeder mit zwei Kugeln, ich mit meinen faschistoiden Favoriten Schwarz und Rot, Patricia nahm Gelb und Blau. Meine Fertigkeit überraschte sie etwas, glaube ich; sie ist in dem Spiel durchaus bewandert, und die erste Umrundung des Rasens fand in konzentriertem Schweigen statt, einzig durchbrochen vom Tschuck-sirr, wenn getroffene Kugeln aus der Bahn kullerten.

Als wir uns den letzten Toren näherten, gab Patricia jedoch alle Versuche auf, noch zu gewinnen, und verlegte sich aufs Plaudern. Anscheinend hatte sie, wie man so sagt, ein Anliegen.

»Ted, warum hast du dich am Donnerstagabend so benommen?«

»Wie benommen?«

»Das weißt du ganz genau.«

Donnerstag war der Tag des großen Abendessens. Wie du meiner Chronik der Ereignisse entnehmen kannst, habe ich mich durchweg mustergültig benommen. So wie ich das sehe, habe nicht ich, sondern haben Oliver und in gewissem Maße Davey zu jenem

Anlass in den Salat gekackt. Ungefähr das sagte ich auch Patricia.

»Was immer hier auch vor sich gehen mag«, sagte sie, »es kann durch deine Skepsis und Verachtung nur kaputtgemacht werden. Du findest das vielleicht alles sehr witzig, aber ich hätte wirklich gedacht, dass du deinem Patenkind mehr Respekt entgegen bringst.«

Respekt für dich, Jane, oder Respekt für Davey? Ich kam wirklich überhaupt nicht mehr mit.

»Wie du dir denken kannst, Patricia«, sagte ich, »beginnen Gedanken in der Ursuppe meines Geistes zu knospen und Blasen zu werfen, rudimentär und chaotisch, protozoischen Lebensformen gleich. Einige der chancenreicheren Arten mögen sich dermaleinst zu empfindungsfähigen Wesen entwickeln, doch gegenwärtig scheint mein Planet allen anderen Bewerbern um Zivilisation Äonen hinterherzuhinken. Wenn du sagst, ›was immer hier auch vor sich gehen mag‹, dann meinst du, genauer gesagt …?«

»Wenn du von der Auslinie den hinterhältigen Scharfschützen spielen willst, bitte, Ted. Aber ich warne dich, wenn du es uns anderen vermasselst, dann … dann bring ich dich um.«

»*Was* vermasselst?«

»Ja, Herrgott noch mal …« Patricia schmiss ihren Schläger hin und gaffte mich an. »Du bist echt ein Warzenschwein, weißt du das? Ein großes, fettes, unausstehliches Warzenschwein!«

Drehte sich auf dem Absatz um und marschierte zum Haus zurück, vor Erregung erstickt vor sich hin murmelnd. Während ich sie gehen sah, merkte ich, dass am Rasenrand eine Gestalt aufgetaucht war. Rebecca kam mit einem Weidenkorb voller Erdbeeren im Arm und einem breiten Grinsen im Gesicht auf mich zu.

»Immer noch das magische Händchen, was Frauen angeht, Ted?«

»Leute gibt's«, sagte ich, bückte mich und sammelte die Krocketkugeln ein, »die können einfach nicht verlieren.«

»Ach, gib's doch zu, Ted, es war doch wohl 'n büschen mehr als das. Du hast versucht, sie in den Hintern zu kneifen, als sie sich vorbeugte, um die Kugel zu spielen.«

»Ganz und gar nicht«, erwiderte ich. »Nichts könnte mir ferner liegen.«

»Dann bist du nicht Ted Wallace, sondern ein Hochstapler, und ich werde die Polizei holen lassen.«

»Nun, eine Frau in einem kurzen Rock, die sich an einem Sommertag vorbeugt, erzeugt natürlich gewisse Reflexe, aber ich versichere dir, dass dieser Reflex unter langen Jahren der Frustration tief verschüttet liegt und gänzlich unter meiner Kontrolle ist.«

»Und worum dreht sich dann das ganze Affentheater? Komm, setz dich auf die Treppe und erzähl es mir.«

Wir setzten uns mit dem Rücken zum Gartenhaus.

»Was geht hier eigentlich vor, Rebecca? Was zum Teufel ist hier bloß los?«

»Liebling, du bist schon länger hier als ich. Sag du es mir.«

Ich fürchte, Jane, dass ich an diesem Punkt die Hälfte unserer kleinen Verschwörung verraten habe.

»Also, für mich ging es los wie folgt«, sagte ich. »Vor einigen Wochen hab ich Jane getroffen. Sie erkannte mich, aber ich kam mir unendlich blöde vor, weil ich nicht wusste, wer sie war.«

»Ich glaube, wir wissen beide, wessen Fehler das ist, Schatz.«

»Je nun, wie dem auch sei. Fahren in ihre Wohnung, und sie erzählt mir von der Leukämie und dergleichen.«

»Hat sie dir auch wegen Gott die Ohren abgekaut?«

»Jedenfalls sprach sie von Wundern. Etwas emaniere von hier, aus Swafford. Sie behauptet … also … geheilt zu sein.«

»Wem sagst du das? Ekstatische Briefe sind in Phillimore Gardens angekommen, die den Herrgott lobpreisen und über Wunder frohlocken.«

»Glaubst du ihr?«

»Genau wie du bin ich deshalb hier, Liebling. Um's herauszufinden. Zufälligerweise haben Jane und ich denselben Arzt.«

»Und was sagt der?«

»Na, du weißt doch, wie Ärzte sind. Er ist erstaunt über die Remission, aber so zurückhaltend, wie man nur sein kann.«

»Dann hat es also wirklich eine Remission gegeben?«

»Daran besteht kein Zweifel.«

»Hm.« Ich saß da und überlegte einige Zeit, während Rebecca sich über die Erdbeeren hermachte.

»Aber was«, fragte sie, »hat das alles mit Patricias entzückender Beschreibung zu tun, derzufolge du ein Warzenschwein bist, ein großes, fettes, unausstehliches Warzenschwein?«

»Weiß sie von Janes wundersamer Genesung?«

»Klar. Busenfreundinnen.«

»Wer weiß sonst davon?«

»Frag mich nicht, Schatz. Das war im letzten Juni, soweit ich weiß. Simon hat die völlig Erschöpfte von der *Norfolk Show* hier ins Haus zurückgebracht, die weißen Blutkörperchen spritzten ihr förmlich aus allen

Poren. Michael und Anne waren natürlich da, und Simon und David hatten schulfrei und feierten das Ende der Klausuren. Weiß nicht, wer sonst noch. Ach ja, Max und Mary, die waren damals auch gerade hier, da bin ich fast sicher.«

»Und? Glaubt einer von ihnen an dieses Wunder?«

»Frag mich nicht.«

Ich griff mir eine Handvoll Erdbeeren und dachte wieder nach.

»Also, ich kann mir nicht denken, dass Simon daran glaubt. Er hat mir neulich von Janes Kollaps erzählt. Verglich ihre Genesung über Nacht mit der von Schweinen, wo er das kennt.«

»Ein echter Romantiker.«

»Oliver dagegen ... der scheint was zu wissen. Könnt ich wetten.«

»Wenn's Trüffeln gibt, erschnüffelt Oliver sie, da kannst du sicher sein.«

»Und Patricia denkt offensichtlich, dass ich eingeweiht bin, mir aber skeptisch ins Fäustchen lache.«

»Na ja, genauso hast du neulich beim Essen aber auch geklungen, nicht wahr?«

Rebecca spielt auf ein Gespräch über »Heilen« und »Therapie« an, das ich mit dem Bischof und anderen geführt hatte.

»Mein Schatz, du siehst doch, oder etwa nicht, dass dieses Gerede von Wundern lächerlich ist?«

»Also, ich weiß nur eins, Liebster, und das ist, dass Jane Ende Juni hätte tot sein müssen.«

»Warum hat mir keiner was davon erzählt? Warum erfahr ich rein zufällig, dass meine einzige Patentochter Leukämie hat?«

»Als ob dich das gekratzt hätte. Es bedarf wohl mehr als einer sterbenden Patentochter, damit du deine roten Augen vom Whiskyglas wendest. Ich weiß doch, wie's um dich bestellt ist. Oliver hat mir von deinen Heldentaten erzählt. Nicht, dass das nötig war – ich lese schließlich Zeitungen. Ein allseits bekannter Säufer, der durch Soho und das West End wütet, jeden beleidigt, der ihm vor die Flinte läuft, sich mit seinen genauso abgehalfterten Kumpanen den fetten Arsch auf Barhockern durchschwitzt, jeden unter fünfzig mit Galle bespritzt und aus den Händen derer, die ihn zu füttern wagen, große Stücke herausreißt.«

»Rebecca …«

»Aber jetzt bist du plötzlich gefeuert worden, was? Plötzlich brauchst du deine reichen, mächtigen Freunde, damit sie dir aus dem Tank verbitterter Pisse heraushelfen, in dem du seit zwanzig Jahren am Ersaufen bist. Du schleimst mit deinen Dackelaugen und gurrst vor väterlichem Mitgefühl – wirklich, mein Bester, du trinkst sogar weniger und gehst wie ein weißhaariger alter Heiliger mit deinem Patensohn Bötchen fahren – solange du insgeheim derselbe alte Zyniker, derselbe bösartige alte Scheißer bleiben kannst, den die Welt kennt und liebt.«

So ist sie, deine Mutter. Ich nehme an, ich bin der einzige Mann auf dieser Welt, der es je gewagt hat, sie zu verschmähen. Das alles mag zwei Jahrzehnte her sein, aber für einen Geist wie den ihren ist das, als wär's gestern gewesen. Rache ist für Rebecca ein Gericht, das man eiskalt serviert, angerichtet an Vitriolpüree, garniert mit Belladonnablättchen, und dem armen Opferschwein knallhart in die Fresse gedonnert.

Ich erhob mich, strich mir die Erdbeerstiele vom Schoß und ging wortlos meiner Wege.

Unterwegs ins Haus kollidierte ich mit Clara, der schielenden Clifford.

»Guten Tag, Mr. Wallace«, sagte sie, »ich wollte Sie gerade holen.« Zumindest glaube ich, dass sie das gesagt hat. Ich möchte nicht versuchen, das Lispeln des armen Kindes nachzuahmen.

»Ach ja? Und worum geht's?«

Standhaft sah sie mich an (sowie ein weiteres, unidentifiziertes Objekt hundertzwanzig Grad westlich von mir). »Onkel Michael möchte Sie in seinem Arbeitszimmer sehen.«

Ein Besucher des Arbeitszimmers von Lord Logan of Swafford sieht sich an das Hauptquartier von Ernst Stavro Blofeld gemahnt. Kontrollkonsolen, automatische Vorhänge und elektronische Projektionsflächen, Telekommunikationsapparate, Globen mit Whiskykaraffen und Videophone mit Großbildschirmen stellen allein die sichtbaren und erkennbaren Elemente der Vorrichtungen dar.

»Wählen Sie eine Stadt, die vernichtet werden soll, Mr. Bond. Welche darf es sein? New York? Leningrad? Paris? Nein, warten Sie! London! Natürlich! Wiedersehen, Piccadilly, Farewell, Leicester Square, wie die Briten so gerne sagen.«

»Ted!« Michael, Zigarre im Mund, erhob sich halb aus seinem Sessel. »Verzeih, dass ich dich wie einen unbotmäßigen Unteroffizier herbeordern lasse. Ich erwarte einen Anruf aus Südafrika.«

»Wirtschaft oder Politik?« Es ist kein Geheimnis, dass Michael seine Hände gern in die Angelegenheiten ganzer Nationen steckt. An allen Wänden hängen Fotografien, auf denen er in verschiedenen innigen Posen mit Staatenlenkern in die Kamera strahlt: ein Arm um Walesa, steif neben Mandela, Jelzin mit einem Gläschen Wodka zuprostend, auf einem grotesk vergoldeten Sofa, vermutlich Louis XVI., gemeinsam mit

Arafat, mit James Baker und George Bush auf dem Golfplatz.

»Macht das einen Unterschied? Mich interessiert eine Tabakfirma in Johannesburg. Südafrika ist schwer im Kommen, weißt du.«

»Ich bewundere deinen Optimismus.«

Michael wedelte eine Wolke Zigarrendunst fort und mit ihr die Vorbehalte aller Kleingeister, die seine Meinung anzweifeln konnten. »Also, Tedward: Was möchtest du wissen?«

Erst verstand ich nicht, worauf er hinauswollte. Dann kapierte ich, und ein breites Grinsen überzog mein Gesicht. »Du machst mit? Du willst mitarbeiten?«

»Meine Anwälte und ich behalten uns absolutes Vetorecht vor.«

»Selbstverständlich.« Ich nickte energisch. Als ob es je dazu kommen würde.

Augenblicklich schob Michael ein Bündel Papiere über den Tisch, einzeilig betippt in engen Spalten, von grüner Fadenheftung zusammengehalten.

»Lies und unterschreib«, sagte er. »Initialen, wo meine stehen, volle Unterschrift, wo ich voll unterzeichnet habe.«

Ja ja, der Mächtigen Manier. »Muss ich das lesen?«, fragte ich.

»Tedward, du Jammerlappen, wie ein Kind vor seinen Hausaufgaben. Deine ›Ballade des Arbeitsscheuen‹ muss aus tiefstem Herzen gekommen sein. Ich lese Akten, die zwanzigmal so dick sind, vor dem Frühstück auf dem Lokus.«

»Kein Wunder, dass du Hämorrhoiden kriegst«, sagte ich.

»Du weißt von meinen Hämorrhoiden?« Michael runzelte die Stirn.

»Leidensgenosse«, versicherte ich hastig. »Man sieht es daran, wie du dich hinsetzt.«

»Ihr Schriftsteller! Nicht eine Spur arbeitsscheu. Eure ganze Arbeit besteht in der Beobachtung der Leute.«

Lieb von ihm, mir einfach so zu glauben. »Dann sag an«, sagte ich, einen seiner Lieblingseinleitungssätze nachahmend, »was genau steht hier drin?«

»Standardvertrag für eine autorisierte Biografie. Recht auf gerichtliche Unterlassungsverfügung. Keine Sorge, darin steht kein Wort, dass ich dir die vollen Tantiemen vorenthalten könnte. Da fällt mir ein, du schuldest mir einen Penny.« Er öffnete die Hand und streckte sie über den Tisch.

»Ja?« Ich sah erstaunt hoch.

»Vor dem Gesetz«, sagte Michael, »ist ein Vertrag ohne Gegenleistung nicht rechtskräftig. Jemand muss jemandem etwas zahlen. Du wirst dem Schriftsatz, den du unterzeichnest, entnehmen können, dass ich als Gegenleistung für die Summe von einem Penny an deiner Biografie, nachstehend das Werk genannt, mitzuarbeiten gewillt bin. Also. Einen Penny bitte.«

Von dieser Kombination aus Juristenchinesisch und Ernsthaftigkeit benommen, suchte ich in meiner Hosentasche einen Penny.

»Kannst du fünf Pennies wechseln?«

»Selbstverständlich.« Michael fing meinen Shilling, öffnete eine Schublade, nahm eine kleine Stahlkassette heraus, wühlte mit den Fingern in ihr herum und fand zwei Zweipennymünzen. »Und vier macht fünf«, sagte er. »Schlag ein, Partner. Wir sind im Geschäft.«

Ich stand auf, um ihm die Hand zu geben, zauderte aber, als er loslachte.

»Tedward! Lächeln! Geschäftsabschlüsse sind ein Grund zum Feiern.«

»Tut mir Leid«, sagte ich. »Ich glaube, ich bin eingeschüchtert vom Gewicht, das du dem Ganzen beimisst.«

»Das war deine erste Lektion in unserm Arbeitsstil. Bis zum Moment von Unterschrift und Handschlag ist alles finstere Entschlossenheit. Sobald die Tinte auf dem Papier trocknet und die Hände sich umeinander geschlossen haben, verbindet uns eine Ekstase, größer als die der Liebe.«

Michael stellte zwei Kassettenrekorder auf den Tisch und drückte ihre Aufnahmetasten.

»Einen für jeden von uns«, sagte er. »Bloß für den Fall des Falles.«

Und so, einzig unterbrochen von zwei Anrufen aus Johannesburg, vierzehn Faxen von dort und anderswo sowie einer Teepause saßen wir da, und Michael begab sich an Bord seiner Lebensgeschichte.

Die Einzelheiten des Gesprächs verschiebe ich auf ein langes Wochenende, Jane. Nur so viel sei gesagt: Mir ist vieles klar geworden.

Heute Morgen hingegen, etwas Merkwürdiges.

Ich schlich zum Morgenmahle und hoffte, noch etwas gebratenen Speck zu erwischen, bevor er sich in der Terrine in Leder verwandelte, und setzte mich wie gewöhnlich allein mit dem ›Telegraph‹ ans Ende des Esszimmertischs.

Patricia kam errötet und erregt herein.

»Ted!«, schrie sie. »Ich bin ja so froh, dass ich dich gefunden habe.«

»Tasse Kaffee?«, fragte ich ein wenig kühl. Es fällt mir schwer, einem Mädchen mit Herzenswärme zu begegnen, das mich kürzlich erst als Warzenschwein bezeichnet hat, so sehr ich mich auch danach sehnen mag, ihr meinen Schwanz in den Trichter zu rammen.

Aber Kaffee interessierte sie nicht. Sie hatte etwas auf dem Herzen. Glückliches Etwas.

»Ted, ich möchte, dass du alles vergisst, was ich gestern Nachmittag zu dir gesagt habe.«

»Aha.«

»Es tut mir so furchtbar Leid. Ich weiß wirklich nicht, was in mich gefahren war. Ich war ganz unerträglich grob.«

»Nicht im Geringsten, nicht im Geringsten.«

»Und ich habe so unendlich viel Stuss verzapft.«

An dem Punkt tauchte Simon auf der Suche nach Logan auf, einen besorgten Blick im sonst so leeren Gesicht.

»Ich glaube, er arbeitet in seinem Zimmer«, sagte Patricia. »Stimmt was nicht?«

»Ach, nichts Schlimmes. Oder doch, es geht um Lilac. Dads Jagdpferd. Es geht ihr immer noch schlecht. Wollt ich ihm nur sagen, sonst nichts.«

Schleppte sich von hinnen und ließ Patricia und mich wieder allein. Sie fuhr mit ihren angestrengten Entschuldigungsversuchen fort.

»Ich weiß nicht, warum ich so gemein zu dir war. Ich stehe seit einiger Zeit ziemlich unter Druck. Ich glaube, daher kommt das. Du hast wahrscheinlich davon gehört, dass mein … dass Martin, der Mann, mit dem ich zusammen war, der hat mich verlassen. Ich werde immer …«

»Mein liebes altes Mädchen«, sagte ich. »Bitte. Denk nicht mehr daran.«

»Wahrscheinlich hab ich bei dem Essen gedacht, dass du über mich herziehst. Weil du so viel über Therapeuten geredet hast. Sieh mal, ich war bei einem, und ich dachte, du weißt davon und machst dich über mich lustig.«

»Patricia, ich würde mich nie auch nur eine Sekunde lang …«

»Ja, jetzt ist mir das natürlich klar. Ich hab letzte Nacht wach gelegen und überlegt, wie scheußlich ich mich dir gegenüber benommen habe. Du hast ja bloß so allgemein gesprochen. Woher hättest du es auch wissen sollen?«

»Es war voll und ganz meine Schuld, so gedankenlos herumzufaseln. Ich müsste mich bei dir entschuldigen.«

Sie lächelte. Ich lächelte zurück. Irgendwo tief in meiner Hose zuckte und schlängelte der vergessene alte Wurm in seinem Schlaf.

Sie küsste mir die Wange. »Also alles ausgestanden?«

»Na klar, meine Liebste«, log ich.

Ich sah zu, wie dieser großartig konstruierte Arsch sich aus dem Zimmer schwang, und hieß jenen Auferstandenen in meinem Schoß sich wieder setzen. Ein praller Arsch, der sich vom Steißbein aus rundete; die Sorte Arsch, auf dem man eine Teekanne abstellen kann.

Aber Jane, wovon zum Teufel hat sie bloß gesprochen? Konnte mich doch keine Sekunde für dumm verkaufen. Das Lächeln war zu strahlend, der Kuss auf die Wange zu theatralisch. Verletzten Stolz erkenn ich doch Meilen gegen den Wind. Sie hat sich entschuldigt, weil ihr das aufgetragen worden war. Hm. Denkdenk.

Ich kehre zur Tagesordnung zurück und wende mich These Nummer sechs zu:

Du hast nur die Gäste erwähnt. Das Haus ist voll von anderen Männern und Frauen. Da sind Haus- und Gartendiener, da ist Podmore. Von denen habe ich nichts gehört.

Was willst du? Blut? Ich gehöre nicht zu diesen Aristokraten, für die es ein Klacks ist, mit Königen auf Du und Du zu sein, ohne je den Kontakt zu den einfachen Leuten zu verlieren. Ich bin ein sturer Bourgeois in der Maske eines *déclassé*. Lass mal gut sein, Püppchen.

Von den Dienern, deren Namen mir bekamt sind, kann ich dir Folgendes sagen. Da hätten wir Podmore, Vorname Dick, der eher wie ein Verkäufer von Ferienwohnungen wirkt (und sich auch so benimmt), dem die Lizenz entzogen wurde, als wie ein Butler, aber auf der anderen Seite sehen seit Jahren alle Butler so aus, selbst in Herzogshäusern (als ob ich das wüsste). Das höhere Personal hat die Fertigkeit verloren, scheinbar weder Herkunft noch Privatleben, Familie oder Sexualität zu besitzen. Nach einem Blick auf Podmore mutmaßt man auf der Stelle, dass er in Carshalton Beeches geboren wurde, in den Fünfzigern mit den Teds liebäugelte, bevor er mit seiner Frau Julie nach Norfolk zog (einfach klasse, dass man dem ganzen Trubel entronnen war und dem, was man damals Konkurrenzkampf nannte ...), dass er für seinen Lebensabend einen Rentnerwohnpark in Florida mit direktem Anschluss zum Golfplatz ins Auge fasst und dass er nicht versteht, warum Logan die Flügelfenster im großen Salon nicht längst durch Glasschiebetüren ersetzt hat.

Ansonsten ist wirklich nicht viel über ihn zu sagen, abgesehen von meinem Verdacht, dass er eine heimliche Schwuchtel ist, Mrs. Podmore hin oder her. Er hat eine Art, Davey mit Blicken abzulutschen, die den Homo ziemlich plausibel macht.

Julie Podmore tritt als Haushälterin in Erscheinung, ihre Pflichten beschränken sich im Wesentlichen darauf, die Angestellten eigensinnig herumzuschubsen und den Kopf zu senken, wann immer sie an einem Gast vorbeikommt. Sie ist in ihren Fünfzigern, von mittlerer Größe, Gewichtsklasse und Begattbarkeit: Sie färbt ihr Haar. Darüber hinaus weiß ich nicht, was für oder gegen sie spräche.

Das einzige Zimmermädchen, an dessen Namen ich mich erinnern kann, heißt Joanne. An sie erinnere ich mich wegen ihrer Kombination stattlicher Schenkel mit geräuschvoller Wäsche. Ergebnis ist ein ständiges Wischeln, wenn sie Treppen steigt oder den Flur entlanggeht. Passend zu den Schenkeln stellt sie einen freischwebenden Busen zur Schau: Ich denke jedes Mal, dass sie sich immerzu nach hinten lehnen muss, um nicht das Gleichgewicht zu verlieren.

Das andere Mädchen ist beleidigend flach und wird es in ihrer Branche nie zu etwas bringen, solange sie nicht lernt, dass die wenigsten Gäste sich für die Bravourstücke ihres Bruders auf der Rennbahn interessieren.

Dann gibt es Küchenpersonal, in dessen Sphäre ich allerdings nicht vorgedrungen bin. Von der Köchin weiß ich nur, dass sie Cheryl heißt und einen sündhaft guten Eierpudding bereitet. Freizügigkeit im Umgang mit der Muskatnuss scheint mir hier die Parole.

Wagen wir uns jetzt aus dem Haus, so begegnen wir Alec Tubby, dem Stallburschen. Er ist vom echten Norfolker Schrot und Korn und hat keinerlei erkennbaren Charakter. Sein Sohn Kenny assistiert ihm beim Ausmisten und Striegeln, worum das Stalleben sich dreht. Im Augenblick ist er vermutlich etwas geknickt, da der Tierarzt heute Nachmittag wenig Chancen sah, dass Lilac sich von ihrem Verfall erholt.

Ein Prachtstück namens Kate ist für die Hunde zuständig und präsentiert, wie es bei diesem Schlag Brauch ist, der Welt Schnurr- und Backenbart. Man braucht mindestens einen Quadratmeter festen blauen Kord, um allein ihr Hinterteil zu bedecken. Sie ist übrigens eine ziemlich lustige Nummer, und ich unterhalte mich gern mit ihr. Sie hat mich überredet, einige der jungen Jagdhunde auszuführen; die brauchen das zu dieser Jahreszeit und mir macht es großen Spaß. Die Art und Weise, wie Welpen mit dem Schwanz wedeln, hat etwas unentwegt Unterhaltsames.

Weiter draußen treffen wir auf Tom Jarrold, den Wildhüter. Er wacht mit aggressiver Eifersucht über seine Hähne, Hennen und Küken und erkennt einen nichtsnutzigen Stadtmenschen wie mich schon von weitem. Wir haben uns wenig zu sagen. Henry, sein Assistent, will nichts weiter als eine gute Kopie von Tom abgeben. Simon scheint das einzige menschliche Wesen zu sein, das sich mit ihnen verständigen kann. Jarrold hat eine Tochter mit Hasenscharte, Katrina. Und diese Scharte ist überdies behaart. Mutter Natur kann unglaublich grausam sein.

Die einzige Personalangehörige, die sonst noch zu erwähnen lohnt, ist Valerie, Michaels Privatsekretärin oder Assistentin. Sie ist ziemlich introvertiert und auch nur manchmal da. Ich weiß noch nicht genau, ob das ein Muster hat. Wenn sie hier ist, speist sie abends allein in Michaels Arbeitszimmer und überwacht die Telefone. Anscheinend aus freien Stücken, da ihr ein Platz an der Tafel unter Leuten von Rang und Namen angeboten worden ist.

Ich fürchte wirklich, mein Engel, dass ich dir weiter nichts erzählen kann. Aber, wie es dein letztes Diktum fordert, wird These sieben, werden die vier Dauerhaftigkeiten mich ewig geleiten.

Dauernde Wachsamkeit; dauernde Obhut; dauernde Beobachtung; dauernde Aufmerksamkeit.

Sei also versichert: Nie will vom Mühen ich abirren noch soll Simons Computer ruhn an meiner Hand, eh wir erbaut Jerusalem auf Norfolks grünem Weideland.

Sie, Madam, meiner Treu und meines Glaubens versichernd in diesen wie in anderen Angelegenheiten.

Dein (für Logan-Wallace Biogs Plc)

Ted Wallace (CEO)

(!) 28-Jul-1992 08:23 VON: Onslow Interiors Ltd. AN: 0653-378552 S.01 von 01

Onslow Interiors

12a Onslow Terrace · South Kensington · LONDON SW7

DRINGENDE FAKSIMILE-ÜBERMITTLUNG

An: Patricia Hardy, c/o Logan, Swafford Hall, Norfolk
Von: Onslow Interiors Ltd.
Unsere Fax-Nummer: 071-555-4929
Ihre Fax-Nummer: 0653-378552

Zur privaten und persönlichen Beachtung Miss Hardys

Liebe Miss Hardy,

Sie erwähnen in Ihrem Brief, dass Sie in Erwägung ziehen, an E.L.W. heranzutreten, zwecks Befragung nach seinen kürzlichen Einlassungen zum zwischen uns diskutierten Thema.

Wir möchten Ihnen mit äußerstem Nachdruck davon abraten, diesen Schritt zu machen. T. ist auf diesem Gebiet kein Experte und mit den Einzelheiten nicht vertraut.

Ich hoffe, diese Warnung erreicht Sie zeitig genug, um einen unliebsamen Fehler zu verhindern.

Gegenwärtig außerstande, mich zum vorgeschlagenen Treffen zu Ihnen zu gesellen.

Brief folgt

Gruß

J.S.

28-07-1992 09:57 LOGANGROUP plc AN: 071-555-4929 Seite 001

LOGANGROUP plc

An .... Jane Swann
Firma .... Onslow Interiors
Fax Nr. 071-555-4929
Von .... Patricia
Fax Nr. 0653-378552
Seite .... 1 von 1

Jane,

Mist! Wenn dein Fax das bedeutet, was ich vermute, dann hab ich einen Bock geschossen. Habe Ted gestern die Leviten gelesen. Nannte ihn ein widerliches und hässliches altes Warzenschwein. Schwierig, solche Ausdrücke zurückzunehmen, aber ich hab's eben im Frühstückssalon versucht.

Ich erzählte ihm, ich hätte mich irrational verhalten, weil Martin mich verlassen hat, und sei über ihn hergezogen, weil ich dachte, dass er über mich hergezogen sei. Ich <u>glaube</u>, er hat's mir abgekauft. Er warf mir einen lüsternen Blick zu, den er wohl für ein liebenswürdiges Lächeln hielt, und beschmierte sein Hemd mit Eigelb, was ich für ein Zeichen der Vergebung halte.

Du hättest mich aber echt warnen sollen. Hat er wirklich keine Ahnung, was vor sich geht? Und warum kümmert es dich überhaupt, was er denkt und glaubt? Er ist doch schließlich nicht im Auftrag einer <u>Zeitung</u> hier, oder? Mein Kopf schlägt Purzelbäume. Da fällt mir gerade ein, Michael hat gestern Abend verkündet, dass Ted seine Biographie schreibt. Sie haben sich stundenlang eingeschlossen. Was soll <u>das</u> jetzt wieder?

Wüste Entschuldigungen, komm baldmöglichst

Pat

Sollten Sie Schwierigkeiten mit dieser Übermittlung haben, bitte kontaktieren Sie Valerie Myers unter 0653-378551

IV

David schloss das Buch und starrte ins Nichts, als er zur Deckenrosette aufsah. Um elf war es so dämmrig geworden, dass es das Schlagen der Stalluhr zum Schweigen gebracht hatte. Seitdem waren zwei Stunden vergangen. In einer Stunde wäre er bereit. Im Moment war es das Sicherste, aufgeregt wie er war, seinen ganzen Körper zu entspannen und sich auf nichts zu konzentrieren.

Er dachte an einen Kreis, und in diesem ein weiterer Kreis, und darin noch einer und noch einer und noch einer, und ließ sein geistiges Auge mit hohem Tempo durch die endlosen Ringe aus Ringen rasen, fand einen glühenden Mittelpunkt, der sich seinerseits als weiterer Kreis entpuppte, der abermals mehr und mehr Kreise enthielt. Es war, als tauche man ins Zentrum der Dinge und lenke den Geist von allen niedrigen, weltlichen Gedanken ab. Die Technik stammte aus einem Buch über yogische Meditation, das er sich in den letzten Ferien gekauft hatte, und funktionierte bemerkenswert gut, solange es einem gelang, sich mit äußerster Kraft zu konzentrieren und gleichzeitig völlig entspannt zu bleiben.

In diesem Zustand verging die Zeit wie im Fluge, und David wusste, ohne auf dem Wecker nachschauen zu müssen, als es genau zwei Uhr war.

Er stand nackt vor einem großen Spiegel und atmete schwer. Die Nacht war warm, aber er brauchte etwas

Schutz. Er suchte sich ein T-Shirt, eine ausgebeulte Trainingshose und Turnschuhe. Weder Socken noch Unterhose. Nachdem er eine Taschenlampe, einen Apfel und ein kleines, in Kleenex-Tücher eingewickeltes Glas vom Nachttisch genommen hatte, verließ er das Zimmer.

Er hatte mal gehört, wie jemand das einen Dreiviertelmond genannt hatte. Halbe-halbe. Genug Licht zum Sehen, genug Dunkel zum Verstecken. Licht war nicht wirklich wichtig. Im Moment fühlte er sich, als könne er die Mission mit verbundenen Augen ausführen.

Im Schatten des Hauses und dann vor dem verschwommenen Schwarz des Rasens glänzten seine Turnschuhe in undeutlichem Weiß, vor und zurück hüpfende weiße Blitze. Beim Hochschauen sah er den Gürtel im Sternbild Orion funkeln und Sirius bläulich nach Osten kreisen. Das Geräusch seiner durchs Gras streifenden Turnschuhe erstarb im samtnen Tief der Nacht.

»Und alle Luft«, flüsterte er sich zum Rhythmus des Laufens und Keuchens zu, »die schwere Stille hält. Und alle Luft … die schwere … Stille … hält. Und alle Luft … die schwere … Stille … hält!«

Er war da. Der lange Schatten der Turmuhr fiel in den Hof zwischen den Ställen, und der warme Geruch von Pferdeäpfeln überrollte ihn. Lautlos wie eine Motte huschte er auf die Tür zum Eckraum zu, in dem das Zaumzeug aufbewahrt wurde. Drinnen erwartete ihn ein neuer Duft, das Parfum von Sattelöl und Lederseife, so intensiv, dass er husten musste. Er hielt die Luft an, tastete nach dem Holzschemel und hob ihn am ausgesparten Loch in der Mitte der Sitzfläche hoch. Ein loses Stück Zaumzeug, ein Zügel oder ein unbefestigtes Martingal, fiel dabei mit sprödem Klirren zu Boden, als er den Hocker anhob, aber er wusste, dass das Geräusch nur an seine Ohren drang und an die der Pferde, die wussten, was er plante, und es guthießen.

Er erreichte Lilacs Box und entriegelte die obere Hälfte der Box. Lilac drehte den Kopf, als habe sie ihn erwartet und hieß ihn willkommen.

»Hallo«, sagte David telepathisch, ohne jede Bewegung von Lippen, Atem oder Stimmbändern. »Ich hab dir einen Apfel mitgebracht.«

Lilac nahm das Geschenk wie ein appetitloser Patient, der weiß, dass er essen muss, um wieder zu Kräften zu kommen. Während sie langsam den Apfel zermalmte, ihn von Backe zu Backe schob, zog David sein T-Shirt aus und schlüpfte aus seiner Trainingshose. Weil er sich lächerlich vorkam, als er bis auf ein Paar Turnschuhe nackt war, zog er die auch aus und stand barfuß im Mondlicht.

Er erschauerte etwas und merkte, dass er an den Beinen eine Gänsehaut bekam.

»Bist du bereit, altes Mädchen?«, fragte er, erneut ohne die Stimme zu benutzen. »Ich ja.« Er bückte sich und zog das Glas und seine Papierverpackung aus der Hosentasche. Die Taschenlampe brauchte er nicht.

Er übte sanften Druck auf Lilacs Schultern aus, als er die untere Torhälfte aufriegelte und, den Hocker umklammernd, hineinschritt, aber sie machte keine Anstalten, in den Hof hinauszulaufen. Gemächlich schloss er das ganze Tor, und sie waren allein in der absoluten Finsternis.

Sie war friedfertig, lediglich leichter Schweiß zeugte von ihrem furchtbaren Gebrechen. Schweigend stand sie da, gelegentlich stampfte ein Hinterhuf auf die Steinplatten. David glitt an ihrer Seite entlang, sein Körper berührte ihren, als er sich nach hinten in den Stall vortastete. Die Hitze ihrer Flanken erregte auch ihn zu neuer Hitze, und als er auf den Schemel stieg, merkte er, wie seine Eichel sich durch die Vorhaut schob und wie sein Schwanz höher und dicker und härter wurde als je zuvor. Er stellte sich aufrecht auf den Hocker, stützte sich mit einer Hand auf Lilacs Hinterteil und verlangsamte seine Lungen auf den Rhythmus ihres Atmens. Sie war brünstig und würde nicht mit den Beinen ausschlagen, wie es außerhalb der Brunst vorkommen konnte. Und selbst wenn es so gewesen wäre, David wusste, dass er ihr willkommen war.

Als er so weit war und wusste, dass sie eins waren, grub er zwei Finger ins Glas und holte einen dicken Klumpen Vaseline heraus. Mit der anderen Hand schob er Lilacs Schweif beiseite. Gehorsam zuckte sie, ihr Busch reckte sich hoch, und er konnte mit beiden Händen arbeiten. Unter Schweifstumpf und Anus waren die äußeren Schamlippen leicht zu finden, und hinter ihnen erspürte er den Buckel der Klitoris und dahinter das weiche Fleisch der inneren Lippen. Sanft mit einem Finger drückend, fand er, was er für die Harnröhre hielt, und lenkte seinen Finger vorsichtig weiter zu dem lockeren, zarten Gewebe darunter. Wie um seine Entdeckung zu bestätigen, schnaubte Lilac leise durch die Nüstern und stampfte mit dem Huf auf.

David rieb den Geleekloß in die Scheidenöffnung und merkte, dass seine Finger ohne weiteres hinein- und herausschlüpften. Mit der verbleibenden Vaseline salbte er sich selbst, obwohl er sich schon mit seinem eigenen dünnen Saftstrom versorgte.

Der Schwanz glitt mit wunderbarer Mühelosigkeit hinein, seine feste glatte Härte wurde durch ein kurzes Zucken Lilacs weitergezogen. Die Wände schlossen sich um ihn, zogen ihn immer tiefer hinein, und David keuchte angesichts des blendenden Frohlockens seiner Empfindungen. Eine Hand auf jeder Seite der Schweifwurzel experimentierte er vorsichtig, indem er ein winziges Stück zurückzog und wieder ein winziges Stück vorschob. Das Gefühl erfüllte seinen Kopf mit Sternen. Einen Millimeter hierhin, einen Millimeter dorthin, Hufe donnerten durch sein Gehirn, und die heißen Kristalle in seinem Bauch zerstoben zu Milliarden brennender Körnchen. Die absolute Richtigkeit und Heiligkeit und Vollkommenheit und Schönheit des Lebens durchstürmten ihn. Er konnte ewig in dieser Stellung bleiben, er und das gesamte Königreich des Lebens – Tiere, Pflanzen und Menschen, vereinigt im Wirbelwind der Liebe. Das andere Mal war für ihn alles zu schnell gegangen, um diese Ekstase zu erleben: Das war damals mit einer Frau, es gab Spannungen und war nötig geworden, mit Worten zu reden.

»Du bist ganz, Lilac«, rief seine innere Stimme ihr zu. »Mit dieser Gabe reinen Geistes erkläre ich dich für ganz und geheilt.«

Die Lichter in seinem Kopf rannen über und wirbelten und drehten sich in verzweifelter Verzückung, während er stieß und stieß, außerstande, die unauslotbare Tiefe und Intensität des Aufruhrs an Genuss zu begreifen, der ihn durchtobte, und dann blitzte eine große Fläche weißen Lichts in seinem Kopf auf, und er spürte, wie die Wellen seines Geistes wogten und wogten und wogten und wogten, als würde das nie ein Ende haben.

Als er aufhörte und sich den letzten Tropfen abrang, fiel das Vaselineglas klirrend zu Boden, Lilac wieherte erschrocken und zog ihren großen Ringmuskel in einem quetschenden Griff zusammen.

David krümmte sich, gab aber keinen Laut von sich; er wusste, dass Lilac nachgeben würde, wenn er sich ruhig verhielt. Das Krampfen ihrer Flanken verebbte, sie entspannte ihren Muskel und ließ David sich zurückziehen.

Er stand einen Augenblick da, seine heißen Hände an ihrer Seite, jubelnd und erschöpft. Schließlich stieg er herab, griff nach den Tüchern, in die er das Glas eingewickelt hatte, und begann, Lilac sorgfältig abzureiben, wobei er ihr die ganze Zeit gut zuredete.

Draußen im Hof zwischen den Ställen erschauerte er, als er das T-Shirt wieder anzog. Er sah auf seinen feuchten baumelnden Schwanz hinab.

»Du musst mit dieser großen Gabe schonend umgehen«, sagte er sich, »sehr schonend.«

Sechs

Albert und Michael Bienenstock pflanzten Zuckerrüben in einem Teil Ungarns, der 1919 der neuen Tschechoslowakei zugeschlagen wurde. Dieser Akt kartographischer Tyrannei verwandelte Michael über Nacht in einen Zionisten, und angefeuert von kindlicher Abenteuerlust und den aufrührerischen Schriften Theodor Herzls bestieg er 1923 unter dem stolzen neuen Namen Amos Golan ein Schiff nach Haifa. Golan, hatte Michael nach ausgiebigen – und nach Alberts Meinung lächerlichen – Recherchen in die Familiengeschichte zu seiner Zufriedenheit festgestellt, war das wahre israelitische Patronym der Bienenstocks. Golan war der richtige Name für einen Mann, dessen Reise das Ziel hatte, das Land seiner Väter für sich in Anspruch zu nehmen.

»Er segelt ins Schlamassel«, sagte Albert, Worte, mit denen er sich später selbst verspotten sollte.

Zu Ehren seines närrischen Onkels wurde Alberts eigener Sohn Michael genannt, was bei Alberts Vettern in Wien große Bestürzung und fast einen Skandal auslöste. Der Tradition zufolge war es ein böses Omen, wenn Mitglieder derselben Familie sich einen Namen teilten. Albert war kein Traditionalist. Er hatte keine Religion und keinen echten Sinn für das Judentum. Er war Landwirt und Kavallerist, der den antisemitischen Magyaren des alten Habsburgerreiches näher stand als den gelehrt auftretenden Kaftankäfern aus Schtetl und Stadt, die mit gesenkten Köpfen durch die

Straßen trippelten und sich ängstlich an die Mauern drückten, wenn die Gojim vorbeischritten, als hätten sie Angst, sich oder vielleicht die anderen mit einer schrecklichen Krankheit anzustecken.

Als junger Mann hatte Albert 1914 für seinen Kaiser gefochten. Aufgeputzt wie ein Zinnsoldat in glänzendem Kürass und mit wippendem Helmbusch, gehörte Albert, der blaue Husar, zu den Ersten, die in den Anfangswochen die serbischen Waffen attackierten, als der Weltkrieg noch eine kleine Affäre auf dem Balkan war, der niemand Bedeutung beimaß. Später, als die stolzen Kavallerietruppen von der titanischen Artillerie des zwanzigsten Jahrhunderts gedemütigt worden waren, wurde Albert mit ihrer Neugestaltung beauftragt, die sie zu bloßen Karrengäulen und Depeschenkurieren erniedrigte, die hinter den Frontlinien mit hängenden Köpfen die Kutschen und Ambulanzen durch die gefrorenen Berge der Karpaten zogen oder törichte Nachrichten zwischen Stab und Feld übermittelten. Mit ironischer Resignation sagte er sich, dass Loyalität gegenüber einem großen Schnurrbart in Wien auch nicht dümmer war als Loyalität gegenüber einem großen Vollbart in Jerusalem. Als es jedoch aufs Ende zuging, hatte er zu viele weiße Würmer gesehen, die sich durch die Augenhöhlen zu vieler toter Kameraden schlängelten, und zu viele lebende Kameraden, die die Lebern und Lungen zu vieler gefallener kindergesichtiger Kosaken gebraten hatten. Er übertrieb die Symptome einer leichten Schützengrabenneurose, die er während eines Bombardements erlitten hatte, und wurde glücklich zu einer Remontendivision in jenem Teil Rumäniens versetzt, der als Transsylvanien bekannt ist, wo er den Rest des Krieges aussaß und die Überbleibsel der Kavallerie abfertigte.

Albert besaß eine besondere Gabe, die Pferde betraf. Er verstand sie weit besser als die Pferdeausbilder und Veterinäre der kaiserlichen Armee, was bei einigen seiner Offizierskollegen zu Verstimmungen führte. Andere trompeteten lieber Alberts Fähigkeiten als Heiler heraus und stellten außergewöhnliche Behauptungen auf, die er stets schnell von sich wies.

»Es gibt nicht das geringste Geheimnis in dem, was ich tue«, sagte er. »Ich habe Geduld mit den Tieren. Ich zeige ihnen, dass sie geliebt werden. Ich lasse ihnen ihre Ruhe. Den Rest erledigt die Natur.«

Solche Proteste waren in den Wind gesprochen. Alberts Ruf wuchs und wurde nach einem dummen Zwischenfall mit seinem Burschen Benko sogar auf Menschen ausgedehnt. Dieser blöde Soldat hatte sich eines Nachmittags von einem verängstigten Hengst auf den Fuß stampfen lassen. Statt diese Verletzung unverzüglich einem Sanitäter zu melden, hatte Benko sie für sich behalten, und die Wunde hatte sich über Nacht entzündet. Als er am nächsten Morgen mit dem Kaffee hereinhumpelte, hatte Albert ihn gefragt.

»Warum hinkst du denn so stark, Benko?«

Benko war in Tränen ausgebrochen.

»Oh, Herr!«, rief er. »Würden Sie es sich wohl einmal ansehen? Ich traue mich nicht zum Arzt, weil ich weiß, dass er es vom Knie amputieren wird. Das macht er immer so.«

Es war allerdings richtig, dass unzählige Witze über Soldaten kursierten, die den Fehler gemacht hatten, die Knochenbrecher des Regiments aufzusuchen. So erzählte man sich von jenem Gefreiten, der wegen einer bloßen Migräne fast den Kopf verlor und zu diesem Arzt ging – woraufhin er den Kopf ganz verlor. Auf Rumänisch klappte dieser Witz besser als auf Ungarisch. Eine andere Anekdote betraf Jana, die ortsansässige Hure. Eines Tages suchte ein Soldat namens Janos den Arzt wegen einer Warze im Genitalbereich auf. Man sah ihn nie wieder, aber eine Woche später machte Jana ihre Bude auf.

Da er für Benkos Zögern, sich in ärztliche Behandlung zu begeben, Verständnis hatte, erklärte sich Albert einverstanden, den Fuß zu untersuchen, erschauerte aber doch vor Ekel, als Benko behutsam Stiefel und Strumpf auszog. Er war kein reinlicher Soldat, ja hatte dem Augenschein nach den Stiefel seit Wochen nicht mehr vom Fuß getrennt. Benko sah Alberts Würgen und begann sofort vor Angst zu zittern.

»Es ist der Wundbrand, nicht wahr, Herr? Es ist der Wundbrand, und ich werde mein Bein verlieren! Ich weiß es, ich weiß es.«

»Ruhig, ruhig, du dummer Junge. Lass mal sehen.«

»Nein, nein! Es ist aus mit mir, es ist aus mit mir!«

Albert packte ihn bei den Schultern, sah ihm in die Augen und sagte: »Hör gut zu. Du musst jetzt sehr ruhig sein. Du musst langsam und tief durchatmen. Atme ganz langsam und ganz tief für mich.«

Benko versuchte zitternd zu gehorchen. Albert redete ihm weiter zu, bestimmt, aber gütig, bis er sicher sein konnte, dass der Junge seinen hysterischen Anfall überwunden hatte. Bei Pferden war das leichter, denen konnte man solches Zutrauen ohne Worte klarmachen.

»Jetzt werde ich mir deinen Fuß ansehen. Sei versichert, es gibt kein echtes Problem mit deinem Fuß. Er ist wund und schmerzt, aber das ist nicht das Ende der Welt.«

In zimperlicher Furcht drehte Benko den Kopf ab, während Albert tief Luft holte, sich bückte und mit der

Hand auf die Schwellung drückte, die dunkelrot vor Gift war. Augenblicklich flog ein kleiner Splitter aus der Mitte der Wunde, dem Eiterspritzer folgten.

»So«, sagte Albert »schon besser.«

Benko drehte sich um und starrte Albert an. »Es geht?«

»Ja, du wirst sicher bald merken, dass dein Fuß jetzt heilt.«

»Sie legen mir Ihre Hand auf den Fuß und sagen, dass er heilt?«

»Nein nein, ich habe bloß …«

Aber es war schon zu spät. Gerüchte machten in der Kaserne die Runde.

»Benkos Fuß war schwarz vom Wundbrand …«

»Selbst Bienenstock fiel bei dem Gestank fast in Ohnmacht …«

»Hat bloß die Hand draufgelegt …«

»Die Hand war sengend heiß, sagt Benko …«

»Hat ihn fast verbrannt …«

»Bloß eine Sekunde lang draufliegen gelassen …«

»Hätte sonst vom Knie abwärts amputiert werden müssen …«

»Und nun guckt euch den Jungen an …«

»Flink wie ein Terrier …«

»Bienenstock ist ein seltsamer Mann, hab ich doch immer gesagt …«

»Kein Christ, weißt du …«

»Nicht mal 'n echter Jude …«

»Noch nie in der Synagoge gesehen worden, sagt Korporal Heilbronn …«

Nach einer Weile fragte Albert sich selbst, was er getan hatte. Er war sicher, dass er den Splitter fliegen gesehen hatte, dass der Geruch, vor dem er zurückgewichen war, bloß der Limburgergestank schmutziger

Socken gewesen war, er war sicher, dass seine »Gabe« einzig in der Fähigkeit zu trösten lag, im richtigen Sinne zu trösten, stark zu machen, zu ermuntern. Aber es war zu spät, und von jenem Tag an hatte Albert unter seinen Männern keine ruhige Minute mehr. Ein Pferd, das er »auf wundersame Weise« gesundgepflegt hatte, war später verrückt geworden und hatte einen Rekruten abgeworfen, der sich das Rückgrat brach und nie wieder laufen konnte. Überall, wo Albert hinkam, bekreuzigte man sich oder beschützte sich gegen den bösen Blick. Und dann machte Benko, der dumme, abergläubische Benko, einen Termin bei seinem Kommandeur aus und bat um seine Dienstversetzung. Rittmeister Bienenstock zu dienen, mache ihn nervös. Eine Woche später starb Benko, nachdem er auf eine Tellermine getreten war.

»Er ist mit *demselben* Fuß draufgetreten«, sagten die Männer. »Bienenstocks Fluch.«

Nie wieder würde Albert jemand anderem Loyalität erweisen: Das schwor er sich, als er 1919 auf seine vernachlässigten ungarischen Äcker heimkehrte, die bald seine vernachlässigten tschechoslowakischen Äcker werden sollten. Sein Bruder Michael, der mit dem Segen des Kaisers zurückgeblieben war, um diese Äcker zu bewirtschaften, auf dass die vielen Völker des Reiches sich den Krieg versüßen könnten, war kein guter Bauer gewesen. Im Zank der Gojim, wie er den Krieg nannte, war er früh vom zionistischen Hafer gestochen worden, und er hatte Höheres im Sinn als die Bewirtschaftung schließlich doch anderen gehörender Feldfrüchte.

Nach Michaels Aufbruch arbeitete Albert die nächsten zehn Jahre daran, der größte Rübenbauer der ganzen Tschechoslowakei zu werden. 1929, als er sein Ziel erreicht hatte, setzte er diesem Triumph die Krone auf, indem er auf seinen Ländereien eine kleine Raffinerie baute und die Tochter seines Vorarbeiters heiratete, ein kleines Mädchen mit braunen Augen und seidigem Haar. Binnen Jahresfrist gebar sie ihm einen Sohn, Michael, und verstarb im Frühjahr 1932 bei der Entbindung ihrer Tochter, Rebecca. Albert tat sein Bestes, konnte sie aber nicht retten. So sehr er auch trauerte, musste er sich doch nüchtern sagen, dass es vielleicht besser war, dass er sie nicht hatte gesundpflegen können, nachdem die Ärzte sie für tot erklärt hatten. Sein Ruf als schwarzer Magier hatte ihn nach Hause verfolgt, und selbst Rabbiner, die doch über die leichtgläubige Herde erhaben sein sollten, mieden seine Gesellschaft.

Albert brauchte niemanden. Er hatte es allen gezeigt. Er war ein überragender Landwirt. Jetzt wo er mit seinen beiden kleinen Kindern alleine da stand, mit seinen weiten Rübenfeldern und seiner Zuckerraffinerie, sehnte er sich danach, das Land zu verlassen, das nicht mehr sein Land war. Außer Jiddisch und Ungarisch, seinen Muttersprachen, hatte er für den Dienst bei den Husaren Deutsch und Rumänisch lernen müssen und seither die neuen Amtssprachen Tschechisch und Slowakisch.

»Ich gehe fort, bevor die Franzosen Prag besetzen«, erklärte er seinem Faktotum Tomasz. Sein ganzes Leben lang hatte Albert eine eigentümliche Abneigung gegen die französische Sprache, da er unerklärlicherweise glaubte, sie sei weit schwieriger zu erlernen als irgendeine andere in Europa.

Aber wie konnte Albert fortgehen? Wer würde seine Rübenäcker kaufen? Wer würde ihm eine anständige

Summe für seine Privatraffinerie zahlen? Wohin sollte er gehen? Oft sprach man in seinem Dorf von Amerika, aber Amerika hieß bloß New York; in den Getreidestaaten waren Juden nicht gern gesehen. Alberts Bruder Michael, oder besser Amos, bestürmte ihn brieflich, zu ihm nach Palästina zu kommen, wo er und seine junge Frau Nora der Welt ein Paar brandneuer Sabrakinder geschenkt hätten, Aron und Ephraim, die zu den neuen Juden des neuen Jerusalem heranwüchsen.

»Schließlich bist du selber eine Art Sabra, Albert«, schrieb er.

Albert verwirrte diese Bemerkung. Bislang hatte er gedacht, ein Jude dürfe sich nur dann einen Sabra nennen, wenn er auch im Lande Israel geboren war. Ein gebildeter Freund erklärte ihm, was Amos meinte.

»Ihr Bruder erlaubt sich einen liebenswerten Scherz, Albert. ›Sabra‹ ist auch das Wort für eine Obstsorte. Eine stachlige Birne, die außen Dornen hat, aber einen süßen, weichen Kern.« Was das Passendste war, was je einer über Albert gesagt hatte. Allerdings war er gezwungen gewesen, stachlig zu werden, denn seine Güter waren groß und erforderten sehr viel Kraft und Geschick zu ihrer Leitung, wo der Markt so völlig korrupt, die Inflation so wahnsinnig hoch und die Menschen so drückend arm waren. Er war gezwungen gewesen, stachlig zu werden, weil sein eigentliches, ruhiges, liebevolles und vernünftiges Selbst für die schwarze Seele eines hypnotisierenden Hexers gehalten worden war.

Eine Woche nachdem dieser Brief von Amos eingetroffen war, hatte das deutsche Volk Adolf Hitler zu seinem neuen Kanzler gewählt. Albert war enttäuscht. Hitler schien ihm kein geeigneter Führer für die Deutschen zu sein; sein Antisemitismus, nahm er an, war wie der alltägliche Antisemitismus ein unangenehmes Nebengeräusch, das wenig zu bedeuten hatte. Albert machte Antisemitismus selten etwas aus. Manchmal fühlte er ihn ein wenig in sich selbst, wenn er hörte, wie Chassidim sich über das Gesetz ausließen, oder wie Amos und seine Freunde sich über das Thema Zion ausließen. Albert schämte sich ganz und gar nicht, Jude zu sein, bloß war es für ihn das Letzte, ein großes Trara darum zu machen. Er war Vater und Landwirt, das reichte.

Noch eine Woche später geschah etwas völlig Überraschendes. Ein englischer Gentleman erreichte Alberts Haus in Begleitung eines Übersetzers aus Prag. Albert war ganz außer sich vor Aufregung, dass er einen echten Engländer in seinen vier Wänden beherbergen durfte. Von allen Völkern der Welt waren ihm die Engländer am liebsten. Es war für ihn eine große Erleichterung gewesen, dass er im Laufe des Krieges in keinerlei Feindseligkeiten mit ihnen verwickelt worden war, denn er war sicher, dass er dann in Versuchung geraten wäre, die Seiten zu wechseln und sich ihnen anzuschließen. Er mochte ihre Förmlichkeit, ihre Tweedanzüge, ihren Respekt für die Reitkunst, ihren ironischen Humor und ihre Zurückhaltung.

Albert bot dem Engländer und dem Übersetzer an, sich in den Ledersesseln seines Arbeitszimmers niederzulassen. Er klingelte nach Tomasz, seinem Diener.

»Wünscht der Herr Tee?«, erkundigte er sich bei dem Übersetzer. Er hoffte, dass der Engländer nicht glauben würde, sein Klingeln nach dem Diener bedeute etwa Protzigkeit. Es war einfach ganz normal, dass Albert um diese Tageszeit Tee trank und dass Tomasz von der Glocke gerufen wurde, um die Anordnung zu seiner Zubereitung zu erhalten.

»Tee wäre entzückend, werter Herr«, erwiderte der Übersetzer in gewähltem Ungarisch. Auf Albert machte er den Eindruck, als wolle er mit seinem Vorkriegspomp und Vorkriegsbackenbart den Engländer an Englischkeit übertreffen.

Nachdem der Tee eingegossen war, setzte Albert sich höflich auf und wartete darauf, dass man ihm die Absicht dieses Besuchs mitteile. An seiner Tasse nippend, als sei er bei einer hocheleganten Party auf Berkshires gepflegtestem Rasen, gab der englische Gentleman einen kurzen Satz von sich und richtete seinen Kopf dann gutmütig auf den Übersetzer. Die Stimme war hell und angenehm, mit weichen »r«s und sanft abfallender Modulation. Der Übersetzer lächelte strahlend und übersetzte:

»Mr. Bienenstock, ich repräsentiere die Regierung Seiner Majestät in London.«

Welch herrliche Worte! Albert wurde ganz schwindlig vor Aufregung und im Verlauf der nächsten Stunde noch schwindliger, als der Engländer seine Mission darlegte.

Das britische Empire – noch so eine herrliche Wendung! – sei sich, sagte der Engländer, zunehmend seiner vollständigen Abhängigkeit vom Rohrzucker bewusst geworden, der aus seinen weit entfernten Dominions Australien und Westindien stammte. Würde es je wieder Krieg in Europa geben – und der Engländer bestritt, dass diese Eventualität von seinen Herren für gänzlich abwegig erachtet werde –, so seien Marinetaktiker einer Meinung, was ihren Standpunkt hinsichtlich der Tatsache angehe, dass auf den Weltmeeren, an die Britannias Küsten grenzten, der lebenswichtige Nachschub an Kolonialwaren nachgerade abgeschnitten werden könne, unter denen Zucker der lebenswichtigste sei ... nun, nach Tee vielleicht. Britannien habe in seiner langen Geschichte niemals – wahrlich eine regelrecht unverzeihliche Unterlassung – Zuckerrüben im eigenen Lande angebaut. Man sei auf diesem Gebiete schlankweg bar jeder Sachkunde. Dass sie angebaut werden könnten, sei keine Angelegenheit, die auch nur geringstem Zweifel unterliege. Der Anbau von Rohrzucker, dessen sei man gewahr, sei keine realistische Möglichkeit angesichts des im Lande vorherrschenden Wetters, dessen Launenhaftigkeit wie Mr. Bienenstock zweifellos geläufig sei, landesweit für spleenig gehalten werde. Zuckerrüben hingegen, der Rohstoff von Mr. Bienenstocks fruchtbarem Heimatlande, scheine für das britische Klima perfekt geeignet zu sein. Diese seien letztendlich doch, seien sie nicht? mit der Karotte verwandt, der Steckrübe und – sofern er sich nicht täusche – auch der Roten Bete. Der britische Landmann sei berühmt ob der Herrlichkeit seiner Karotten, Steckrüben und Roten Bete; gewiss werde die Kultivierung von deren nahen Verwandten, der *Beta rapa* wie auch der *Beta vulgaris* seine Kräfte nicht übersteigen? Gleichwohl vertrete man im Ministerium die Auffassung, man bedürfe der Anleitung durch einen Mann, der mit sämtlichen Aspekten dieses Gemüses vertraut sei, gewissermaßen vom Acker bis zur Zuckerdose. Mr. Bienenstocks Name sei von den Repräsentanten des Ministeriums in Prag als der einer maßgeblichen Autorität in der Welt des Zuckers vorgeschlagen worden. Würde Mr. Bienenstock es wohl in Erwägung ziehen, in zwei Jahren eine Reise nach England anzutreten, auf dass er die dortigen unwissenden Landwirte unterweise und instruiere, Testfelder anlegen lasse, der Konstruktion von Raffinerien vorstehe und Britanniens erste zögerliche Anbauversuche dieser Feldfrucht überwache? Eine meteorologische Metapher gebrauchend, befänden die Britischen Inseln sich in einer Dürre und bedürften eines Mannes wie Mr. Bienenstock, der Schauer seines Wissens und seiner Sachkenntnis auf sie herabschicken möge. Die Regierung Seiner Majestät sei willens, für diese Arbeit ein großzügiges Salär zu zahlen, und es werde ihr ein Vergnügen sein, jegliche Kosten zu bestreiten, zu denen es bei Reise und Umsiedlung womöglich kommen könne. Für ihn, den englischen Gentleman selbst, unterliege es keinem Zweifel, dass, sollte Mr. Bienenstock solchen Status begehren, er sich binnen dieses Zeitraums darum bemühen könne, vollgültiger Untertan von König George zu werden, und der Zusage in diesem Punkt versichert sein dürfe.

Der Regierung selbiger Majestät werde es überdies ein Vergnügen sein, Mr. Bienenstocks Zustimmung stets vorausgesetzt, im Verlaufe der kommenden zwei Jahre all seine Güter sowie seine Raffinerie in der Tschechoslowakei zu einem marktgerechten Preis zu erwerben und eine Anzahl britischer Landwirte zu entsenden, um die Erfahrung zweier voller Jahresläufe der Rübe, von Wuchs über Ernte bis Raffinierung, mit ihm zu teilen. Die Regierung der Tschechoslowakei sei eifrig bestrebt, dem geflissentlich entgegenzukommen, da Britanniens Freundschaft mit der gedeihenden jungen Demokratie eine unverbrüchliche Tatsache sei in einer wankelmütigen Welt, ein Band, auf das man bauen dürfe in diesen für Europa so schwierigen Zeiten.

Der Engländer und der tschechische Übersetzer würden Mr. Bienenstock nun allein lassen, sodass er ihre Offerte verdauen könne. Seine Entscheidung könne im Verlauf der nächsten Wochen gefällt werden. Ganz ausgezeichneter Tee, wirklich. Der Beste, den der Engländer auf dem Kontinent probiert habe. Einen schönen guten Tag noch, Mr. Bienenstock. Wie reizende Kinder.

Wäre Albert auf die Knie gefallen und hätte er seinen Kopf bedeckt, um Gott anzuflehen, er möge ihm alles zugestehen, was er sich wünsche, so hätte er kein Gebet entwerfen können, das so genau seine Bedürfnisse skizziert hätte. Albert gelang es jedoch, seine Contenance zu wahren und nicht sofort zu antworten, sondern drei Tage später eine Nachricht nach Prag zu senden, derzufolge es ihm ein Vergnügen sein werde, dem Plan des englischen Gentleman zu willfahren, und dass er sich darauf freue, seine Gastlichkeit den Landwirtschaftsexperten anzubieten, die London ihm schicken werde.

Die englischen Landwirte, Mr. Northwood, Mr. Aves und Mr. Williams, kamen später im selben Jahr an. Sie beeindruckten Albert durch ihre Intelligenz und ihren Respekt und erwiesen sich als aufmerksame und außergewöhnlich geschickte Schüler in der Kunst des Zuckerns. Harry, Paul und Vic, wie sie genannt zu werden wünschten, waren freundlich zu Michael und Rebecca, die mit einer so bereitwilligen Annahme des Englischen reagierten, als sei diese Sprache ihnen bei Geburt eingepflanzt worden und habe nur auf diese Gelegenheit gewartet, sich zu voller Blüte zu entfalten. Geist und Substanz der Sprache schnappte auch Albert schnell auf, musste jedoch großen Spott vom kleinen Michael ertragen, der nicht verstand, dass sein Vater ihr Gefüge nicht zu beherrschen lernte.

»Nein, Vater. Es heißt nicht ›Wick Villiams‹ oder ›vunderful willage‹. Es heißt ›Vic Williams‹ und ›wonderful village‹.«

»Ich kann diese Buchstaben nicht aussprechen.«

»Das ist verrückt!«, schimpfte Michael, verärgert über diese Absurdität. »Wenn du ›Villiams‹ und ›willage‹ sagen kannst, dann kannst du selbstverständlich auch ›Williams‹ und ›village‹ sagen.«

»Weteranen bleiben bei ihrer Veise«, sagte Albert mit absichtlicher Sturheit.

Während dieser aufregenden zwei Jahre für den Haushalt der Bienenstocks redete man nur auf Englisch und über England. Die Besucher sprachen von Pubs und Clubs, von Cricket und Soccer, von Oxford und Cambridge, von Leslie Howard und Noël Coward, von Kreuzworträtseln und Fuchsjagden, von »Huntley and Palmer«-Keksen und Tee aus Mazawattee, von der BBC und der GPO, von der Nacht des Guy Fawkes und dem Tag des Derby, vom Premierminister von Mirth und vom Prince of Wales. Albert grub in einem Buchladen eine deutsche Ausgabe von John Galsworthys *Forsyte Saga* aus und wurde immer ungeduldiger, endlich Teil dieser höflichen, geregelten Welt zu werden, mit ihren Marktplätzen und Strandhotels, den gemütlichen Nebeln und ratternden Taxis, ihren Politikern mit Zylindern und Herzoginnen mit weißen Handschuhen.

Auf der Fähre beim Auslaufen aus Bremerhaven (ein letzter Blick auf das arme Deutschland und das arme, arme Europa) kam der kleine Michael, während Rebecca sich an der Reling übergeben musste, auf ihren Namen zu sprechen.

»Harry sagt ...« – jeder Satz Michaels hatte im letzten Jahr mit diesen Worten angefangen – »Harry sagt, dass Engländer vielleicht über den Namen Bienenstock lachen. Harry sagt, dass der wie *bean stock* klingt und dass das eine Art Bohnensuppe ist.«

»O je«, sagte Albert. »Wir wollen doch nicht, dass Leute unseren Namen auslachen. Wir müssen uns einen anderen einfallen lassen.«

Ein Jahr später, als sie sich in der Nähe von Huntingdon schon eingelebt hatten, kam Michael selbst eine hervorragende Idee. Sein bester Freund im Kindergarten hieß Tommy Logan, und Michael, der Tommys Namen ein ums andre Mal in sein Übungsheft schrieb, wie beste Freunde das machen, merkte, dass »Logan« eigentlich ein umgestelltes »Golan« war.

Albert war begeistert. »Logan«, wiederholte er immer wieder, »Logan … Logan … Logan.«

»Siehst du, Vater!«, sagte Michael. »Wir haben eine *Anglo*-Version aus *Golan* gemacht!«

Sechs Monate später spazierten die beiden Kinder mit ihrem Vater von der Einbürgerungsbehörde des Innenministeriums zu Lyon's Corner House am Trafalgar Square.

»Onkel Amos wird sich so freuen«, sagte Albert Logan, Untertan Seiner Majestät des Königs.

Tommy Logan dagegen, wieder im Kindergarten von Huntingdon, war alles andere als erfreut.

»Du hast meinen Namen gestohlen!«, heulte er. »Du widerlicher *Jude,* du hast meinen Namen gestohlen. Was fällt dir ein! Ich rede nie wieder mit dir, du stinkender *Jude.*«

»Woher wissen die bloß, dass du Jude bist?«, hatte Albert sich gefragt, als Michael seinem Vater von dieser Entfreundung erzählt hatte.

»Das hat Miss Hartley ihnen an meinem ersten Tag erzählt«, sagte Michael. »Sie hat gesagt, dass alle nett zu mir sein müssen, weil anständige Menschen uns dafür vergeben, dass wir Jesus ermordet haben.«

»Tatsächlich?«, sagte Albert und eine kleine Furche erschien auf seiner Stirn.

Aber Furchen gehörten nicht auf Alberts Stirn, sondern auf seine Äcker. Die Testfelder der Regierung in Huntingdonshire waren die Sensation des Tages und kurze Zeit das Tagesgespräch Englands.

»BRITANNIEN GIBT DER WELT EINS AUF DIE RÜBE!« hatte eine Schlagzeile auf Seite fünf des ›Daily Express‹ verkündet, über einer Fotografie von Albert und einem Landwirtschaftsbeauftragten der Regierung, die stolz vor ihren »Versuchsfeldern« standen.

»Dieses wenig anziehende Gemüse, eigentlich nicht mehr als eine süße Steckrübe, könnte der Schlüssel zu Britanniens künftigem Wohlstand werden«, verkündete ein Leitartikel.

Die britische Öffentlichkeit war nicht so leicht zu überzeugen.

»Ist Rübenzucker dann rot?«

»Kann man echte englische Zuckerwürfel daraus machen?«

»Hat er mehr Kalorien?«

»Schmeckt er nach Erde?«

»Kann ich aus Rüben Kuchen backen?«

»Kann ich Rüben im Garten ziehen und meinen eigenen Zucker herstellen?«

»Ist das fair gegenüber den Kolonien?«

»In den Teestuben der Tate Gallery werdn se den nich servieren, da kannste aber wetten.«

In den nächsten vier oder fünf Jahren bereiste der lächelnde Ungar in Tweed-Knickerbockern in seinem ilexgrünen Austin die Südküste und East Anglia und spendete verwirrten, aber aufgeschlossenen Bauern

Regierungsgelder und landwirtschaftlichen Rat. Michael und Rebecca erhielten weiterhin Unterricht in Miss Hartleys Kindergarten in Huntingdon, einer Stadt der Albert inzwischen sehr zugetan war, trotz anfänglicher Vorbehalte.

»Oliver Cromwell?«, hatte er gerufen, als er erstmals davon hörte. »Oliver Cromwell stammt von hier? Der Königsmörder?«

Er konnte es einfach nicht fassen, dass die sonst so loyalen und respektablen Bürger von Huntingdon ihrem verruchten Sohn so tiefen Stolz entgegenbringen konnten, dieser Schande der englischen Geschichte, diesem britischen Lenin. Mit der Zeit lernte er jedoch, dem Lord Protector zu vergeben, der schließlich wie er selbst Grundbesitzer gewesen war und den nicht Bolschewismus oder Blutgier, sondern schreckliche Umstände zu den Ereignissen getrieben hatten, die dann zu jenem furchtbaren Januarmorgen in Whitehall führten. Im Gegenzug lernten die Einwohner von Huntingdon den merkwürdigen Tschechoslowaken lieben mit seinen charmanten Manieren, seinen wunderbar englischen Kindern und seinem unerklärlich schottischen Nachnamen. Weniger Liebe brachten sie seiner Raffinerie entgegen, deren Bau er überwacht hatte und die er jetzt leitete. Sie gab einen widerlichen Geruch nach verbrannter Erdnussbutter von sich, der an windstillen Tagen über der ganzen Stadt hing. Dem Bau einer zweiten Raffinerie in Bury St. Edmunds verdankte der kleine Michael seine erste Lektion in den Techniken der Betriebswirtschaft, ein wahrer Glücksfall.

An einem regnerischen Nachmittag, als Rebecca und Michael auf dem Fußboden des väterlichen Arbeitszimmers spielten, kam ein Ingenieur und wollte

Albert sprechen. Er hinterließ einen 600 Seiten starken Bericht voll mit technischen Zeichnungen und Daten, für die er eifrig Mr. Logans Zustimmung suchte.

Am selben Abend sah Michael Albert mit dem Bericht auf dem Schoß dasitzen.

»Musst du das alles lesen?«

»Lesen? Was verstehe ich denn schon von Überdruckventilen und Ampère? Nee, ich mach das so.«

Albert ließ den Daumen über die Seiten des Berichts gleiten und schlug eine beliebige Seite auf. Mit roter Tinte unterstrich er ein paar Worte, blätterte ein paar Seiten weiter, wo er einige Zahlen einkreiste und ein großes Fragezeichen an den Rand malte. Das machte er vier oder fünf Mal, bevor er unten auf die letzte Seite die Worte schrieb: »Kann das Zweitwerk die zusätzlich anfallende Menge verarbeiten?«

Michael war zufällig gerade vor dem Arbeitszimmer, als der Ingenieur eine Woche später wieder vorbeikam.

»Ich habe die von Ihnen monierten Angaben immer wieder und immer wieder geprüft, Mr. Logan, und meine Kollegen auch, aber wir können einfach keinen Fehler finden.«

»Oh, das tut mir Leid, mein Lieber. Muss mir ein Fehler unterlaufen sein. Ich hätte Ihnen gleich vertrauen sollen.«

»Nun, wir sind gerne gründlich, Sir. Auch beim Zweitwerk waren wir uns ziemlich sicher. Aber dann, darauf kommen Sie nie, haben unsere Vertragspartner angerufen und gesagt, sie hätten die Toleranzwerte zu niedrig angesetzt. Die sind um zehn Prozent höher.«

Nachdem Albert den dankbaren Ingenieur, der voller Bewunderung für ihn war, hinausbegleitet hatte, wandte er sich Michael zu, den er auf dem Flur hatte herumlungern sehen.

»Siehst du? Jetzt haben sie alles so oft gegengerechnet, dass bestimmt keine Fehler mehr auftreten.«

»Aber das mit dem Zweitwerk? Woher hast du das gewusst?«

»Manchmal tippst du einfach ins Blaue. Glaub mir, du kannst dich immer darauf verlassen, dass Zweitwerke die zusätzliche Menge nicht schaffen, und du kannst dich immer darauf verlassen, dass der Stolz eines Mannes dir einen Großteil deiner Arbeit abnimmt.«

11

Eines Tages, noch während der Ferien, genau in der Woche, bevor Michaels erstes Schuljahr im Internat in Sussex anfing, rief Albert die Kinder in sein Arbeitszimmer. Er sah sehr ernst aus und sprach Ungarisch, ein sicheres Zeichen, dass er Kummer hatte.

»Ich habe gerade einen Brief von eurem Onkel Amos bekommen«, sagte er. »Ich werde einige Zeit wegfahren müssen. Für mich ist es eine gute Zeit, Urlaub zu machen. Du, Michael, wirst früher zu deiner neuen Schule gehen müssen. Ich habe ihren Direktor angerufen, und er ist gern bereit, sich um dich zu kümmern. Du bleibst zu Hause, Rebecca, und Mrs. Prince kümmert sich um dich.«

»Warum denn, Vater?«, fragte Michael. »Was ist passiert?«

»Unsere Verwandten, die in Wien leben, euer Onkel Rudi, euer Onkel Louis, eure Tanten Hannah und Roselle und all ihre Kinder möchten Österreich verlassen und nach England kommen. Ich kann ihnen dabei helfen, weil ich einen britischen Pass habe. Eine mühselige Notwendigkeit, aber eben notwendig.«

Am Tag danach war Albert nach London gefahren, um seinen alten Freund im Außenministerium aufzusuchen, den englischen Gentleman, der ihn 1933 besucht hatte. Albert vermied jegliche Erwähnung von Britanniens »Freundschaft mit der gedeihenden jungen Demokratie«, dieser »unverbrüchlichen Tatsache in einer wankelmütigen Welt«, von der der Gentleman an jenem Nachmittag in der Tschechoslowakei gesprochen hatte. Albert lag nichts daran, Mr. Chamberlains Teestunde mit Herrn Hitler infrage zu stellen.

Der Herr im Außenministerium hörte sich Alberts Geschichte an und bekannte dann, dass die Angelegenheit etwas außerhalb seines Einflussbereichs liege. Er schlug einen Mann vor, den er in einer anderen Behörde kannte, und war zuvorkommend genug, Albert ein Empfehlungsschreiben mitzugeben.

Der Mann in der anderen Behörde war, vielleicht weil er Murray hieß, diesem Logan nicht gerade mit mitteleuropäischer Epiglottis begegnet.

»Wirklich, Sir, ich weiß nicht, was Sie damit meinen, ›es müsse etwas unternommen werden‹. Allwöchentlich haben wir eine große Anzahl britischer Juden wie Sie, die hierher kommen und ausnahmslos Anliegen dieser Art vorbringen. Ihnen allen sage ich, was ich jetzt auch Ihnen sagen werde. Ein Rädchen greift ins andere. Sie müssen die prekäre Lage der gegenwärtig auf dem europäischen Kontinent vorherrschenden Diplomatie verstehen. Nach den neuerlichen, hart erkämpften Erfolgen in München befindet sich die Regierung Seiner Majestät kaum in einer Position, von der aus sich Forderungen an Deutschland stellen ließen, während dieses seit langem leidende Land bemüht ist, ein klares Gefühl seiner nationalen Identität zum Ausdruck zu bringen und sich einen festen Platz an der Tafel der Welt zu sichern. Genau diese Art hysterischer Gerüchteküche, die Sie und dieses ganze ... die Sie und Ihre Angehörigen betreiben, kann die empfindliche Balance der Verhandlungen durcheinander bringen und die friedlichen Beziehungen der Völkerfamilie bedrohen.«

»Aber meine friedliche Familie wird bereits bedroht«, sagte Albert mit einem unbefangenen Wortspiel, wie es nur jemandem gelingen kann, der nicht in seiner Muttersprache spricht.

»Also wirklich! Wenn Sie darauf bestehen, Ihr Verständnis einer Macht wie dem neuen Deutschland auf das Hörensagen eines Bruders in Jerusalem zu begründen …«

Albert hatte genug gehört, um in Gegenwart eines triumphierenden München-Anhängers seine Zunge im Zaum zu halten.

»Es steht Ihnen natürlich frei zu reisen, wohin Sie wollen, Mr. ›Logan‹, aber ich muss Sie warnen: Falls Sie ein Gesetz des Deutschen Reiches übertreten, können Sie von uns weder Schutz noch Immunität erhoffen. Ich würde Ihnen raten, etwas abzuwarten. Wenn Ihre Familie es ernst damit meint, nach England zu kommen, müssen sie zunächst den Auswanderungsbestimmungen genügen, die ihre eigene Regierung festgelegt hat.«

»Aber sie haben keine eigene Regierung, Sir!«, rief Albert und klang, wie ihm peinlich bewusst wurde, genau wie die klagenden Juden, die er zusammen mit großen Teilen der Welt am meisten verachtete.

Er erzählte Michael und Rebecca niemals, wie vollständig sein Glaube durch die Gleichgültigkeit und das Missfallen zerschlagen worden war, die ihm nicht nur an jenem Tag, sondern auch an den vier folgenden vonseiten der Regierung Seiner Majestät begegneten, an denen er die Wartezimmerstühle in Whitehall und die Geduld der wenigen Funktionäre abnutzte, die gewillt gewesen waren, ihn zu empfangen. Hätte er das *Battle of Britain* und den *Blitz* noch erlebt, glaubte Michael inständig, dann hätte Alberts Glaube an die

Briten vielleicht wenigstens teilweise wiederhergestellt werden können. Erst später erfuhr Michael durch Onkel Louis vom ganzen Ausmaß der Desillusionierung und Verzweiflung seines Vaters in jener schmerzhaften Woche, wie er auch die Einzelheiten alles Folgenden erfahren sollte.

Nach seiner Ankunft in Wien bestellte Albert, der berühmte Rübenzüchter und -raffinierer, seine Vettern durch einen Boten in das Hotel, das er mit der Gunst seiner Kundschaft bedacht hatte. Hier erfuhr er seinen ersten Meinungsumschwung, hier begann die scharfe Spitze der Wahrheit sich in seine neugewachsene englische Haut zu drücken.

Eine halbe Stunde später kehrte der Bote mit einem Brief zurück. Albert holte ein paar Scheine aus der Tasche, um den Jungen zu entlohnen, und sah erstaunt, wie dieses Geld ihm ohne ein Wort des Dankes grob entrissen wurde.

»Gemach, junger Freund«, sagte Albert im besten Wienerisch eines aristokratischen Offiziers.

Der Bote spuckte auf den Teppich, ein Tropfen gelben Speichels landete auf Alberts glänzenden braunen Schuhen. »Judenfreund«, sagte er voller Verachtung und stolzierte aus dem Zimmer.

Albert schüttelte ungläubig den Kopf und öffnete den Brief. Jetzt durchstieß die scharfe Spitze der Wahrheit seine Haut und drang tiefer. Seine Vettern konnten nicht zu diesem Treffen kommen, erklärten sie mit weitschweifigen Entschuldigungen. Um den Gesetzen Österreichs nach dem kürzlich erfolgten Anschluss nachzukommen, waren sie verpflichtet, gelbe Sterne auf ihren Mänteln zu tragen. Personen mit gelben Sternen auf den Mänteln, versicherten sie Albert, waren in Hotels wie dem Franz Joseph nicht zugelassen.

Der Prophet nahm ein Taxi zum Berg. Die Vettern Louis und Rudi wohnten mitsamt ihren Familien in einem einzigen kleinen Zimmer zusammengepfercht in einem Stadtteil, den zu besuchen Albert, dem Wien aus seiner Husarenzeit wohl bekannt war, nicht im Traum eingefallen wäre. Er war entsetzt, als er sie sah, unerträglich entsetzt, entsetzter, als er je zuvor gewesen war. Die weißen Würmer in den Augenhöhlen seiner Kameraden und die bratenden Lebern der jungen Kosaken hatten ihn nicht mehr zu entsetzen vermocht: In diesem kleinen Zimmer drang die scharfe Spitze der Wahrheit endlich tief in ihn ein, bis sie an seinen Herzkammern riss. Albert stützte sich auf seinen Regenschirm von Swaine, Adeney and Brigg und weinte eine volle Viertelstunde lang wie ein Baby, während seine Verwandten sich sorgenvoll um ihn scharten.

Albert hatte die Loyalität zu Kaiser Franz Joseph, dessen Kavallerie er geliebt hatte, gekannt und sie dann aufgekündigt; er hatte die Loyalität zu zwei Königen George und einem König Edward, deren Land und Leute und Geschichte er verehrt hatte, gekannt und kündigte sie jetzt auf. In diesem schrecklichen kleinen Zimmer mit seinem unermesslich verhassten Geruch, einem Geruch, der seiner Familie jegliche Würde und Farbe und Stärke nahm und der ihm jegliche Würde und Farbe und Stärke nahm, seine Tweeds, sein kostspieliges Gepäck und seinen kleinen blauen Pass, in diesem schrecklich stinkenden Zimmer schwor er eine neue Loyalität, die zu seinem Volk – seinem dämlichen, jammernden, hilflosen und unermesslich aufreizenden Volk, dessen Religion er verachtete, dessen Kultur er verschmähte, dessen Verschrobenheiten und Vorurteile er verabscheute.

Mit Lügen, mit List, unter Einsatz alter Armeekontakte und mehr als alldem, naturgemäß, unter Einsatz seines Geldes, verschaffte sich Albert die Papiere, die erforderlich waren, um seinen Verwandten das Verlassen Wiens zu ermöglichen. Neben Louis, Rudi, Hannah und Roselle waren da die vier Kinder Danny, Ruth, Dita und Miriam. Er brachte sie mit dem Zug nach Holland und von dort mit der Fähre nach Harwich in England. Er blieb lange genug in Huntingdon, um sie Rebecca und ihrem Kindermädchen, Mrs. Price, vorzustellen, und dann fuhr er nach Sussex und sprach bei Michaels Direktor, Dr. Valentine, vor.

»Hier haben Sie genug Geld für den Rest seiner Schulzeit«, sagte er. »Sie werden bitte Sorge tragen, dass er ein exzellentes Stipendium für seine Public School erhält.«

»Nun, Mr. Logan, ich denke, das hängt ganz davon ab, wie intelligent der Junge ist und mit welchem Fleiß er sich seiner Arbeit widmet. Stipendien sind kaum etwas, das man …«

»Michael ist äußerst intelligent und arbeitet äußerst hart. Wenn ich ihn jetzt bitte sprechen kann?«

Ein Junge wurde geschickt, um den jungen Logan herbeizuholen.

Während sie auf ihn warteten, wandte Albert sich erneut an den Direktor. »Noch eins muss ich sagen, Dr. Walentine. Möglicherweise denken Sie, mein Sohn und ich könnten Juden sein.«

»Also wirklich, Mr. Logan, ich habe nicht im Geringsten …«

»Es ist als gegeben anzunehmen, dass wir *keine* Juden sind. Michael ist kein jüdischer Junge. Er ist ein Junge der *Church of England*. Ich gehe weg, nach Europa, aber ich habe Freunde hier in England. Sollte es in meinen Ohren ankommen, dass eine einzige Person in der Schule unterstellt oder laut sagt, dass Michael ein jüdischer Junge ist, so kann es vorkommen, dass ich zurückkomme, ihn fortnehme und Sie mit meinen Fäusten schlage, Dr. Walentine, mit genug Stärke, um Sie totzumachen.«

»Mr. Logan!«

»Hier kommt er. Wir werden einen Spaziergang machen, er und mich … ihn und ich.«

Der verblüffte Dr. Valentine blieb zurück und sann dieser alarmierenden Drohung nach, während Michael seinem Vater den See zeigte, die Ponykoppel, den Cricketplatz und die Wälder, wo er mit seinen Freunden Cowboy und Indianer spielte.

Albert sprach in einer Mischung aus Jiddisch und Ungarisch. Michael antwortete auf Englisch.

»Du bist jetzt sieben Jahre alt, Michael. Wirklich alt genug, um zu wissen, wie es in der Welt zugeht.«

»Schon in Ordnung, Vater. Das weiß ich schon.«

»Das weißt du schon?«

»Der Mann macht Pipi in die Frau, und sie bekommt ein Baby. Hat Wallace gesagt. Er ist der Stubenälteste in meinem Schlafsaal.«

»Was für ein Kind. Wie es *dabei* zugeht, davon rede ich nicht, außerdem hat das nichts mit Urinieren zu tun, das kannst du deinem Freund Vollis sagen. Ich rede von echten Tatsachen.«

»Echte Tatsachen?«

»Beantworte mir ein paar Fragen, Michael Logan. In welchem Land bist du geboren?«

»Ungarn«, sagte Michael und drückte seine Brust raus.

»NEIN!« Albert drehte sich zu seinem Sohn und schüttelte ihn. »Nicht richtig. Noch einmal. In welchem Land bist du geboren?«

Michael starrte seinen Vater ganz erstaunt an.

»Tschechoslowakei?«, probierte er ängstlich.

»NEIN!«

»Nein?«

»Nein! Du kommst aus England. Du bist Engländer.«

»Ja, natürlich, aber geboren wurde ich …«

»Du wurdest in Huntingdon geboren. Du bist in Huntingdon aufgewachsen. Welcher Religion gehörst du an?«

So hatte Michael seinen Vater noch nie erlebt. So stark und so wütend. »Church of England?«

»JA!« Albert gab ihm einen Kuss. »Guter Junge. Im Prinzip hast du's verstanden. Du darfst niemals, *niemals*, bei deinem Leben und meinen ewigen Verwünschungen, einer einzigen Seele erzählen, dass du Jude bist. Hast du verstanden?«

»Aber warum denn nicht?«

»Warum nicht? Weil die Deutschen kommen, darum nicht. Sie werden sagen, sie kommen nicht, aber glaub mir, sie kommen trotzdem. Die Nazideutschen kommen, und sie werden jeden wegbringen, der Jude ist. Also bist du kein Jude, und deine Schwester ist keine Jüdin. Du kennst keine Juden, du siehst keine Juden, du sprichst nie mit Juden. Du bist Michael Logan aus Wyton Chase, Huntingdon. Deine Onkel und Tanten aus dem Ausland leben bei dir. Sie sind protestantische Christen.«

»Und du lebst natürlich auch bei mir.«

»Natürlich«, sagte Albert. »Ich lebe auch bei dir. Natürlich.«

Sechs Monate später hatte Michael einen Brief mit einem exotischen Stempel erhalten.

»Jerusalem!«, schrie einer seiner Freunde. »Logan, hat einen Brief aus dem Juden-salem bekommen.«

»Mein Onkel ist bei der Armee in Palästina«, hatte Michael nonchalant gesagt. »Das Mandat nennt man das.«

»Logan ist ein Jude!«

»Stimmt ja gar nicht!«

»Geiziger Judenlümmel!«

»Was ist denn hier los?«

Michael drehte sich angsterfüllt um, als Edward Wallace sich durch das Gedrängel nach vorne schob. Wallace gehörte zu den Stubenältesten und war dafür bekannt, dass er Leute allein mit seinen Sticheleien fürchterlich fertig machen konnte.

»Loganstein hat einen Brief aus Judenland gekriegt.«

»Er ist ein Jude. Sieht man doch sofort. Kuck dir bloß die Nase an.«

»Er ist ein Rundkopf, ist doch klar.«

Im Schulslang galten als Rundköpfe diejenigen, die beschnitten waren, im Gegensatz zu den Kavalieren, die das nicht waren.

Wallace blickte auf Michael herab, seine Augen schossen niederträchtig hin und her, als suche er im Gesicht des Jungen nach einer Entscheidung. Michael wappnete sich. Sein Mund war trocken, und er fühlte sich schwach vor bösen Vorahnungen.

Endlich sprach Wallace. »So was Bekloptes«, sagte er. »Logan ist kein geiziger Jude, er ist ein geiziger Schotte, genau wie ich. Und ich weiß zufällig, Hutchinson, dass du auch ein Rundkopf bist, und außerdem hast du die größte Nase der zivilisierten Welt. Die ist doch so groß, dass schon in der Zeitung steht, dass die Kinder aus dem East End bis zum Kriegsende in dein linkes Nasenloch evakuiert werden sollen.«

Eine Flutwelle Spottgelächter schlug daraufhin über Hutchinson zusammen, und Michael musste alle Muskeln anspannen, um sich nicht vor Erleichterung nasszumachen. Mit verschlagenem Grinsen drehte Wallace sich zu ihm.

»Rück die Briefmarken rüber, McLogie, die sammel ich.«

Michael riss die Ecke vom Umschlag ab und gab sie ihm mit einem Strahlen der Dankbarkeit. Wallace versetzte ihm eins hinter die Ohren und meinte, er solle nicht so blöd grinsen wie ein Affe, sonst könne er die Fresse poliert kriegen.

»'tschuldigung, Wallace.«

Michael musste dann hinter die Schule gehen, um den Brief in Ruhe lesen zu können. Er war von Onkel Amos. Bis heute bedauert er, ihn nie genauer gelesen zu haben. Er gestattete sich bloß einen ganz flüchtigen Blick, bevor er ihn in kleine Schnipsel riss und in der Toilette wegspülte.

Alles, woran er sich von dem Brief jemals erinnern sollte, waren ein paar einzelne Sätze. Onkel Amos schrieb, dass Michaels Vater zwei Tage, nachdem Chamberlain Deutschland den Krieg erklärt hatte, von den Nazis erschossen worden war. Irgendwas mit Berlin. Irgendwas von in den Ghettos wohnen und Wärme verbreiten. Albert Golan sei ein jüdischer Held und ein großer Mann. Moisha Golan, sein Sohn, solle sehr stolz auf ihn sein und seiner stets gedenken.

Am Tag darauf kamen die Onkel Richard und Herbert, wie Louis und Rudi sich jetzt nannten, und holten Michael von der Schule ab.

III

Das ganze Geld war natürlich weg. Das ganze Geld aus dem Verkauf des Guts in der Tschechoslowakei, das ganze Geld, das er in den letzten Jahren durch die Arbeit fürs Ministerium verdient hatte, das ganze Geld, das er durch die Hypotheken auf seine beiden Raffinerien aufgebracht hatte. Michaels nächste drei Jahre in Dr. Valentines Prep School waren gesichert. Aber danach …

»Ich kriege bestimmt ein Stipendium«, sagte Michael. »Und in den Ferien such ich mir Arbeit und zahl auch Rebeccas Schulgeld.«

»Du bist noch keine zehn Jahre alt, Michael«, sagte Tante Roselle, jetzt Tante Rose. »Wir zahlen für eure Schule. Wir alle haben Arbeit, wir kümmern uns um euch beide. Wir sind stolz darauf, euch unseren Sohn und unsere Tochter nennen zu dürfen.«

Trotzdem hatte Michael Jobs gefunden. Jeden Tag seiner Schulferien wurde Geld verdient. Erst arbeitete er für eine Bäckerei in Huntingdon als Auslieferer, und dann, nachdem sein Stipendium ihn auf die Public School gebracht hatte, rief er die Familie zusammen und machte ihnen einen Vorschlag.

»Mrs. Anderson wird langsam zu alt«, sagte er. »Sie will ihren Laden verkaufen. Warum kaufen wir ihn nicht?«

»Wie könnten wir uns das leisten?«

»Wir können dieses Haus verkaufen und über dem Laden wohnen. Ich habe mich erkundigt. Da ist genug

Platz für uns alle. Wir müssen eng zusammenrücken – Rebecca, Ruth, Dita und Miriam werden sich ein Zimmer teilen müssen, Danny und ich schlafen hinter der Theke – aber wir können es schaffen.«

In der Familie wurde Logan's Sweets and Smokes nur Michael's Shop genannt. Michael führte die Bücher, da er das größte Rechentalent der Familie war. Er verstand Lebensmittelkarten und das System der Rationierung, er kannte sich beim Tauschhandel aus, und er wusste, wie man Kunden bei der Stange hielt.

Eines Abends klopfte Tante Rose an seine Schlafzimmertür.

»Michael, im Radio kommt *Happidrome.* Was machst du da? Komm doch runter.«

Sie öffnete die Tür und sah Michael mit einem großen Buch.

»Das ist mein Kundenbuch«, erklärte er. »Jedes Mal, wenn ein Kunde den Laden betritt, unterhalte ich mich mit ihm und finde heraus, was er so mag. Ich schreibe seinen Lieblingstabak auf, oder Zigaretten, oder Süßigkeitenmarke, und jeden Abend lerne ich das auswendig. Hier, nimm das Buch. Frag mich was.«

Eine verwirrte Rose hatte das Buch ergriffen, irgendwo aufgeschlagen und den Namen »Mr. G. Blake« ausprobiert.

»Godfrey Blake«, sagte Michael, »wohnt in der Godmanchester Road und raucht pro Tag vierzig Player's Weights. Einmal die Woche kauft er eine Schachtel Craven A für seine Frau, die nur am Wochenende raucht. Er hat einen Sohn bei der Armee in Nordafrika und eine Tochter beim WAAF. Er ist stellvertretender Luftschutzwart, wurde bei Passchendaele an der Hüfte verletzt und ist heimlich in Janet Gaynor verliebt. Er hat eine Schwäche für Pfefferminzbonbons, und ich geb ihm immer ein oder zwei, wenn ihm die Bezugsscheine ausgegangen sind. Er gibt mir eine halbe Crown dafür, dass ich samstags seinen Wagen wasche.«

»Puuh!«, sagte Tante Rose. »Mr. Tony Adams?«

»*Oberstleutnant* Anthony Adams«, sagte Michael, »fliegt einen Schreibtisch bei der RAF in Wyton. Er hat eine Liebschaft namens Wendy, eine Armeehelferin, die in der Nähe von Wisbech arbeitet und zweimal die Woche fährt er mit seinem Motorrad hin und besucht sie. Er raucht Parsows Pleasures vorgezupft, der im Offizierskasino nicht verkauft wird, er kauft Anislinsen für sich und *Frys Five Boys*-Schokolade für Wendy.«

»Michael. Warum hast du das alles gelernt?«

»Weil diese Leute rauchen und Süßigkeiten essen. Als Mr. Blake das erste Mal in den Laden kam, kam er zufällig vorbei. Jetzt macht er zweimal pro Woche fast einen Kilometer Umweg, um zu uns zu kommen. Wenn das Geschäft nach dem Krieg größer wird, werden solche Leute wichtig sein.«

»Wenn das Geschäft …? Nun hör sich einer das an. Michael, das ist bloß ein Laden.«

»Es ist ein Samenkorn, Tante Rose. Also, ich muss nächste Woche wieder in die Schule. Du und Tante Hannah, ihr müsst euch in der Woche um alles kümmern. Ich lasse euch das Buch da. Versucht auch, alles zu lernen, was da drinsteht. Alle sollten es im Schlaf aufsagen können – Danny, Dita, Miriam, alle –, damit sie, wenn sie am Wochenende oder nach der Schule aushelfen, den Kunden das Gefühl geben können, dass sie wichtig sind.«

In den Augen der Familie war Michaels Schicksal so unausweichlich, als wäre er als Prince of Wales geboren worden. Er war eine Kraft, und damit hatte es sich.

In den nachfolgenden Schulferien, als der Krieg sich seinem Ende näherte, begann die eigentliche Expansion des Geschäfts, das volle Sprießen und Wachsen des Samenkorns. Zeitungsaustragen kam hinzu, frühmorgendliche Arbeit für Danny, seine Schwester und seine Cousinen; Brot Kartoffeln, Blumen und eine immer größere Vielfalt an Konserven füllten die Regale des kleinen Einzelhandelsladens bald bis zum Überlaufen, bis Michael und Richard beschlossen, dass es sich lohnen würde, das Nachbarhaus zu kaufen, die Trennwand zu durchstoßen und die Kleinausgabe eines Delikatessen- und Kolonialwarengeschäfts daraus zu machen.

1947 bekam Michael ein Stipendium für Cambridge, das er nicht annahm.

»Jetzt können wir uns richtig darauf konzentrieren«, sagte er.

Die im Jahr darauf folgende Einberufung zum National Service musste jedoch angenommen werden. Sein alter Beschützer aus der Prep School, Edward Wallace, der den Militärdienst bis nach Oxford aufgeschoben hatte, wo er jetzt seinen Abschluss machte, überredete ihn dazu, sich mit ihm zusammen beim Royal Norfolk Regiment zu bewerben.

»Keine besonders tolle Uniform, was genau richtig ist, da wir Hordenväter sein werden. Genug Zeit für Pferderennen und Weiber.«

An einem Nachmittag während seiner Offiziersausbildung in Wiltshire las Michael eine Kurzgeschichte von Somerset Maugham, die ihn auf die Idee brachte, nach der er die ganze Zeit gesucht hatte. Sie handelte von einem jungen Mann, der eines Tages in einer Stadt in den Midlands eine Schachtel Zigaretten brauchte. Er lief durch die Straßen und suchte einen Tabakladen:

Er musste anderthalb Kilometer weit laufen, bis er einen fand. Statt nun seiner Wege zu gehen und sich nichts dabei zu denken, wie jeder normale Mensch das gemacht hätte, lenkte dieser junge Mann seine Schritte zu der Stelle zurück, wo er am Anfang gestanden hatte. »Hier werde ich einen Tabakladen aufmachen«, sagte er sich, »es gibt offensichtlich ein Bedürfnis danach.« Der Laden wurde ein überwältigender Erfolg. »Wie lächerlich einfach«, dachte der junge Mann. Die nächsten zwanzig Jahre bereiste er Britannien und schritt auf der Suche nach Zigaretten die Straßen entlang. Wann immer er weit laufen musste, eröffnete er dort einen neuen Laden. Mit fünfunddreißig Jahren war er Millionär.

»Also, Tedward«, sagte Michael zu seinem Freund Wallace, »Gott segne Mr. Maugham.«

»Meinst du nicht«, sagte Wallace, »dass andere das vor dir probiert haben?«

»Versteh das doch mal, Tedward, ›andere‹ probieren nichts. Das überlassen sie Leuten wie uns.«

»Ohne mich, mein Bester«, sagte Wallace. »Hört sich nach Arbeit an.«

Anderthalb Jahre später lernte Michael Lady Anne Bressingham kennen, womit er ein Ziel bekam, auf das er hinarbeiten konnte. Sie war elf, als sie sich begegneten, und Michael noch keine zwanzig, aber er wusste so sicher, wie ein Mann das nur wissen kann, dass sie zu der richtigen Frau für ihn heranwachsen würde.

Wallace beschimpfte ihn als Perversen.

»Nein, nein, Tedward, du verstehst das nicht. Es liegt im Lächeln. Sie hat das richtige Lächeln. Im Augenblick ist sie ein dürres Mädchen, aber ich weiß, was aus ihr werden wird. Es sind nie die Augen oder die

Schönheit oder die Figur, es ist immer das Lächeln. Als sie lächelte, wusste ich es sofort. So klar ist es.«

1955 fand Wallace Anlass zur Bemerkung, Logans Zeitungs- und Tabakläden seien in jeder englischen Hauptstraße ein so geläufiger Anblick wie Hundekot und Zebrastreifen.

»Die Kleiderrationierung hat bald ein Ende«, sagte Michael. »Die Leute werden ordentliche und gut geschnittene Kleidung haben wollen, bunt und billig. Diese neuen Teenager werden Jeans aus Amerika haben wollen. Es ist Zeit, dass wir uns damit mal beschäftigen.«

Auf einer Party im Jahre 1959 zur Feier der Veröffentlichung von Edward Lennox Wallaces *Oden des Zorns* nahm Logan den aufstrebenden Lyriker beiseite.

»Ich steige ins Verlagsgeschäft ein, Tedward. Wir haben APC Magazines Ltd. gekauft. Was hältst du davon?«

»Frauenmagazine und Kindercomics.«

»Hauptsächlich. Aber wir haben auch andere Titel. ›New Insights‹ zum Beispiel.«

»›New Insights‹ ist älter als Gott und genauso tot.«

»Dann erzähl mir, wen ich einstellen sollte, der's wieder ins Leben päppelt. Ich hab gehört, Mark Onions wäre ein Talent im Kommen.«

»Stanley Matthews weiß mehr über Lyrik und Literatur als Mark Onions. Mark Onions könnte keine kranke Wühlmaus aufpäppeln.«

»Vielleicht sollt ich mal meinen Brautführer fragen.«

»Deinen *was?*«

»Anne und ich heiraten. Ich dachte, die Ringe würden vielleicht in deine Weste passen.«

Im Lauf der nächsten sechzehn Jahre verwandelte sich Logans Firmensammlung in ein Königreich und dann in etwas, das die Welt nur noch ein Imperium nennen konnte. Seine Genialität, darin war man sich einig, lag im Sinn fürs Detail, in der Flexibilität der Strategie und in der unbarmherzigen Anhäufung umfassender und bedrückend pragmatischer Intelligenz. In den Fünfzigern hatte Michael in dem Moment zum Telefon gegriffen, um seine florierende Radioröhrenfabrik zu verkaufen, als er von einem Freund gehört hatte, dass sie in den amerikanischen Labors an etwas arbeiteten, das sie Transistor nannten.

»Aber es wird noch lange dauern, bis die auf den Markt kommen«, hatte der Freund ihn gewarnt. »Vakuumröhren haben noch Jahre vor sich.«

»Also bekomme ich für die Fabrik jetzt eine anständige Summe. Glaubst du denn, ich bekäme im nächsten Jahr noch so einen guten Preis, wenn die ganze Welt von deinem Transistor da weiß?«

Logan erwarb in den frühen Sechzigern Kapitalbeteiligungen an Vinyl und Kunstfasern und stieß sie fünf Jahre später wieder ab, kurz bevor Wolle, Baumwolle und Leder wieder in Mode kamen. Die Teenagertochter eines leitenden Angestellten hatte ihm erzählt, dass Nylon endgültig out sei, nur was für Spießer und Nieten.

Die Verkaufsstellen in den Hauptstraßen wurden unter großen Kosten umgebaut und erhielten Gänge und Einkaufswagen, sodass Kunden sich bei den Waren selbst bedienen konnten und an einer Kasse zahlten. Ein unangenehmes Verfahren, in dem aber nach Logans Überzeugung die Zukunft lag. Der alte Name, Logan's, wurde bei den neuen Supermärkten durch Lomark Stores abgelöst. Genau genommen betrieben alle Firmen, die Michael erwarb, ihre Geschäfte entweder unter ihren ursprünglichen Namen weiter oder unter neuen, die mit ihrem Besitzer nichts zu tun hatten. Das Wort »Logan's« wurde einzig und allein vom Stammhaus für die Börsenzulassung benutzt. »Niemand mag einen Klugscheißer«, sagte Michael. »Wenn meine Kunden merkten, dass der Mann, der ihnen Marshmallows und Zigaretten verkauft, derselbe ist, der ihre Zeitschriften verlegt und ihre Fernsehsendungen produziert, dann würden sie sich von mir abwenden. Schließlich haben sie ihren Stolz.«

Die Finanzwelt wusste es natürlich und lächelte über das, was damals noch ein seltenes Vergnügen war, eine Firmengruppe verschiedenster Branchen, die von einer Dachgesellschaft kontrolliert wurde. Eine Gesellschaft, die keine Angst vor Kreditaufnahme und Expansion hatte; hier etwas zu veräußern, dort wieder zu investieren. Jede Haut, aus der Logan sich schälte, hinterließ Brauchbares auf dem Börsenparkett, jede Firmenheirat oder -vergewaltigung war mit profitablen Wertpapieremissionen gesegnet.

Michaels Verwandtschaft zweiten und dritten Grades stellte ihn allerdings auf eine harte Probe. Nur der alternde Richard hatte etwas Talent für Geschäfte: Er starb 1962, ebenso wie kurz danach sein Bruder Herbert. Ihre Kinder interessierten sich nicht für das Imperium. Michael wollte ihnen nur zu gern helfen, wie sein Vater ihnen geholfen hatte, aber sie halfen sich lieber selbst, zogen nach London, heirateten in angesehene jüdische Familien ein und bewegten sich stiller durchs Leben.

»Du bist nicht unser Vater«, hatte Danny gesagt und Michaels Geldangebot abgelehnt. »Du meinst es gut, aber du wirst immer versuchen, dir alles und jeden einzuverleiben.«

Michael traf das tief. Er hatte eine große Gabe, Arbeit für tausende zu schaffen und Geld für tausende zu scheffeln. Es war doch wohl seine Pflicht, diese Gabe zu nutzen. Sie mit Güte und Umsicht zu nutzen, gewiss. Niemand behandelte seine Arbeiter besser. Kein Magnat mit vergleichbarer Macht und Bonität konnte behaupten, die Vornamen und Familiengeschichten von so vielen seiner Angestellten zu kennen. Kein Magnat vergleichbarer Macht hieß die Ankunft einer Labour-Regierung so enthusiastisch willkommen. Beherzt zahlte er seine Riesensteuern, beklagte sich nie in der Öffentlichkeit, egal wie entsetzt er insgeheim auch sein mochte. Nach den Katastrophen der Währungsabwertung und der steigenden Inflation in den Siebzigern vermochte er nie wieder großen Respekt für Parteipolitiker oder Interesse für ihre kurzatmigen Balgereien aufzubringen. Seine politische Energie sparte er sich für globale Angelegenheiten auf und zog handfeste Staatsmänner aus der Dritten Welt mit ihren Federfächern und Djellabahs den stumpfsinnigen Lokalpolitikern Westminsters vor. Sein Stil wohlwollenden Paternalismus' wurde von inländischen Parteien scheel angesehen, aber sein gleichmäßig verteiltes Geld war ihnen allen willkommen.

Von seiner Schwester Rebecca erwartete Michael nie, dass sie sich am Geschäft beteiligte. Er hatte große Hoffnungen, dass sie die perfekte zweite Frau für seinen Freund Wallace werden möge, dessen Lyrik Michael zwar keineswegs verstand oder gar mochte, dessen erfolgreiche Tätigkeit als Chefredakteur der ›New Insights‹ ihm aber viel Freude gemacht hatte. Stattdessen heiratete sie einen Mann namens Patrick Burrell, einen in Michaels Einschätzung einfach widerlichen Kerl, der ihn unaufhörlich und taktlos um Geld anbaggerte, schließlich aber wenigstens dafür sorgte, was für Michael einer Tochter je am nächsten kommen sollte, seine Nichte Jane.

»Da du ständig behauptest, dass du ihretwegen Geld brauchst«, sagte Michael eines Tages zu Burrell, »werde ich ein für alle Mal Geld für sie anlegen. Eine Million Pfund gehört ihr und ihr allein. Morgen lege ich das Konto an. Das Scheckbuch bekommt sie persönlich, sobald sie 21 wird. Wenn bis dahin irgendwelche Schulgebühren für sie bezahlt oder Kleider angeschafft werden müssen, dann lässt du es mich wissen, Patrick, nicht wahr?«

Burrell hatte ihm das übel genommen und Rebecca ein paar Jahre darauf ein Telegramm aus New York geschickt, das sie darüber in Kenntnis setzte, dass er jemand anders gefunden habe. Michael hatte das um seiner Schwester willen in der Seele weh getan, aber er war froh, die Verbindung los zu sein.

Eine andere Verbindung musste er ein gutes Jahr nach Rebeccas Eheschließung auflösen und war traurig darüber. Man hatte Michael darüber informiert, dass Edward Wallace der Zeitschrift Geld gestohlen hatte, nicht sehr viel, das stimmte, aber das Problem war auch nicht die Höhe der Unterschlagung, jedenfalls so weit es Michael anging. Es dauerte einige Zeit, bis er seinem alten Freund verzeihen konnte. Mit großem Kummer sah er zu, wie der Lyriker an Schaffenskraft und Charme nachließ, während er an Umfang und betrunkener Misanthropie zunahm.

1966 kniete Michael vor der Queen und erhob sich als Ritter. 1975 erhob er sich, um seine Jungfernrede im Oberhaus als Baron Logan of Swafford zu halten. Im Jahr darauf kam er im Alter von 46 Jahren zu dem Entschluss, er habe sich das Recht verdient, einen Teil seiner herrschaftlichen Konzentrationsfähigkeiten auf die Gründung einer Familie zu lenken. Er begann mit einem Sohn, Simon. Zwei Jahre später tat Anne ihm den Gefallen eines zweiten Jungen, David. Nach dieser Geburt überredete sie Michael, Wallace zu vergeben und ihm für seine Veruntreuungen Absolution zu erteilen.

»Ich sehe doch, dass er dir fehlt, Schatz. Fragen wir ihn doch einfach, ob er Davids Patenonkel werden möchte.«

Weitere neun Jahre danach, wenn eine Frau vernünftigerweise ihrem Uterus vergibt oder gar dankbar dafür ist, dass er unmerklich außer Gebrauch gekommen ist, entdeckte Anne, dass sie erneut schwanger war, dieses Mal mit zwei Jungen auf einmal.

IV

1991, als die Zwillinge ihrem fünften Geburtstag entgegensahen, nahmen die Probleme, die Edward, der um fünfzehn Minuten jüngere der beiden, mit seinem Asthma hatte, zunehmend ernsthafte Formen an. Lady Anne richtete daraufhin eine ständige Nachtwache ein, die seine Atmung überwachte.

In einer heißen Nacht, als die Luft voller Pollen und Sporen war, hörte man Sheila, das Kindermädchen der Zwillinge, vor Angst kreischen. Sie rannte den Flur des Kinderflügels hinab und schrie nach Lady Anne.

Edward, jammerte sie, lag blau und leblos im Bett. Tot, nicht einmal atmend. Richtig tot. Ganz schrecklich tot. Anne und Michael rannten die Treppe hoch, ihre Herzen rasten vor Panik und Furcht.

Inzwischen hatten das Geschrei und der Tumult auch die beiden älteren Jungen aufgeweckt. Genauso alarmiert eilten sie direkt ins Schlafzimmer der Zwillinge. Simon warf einen Blick auf Edwards unbewegliche Gestalt und fing an, Arme und Beine des leblosen Kindes auf und ab zu pumpen, vielleicht in dunkler Erinnerung an die Erste-Hilfe-Kurse in der Schule oder, wahrscheinlicher noch, in Nachahmung der Tierärzte, die so mit erstickenden Ferkeln umsprangen.

»Nein!«, hatte David gerufen. »Lass mich!«

Er schubste seinen älteren Bruder beiseite, der jetzt mit einiger Gewalt auf die Rippen eintrommelte. Anne und Michael kamen gerade rechtzeitig, um zu sehen, wie Simon grob weggeschoben wurde.

Dann sahen sie, alle sahen sie, wie David sich neben das Bett kniete und eine Hand sanft auf Edwards Brust legte. Auf der Stelle, absolut sofort, da sind sie sich alle einig, zuckte das Kind und fing an zu keuchen und zu husten. Zunächst waren Michael und Anne zu aufgeregt, zu sehr damit beschäftigt, den Arzt zu holen und Edward ins Krankenhaus zu bringen, um groß über das nachzudenken, wovon sie Zeuge geworden waren. Michael erinnerte sich allerdings daran, dass er seine älteren Söhne zur Seite gezogen und ins Bett geschickt hatte und dass Davids Hand in seiner sengend heiß und Simons ganz kalt gewesen war.

Ein paar Wochen darauf nahm Michael David beiseite.

»Davey, wir müssen über deine Gabe sprechen.«

»Meine Gabe, Daddy?«

»Du weißt, was ich meine, wenn ich das sage. Dein Heilen. Ich hätte früher darüber sprechen sollen.«

Michael berichtete David jene Episoden aus dem Leben Albert Bienenstocks, die er ihm bislang verschwiegen hatte: die Heilung und dann der Tod Benkos, die danach einsetzende Verfolgung, der Argwohn und die Ächtung durch die Gemeinde und ihre Rabbiner.

»Deine Gabe, weißt du, ist etwas, was die Welt nicht gerade begrüßt.«

»Und warum sieht Mummy mich dann manchmal so an, als wäre ich krank oder hätte etwas angestellt?«

»Sie ist verwirrt, Davey. Du musst versuchen, das zu verstehen.«

David nickte. Als Nächstes sprach Michael mit seiner Frau.

»Sag mal ehrlich, wie fühlst du dich, wenn du an Daveys Gabe denkst?«, fragte er.

»Gabe?« Anne sah ihn erstaunt an.

»Die Gabe, mit der er Edward ins Leben zurückgeholt hat.«

Anne wandte sich, aber Michael ergriff sie an den Schultern und brachte sie dazu, ihm ins Gesicht zu sehen.

»Du weißt, was wir gesehen haben, Anne.«

»Ich weiß …«, sagte sie.

»Es verwirrt dich und macht dir Sorgen.«

Anne nickte.

»Wir müssen dafür sorgen«, sagte Michael, »dass Daveys Leben nicht daran zerbricht. Wir können nicht zulassen, dass die Sache sich herumspricht.«

Anne dachte schweigend darüber nach.

»Du denkst an deinen Vater, nicht wahr?«, sagte sie.

»Ich denke an Davey. Bloß an Davey. Er soll nicht wie ein Monster behandelt werden.«

»Aber Liebling, du kannst doch nicht ernsthaft …«

»Reden wir nicht mehr davon.«

»Einverstanden«, sagte Anne. »Wir sollten nicht mehr davon reden.«

Im folgenden Jahr musste gleichwohl geredet werden. Im Hochsommer 1991 kam Michaels Nichte Jane, um Swafford ein letztes Mal zu besuchen. Sie hatte seit vielen Monaten die ermüdende Grausamkeit ihrer Krankheit bekämpft, und es war nicht zu erwarten, dass sie noch viele Wochen erleben würde. Sie sehnte sich, sagte sie, nur noch nach dem ländlichen Frieden und der Liebe ihres Onkels und ihrer Vettern; diese wolle sie als Erinnerung mitnehmen, um sie in den letzten, sinnlosen Tagen im Krankenhaus zu trösten.

Ihr Kollaps bei der *Royal Norfolk Show* wurde für den Anfang eines endgültigen, nicht mehr umkehrbaren Verfalls gehalten. Simon sah sich gezwungen, sie selbst nach Swafford zurückzufahren, obwohl er noch keinen Führerschein hatte und sich mit Traktoren besser auskannte als mit Janes bockendem BMW. Er hatte die bleiche und hinfällige Gestalt problemlos die Treppe hochgetragen, »leicht wie ein gerupftes Rebhuhn, echt«, und sie im Landseer Room aufs Bett gelegt. Das Zimmer, darin waren die Ärzte sich einig, in dem sie in absehbarer Zeit sterben werde.

In der ersten Woche ihrer Bettlägerigkeit hatten David und Simon Zeit, sie zu besuchen. Simon schaute jeden Vormittag mit Obst, Blumen und Geschichten vom Leben auf dem Landsitz vorbei, und nachmittags kam David mit einem Buch, setzte sich ans Bett und las und schwatzte, bis es Zeit fürs Abendbrot war, unbekümmert, wenn Jane zwischendurch einschlummerte, während er redete.

An ihrem letzten Vormittag in Swafford gingen die Jungen gemeinsam ins Krankenzimmer, feierlich und elegant in ihren Schuluniformen, um ihr Lebewohl zu sagen.

»Ihr seht wie schrecklich blasse Leichenbestatter aus«, sagte sie. »Braucht ihr nicht. Mir geht's heute schon viel besser.«

Voller Hoffnung schieden die Jungen von ihr. Eine Woche später war Jane auf den Beinen und verkündete, es gehe ihr nicht nur besser, sondern sie sei wirklich geheilt. Nicht allein körperlich, sondern durch und durch geheilt. Sie fühle sich jetzt sogar besser als vor Beginn der Leukämie. Sie behauptete, ihr bisheriges Leben sei das einer Raupe gewesen, und jetzt sei sie als freier und vollkommener Schmetterling wiedergeboren worden.

Anne fragte sie, sehr ernsthaft und unter vier Augen, ob sie glaube, dass es einen handgreiflichen Grund oder eine Ursache gebe, die an dieser Heilung beteiligt sei. Jane machte Ausflüchte und versteckte sich hinter einem großen Wortgestrüpp. Sie sprach von Engeln und Gnade und Reinheit und Werden. Anne verließ sie verwirrt und alarmiert.

Michael kam bei seinem Besuch direkter zur Sache.

»Meine Liebste, wir sind alle so glücklich. So glücklich, dass es dir besser geht. Wie immer dies auch zugegangen sein mag, es ist am besten, findest du nicht auch, es unter uns als ruhige und wunderbare Sache zu feiern, die im Privaten dessen stattfand, woran du hoffentlich immer als an deine Familie und dein Zuhause denken wirst.«

»Ganz wie du wünschst, Onkel Michael.«

Logans Freund Max Clifford war zu der Zeit gerade anwesend, und auch mit ihm wollte Michael sich in der Angelegenheit besprechen.

»Es ist einfach folgendes, Max. Du weißt doch, was für Teufel Journalisten sein können.«

»Zusammen haben wir ja jede Menge von ihnen gefeuert, was?«

»Jane fährt für einige Untersuchungen nach London. Vielleicht hat sie ja Recht und hat, wie das bei Leukämie manchmal vorkommt, die Krankheit wirklich überwunden. Wir wollen aber *auf gar keinen Fall,* dass das irgendwie publik wird. Zeitungen sind absolut hysterisch, wenn es um irgendwas geht, das mit Krebs zu tun hat, und es gibt immer religiöse oder mystische Freaks, die einem was andrehen wollen. Jane selber ist ja noch etwas neben der Kappe wegen der Sache …«

»Es gibt Gerüchte, Michael. Mary hat erzählt, sie hat sie gestern im Wald beten gehört.«

»Max«, sagte Michael, »genau das meine ich. Solange sie noch so verstört ist, ist es unerlässlich, das Ganze runterzuspielen.«

»Mhm«, sagte Max. »Sie kniete auf dem Boden. Anscheinend jede Menge Druidenquatsch und sehr viel über David.«

»Wenn du mein Freund bist, Max«, sagte Michael, plötzlich sehr scharf, »dann erwähnst du dieses Thema nicht mehr. Weder mir gegenüber noch einem anderen.«

Im Jahr darauf wurde jedoch klar, dass es sich trotz Logans Unterlassungsgeboten herumgesprochen *hatte.* Erst tanzte Ted Wallace mit der fadenscheinigen Begründung an, er wolle Michaels autorisierte Biografie schreiben, ein Ansinnen, das Michael einfach für grotesk hielt und für ein typisch tedwardianisches Stück durchsichtiger Verschlagenheit. Anne hatte die Vorstellung, dass Wallace sich als »stabilisierender Einfluss« auf David herausstellen könne, aber für Michael stand fest, dass er wie immer bloß da war, um Apfelkarren umzustoßen und Tiger zwischen die Tauben zu setzen. Den Logans fiel es schwer, miteinander über David zu sprechen. Michael fragte sich, ob seine Frau unterschwellig auf die Gene neidisch war, die David von Albert Bienenstock geerbt hatte. Vielleicht war Teds profaner Zynismus für sie eine willkommene Erleichterung. Vielleicht hieß sie sogar die Vorstellung gut, dass Ted David mit Alkohol korrumpieren oder ihn mit den wenigen Exemplaren armseliger Hurerei in Norwich bekannt machen würde, alles Dinge, die die empfindliche Balance der Eigenschaften ihres Sohnes stören konnten, die sie so beunruhigten. Sorgfältig bedachte Michael all diese Möglichkeiten. Um sie zu beschwichtigen und weil es besser war, wenn ein Mann wie Ted aus dem eignen Zelt hinauspisste als von draußen herein, verbarg Michael seine Befürchtungen und zog eine Show ab, wie froh er darüber war, den alten Säufer in Swafford zu sehen. Er ging nie so weit, ihm zu *trauen;* das wäre Wahnsinn gewesen. Dafür bat er Podmore, ihn ständig diskret im Auge zu behalten, und erfuhr so, dass Ted offenbar in regem Briefwechsel mit Jane stand. Podmore war nur zu gern bereit gewesen, auf eigene Faust den Computer abzustauben, der kürzlich im Landseer Room installiert worden war, und als Resultat dieser eifrigen Hausarbeit hatte Michael sehr zu seinem Erstaunen erfahren, dass der Inhalt von Teds Briefen offenkundiges Unwissen um all das enthüllte, was David betraf.

Unterdessen hatte sich Oliver Mills für ein paar Wochen eingeladen, dann hatten Max und Mary Clifford gefragt, ob sie mit ihrer Tochter Clara vorbeikommen könnten, einem Mädchen, das sie sonst nach Möglichkeit nirgends mit hinnahmen, da sein unseliges Äußeres ihnen so peinlich war. Als Nächste traf Janes beste Freundin Patricia Hardy ein. Als Rebecca ihren Bruder anrief und fragte, ob auch sie »für 'ne Woche oder so vorbeischneien« könne, hatte Michael angefangen, sich ernsthaft Sorgen zu machen. Er spürte, dass die Sache ihm über den Kopf wuchs. Aus der Finanzwelt wusste er, wie schwer es ist, Dinge geheim zu halten. Du kannst einen Vulkan nicht verkorken. Sicher, die Gesellschaft, die jetzt in Swafford zusammengekommen war, bestand ausschließlich aus engen, wenn nicht verlässlichen Freunden, aber wie lange ließ ein solcher Zustand sich aufrechterhalten?

Ermutigt von der Entdeckung, dass Ted unwissentlich und unschuldig in diese Angelegenheit geschlittert war, und plötzlich schmerzhaft gewahr, dass ein bester Freund ein bester Freund bleibt, egal wie oft er dich belügt und betrügt, beschloss Michael, seiner ursprünglichen Bitte nachzukommen und diesem alten Banditen Edward Lennox Wallace seine Lebensgeschichte zu erzählen. Vielleicht war es der beste und schnellste Weg, Ted auf Trab und auf die eigene Seite zu bringen.

Am zweiten Tag ihrer Unterhaltung, als Michael merkte, dass es ihm ungeheuren Spaß machte und Ted sich als überraschend aufmerksamer Zuhörer entpuppte, traf die Nachricht von Lilac ein, und die Dringlichkeit und Bedeutung ihrer Zusammenarbeit stand Michael immer klarer vor Augen. Es gab keine *Beweise,* dass David hinter Lilacs Genesung stand, über die der Tierarzt sich verwundert am Kopf kratzte, aber für Michael bestand absolut kein Zweifel über die Herkunft dieses Wunders, und anscheinend war auch niemand anders im Haus darüber im Unklaren. Als der Vorfall mit Lilac kam, zerstörte er Michaels letzte Illusionen, dass er die Situation etwa unter Kontrolle habe. Er gab jegliche Zurückhaltung auf und erzählte Ted alles, ließ seine Meinungsverschiedenheiten mit Lady Anne ebenso wenig aus wie die Einzelheiten seiner unerquicklichen Beteiligung an der Lektüre von Teds Briefen an Jane. Seit jenem Tag, an dem er den Brief seines Onkels Amos aus Jerusalem gelesen hatte, der ihn über den Tod seines Vaters aufklärte, hatte Michael sich niemandem mehr auf Gedeih oder Verderb ausgeliefert. Jetzt tat er es.

»Da hast du es, Tedward. Die unverblümte Wahrheit. Also was soll ich tun? Ist Davids Gabe für die Welt bestimmt? Soll ich sie von den Zinnen herabbrüllen? Oder ist sie ein Fluch, der voller Scham verborgen werden sollte? Rufen wir einen Geistlichen? Einen Arzt? Einen Psychofritzen? Du bist der Patenonkel des Jungen. Was rätst du?«

»Ähm«, sagte Wallace. »Ähem.«

»Also?«

»Ich brauche einige Zeit. Ich denke mir so einiges. Im Moment empfehle ich, ruhig zu bleiben und nichts zu tun.«

»Nichtstun.«

»Ist oft das Klügste. Was mich betrifft, ich muss nachdenken.«

»Nachdenken? Ja, worüber denn nachdenken?«

»Also, um die Wahrheit zu sagen, Michael, es ist nicht leicht, wenn man mit sechsundsechzig Jahren erfährt, dass alles, woran man immer geglaubt hat, keinen Sinn ergeben soll.«

»Und woran hast du je geglaubt Edward Wallace?«

»Och, weißt du, Kleinkram. Zum Beispiel, wie schwer es ist, ein Gedicht zu schreiben.«

Sieben

12a Onslow Terrace

28. Juli 1992

Lieber Ted,

ich glaube, jetzt hast du's geschafft. Patricia hat erzählt, du hättest dich mit Onkel Michael »stundenlang eingeschlossen«.

Es wird Zeit, dass ich dazukomme. Die Früchte deiner Unterhaltungen mit Onkel Michael kannst du mir überreichen, wenn ich morgen nach meinen letzten Untersuchungen ankomme. Verstehst du jetzt, warum ich so aufgeregt war? Ich freue mich so sehr, dass du mit mir zusammen daran teilgehabt hast.

Patricia und Mummy gegenüber kannst du jetzt offen sein und ihnen erzählen, was du die ganze Zeit im Schilde geführt hast. Aber natürlich kein Wort zu irgendwem außerhalb von Swafford.

Und kümmere dich um Davey. Sorge dafür, dass er fit bleibt und sich nicht isoliert oder benutzt vorkommt.

Als Davey mir erstmals erzählte, wie er Edward geheilt hat, wusste ich, dass meine Entscheidung gemeint war, nach Swafford zu kommen. War »Wunder« wirklich ein zu großes Wort? Ich glaube nicht. Du inzwischen bestimmt auch nicht mehr. Wenn du mir jetzt erzählst, dass das dein Leben nicht verändern wird, Ted, dann nenne ich dich einen Lügner.

Ganz viel Liebe

Jane

P.S.: Meine dringendste und endgültigste »These«, wie du sie so gerne nennst, ist diese: Lächle! Wir werden geliebt. Wir werden geliebt. Alles wird wundervoll werden. Alles leuchtet. Alles ist, wie es nur sein kann und sein soll.

11

Aus dem Tagebuch des Oliver Mills:
29. Juli 1992, Swafford Hall

Alles spitzt sich zu, liebste Tanja Tagebuch. Ich schreibe dies in verwirrter Hast. Es ist dreiundzwanzig Uhr, und in drei Stunden werde ich … also, ich weiß nicht, was werden wird, aber es wird sein das Graun der Welt, so viel ist sicher.

Gestern erwähnte ich, dass die Herzigen Heten des Haushalts irgendeines Gaules wegen ganz trübsinnig wurden, ein Jagdpferd, im Besitz und geritten von, wie das in Rennprogrammen immer heißt, Michael selbst. Der Name des Tieres, Lilac, abgesehen davon, dass er mehr auf Camp gestylt ist als ein Treffen dänischer Pfadfinder in Spandexshorts, verrät sein Gwendolyn Geschlecht. Lilac ist eine große braune Stute und Logans Cox-Orange-Augapfel. Gestern begann sie, wie ich äußerst akkurat aufführte, Symptome unstatthafter Verrücktheit zu offenbaren. Tina Tierarzt äußerte, dies habe ganz das Gepräge einer Kreuzkrautvergiftung. Das gemeine Kreuzkraut, das hundsgemeine Ding, besitzt ein Alkaloid, das die Leber schrumpfen lässt: Der Menschheit ist kein Tantitod bekannt. Normalerweise fressen Pferde Kathrin Kreuzkraut nicht, da sie bitterer ist als ein vergessner Dichter, aber Lilac weidete vorige Woche im Park vor dem Haus und mag daran geknabbert haben, ohne es zu merken. Gestern sah man, wie sie Chopin gleich aus dem Maul blutete, sich immerzu im Kreis drehte oder den Kopf an die Wand lehnte und düster dreinschaute: Dies weist so sicher auf eine Funktionsstörung der Leber hin wie Eier oval sind. Endstation. Unheilbar. Warum Pferde Lebern besitzen, geht mir einfach nicht in den Kopf. Da will ich erst mal eins mit Woddie und Tonic sehen. Aber ich darf nicht rumschwafeln, es gibt viel zu schreiben und zu tun vorm Bettchen: Ojemine, immer ist so viel zu schreiben und zu tun. Funktionsstörung der Leber ist laut Tina Tierarzt – richtiger Name Nigel Ogden, zufälligerweise ein wahrlich erlesenes Arrangement bernsteinfarbene Kordhosen, die das zweitprovozierendste Popöchen Norfolks umhüllen – eine garantierte Einbahnstraße in Pferdchens ewige Weidegründe. Nigel ließ Simon und Michael einen Tag, um darüber nachzudenken, was sie mit Lilac anfangen wollen, und wollte des Morgens (d.h. heute) mit einem schmerzlosen Tötungsmittel zurückkehren, sollte die Beseitigung – welche Tina Tierarzt offen empfahl, so aufregend rau, so verrücktmachend grausam, so hinreißend unsentimental ist dieses Landvolk – die favorisierte Oprah Option sein.

Das gestrige Abendessen, Tanja, war demzufolge eine eher bedrückende Angelegenheit. Simon war naturgemäß für den Schlag auf den Schädel und schleuniges Verscheuern an die Leimfabrik. Hätte sich wahrscheinlich in ein Glas umgewandelte Lilac gekauft und dazu benutzt, seine Stiefel zu flicken, das herzlose Biest.

Ich dachte immerzu: »Mach schon, Daveybub! Leg ihr deine Hände auf. Sitz da nicht so rum …«, und Patricia und Rebecca genauso, möcht ich wetten. Annie durchbohrte uns alle mit Blicken und Davey ganz besonders, also blieb er still. Wenn es so etwas wie Telepathie gibt, dann müsste sein schnuckliges kleines Innenohr durch mein schweigend schreiendes Flehen ertaubt sein. Da lag ein Funkeln im samtnen Auge und eine Röte auf den Nektarinenwangen, die von etwas zeugten, da bin ich sicher. Es konnte keine deutlicher himmelsgesandte und engelsgewandete Gelegenheit zum Ausprobieren seiner Kräfte geben als den Krieg um Lilacs Leber, und er wusste das.

Michael war sehr ruhig, wie er es die ganze Woche über gewesen war. Er sieht ausgelaugt aus, der arme Schafskopf. Er hat den Nachmittag und den frühen Abend mit Ted Wallace in Klausur verbracht, was, seien wir ehrlich, einen Jack Russell umhauen würde. Bei Ted gebe ich auf. Wenn ich an das fröhliche Ferkel zurückdenke, das ich in den Sechzigern und frühen Siebzigern kannte, und dann den schlammverkrusteten Klumpen betrachte, der uns heute gegenübersitzt, dann könnte ich heulen. Er lässt niemanden an sich heran. Die billige Pose des streitsüchtigen alten Kläffers ist bei den untalentierten Journalisten und Tagedieben, mit denen er herumhängt, schon schlimm genug, aber bei Ted, der doch einst eine ordentliche Portion dessen, was man gemeinhin Talent nennt, abbekommen hatte, ist sie herzzerfetzend. Du versuchst mit ihm zu reden, versuchst bloß, ihn aus seiner Privathölle rauszuholen, und er kann's nicht ertragen, als ob ehrliche Gefühle ein geschmackloses soziales Pfui wären, wie wenn man »Verzeihung« sagt oder seinen Klodeckel mit Frottee bespannt. Ich warte bloß noch auf seinen Zusammenbruch. Hoppla, klingt ja grausam. Ich meine damit, dass ich ihn einmal sagen hören will, bloß ein einziges Mal: »Ich weiß, Oliver. Es ist schlimm. Ich hab's verloren, und ich hasse es, und bitte vergib mir, wenn ich cholerisch und sauer bin. In Wirklichkeit bin ich immer noch der Happy Hippo mit dem goldenen Herzen. Hilf mir.« Ist das zu viel verlangt? Es würde ihn verändern, so viel steht fest. Aber du kommst nicht ran. Alle Riegel vorgeschoben.

Selbst wenn man von seinem sonstigen Benehmen absieht, ist seine Haltung an der Daveyfront alles andere als simpatico. Ich verstehe nicht, warum Annie seine Aufmerksamkeiten in dem Bereich auch noch ermuntert. Wenn irgendetwas den Bann garantiert bricht, dann ist es Teds unmäßige Mich-kann-doch-nichts-beeindrucken-Skepsis.

Alles in allem, wo Ted sein schlimmstes »Meine Güte, seid ihr langweilig, Kinderchen«-Gesicht zur Schau stellte, Michael am einen Ende der Tafel grollte, Annie nervös wie ein Grashüpfer am anderen Ende und der Rest von uns in verschiedenen Graden elektrischer Spannung dazwischen saß, ein ganz schön verdrießliches Gemampf. Ich verkrümelte mich früh ins Bett. Beryl Brust schlug ihren Zapfenstreich, und ich brauchte meine Pillen sowie eine mollige Mütze voll Shirley Schlaf.

Heute Morgen ein merkwürdiges Erwachen. Erst dachte ich, Hazel Halluzination würde Minnie Mäuschen mit mir spielen. »Das ist es also«, jammerte ich mir vor. »Als Nächstes das Zittern in den Armen, dann die Brustbeklemmungen, schließlich der große Herzklabaster, der mich ein für alle Mal in die Urne schickt.«

Hilflos starrte ich die Vision an. Es war die eines Höllenkindes, genauer gesagt zweier Höllenkinder, denn es war doppelt da, wie diese Effekte mit Mehrfachbild, das sie immer benutzt haben, um in diesen albernen Tony-Randall-Komödien Betrunkenheit darzustellen. In dieser Tradition musste man sich entweder an den Kopf fassen und »oh-oh, zu viele Martinis« stöhnen oder gurgeln, hicksen und beim Barkeeper einen nach dem anderen bestellen, und das alles bloß, weil Doris Day einen nicht verstand.

Ich war aber nicht betrunken und war sicher, wie ich es schon immer gewesen bin, dass Doris Day mich ausgezeichnet versteht. Keine Symptome koronarer Unannehmlichkeiten, bloß die doppelten Dämonen.

Ich kniff die Augen zusammen und öffnete sie wieder. Immer noch dieselben, sich gleichenden Kinderbiester. Das linke sprach.

»Er ist wach.«

Sein Ebenbild rechts kicherte, und ich merkte, dass Mutter wie ein hysterischer alter Dussel reagiert hatte. Die Erklärung war ganz einfach.

»Ihr seid die Zwillinge«, brachte ich krächzend heraus.

»Die sind wir allerdings«, sagte der linke.

»Wer ist wer?«

»Er ist Edward und er ist James«, zwitscherten sie gleichzeitig, was nicht gerade weiterhilft.

»Könnt ihr nicht Anstecker mit Buchstaben tragen, damit wir Bescheid wissen?«, schlage ich vor.

»Haha! Wir wollen ja, dass keiner das weiß.«

Ich sehe sie einige Zeit an.

»Du bist James«, entscheide ich und zeige auf den linken.

»Woher weißt du das?«, sagt er enttäuscht.

»Haha! Ich weiß es eben.«

»Nein, sag schon, los.«

»Na ja«, sage ich, »du atmest nicht so unruhig wie Edward, und ich weiß zufällig, dass Edward Asthma hat.«

Vorwurfsvoll starren sie mich an. James fängt an, Edwards heftiges Atmen nachzuahmen. Aber ich weiß, dass ich sie immer unterscheiden werde, weil jetzt wo ich darauf achte, Edwards Brust eindeutig größer ist als James' und seine Schultern gerader sind.

»Dir ging's letztes Jahr ganz schön schlecht, was?«, frage ich.

Edward antwortet voller Stolz. »Simon dachte, ich wär voll hinüber. Sah echt schlecht aus, sagt er. Blau wie ein totgeborenes Ferkel.«

»Aber irgendwie bist du übern Berg gekommen.«

James und Edward sehen sich an. »Mummy sagt, dass wir da nicht drüber reden dürfen.«

»Egal«, sage ich. »Ich bin übrigens Oliver.«

»Wissen wir längst. Erfreut, dich kennen zu lernen.«

»Ganz meinerseits«, repliziere ich mit der geforderten Wendung.

»Willst du einen guten Witz hören?«, fragt James.

»Ich will immer einen guten Witz hören.«

Er räuspert sich großartig, als wolle er »Gunga Din« vortragen.

»Hast du ein Auto?«

»Ja.«

»Und darf das auch dein Freund nehmen?«

Ich hoffe bloß, dass das keiner von diesen lahmen Nichtwitzen ist, mit denen Kinder uns belästigen, ohne sie selbst zu verstehen.

»Ja, warum denn nicht?«

»Ärrgh!«, kreischen sie vor Entzücken. »Dann hast du einen fahren lassen. Dann hast du einen fahren lassen.«

Herrlich, endlich jemand mit meinem Niveau in Swafford.

»So, jetzt müsst ihr mich aber allein lassen, damit ich mich anziehen kann. Habt ihr 'ne Ahnung, wie spät es ist?«

Mit der Gelassenheit routinierter Synchronschwimmer schauen beide auf ihre Uhren.

»Fünf vor halb zehn«, erklingt es im Chor.

»Noch jemand beim Frühstück?«

»Sind alle draußen bei den Ställen. Wir dürfen nicht hin, weil Edward bei Pferden immer niesen muss.«

»Bei den Ställen?«

»Mr. Tubby war vorhin da und hat gesagt, dass es Lilac schon viel besser geht.«

Jippie-heiho! Ich werf mich in die Klamotten und eile wie der geölte Blitz zu den Ställen raus. Tina Tierarzt steigt gerade in seinen Volvo. Diesmal in grünem Lovatkord, steht ihm farblich nicht ganz so gut, finde ich. Simon, Davey, Michael, Anne, Patricia, Rebecca, Ted und die Cliffords sind schon da.

»Rufen Sie mich an, wenn ihr Zustand sich verändert. Das ist wirklich …« Er schüttelt die braunen Locken. »Ich hab schon so manche Genesung gesehen, aber keine so schnell.«

Wir sehen sein Auto wegfahren. Michael dreht sich zu Lilacs Zwinger oder wie die Dinger heißen, wo Simon steht und Lilac streichelt: Sogar in meiner unbedarften Einschätzung hat sie so klare Augen und schimmerndes Fell, wie man sich nur wünschen kann. David lungert bescheiden im Hintergrund herum, fährt mit der Schuhspitze Muster im Staub nach. Die Cliffords, Rebecca und Patricia starren ihn an.

»Also, warum hängen wir alle hier eigentlich rum, hä?«, will Michael wissen. Er klatscht in die Hände. »Sie ist eine Stute, keine verdammte Mona Lisa. Gehen wir rein. Ted, wir machen weiter, ja?«

Michael und Ted gehen ins Haus zurück. Simon tätschelt Lilac und verschwindet, um mit Tubby, dem Stallburschen, zu sprechen. Ich fasse all meinen Mut zusammen und nehme David an die Leine, sehr zum Missmut der anderen.

»Na«, sage ich fröhlich, »das ist ja ein Glücksfall. Ich habe nichts Schwarzes dabei. Wenn's 'ne Beerdigung gegeben hätte, hätt ich reichlich fröhlich ausgesehen.«

Annie schlendert herbei. »Schon Pläne für heute, Oliver?«

»Na ja ...«, sage ich.

»Hast du Lust, wieder Boot zu fahren?«, schlägt Davey mit lieblichen Kulleraugen vor.

Annie überdenkt seinen Zug.

»Sieht nach Regen aus«, sagt sie und betrachtet den wolkenlosen Himmel. »Haben sie jedenfalls angesagt. Heute oder morgen. Warum fahrt ihr nicht in die Stadt? Schaut euch 'n Film an oder so?«

Ich schnall, wo's langgeht. Sie will, dass ihr Goldbube sicher in der Stadt ist und nicht auf dem Rasen herumsteht und ihren Gästen die Hände auflegt wie Bernadette bei 'ner Fete.

»Gute Idee«, sage ich.

Egal was passiert, ich werde Davey nach dem Pferd fragen. Hat er ihm eine Hand auf die Flanken gelegt, ihm einen Kristall ins Ohr gestopft ... was?

»Also gut.« Davey sieht nicht gerade begeistert aus, aber er spielt mit. Ich könnte an der Reihe sein. Rebecca fehlt nichts, soweit ich sehen kann, Patricia ist wütend, weil dieser Rebakbrocken ihr den Laufpass gegeben hat, und Clara muss bloß ihr Schielen loswerden und die Zähne gerichtet kriegen. Mit 'nem ordentlichen Schwinger könnte ich das selbst erledigen. Meiner und hoffentlich auch Daveys Ansicht nach gar keine Frage: Mutters Angina geht vor.

Mist verdammter … ist mir der Woddie ausgegangen. Ich werd mal runterschleichen und mir eine Flasche holen …

… Besserkeit. Viel Besserkeit. Keiner hat mich gesehen mit der vollen Flasche Stolly in der Hand, jetzt kann ich mich konzentrieren. Wo war ich stehen geblieben? Daveys und Mutters Tagestrip. Viel zu erzählen.

Wir gingen um die Ecke, wo mein Saab Quartier gefunden hatte.

»Was läuft?«, fragte ich.

»Läuft?«

»Im Kino, du Scherzkeks.«

»Ach so …« Er trat nach einem Stein. »Ist doch egal.«

Ich begann mit dem Verhör, sobald der Wagen die Auffahrt verlassen hatte. »Also, Davey. Schatz. Heraus mit der Sprache.«

Er sah lächelnd zu mir herüber. Ein überwältigender Drang, meine Zunge über und zwischen diese Lippen gleiten zu lassen, drohte meinen Verstand außer Gefecht zu setzen. Furchtbar. Einfach furchtbar. Ich bin derzeit ein Esaumädchen. Gebt mir einen haarigen Mann, keinen glatten, erklingt mein froher Ruf. Davey hat jedoch eine Kraft, o Jessie, und was für eine Kraft das ist. Mutter wusste, dass sie sehr, sehr vorsichtig sein musste.

»Pass auf«, sagte ich. »Zeit für Wendy Wahrheit und ihre Cheerleader-Gespielinnen Olivia Offenheit und Eliza Ehrlichkeit. Ich weiß so gut wie du von Jane. Ich weiß so gut wie du von Edward und seinem Asthma. Und jetzt haben wir Lilac und ihre magische Leber.«

David atmete lange aus und trappelte mit den Hacken unterm Armaturenbrett.

»Ich muss es wissen, Davey. Ich bin selbst krank, wie du weißt. Ich muss wissen, was hier eigentlich vor sich geht.«

In der nachfolgenden Pause kämpfte er mit seinem … ich weiß nicht, Gewissen oder Stolz, nehme ich an. »Ich habe sehr warme Hände«, sagte er endlich. »Fühl mal.«

Er gab mir die Hand. Es war ein warmer Tag, also hätte ich selbst von einem Fisch keine Kälte erwartet, aber Daveys Hand … großes Indianerehrenwort Tanja … sie war sengend heiß. Keine feuchte Hitze, nicht verschwitzt, aber Herrgott, weit heißer als 37° C, da könnt ich drauf schwören.

»Verdammte Scheiße, Schatz! Das ist ja, das ist ja …«

»Ich habe schon immer sehr warme Hände gehabt, weißt du. Als ich Edward daliegen sah, wusste ich, dass meine Hand auf seiner Brust ihm helfen würde.«

»Das ist es also, ja? Das ist schon alles?«

David schüttelte den Kopf. »Nein. Weißt du, das hab ich mit Jane probiert, als sie vorigen Monat hier war, und nichts ist passiert.«

»Nichts?«

»Gar nichts. Die Leukämie sitzt tief in den Knochen, weißt du, die Blutplättchen entstehen im Mark. Ich wusste, dass ich … dass ich tief in sie hineinmusste.«

O mein Gott, denkt Mutter. Er hat's ihr mit der Hand gemacht. Der kleine Schatz hat mit ihr Faustball gespielt.

»Wenn du sagst … du musstest tief in sie hinein …?«

David stand auf der Kippe. Er hat es noch niemandem erzählt, denk ich noch. Er steht kurz davor, mir alles auszuschütten. All die Geheimnisse seiner Zauberei.

»Weißt du … es gibt …«

Er verstummt.

An der nächsten Kreuzung verlasse ich die Straße und nehme den Feldweg auf ein Wäldchen zu. Scheiß aufs Kino, wir können herausfinden, was gelaufen ist und behaupten, wir hätten's gesehen.

Das Ratschen der Handbremse holt ihn aus seiner Trance.

»Wo sind wir?«, flüstert er.

»Wir laufen ein bisschen, und du kannst mir alles erzählen.«

Auf einem Schild am Zaun um das Wäldchen herum steht »Privat«, aber ich halte es für unwahrscheinlich, dass uns jemand begegnet. David springt wie eine Antilope drüber, während ich umständlich über den Maschendraht grätsche und mit meinen besten Ralph-Lauren-Beinkleidern hängen bleibe.

Das Gehölz hat kaum mehr als drei- bis viertausend Quadratmeter. Buchen, Eschen, Eichen, dergleichen Rohlinge. Sehr still auf diese gedämpfte Weise, die Wälder an sich haben.

»Davey, du hast gesagt«, sagte ich, während wir ins Dunkel eindringen, »dass Janes Leukämie auf bloße Berührung nicht reagierte?«

»Weißt du, ich wusste schon immer … und du schwörst, dass du all das für dich behältst?«

»Ich schwöre, ich schwöre, und sage es zum dritten Mal. Ich schwöre bei allem, was mir gedeihlich ist.«

»Ich wusste schon immer«, sagte er, »dass die Gabe – ich nenne es *die* Gabe, nicht *meine* Gabe – ich wusste schon immer, dass die Gabe von hier kommt.«

Er blieb stehen, kniete sich hin und drückte eine Handfläche auf die Erde.

Ich nickte. David sah aus, als wolle er am Boden bleiben, also setzte ich mich neben ihn.

»Es ist die Macht der Allheit. Das Wichtigste ist ›bündeln‹. Diese Macht der Allheit kann in mir gebündelt werden. Aber ich muss stark sein, weißt du. Ich muss … rein sein.«

»Weißt du« wurde immer mehr zu seinem Markenzeichen. Er will mich wissen lassen. Er will es mich unbedingt wissen lassen.

»Rein, Davey? Was meinst du mit rein?«

»Ich bin sehr gesund, weißt du. Ich bin nie krank und kriege nie Pusteln oder stecke mich an oder sonst etwas. Das gelingt mir, weil ich nur reine Nahrung esse. Kein Fleisch von Tieren oder pflanzliche Stoffe, die künstlich bearbeitet worden sind. In der Familie hab ich als komischer Kauz gegolten, als ich noch klein war. Die meisten Kinder machen eine vegetarische Phase durch, aber sie sind nicht so engagiert, wie ich schon immer. Inzwischen verstehen sie es, glaube ich. Aber sie erwähnen es nie.«

»Und du glaubst, dass diese Diät deinen Körper gleichsam reiner macht für diese Bündelung?«

»Das ist nur ein Teil davon. Weißt du, es gibt andere Arten der Reinheit. Mein Geist muss rein sein. Er darf von nichts Unreinem beschmutzt werden.«

»Du meinst also, es gibt spirituelle Entsprechungen zu Fleisch und nichtorganischem Gemüse?«

»So könnte man es ausdrücken, nehme ich an.« Davey lehnte sich zurück und schaute in das Walddach empor.

»Also ein gesunder Geist in einem gesunden Körper?«

»Ja. Aber, weißt du, ich bin ein Mensch, oder nicht? Ich meine, ich bin ein menschliches Wesen.«

Ich war froh, dass er da sicher war. Ich wäre nicht damit klargekommen, wenn er behauptet hätte, er sei ein Engel.

»Und als ein menschliches Wesen«, fuhr er fort »fühle ich Hunger und Kälte und Schmerz wie jeder andere. Allen möglichen Hunger.«

Aha. Mir dämmerte langsam, worauf er hinaus wollte. Er brauchte Unterstützung, hier und jetzt spürte ich. Mutter kam ihm mit eleganter Unbefangenheit zu Hilfe.

»Du meinst, du machst dir Sorgen wegen deiner anderen Arten Hunger? Fleischlicher Hunger, sagen wir mal?«

»Mhm, mhm.« Er nickte. »Als ich zum ersten Mal einen feuchten Traum hatte … das war erst vor einem Jahr, was eher spät ist, aber wen kratzt das?«

Er spuckte diese peinliche Tatsache aus wie eine Herausforderung, woraufhin ich vermutete, dass er in der Schule ausgelacht worden war, weil er in seiner Entwicklung hinterherhinkte.

»Das kratzt keinen. Ich bin in der Hinsicht auch nicht reif geworden, bevor ich sechzehn war«, log ich hilfsbereit.

Davey interessierte Mutters genitale Entwicklung nicht. »Ich hab sowieso aufgeholt«, nuschelte er. Dessen war Mutter gewahr. Mutter weiß doch hoffentlich, wie man eine sich ausbeulende Hose unter die Lupe nimmt.

»Egal«, sagte Davey, »ich hatte einen dieser Träume. Als ich aufwachte, wusste ich nicht, was ich machen sollte. Ich wusste, dass ich eine so schreckliche Verschwendung nicht zulassen durfte.«

»Äh …«

»Es geht nicht nur um meine Hände, weißt du. Ich wusste, dass jeder Teil von mir heilen konnte. Mein Blut und mein … meine …« Er brach ab, außerstande, das rechte Wort zu finden.

»Saat?«, schlug ich vor.

»Mhm. Meine Saat. Ich durfte mir eben nicht erlauben, sie zu verschwenden mit billigem … du weißt schon.«

Wow!

»Möchtest du also vielleicht sagen, Davey«, sagte ich vorsichtig wie Sokrates, der mit Alkibiades ein Postulat untersucht, »dass dieses ›tief hinein‹ in den Körper eines anderen, von dem du vorhin gesprochen hast, streng genommen durch deine Saat stattfindet?«

»Ja klar«, sagte David. »Aber nur, solange ich rein bin und ihre Gabe nur zur Heilung verwende. Ich darf sie nie benutzen, um mir selbst Befriedigung zu verschaffen.«

»Also …«, erneut war offensichtlich äußerstes Feingefühl gefordert, »… also in Janes Fall bestand der einzige Weg, ihr zu helfen, darin …«

David setzte sich auf und sah mir direkt in die Augen. Hypnotischer kleiner Fratz.

»Wir haben lange darüber diskutiert«, sagte er. »Jane verstand meine Anregung. Sie beschloss, selbst wenn die Gabe nicht wirken sollte, wäre es zumindest etwas …«

»Zumindest wäre es eine gute und hilfreiche Erfahrung für dich und ein wenig Trost und Freude für sie?«

»Genau!« David lächelte. »Ich war nicht besonders … egal, spielt ja keine Rolle, es ging ausschließlich darum, Jane zu heilen, nicht in diesem Sinne ›mit ihr zu schlafen‹.«

»Und so kam deine Saat in ihren Körper.«

»Das war an meinem letzten Abend, bevor ich in die Schule zurückmusste. Wir hatten verabredet, dass ich sie nachts im Schlafzimmer besuchen sollte.«

So gefesselt war ich von der Vorstellung der beiden Vettern, Tanja, die da in den stillen Stunden der Nacht zugange waren wie die Karnickel, dass der andere, offensichtliche Gedanke mir noch gar nicht bewusst geworden war.

Lilac …

Da würde ich vorsichtig vorgehen müssen.

»Und wir wissen ja«, sagte ich, »wie wunderbar gerade diese … äh, Behandlung … in Janes Fall angeschlagen hat. Als es also dazu kam, Lilac zu helfen, hast du zweifellos …?«

»Ganz dasselbe, genau.«

Alle Zurückhaltung jetzt aufgegeben. So nüchtern dahingesagt, wie man nur wünschen konnte. Vanessa Verwunderung und Elsie Ekel war jeder Zugang zu meinen Zügen verwehrt, als ich es zur Kenntnis nahm. Wichtig war, so zu reagieren, als erzähle er mir nichts Bemerkenswerteres als von einer Fahrt ans Meer.

»Und das war also heute Nacht«, sagte ich.

»Ja. Letzte Nacht.«

Jetzt ein schmachtendes Lächeln, Versonnenheit der wahren Liebe.

»Ich weiß, manche Leute würden das ekelhaft finden«, fuhr er fort. »Ein Mensch mit einem Pferd, meine ich. Aber sie verstehen das Band zwischen Leben und Natur und Gnade nicht. Es war wirklich das Natürlichste von der Welt.«

Hastig stimmte ich ihm zu, und er lehnte sich wieder zurück, beruhigt, sein Geheimnis geteilt zu wissen.

Wo kam bei all dem Mutter ins Spiel, wirst du dich fragen, liebste Tanja. Nun, Mutter wurde langsam heiß wie ein Milchtopf im Brennofen. Wenn dieser fünfzehnjährige Faun mit den lockigen Wimpern und Nimm-mich-jetzt-Lippen die Zukunft des britischen Gesundheitswesens war, dann würden, wenn sich das herumsprach, ganz schön viele Leute Schlange stehen, auf dass ihnen Heilung zuteil wurde.

»Und Michael und Anne. Deine Eltern. Sie wissen nichts von ...«, ich suchte nach einem neutralen Ausdruck, »diesem Aspekt deines Heilens?«

Er schüttelte den Kopf.

»Es würde ihnen Sorgen machen. Daddy ist ziemlich stolz auf mich, glaube ich. Er weiß die Gabe zu schätzen. Aber Mummy hat Angst, das spüre ich.«

Sie hätte einen ganzen Batzen mehr Angst, wenn sie wüsste, dachte ich.

Da lag er und da saß ich. All die Kraft, die in seinem flaumigen kleinen Hodensack herumschwamm: all die Fettablagerungen, die meine Aorta verstopften und darauf warteten, fortgespült zu werden.

Ich habe immer versucht, ehrlich mit dir zu sein, liebe Tanja. Ich habe dir von der bezaubernden Episode im Nachtclub in Finsbury Park erzählt. Ich war mannhaft und ehrlich, als es um die Bondage-Queen ging, der mir in seinem Apartment in Hyde Park Gate die Nippel abbeißen wollte. Ich habe offen bekannt, wie ich zugelassen habe, dass mir dieser Gorilla von Polizist in New York mit einem Handtuch auf die Beine geschlagen und mich seine Sklavenschlampe genannt hat. Ich kann auch hier ehrlich sein und zugeben, dass ich, selbst wenn die Diagnose nicht Angina pectoris gewesen wäre, sie da und dort ohne einen Moment zu überlegen vorgeschützt hätte.

Gott, das muss mal gesagt werden, kann erstaunlich süß sein. Als ich Priester war, und ich wäre der Erste zuzugeben, dass ich denen bloß beigetreten bin, weil mir die Sache mit den Glöckchen und dem Weihrauch so gefiel, die Chorhemdchen, die Thuribula und die gesungenen Versikeln, da dachte ich, Gott sei ein launischer Tugendbold. Hier stand ich, begehrte und verzehrte mich zu dienen, und da lag die schreckliche, schreckliche Bibel, ein Buch, von dem ich nie viel gehalten habe, und erzählte mir, wie verdammens- und verabscheuungswürdig ich war. Nichts machte mich damals glücklicher, als meinen Abschied einzureichen und auf Nimmerwiedersehen von der Kanzel zu stürmen.

Aber – und du, Tanja, weißt das besser als jeder andere, du, der ich mein Herz ausschütte –, es gab da etwas, was wir nur als Leere in Mutters Leben bezeichnen können. Ich habe wirklich getan, was ich konnte, verdammt noch mal, ich habe mit meinen winzigen Fäusten für die Erniedrigten und Beleidigten dieser Welt gekämpft, ich habe mein Talent für Dinge verwendet, die wichtig sind, und ich habe mich – anders als Wallace – bemüht, ein anständiges Leben zu führen. Ich weiß, eine Menge Fieslinge finden es nicht gerade anständig, sich in New York anpissen oder hinter einem Busch auf Hampstead Heath den Anus einsaften zu lassen, aber du und ich, Tanja, wir wissen, was anständig heißt.

Also, hier war Glenda Gott und gab mir eine Chance, auf eine Weise körperliche Ganzheit zu erlangen, die genau zu der Leidenschaft passte, die die große Brenda Bibel immer für unrein erklärt hatte. Gott sorgt dafür, dass Dinge passen, das muss man ihr lassen.

Ich sagte zu David:

»Mir geht es nicht gut. Glaubst du … glaubst du, du könntest *mir* helfen?«

Ich stammelte ein Stoßgebet, dass Angina nicht zu den Leiden gehörte, die durch Handauflegen geheilt werden konnten.

Davey lächelte. »Natürlich kann ich dir helfen, Oliver. Dazu bin ich doch da.«

Eine ganze Flutwelle Blut schoss mir in den Nacken. Als ich sprach, war ich heiser.

»Hier? Jetzt?«

David schüttelte den Kopf. »Ich glaube nicht. Ich komme heute Abend zu dir. Das wäre besser.«

»Ich bin im Fuseli Room, direkt neben Ted Wallace. Ich kann ihn laut und deutlich schnarchen hören, also …«

»Na gut, dann kommst du eben in mein Zimmer. Du weißt, wo das ist?«

Ich nickte; es gefiel mir nicht, wie diese praktischen Erwägungen dem Stelldichein eine schmutzige Note gaben.

Wir stiegen wieder in den Wagen, tranken im Scole Inn Tee, kamen nach Swafford zurück und sangen ein Loblied auf *Erbarmungslos,* den ich gesehen hatte und über dessen Einzelheiten ich David eine ordentliche Zusammenfassung gab.

So, Tanja. Da hast du's. Es ist Viertel vor zwei. Gott sei Dank reise ich nie ohne mein Mundwasser oder eine Tube Männerflutschkram. Ich mach mich auf zu Daveys Bude. Wünsch mir Glück, mein Schatz.

III

Erstaunlicherweise kam Mutter Mills am Donnerstagmorgen nach mir zum Frühstück herab. Ein Mann ist stolz darauf, dass er immer als Letzter unten ist, und es gefiel mir ganz und gar nicht, geschlagen zu werden.

»Morgen, Ted«, tirilierte Oliver, als er den Frühstückssalon betrat.

»Du bist widerlich fröhlich«, sagte ich und lehnte den ›Telegraph‹ ans Glas mit der Orangenmarmelade.

»Bin ich das? Bin ich das? Ja, ich glaube, das bin ich«, antwortete er kichernd und hopste praktisch zum Sideboard. »Ich könnte ein Pferd vertilgen. Das hätten wir, lass uns das nicht vergessen, Schatz, vielleicht alle tun müssen, wäre die kleine Lilac gestern nicht so er-staun-lich genesen.«

Hölle und Kotbälle, dachte ich. Geht das wieder los. »Beim besten Willen der Welt, Oliver«, sagte ich deutlich knirschend, »können wir heute Morgen bitte ein anderes Gesprächsthema wählen als diese verfluchten Wunder?«

»Du kannst es immer noch nicht hören, oder, Baby? Den Beweis, dass es wahrlich mehr Dinge zwischen Himmel und Erde gibt, als deine belanglose, verkalkte, beschränkte Schulweisheit sich je träumen ließ.«

»Ich frage mich, ob ein Mann in deinem Zustand sich wirklich mit gar so viel gebratenen Sachen vollstopfen sollte«, sagte ich und beäugte angeekelt den

Haufen aus Nieren und Würstchen, den er neben mir auf dem Tisch ablud.

»Hoho!«, sagte er und begab sich zum Sideboard zurück. »Ein Mann in meinem Zustand?« Er begann, den nächsten Teller voll zu schaufeln, und handhabte den Auflegelöffel wie eine Cocktailmixerin. »Ich weiß ganz bestimmt nicht, was du mit ›ein Mann in meinem Zustand‹ meinst. Welcher Zustand?«

Ich starrte zu ihm hoch, unfähig, meine Bestürzung zu verbergen. »Oh, nein …«

Er strahlte mich mit etwas an, was er bestimmt für einen großen Glanz von innen hielt und ich für ein widerliches Grinsen.

»O doch. O dochdochdoch.«

»Du willst mir doch nicht weismachen, dass du ebenfalls diese verdammte Handauflegetherapie bekommen hast?«

»Ich bin ganz, Ted. So knusprig wie dieser Schinken da und doppelt so heiß und brunstmunter.«

»Nun«, ich maß ihn mit einem sauertöpfischen Blick, als er beim Hinsetzen zusammenzuckte, »der kleine Wunderwirker war offensichtlich nicht so gnädig, gleich all deine Gebrechen zu heilen, oder?«

»Meinst'n das?«

»Du hast dieselben Hämorrhoiden, die uns alle peinigen, muss ich feststellen.«

»Ach, *die*«, sagte er lächelnd, »die verschwinden bestimmt im Lauf der Zeit.«

»Hmph. Ich persönlich vertraue ja lieber dem guten alten Anussanol.«

Er machte sich an sein gargantuanisches Frühstück. Trotz meiner Verärgerung fand ich mich durchaus beeindruckt von der Zuversicht seines Auftretens und dem fraglos echten Funkeln in seinen Augen.

»Mal ernsthaft, Oliver«, sagte ich. »Glaubst du ehrlich, dass du geheilt bist? Vollständig geheilt?«

»Ich hab meine Tabletten weggeworfen, Ted. Ich fühle mich … ach, mir fehlen einfach die Worte, wie ich mich fühle. Davey ist eine Gabe Gottes. Eine Gabe von Glenda höchstpersönlich.«

»Und seine Berührung … hast du seine Wärme gespürt, von der sie alle reden?«

»Schatz«, sagte Oliver, eine Gabel voll Niere schwebte vor seinem Mund, »sie ist einfach das Heißeste, was ich in meinem ganzen Leben gespürt habe. Sie brennt wie ein Lötkolben. Mein Wort darauf, und wie sie brennt. Brennt sich dir direkt in die tiefsten Tiefen.«

Jetzt wusste ich, dass ich das tun musste, was ich am meisten verabscheute. Ich musste nachdenken. Ich musste mich hinsetzen, die Augen schließen, mir die Ohren zuhalten und analysieren wie ein Schachspieler oder Codeknacker. Die gefürchtetste Tätigkeit, die ein Mann in Angriff nehmen kann. Ich hatte sie nicht mehr praktiziert, seit ich das letzte Mal ein anständiges Gedicht geschrieben hatte.

Ich entschied, dass die Villa Rotonda das ideale Cogitarium abgeben würde, aber dass es Wahnsinn wäre, mich ohne Verstärkung dorthin zu begeben. Ich ließ Oliver im rebellischen Fett seines Frühstücks und in seiner Selbstzufriedenheit schwimmen und machte mich zur Bibliothek auf.

Trinken am Vormittag ist Gegenstand großer Debatten. Die Schwelle bewegt sich unerbittlich, je mehr Alkohol zur Gewohnheit wird. Ich kann mich der Zeiten erinnern, da ich es für unmöglich hielt, vor zwölf Uhr etwas Stärkeres als Tomatensaft wegzusüppeln. Aus zwölf Uhr wurde halb zwölf, wurde elf, wurde halb elf, wurde zehn und so weiter. Das war natürlich vor dem großen puritanischen Rückschlag, der das Trinken zum privaten Laster machte, das zur Mittagszeit nie das Licht des Tages erblicken darf. Alkohol ist das große Mysterium unseres Zeitalters. Wenn die Öffentlichkeit wüsste, wenn sie auch nur den geringsten Schimmer hätte, wie viel unsere Politiker und Führungskräfte trinken, dann würde ihnen das Herz bis in die Jogginghose rutschen. Zum Glück sind, was besser bekannt ist, Journalisten ebenfalls Pichelbrüder, weswegen es in ihrem eigenen Interesse liegt, das nicht an die große Glocke zu hängen. Die Zahl der Parlamentsmitglieder, die nicht, wie die Mediziner das nennen, chronische Alkoholiker sind, ist verschwindend gering. Alan Beith ist Abstinenzler, glaube ich mich zu erinnern, und Tony Benn kommt mit Tee und Pfeifentabak aus; das sind die einzigen trockenen Parlamentarier, die mir auf die Schnelle einfallen. Andere enthalten sich wahrscheinlich, weil ihre Ärzte sie gewarnt haben, dass das nächste Schnuppern am Brandy sie umbringen würde. Ich habe Kanzler und Premierminister gesehen, voll wie die Otter, auch Richter und Nachrichtensprecher und Vorsitzende multinationaler Konzerne. Ein wohl bekannter politischer Fernsehkommentator hat mir im Harpo mal erzählt, der Krieg in Bosnien, aus dem er gerade zurückgekehrt war, werde ausschließlich um Alkohol geführt. Scharmützel und Strategien würden einzig und allein im Hinblick auf Slivovitz- und Wodkanachschub angeordnet.

Alkohol ist der entscheidende Faktor menschlicher Geschichte: Die Absetzung britischer Premierminister, der Bürgerkrieg in Russland und der Ruin ganzer Wirtschaftsimperien lassen sich auf das Glas zurückführen. Man versucht, uns glauben zu machen, bloß Football-Hooligans könnten das nicht kontrollieren; in Wirklichkeit ist es eine viel zu große Sache, als dass man nur daran denken könnte, ihr die Stirn zu bieten. Gott sei Dank. Denn, wo ich das alles mal losgeworden bin, mit ihm kommen wir letztlich doch weit besser aus als ohne ihn. Totalabstinenzler sind miese Menschenführer und unfähige Gatten, Liebhaber und Väter. Säufer hicksen, rülpsen, furzen, kotzen und pinkeln sich auf die Hose. Puritaner zeigen nie irgendeine Körperfunktion, und es ist nur ein kurzer Schritt davon, der Welt den Zugang zu deiner eigenen erbärmlichen Körperlichkeit zu verwehren, dahin, anderen das Recht auf ihre eigene erbärmliche Körperlichkeit abzusprechen.

Spitzfindigkeit meinerseits, keine Frage. Vielleicht hören wir die Nachtigall der Pudoria trapsen, der Göttin des Schamgefühls. Ich glaube, mit am meisten ärgerte ich mich zunehmend darüber, dass sich seit meiner Ankunft in Swafford so rapide Verluste in meinem Trinken zeigten. Nicht dass ich mich über mich selbst ärgerte, aber die beifällige Anerkennung aller anderen machte mich rasend.

»Ted, du siehst so gut aus!«

»Das scheint ja eine echte Ruhekur für dich zu sein, Ted.«

»Wendy Whisky ist etwas pikiert, weil du sie so vernachlässigst, Liebster.«

Der ganze Scheiß halt. Es kostete beträchtliche Anstrengungen, mich daran zu erinnern, mir von Zeit zu Zeit demonstrativ einen Drink zu genehmigen, einfach damit sie aufhörten, mir Rosenblätter auf den Pfad zu streuen und Daveys neuen Heilungserfolg im Kalender anzustreichen.

Ich war daher zur Bibliothek unterwegs, um zu sehen, ob ich mir nicht noch ein paar durch die Kehle zwingen konnte, bevor ich ans Denken ging.

Ich dachte, ich hätte den Laden für mich, aber ein Schniefen aus einem tiefen Ohrensessel in der Ecke verriet mir, dass ich weibliche Gesellschaft hatte.

»Alles in Ordnung, Patricia?«, fragte ich und ging zu ihr hinüber. Hätte meinem Auftritt wohl ein Husten vorangehen lassen sollen, denn sie erschrak fürchterlich.

»Bitte, Ted! Du solltest dich nicht so anschleichen.«

Sie hatte seit einiger Zeit kontinuierlich vor sich hin geschluchzt.

»Tut mir echt Leid«, sagte ich. »Ist alles in Ordnung?«

»Ja, wie sieht's denn wohl aus, du fetter Idiot?«

»Entgegen landläufiger Annahme«, sagte ich, »wird es nur schlimmer, wenn man es an anderen auslässt. Du wirst bestimmt merken, dass es nicht sonderlich hilfreich ist, mich zu beleidigen.«

»Versuchst du gerade, Mitleid zu zeigen?«

»Es ist praktisch, und das ist netter als Mitleid.«

Sie putzte sich die Nase. »Also das Letzte, was ich brauch, ist 'ne Kreuzung aus G. K. Chesterton und einem verdammten Kalenderspruch.«

»Du denkst immer noch an Martin Rebak?« Das war Michaels Untergebener, der Patricia in die Wüste geschickt hatte.

Sie nickte. »Hab heute Morgen einen Brief von ihm bekommen. Ich dachte, vielleicht ist er seine neue Flamme schon wieder leid. Er hat sie geheiratet.«

»Dann ist er sie eindeutig leid«, sagte ich.

»Ach, lass den Scheiß, Ted.«

»Ja, was soll ich denn sonst sagen? Dass er deine Tränen nicht wert ist? Dass du drüber wegkommen wirst? Dass es vor der Morgendämmerung immer am dunkelsten ist und die Zeit alle Wunden heilt?«

»Ich brauche David, das brauche ich.«

»Und was, glaubst du, kann er dir geben?«

»Hoffnung«, sagte sie, »Selbstwertgefühl.«

Da hast du den modernen Briten. Es treibt mich zum schäumenden Wahnsinn, wenn Politiker aus den Slums der Großstädte zurückkehren und sagen, »die Menschen dieser Stadt brauchen Hoffnung«, als könnten wir alle mit dem frohen Ruf »klar doch, alter Junge, wird sofort erledigt« reagieren, eine ordentliche Portion Hoffnung vom Bürgersteig kratzen, in einen Umschlag stopfen und per Expresspost nach Liverpool 8 schicken. Eigentlich meinen diese flammenden Herzen Geld, aber sie sind zu schmierig, das zuzugeben. Wohl stellt in unsrer Brust sich Hoffnung ein, aber wir können sie nicht anderen aus den Titten saugen, sie muss schon bei uns selbst laktieren. Konnte man einem Mädchen in Patricias Verfassung schlecht sagen, nahm ich an. Was das Selbstwertgefühl anging …

»Die beste Methode, deine Lebensgeister zu verarzten«, bot ich stattdessen an, »ist etwas für andere zu tun.«

»Will heißen?«, fragte sie kalt.

»Soll heißen, warum tust du mir keinen Gefallen?«

»Zum Beispiel?«

»Warum machst du mir zum Beispiel, wenn diese merkwürdigen kurzen Ferien vorbei und wir wieder in London sind, nicht das Vergnügen, dich zum Essen einladen zu lassen? Le Caprice ist nur einen Olivenkernwurf von meiner Wohnung entfernt. Wir könnten beim Techtelmechtel Wachteln spachteln, und hinterher könntest du dich von mir ins Heu betten und wie einen Lolli ablecken lassen.«

Sie starrte mich an. »Ich könnte deine Tochter sein.«

»Ich bin nicht kleinlich.«

»Ist das für dich Unterstützung meiner Trauerarbeit, Ted? Wie ein geiler Bock auf mich loszugehen?«

»Denk darüber nach. Meine Abende sind schnell ausgebucht, also halt dich ran.«

»Du meinst das ernst, nicht wahr?«, sagte sie und bremste mich mit einer Hand, die ich in meine nahm.

»Ich bin ein fetter alter Mann, Patricia. Es ist schwer genug, an Frauen in meinem Alter ranzukommen, die keine Prostituierten sind, aber ein junges Ding wie du … das wäre schon ein seltener Festschmaus. Vielleicht mein allerletzter. Schenkel ohne Zellulitisnarben, Brüste, die hochstehen wie bettelnde Hunde. Wie oft, glaubst du, werden mir dieser Tage solche Wonnen zuteil?«

»Und wie kommst du darauf, ich könnte einverstanden sein, mich von dir abschlabbern zu lassen?«, fragte sie und zog ihre Hand zurück.

»Deine angeborene Güte«, sagte ich und ging hinüber, um mir ein großes Glas Sherry einzuschenken. »Das Wissen, dass du mich ganz schwachsinnig vor Glück machen würdest.«

»Das ist verdammt viel verlangt.«

»Haha!«, sagte ich triumphierend. »Und warum genau soll das so verdammt viel verlangt sein?«

»Wie meinst du das?«

»Du hast gesagt, das sei verdammt viel verlangt. Warum glaubst du das?«

»Also, nur zu deiner Information, mein Körper ist nichts, was ich feilbiete wie eine Schnittchenplatte.«

»Und warum nicht?«

»Warum nicht? Warum nicht? Weil ich ihn zufälligerweise hoch einschätze.«

»Warum«, trompetete ich, »brauchst du dann Davey, um dir ein Selbstwertgefühl zu verschaffen, wenn du schon eins hast?«

»Also, Herrgott noch mal. Von allen billigen …«

»Du hast überdeutlich gemacht, dass mein Angebot von Liebe und Kameradschaft ein weit niedrigeres Angebot ist, als du erwarten zu dürfen glaubst. Du schätzt deinen Körper und deine Gefallen weit höher ein als die meinen.«

»Es ist ein himmelweiter Unterschied, wie ich meinen Körper und wie ich mich selbst einschätze. Du hast mir nicht Liebe und Kameradschaft angeboten, du hast darum gebeten, dass ich mich hinlege und ablecken lasse.«

»Dass dies des Mannes plumpes Liebeheischen ist, solltest du wirklich wissen. Hätte ich gesagt, du seist die schönste Frau, die mir seit Jahren unter die Augen gekommen ist und ich würde verzweifeln, wenn du nicht bei mir bist, hättest du gedacht, ich bemitleidete dich. Donnerstage passen mir gut«, sagte ich, verpisste mich und ließ sie schmoren.

Ich steuerte auf die Villa Rotonda zu, Notizbuch und Bleistift in der einen Hand, Sherryglas in der anderen. Am Horizont sammelten sich Wolken, und das lange versprochene schlechte Wetter schien endlich im Anzug zu sein. Auch in mir türmten sich Wolken auf, und Donnergrollen rumpelte mir durch den Kopf.

Im Gartenhaus war es dunkel und kühl. Ich setzte mich auf die Holzkiste mit den Krocketschlägern und zündete mir eine Rothie an. Wenn ich ehrlich bin, fühlte ich mich nach den letzten beiden Tagen konfus und vereinsamt. Auf der ersten Seite des Notizbuchs fing ich an, eine Liste der Widersprüche anzulegen, die mir seit Tagen Nägel in den Hirnkasten trieben.

Man sagt, Listenschreiben sei anal, das Kennzeichen des »Analfixierten«. Ich bin ziemlich sicher, dass keiner, der diese idiotische Phrase benutzt, die leiseste Ahnung hat, was sie bedeutet. Der Kritiker Edward Wilson beschrieb Charles Dickens einst als »analen Dandy«. Ich nehme an, auch er hatte keinen blassen Schimmer, was er eigentlich daherquatschte. Dinge aufzulisten, bei mir etwa Wörter, wenn ich mich auf ein Gedicht vorbereite, scheint mir meilenweit entfernt von der zwanghaften Aufbewahrung von Gegenständen in meinem Hintern. Kürzlich erst hatten Oliver und ich das neue Briefpapier von Swafford Hall bewundert, das Michael bei Smythson's in der Bond Street bestellt und das Podmore auf den Sekretären und Tischen der Schlaf- und Bücherzimmer sowie der Salons des Hauses verteilt hatte.

»Uih, ich finde Briefpapier so entzückend anal!«, hatte er gequiekt. Oliver, meine ich, nicht Podmore.

»Warum anal?«, hatte ich gereizt gefragt. »Warum nicht renal oder kranial oder pulmonal oder nasal oder testikulär? Ich meine, was um Himmels willen hat das mit Ärschen zu tun? Das ergibt einfach keinen Sinn.«

»Lass die Haarspalterei, Liebster. Jeder weiß, dass Briefpapier anal ist. Das ist eine anerkannte Tatsache.«

In der Kindheit machen wir angeblich Phasen durch, in denen wir Gegenstände entweder im Mund oder im Po unterbringen wollen. Wir entwickeln uns zu oral- oder analfixierten Typen. Als Raucher, Trinker, Schlemmer und Kugelschreiberknabberer kann ich als oral eingestuft werden. Das leuchtet mir ein: Die oben angegebenen Gegenstände werden ausnahmslos in den Mund eingeführt. Als Listenersteller und Liebhaber von Qualitätspapier bin ich überdies auch anal. Ergibt das Sinn? Natürlich nicht. Welchen erdenklichen Nutzen haben derlei Kategorisierungen, abgesehen davon, dass sie Leute wie Oliver mit der Gelegenheit versehen, bei Dinner-Partys flaue Witzchen zu reißen?

Anal, bei meinem Arsch. Ich mag meine Listen. Gerade diese Liste war sehr wichtig. Eine Liste zu erstellen ist für mich, als legte ich in der wilden Müllkippe meines Verstandes einen französischen Garten an. Anal. Pah.

Ich kaute am Bleistiftende, nahm oral einige Zedernsplitter zu mir und begann zu schreiben.

1. Edward, Jane, Lilac und jetzt möglicherweise auch Oliver wurden augenscheinlich geheilt, indem David ihnen seine Hände aufgelegt hatte.

2. Eine warme Hand, die auf einen menschlichen Körper gelegt wird, unterscheidet sich wohl kaum von warmen Umschlägen, einem warmen Flanelltuch oder, was das angeht, einem heißen, gebutterten Teacake, das auf einen menschlichen Körper gelegt wird. Wenn Hitze allein Krebs und Asthma und Herzkrankheiten behandeln könnte, dann hätte die medizinische Welt uns darüber in Kenntnis gesetzt.

3. Ergo übertragen Davids Hände eine andere Kraft als Hitze.

4. Meinem Verständnis zufolge sind Elektrizität, Magnetismus und Schwerkraft die einzigen physischen Kraftfelder des Universums. Moleküle und Atome, oder wie die alle heißen, können von keiner anderen Kraft bewegt werden.

Okay, es gibt noch ein paar, aber die existieren nur auf dem Papier.

5. Die einzige andere Kraft, die Berücksichtigung verdient, ist meiner alten Einsicht zufolge die schöpferische Kraft des Menschen, die etwa ein Gedicht schreiben oder Ungerechtigkeit beseitigen mag.

6. Gleichwohl gibt es so etwas wie die Kraft der Suggestion. Ein menschlicher Geist ist imstande, von einem anderen hypnotisiert oder überredet zu werden. Da wäre der Glaube, da wäre Hitler, da wären Werbespots. Aber *Glaubensheilung?* Mach mal halblang. Schmerz mag ja Einbildung sein, aber Tumore oder verstopfte Arterien wohl kaum. Außerdem ist da der Tierarzt, und da sind anscheinend Janes Ärzte.

7. Sollte all dies wahr sein: Sollte David wirklich Molekularstrukturen verändern können – denn darum geht es schließlich –, dann sollte die Welt es erfahren.

8. Ich bin Davids Patenonkel. Wie stehe ich zur moralischen Seite, wenn ich zulasse, dass er a) der Sensationsgeilheit der Presse zum Opfer fällt, b) zwischen Wissenschaftlern und Fanatikern hin und her geschubst wird, die darauf erpicht sind, ihn entweder als Scharlatan zu entlarven oder seine Gaben hochzuspielen?

9. Was meine ich mit »Gaben«? Gaben sind Dinge, die gegeben werden. Das erfordert einen Geber.

Warum sollte Gott damit Zeit verschwenden, dass er die Kraft zu heilen gibt? Was ist aus dem freien Willen geworden und der Pflicht des Menschen, mit dem Leben fertig zu werden, ohne dass sein zudringlicher Schöpfer sich einmischt? Und was ist mit den Millionen, die jedes Jahr sterben werden, weil sie nie die Chance hatten, von David geheilt zu werden? Kinder in Afrika mit weggefressenen Gesichtern? Querschnittsgelähmte in Kambodscha? Leprakranke in Libyen? Die Blinden in Bali und die Tauben in Tanger? Es ist sinnlos, sinnlos, völlig sinnlos. Selbst der fehler- und boshafte Gott, den wir kennen, wäre nicht grausam genug, seinen Kindern bloß eine Handvoll Heiler zur Versorgung der vier Milliarden zu geben.

10. Und gäbe Gott uns einen Heiler, würde er verdammt sichergehen, dass der Erwählte mehr täte als bloß zu heilen. Die würden in Tateinheit damit Abstinenz und Seelenheil und Höllenfeuer oder irgend so was Gottverdammtes predigen. Während David bloß unausgegoren abgeschmackten Ökomüll klugscheißt und eine Masse pantheistischen Dünnpfiff über Natur und Reinheit absondert.

11. Aber. Musik ist eine Gabe. Malen ist eine Gabe. Selbst Dichten ist eine Gabe. Es existieren genug augenfällige Talente und Charismata, die des Menschen Los auf Erden verbessern, warum also nicht auch eins des Heilens? Vielleicht ist nicht Gott der Gebende, sondern Genetik oder Evolution. Schließlich gibt es Hinweise darauf, dass

Davids Kraft genetisch veranlagt ist, tatsächlich vererbt, wie die Gaben so vieler Musiker.

12. Aber. Aber, aber, aber. Um ein großer Musiker zu werden, reicht die Gabe allein nicht aus. Man muss unter Menschen leben und leiden und verstehen. Das Wichtigste ist, man muss ARBEITEN. Nichts von Wert, was ich den Menschen auf dieser Erde je habe erreichen sehen, konnte ohne Arbeit vollendet werden.

13. Ach ja? Warum sträubst du dich so dagegen, Ted? Hast du ein Problem? Steh doch zum Zeugnis deiner Augen.

14. Zeugnis meiner Augen? Was habe ich denn wirklich gesehen?

15. Ach, komm schon. Dann eben das Zeugnis deiner Ohren.

16. Hörensagen.

17. Du weißt nur vom »Hörensagen«, dass Mexiko existiert. Zweifelst du wirklich daran?

18. Schon gut. Schon gut. Aber damit kommen wir beim Problem David nicht weiter. Ich habe am Taufbecken einen Eid geschworen. Sein Vater, mein Freund, erwartet Unterweisung von mir. Erstmals in seinem Leben weiß er nicht, was er machen soll. Ich kann helfen.

19. Das stimmt, du kannst helfen. Du kannst …

Ich brach ab. Der Klang von Stimmen näherte sich. Zwei Leute, ins Gespräch vertieft. Sie blieben unter dem offenen Fenster der Villa stehen, dem hinteren Fenster, das zum See hinausgeht.

»Das ist, glaube ich, ein ruhiges Plätzchen.« Max Cliffords Stimme.

»Sehr ruhig.« Daveys Stimme.

Ich verharrte in einer Art gaffender Unbeweglichkeit, wie ein Kind mit gestörter Feinmotorik, das Tableau vivant spielt. Sie waren wenige Meter von meinem Sitzplatz entfernt, und das geringste Geräusch aus dem Inneren des Gartenhäuschens wäre ihnen ebenso vernehmlich gewesen wie ihr Gespräch mir.

»Also gut. Ich werde direkt zur Sache kommen, David. Ich habe Oliver heute Morgen gesehen.«

Keine Antwort.

»Er wollte nicht damit heraus, was geschehen ist, aber es war klar, *dass* etwas geschehen ist. Etwas mit der außergewöhnlichen Genesung Vergleichbares, die Mary und ich vor einigen Monaten bei deiner Kusine Jane erlebt haben.«

»Völlig richtig. Olivers Herz ist jetzt geheilt.«

Clifford stieß ein Lachen der Bewunderung aus.

»Erstaunlich. Einfach erstaunlich.«

»So erstaunlich ist das eigentlich nicht, weißt du. Nicht für mich.«

»Ich nehme an, diese Aktivitäten verlangen dir etwas ab?«

»Ja. Sie verlangen mir in der Tat etwas ab.«

»Es ist bloß … ich fühle mich mit dieser Bitte ziemlich lächerlich. Ich weiß sehr wohl, dass es etwas anderes ist, als wenn man jemanden bittet, einem ein Buch zu leihen oder einen Abend lang den Babysitter zu spielen.«

»Du kannst mich fragen, was du willst Max.«

»Meine Tochter Clara hat … ein paar Sachen, die bei ihr nicht in Ordnung sind.«

»Ich kann ihr bestimmt helfen, Max.«

»Sie ist eigentlich nicht *krank,* aber sie ist na ja, komisch. Sie ist so unbeholfen und linkisch und …«

»Und unglücklich.«

»Sehr schwer, sie irgendwohin mitzunehmen. Die Leute gaffen, weißt du. Das Schielen und die vorstehenden Zähne sind schon schlimm genug. Aber sie macht auch keinerlei Anstalten, anmutig zu sein oder …«

»Ja, ich weiß. Ich würde mich sehr freuen, wenn ich sie treffen könnte, und werde tun, was in meiner Macht steht.«

»Ich weiß nicht genau, was für eine Technik du anwendest. Wenn Mary und ich in irgendeiner Weise behilflich sein können?«

»Also, es ist Folgendes, Max. Ihr müsst mir vertrauen, weißt du. Es wäre mir lieber, wenn ihr nicht dabei seid, wenn ich bei ihr bin.«

»Natürlich, natürlich. Ganz wie du willst. Und du bist wirklich bei Kräften? Ich meine, du bist kein besonders starker Junge, so wie du aussiehst. Wir wollen dich nicht erschöpfen.«

»Ich bin durchaus stark. Mein Geist erholt sich ziemlich schnell wieder. Solange ich ihn nicht verschwende.«

»Ausgezeichnet.«

Sie verstummten. Ich streckte, so geräuschlos ich konnte, ein eingeschlafenes Bein aus. Vielleicht waren sie gegangen. Ich überlegte, ob ich aufstehen, ans Fenster gehen und hinausspähen sollte. Dann hörte ich einen Kieselstein in den See platschen und wusste, dass sie noch da waren. Es wurden noch einige Steine geworfen, bevor David sprach.

»Was habt ihr Clara von mir erzählt?«

»Also, wir haben erwähnt, dass die Möglichkeit besteht, dass du ihr vielleicht helfen kannst.«

»Und wie fühlt sie sich dabei?«

»Clara ist vierzehn Jahre alt und wird tun, was man ihr sagt«, versetzte Max harsch. Er musste gemerkt haben, wie herzlos das klang, denn er fügte hastig hinzu, »nicht dass man es ihr sagen muss. Nein, sie ist ganz begeistert. Ihr Schielen und ihre Zähne und ihre verdammt unkoordinierte Ungeschicklichkeit. Die sind ein hartes Los für sie. Für uns alle.«

»Wo ist sie jetzt?«

»Mit Simon unterwegs, hat ihre Mutter gesagt. Macht mit ihm Mist in den Ställen. Oder eher, mistet mit ihm die Ställe aus. Soll ich sie zu dir schicken?«

»Heute Nachmittag, wenn das passt. Nach dem Essen.«

»Ja. Ja, du solltest erst was essen, glaube ich. Ah, wo genau wirst du's machen?«

»Weiß ich nicht genau, Max. Vielleicht machen wir einen Spaziergang. Aber wir müssen wirklich unter uns sein. Wir müssen völlig allein sein.«

»Wie du willst, wie du willst … ich bin dir sehr dankbar. Mary und ich sind dir beide sehr …«

Max' Stimme wurde leiser, und ich war wieder mir selbst überlassen.

Ich wandte mich wieder meinem Notizbuch zu und vervollständigte vorläufig meine Liste.

20. Vielleicht erhalte ich bald ein Zeugnis meiner Augen. Es ist wohl das Beste, ich enthalte mich bis dahin eines Urteils.

Vor dem Mittagessen schaute ich bei Michael vorbei. Er diktierte einen Brief. Er sah ausgeglichener und selbstgewisser aus als bei unserem letzten Gespräch. Sein Geschäftsgesicht, nahm ich an. Anscheinend freute er sich, mich zu sehen. Andererseits hatte er sich anscheinend auch eine Woche zuvor gefreut, mich zu sehen, wo ihn, wie ich jetzt wusste, meine Anwesenheit in Wirklichkeit schwer genervt hatte. Nach allem, was ich weiß, hat sich in dieser Welt noch keiner gefreut, mich zu sehen, aber einige konnten das besser verbergen als andere.

»Ahoi, Tedward! Wie läuft's denn so heute Morgen?«

»Bloß auf ein Wort, Michael.«

»Danke, Valerie. Ich werde mich dann mit Mr. Wallace unterhalten.«

»Ja, Lord Logan.«

Valerie glitt hinaus und schloss die Tür hinter sich.

»Also, was gibt's Neues, was hast du zu sagen?«

Ich setzte mich in den Sessel auf der anderen Seite des Tisches. »Du hast von Oliver gehört?«

Michael seufzte und trommelte mit den Fingern gegen die Schläfe.

»Annie war hier. Sehr verärgert. Sie sagte, sie habe Davey gestern gebeten, sich mit niemandem zu treffen, ohne ihr vorher Bescheid zu sagen. Sie ist wütend, dass er nicht gehorcht hat. ›Natürlich gehorcht er nicht!‹, sagte ich ihr. ›Wenn meine Onkel mir, als ich in seinem Alter war, gesagt hätten, arbeite nicht mehr im Laden, Michael. Setz dich hin und hör Radio oder lies ein Buch, aber kein Gedanke mehr an Geschäfte und Kunden und Geld, glaubst du, ich hätte mich daran gehalten? Nie im Leben.‹ Aber Annie war damit nicht zufrieden.« Michael seufzte wieder und befreite eine neue Zigarre vom Zellophan. »Nun erzähl mal, Ted. Was hältst du jetzt davon?«

»Was ich davon halte? Ich weiß nicht. Aber …«, ich lächelte verschwörerisch, »vielleicht finde ich es im Lauf des Tages heraus.«

Er runzelte die Stirn. »Im Lauf des Tages? Was passiert denn im Lauf des Tages?«

»Michael, ist es schlimm, wenn ich's dir nicht sage? Ich werde nichts vorfallen lassen, das nicht vorfallen soll, ich gebe dir mein Wort darauf.«

»Gibst du mir auch dein Wort darauf, dass dein Wort was wert ist?«

»Ich hoffe, es ist wenigstens die Luft wert, mit der ich es ausspreche.«

Logan grunzte seine Zustimmung.

»Dann willst du also mit Davey reden?«, fragte er.

»Vielleicht«, sagte ich. »Ich sag dir heute Abend Bescheid.«

»Dann ist Jane auch hier. Sie kommt heute Nachmittag.«

»Ja, ich weiß«, sagte ich. »Wird ein Full House: Damen und Buben.«

Logan erhob sich, und wir zogen uns zu einem Schluck Aperitif in die Bibliothek zurück, wo Olivers Ausgelassenheit und übertriebene Darbietung seiner Gesundheit mir die Freude an meinem Glas Sherry verleideten.

IV

Die Mahlzeiten in Swafford gewinnen im Verlauf des Tages an Förmlichkeit. In den größeren Häusern des Königreichs ist das normal. Ich nehme an, wenn Lévi-Strauss oder Margaret Mead noch lebten, könnten sie dieses Phänomen erklären, indem sie den Firnis der feinen Landhaustradition abheben und darunter eine solide anthropologische Teakplatte aus Stammestabus freilegten – wie es aussieht, werden wir die Erklärung zweifellos bei den neunmalklugen Edelfedern unserer Sonntagsbeilagen suchen müssen. Das Frühstück ist zum Entzücken meiner traditionalistischen Seele eine nahezu dienerfreie Angelegenheit, ganz wie es sein soll, Podmore kommt nur mit frischem Kaffee oder Toast herein, wenn man nach ihm schreit oder klingelt. Das Sideboard biegt sich unter einer Reihe blitzblanker Schüsseln, die neben gebratenem Speck, Rührei, Würstchen, Pilzen und runzlig gebratenen Tomaten, die wir eh erwarten, die drei großen Bestandteile englischer Frühstückskunde enthalten – Kedgeree, Bückling und Nierchen (scharf gewürzt); die Länge der Tafel wird rhythmisch punktiert von Marmeladetöpfchen, Kaffee- und Teekannen, mit silbernen Toasthaltern und Krügen, bis zu den Kristallrändern gefüllt mit den Säften von Orange, Tomate und Grapefruit. Auf einem Hepplewhite-Beistelltisch aus Seidenholz ist von Podmore ein Morgenfächer aus nationalen und regionalen Zeitungen ausgebreitet worden. Auch Zeitschriften werden bereitgehalten, ›The Spectator‹, ›Private Eye‹, ›The Oldie‹, ›Country Life‹, ›The Field‹, ›Norfolk Fair‹, ›The Illustrated London News‹, ›The Economist‹, ›Investors Chronicle‹ und ›Beano‹ für die Zwillinge. Ich habe mir, wie ich schon sagte, angewöhnt, danach zu trachten, dass ich als Letzter herabkomme und den Raum für mich habe. Eine Stunde oder so bleibe ich dort, bis ich mich für die erste Erleichterung meiner vormittäglichen Blähungen ins Badezimmer getrieben sehe. Sollte der heilige Petrus mich dermaleinst fragen, zu welcher Zeit oder an welchem Ort ich ewiglich verharren möchte für die unendliche Dauer meiner himmlischen Karriere, dann wähle ich auf jeden Fall halb elf an einem Sommermorgen im Frühstückssalon von Swafford Hall.

Wenn auswärtige Gäste geladen sind, ist das Abendessen eine formelle Festivität mit allem Drum und Dran. Die Damen schlüpfen in die schulterfreien Kleider, und das Personal schlüpft in die schulterhohe Form der Futterverteilung – weiße Handschuhe, Gabel und Löffel vorlegend, glänzende Servietten um die Flaschenhälse gewickelt. Wein und Konversation sprühen, Wangen und Kerzen glühen. Selbst wenn nur die Hausinsassen anwesend sind, wird eine gewisse Eleganz des Protokolls gewahrt. Punkt acht werden die um die Arme ihrer Herren drapierten Damen hereingeführt, die gegen elf *en masse* zum Kaffee in den Salon verduften und das haarige Element zurücklassen, das beim Port Witze reißt und Nüsse beißt. Diese viel geschmähte Prozedur entstammt, wie Simon mir neulich erzählte, viktorianischen Tagen, als Frauen eifrig bestrebt waren, ihren Männern, Brüdern und Söhnen die beunruhigende Neuigkeit vorzuenthalten, dass sie Blasen und Harnröhren besaßen. Egal wo er herrührt, ich finde diesen Brauch äußerst befriedigend. Anne hat die zauberhafte Angewohnheit, uns, wenn sie glaubt, die Trennung der Geschlechter habe jetzt lange genug gedauert, in den Salon zu rufen, indem sie auf dem Piano sanfte Schumannsonaten intoniert. Liebend gerne spielt man den Zivilisierten, aber man braucht reiche Freunde, um die steigenden Kosten solcher Exerzitien abzudecken. Zivilisiertheit ist schließlich weniger eine Geisteshaltung als eine Reichtumsentfaltung. Abendessen in Swafford sind meiner Meinung nach schon fast so schön wie Frühstücke.

Das Mittagessen liegt im Zeremoniell wie in der Chronologie zwischen den beiden. Die Bibliothek dient als Appellplatz und vorzüglich bestücktes präproviantales Schlürfloch; von dort wird man per Gong fürs Festere ins Esszimmer gerufen. Podmore bringt die Schüsseln herein und überlässt sie Anne zur weiteren Verteilung der Almosen. Es ist die kürzeste Mahlzeit, Pudding geht oft unberührt zurück, das Trinken von Stärkerem als Eiswasser ist verpönt, und die Konversation neigt zur Gestelztheit. Den Briten sind häusliche Werktagsessen unangenehm; die Arbeitsethik ist so tief in uns verwurzelt, dass selbst die müßigen Klassen am liebsten so tun, als wäre mittägliches Essen eine lästige Einmischung in ein Leben der Plackerei und ehrlichen Emsigkeit.

Als wir uns an diesem Tage ins Esszimmer begaben und mir angesichts von Olivers taktloser Darbietung seiner Gesundheit und Annes entgeistertem Auftreten der Appetit bereits vergangen war, knisterte die Atmosphäre im Haus von derselben Spannung, die draußen vorherrschte. Mir ist schon oft aufgefallen, dass es ein Merkmal von Gottes billigem Sinn für literarische Klischees ist, wenn er so oft eben die Wetterbedingungen bereithält, die unsere Stimmung am besten widerspiegeln. Der Tag beispielsweise, an dem Jane getauft wurde, den ich immer den Tag nenne, an dem Rebeccas Fluch über mich kam, war ein Tag, an dem es in Strömen goss, was das dumme Geheule, das mit ihm einherging, ausgezeichnet widerspiegelte. Das Wetter, das Helens Scheiden aus meinem Haus und Leben mit einem kreischenden Roman und einer kalt schniefenden Leonora begleitete, war so kalt, dass es einem bis ins Mark ging, und tat eine eisige Betäubung kund, die meine Laune bestens wiedergab. Und der Tag, der, wenn wir unseren Geist über all diese Seiten zurückschweifen lassen, meinen Rausschmiss beim ›Sunday Shite‹ sah, war klar und warm und wolkenlos und sonnig. Die knisternde Gewitterdrohung von heute konnte, obwohl übertrieben wie alle Effekte des Herrgotts, durchaus nicht als unpassend bezeichnet werden.

Michael schwieg, Anne war von spröder Geschwätzigkeit. Ich beobachtete Clara, die ihrerseits schnelle, verstohlene Blicke in Richtung des errötenden und erwartungsvollen David warf. Simon war, bei ihm eine Seltenheit, launisch und abwesend. Max gab sich mit unverbindlichen Reaktionen auf Annes Geschnatter zufrieden. Patricia, Rebecca und Oliver tauschten Bonmots über Londoner Interna aus. Die Zwillinge, die der Tafel vielleicht etwas Würze verliehen hätten, aßen im Kinderflügel. Mary Clifford sagte nichts, bis sie gegen Ende der Mahlzeit der widerstrebenden Clara Treacle Pie aufzudrängen versuchte.

»Du solltest ihn wirklich probieren, Liebes.«

»Ich. habe keinen Hunger, Mummy.«

»Gut aber ich glaube, ein Stück Treacle Pie wäre eine gute Idee. Findest du nicht auch, Davey?«

Ob dieser megalithisch dämlichen Bemerkung biss Max sich auf die Unterlippe, Oliver zog eine Augenbraue hoch. Davey wollte gerade antworten, als Simon herausplatzte.

»Es ist wirklich ein leckerer Pudding, Clara. Wenn du ihn nicht schaffst, esse ich ihn auf, kein Problem.«

»Simon gehört zu den Menschen, die reinhauen können wie ein Schwein und trotzdem kein Gramm Fett ansetzen«, sagte Anne und schnitt Clara ein Stück ab. »Er hat schon drei Stücke gehabt.«

»Erst zwei, Mum«, sagte Simon und hielt seinen Teller hinüber, um ein drittes zu bekommen. »Brauche all meine Kräfte, wir wollen heute Nachmittag die Schweine zur Nachlese auf die Felder treiben. Möchtest du mitkommen, Clara?«

Clara schaute Simon hilflos an, ihre Augen waren hinter den dicken Gläsern groß und wässrig.

»Clara und ich wollten etwas spazieren gehen, Simon«, sagte Max. »Wenn du ›Nachlese‹ sagst«, fuhr er mühelos fort, »meinst du dann, dass sie wirklich selber nach Futter wühlen, oder gebt ihr ihnen das? Das hat mich schon immer interessiert.«

Während Simon erklärte, sah ich zu, wie Clara sich mit gesenktem Kopf wieder ihrem Teller zuwendete und trübsinnig in ihrem Pudding herumstocherte. Ich fand, abgesehen von diesem trostlosen Augenblick, sah sie schon ein bisschen besser aus als bei ihrer Ankunft in Swafford in der vergangenen Woche. Die Natur, hatte ich den Eindruck, würde im Lauf der Zeit Claras Mängel von allein beheben, ohne Daveys mystische Einmischung. Kuck dir Amerikanerinnen an. Mit vierzehn machen sie den Eindruck, sie hätten gerade einen Verkehrsunfall hinter sich: Ihre Mäuler sehen aus wie Drahtkäfige, ihre Beine und Rückgrate stecken in Stützstrümpfen und -schienen, ihre Haut ist von Akneklumpen übersät, ihre Oberlippen zeigen Flaumfussel, ihre jämmerlich kleinen BHs sind mit Kleenex ausgestopft, und ihre Augen kullern unabhängig voneinander in alle möglichen Richtungen außer geradeaus. Aber wenn sie dann achtzehn geworden sind, sind sie schon fast unerträglich schön, mit Zähnen wie Verstopfungstabletten, Augen, in die man tauchen könnte, Haut die du von vorne bis hinten ablecken möchtest, frischem Holz vor der Hütte und neuen Posen. Leider kein Haar in den Achselhöhlen, was ich für einen verhängnisvollen Fehler halte. Hast du Honigmieren je beim Wort genommen? Ihnen je ihre Süße abgepresst? Wenn du die Blume nimmst und ihr Staubgefäß zusammendrückst, dann schwillt an seinem Ende ein delikater, glänzender Nektartropfen. Eine Schweißperle, die sich an der Spitze der Achselhaare einer Frau sammelt, ist genauso schön. Der wahre Connaisseur des schönen Geschlechts delektiert sich am großartig fleischigen Aroma des weiblichen Wesens, nicht an den sterilen Zitronenduftnoten von Deodorants und Salben. Die Franzosen verstehen das, ungefähr das Einzige, was sie verstehen – außer Französisch natürlich. Erinnere dich an die leichtfertigen *amants* bei Baudelaire, die ihr Gesicht in den schweißgetränkten Unaussprechlichen der Komödiantinnen bergen. Haaa …

Oh, entschuldigen Sie bitte. Zurück zum Mittagessen.

Michael stand auf. »Verzeiht, wenn ich mich zurückziehe«, sagte er. »Ich muss heute Nachmittag noch arbeiten. Aber ich darf wohl annehmen, dass wir uns alle um vier hier treffen, um Janie bei ihrer Ankunft willkommen zu heißen?«

Nicken um den Tisch.

Ich ging so bald wie möglich, um meine heimliche Überwachung einzuleiten. Es war ein schwieriges Unterfangen, zur Villa Rotonda zu gelangen, ohne vom Haus aus gesehen zu werden. Ein Teil der Gäste, wusste ich, würde sich im Salon aufhalten, der auf den Südrasen hinausgeht und an dessen Ende die Villa steht. Also musste ich den gesamten Rasen in einem weiten Bogen umrunden und das Gartenhaus von hinten erreichen. Dies erforderte Verhandlungen mit allerlei dichter Vegetation. Gebüsch und Gehölz hatten sich, wie mir schnell auffiel, zur seligen Nachmittagsaufgabe gemacht, mir mithilfe listig hochragender Wurzeln und vorstehender Zweige die Kaffeetasse aus der Hand zu schlagen, die ich idiotischerweise auf meine Reise mitzunehmen beschlossen hatte. Als ich mich endlich durch das Hinterfenster der Villa gestöhnt hatte, waren kaum mehr zwei Zentimeter Kaffee übrig, die aber mit Gartenabfällen angereichert. Zwei Zentimeter Nachmittagskaffee, überlegte ich, sind besser als einer, und trank dankbar aus, mitsamt Blattresten, Gewitterfliegen und Astrinde. Dennoch sollte mir, wie ich bald entdeckte, dieses Verschütten einen Augenblick der Panik bereiten.

Ich machte es mir wieder einmal auf der Krocketkiste bequem, sah einer Spinne zu, die sich von der Decke abseilte, und grübelte, wie vor mir schon Robert the Bruce, über das Problem der Mühe nach. Aufstehen ist mühsam, Bewegen ist mühsam; selbst Stillsein, nichts anderes als Leidertragen, selbst das ist mühsam. Mühe ist verbrauchte Kraft. Kraft stammt aus Nahrung. Wir machen weiter, weil wir essen. Aber die Mühe des *Schöpferischen?* Wie wird deren Aufwand wieder gefüllt? Woher *stammt* schöpferische Energie? Auch aus Nahrung? Warum kann dann ein Lyriker, sagen wir mal, der einst schreiben konnte, plötzlich nicht mehr schreiben? Doch wohl kaum, weil er aufgehört hat, Spinat zu essen? David glaubt, er habe eine schöpferische Energie, die aus … die aus weiß Gott was stammt. Aus der Natur, aus einem verzwickten Zwischengewebe, einem stärkenden Kraftfeld wie dem, über das sie in dieser absurden Science-Fiction-Geschichte mit Alec Guinness reden, bei der Roman mich so überraschte, weil er sie einen »alten« Film nannte … möge die Macht mit dir sein … wenn das für Roman ein alter Film war – *Star Trek,* hieß der so? Irgendwie so – aber was war dann *Duck Soup? …*

»Es brennt! Es brennt!«

Eine erregte Stimme vor dem Fenster. Ich sprang auf. Die Kaffeetasse fiel mir aus dem Schoß und zerschellte auf dem Fußboden.

Nicht Davids Stimme. Auch nicht Claras.

Ich ging ans Fenster und schaute hinaus.

Unter mir waren die Zwillinge, saßen auf dem Pfad, der zwischen der Rückseite der Villa Rotonda und dem Seeufer verlief. Einer von ihnen hielt ein Vergrößerungsglas in der Hand, der andere eine Schnecke. Ein Rauchfaden stieg von einem kleinen Loch im Schneckenhaus auf.

»Hey!«, rief ich.

Sie drehten sich erschrocken und schuldbewusst um und grinsten, als sie sahen, wer es war.

»Hallo, Onkel Ted.«

»Wir machen einen Versuch.«

»Also, ihr könnt hier keine Versuche machen«, sagte ich.

Der Zwilling mit dem Vergrößerungsglas sah verärgert drein.

»Warum nicht?«

»Weil …« Ich suchte nach einem Grund. »Angenommen, euer Bruder David sieht euch. Ihr wisst doch, was er von Grausamkeit gegenüber Tieren hält.«

»Das macht nichts.«

»Davey ist im Wald.«

»Ist er mit Clara hingegangen.«

»Vor Ewigkeiten.« Vor Ewigkeiten? Vor *Ewigkeiten?* Ich sah auf meine Uhr. Zehn nach drei.

Verdammt Ted, du fetter Büffel. Verdammt du riesige suhlende Titte. Du hast vierzig Minuten lang gepennt. Hättest du eine ganze, volle Tasse starken Kaffee gehabt, dann …

Ich stürzte die Vorderstufen der Villa herab und zu den Zwillingen herum.

»Wo?«

»Wo was?«

»Davey und Clara. Wo sind sie in den Wald gegangen?«

Sie zuckten die Achseln.

»Wissen wir doch nicht.«

Sie zeigten über den See.

»Da irgendwo.«

»Sollen wir los und mit ihnen Verstecken spielen, ja?«

»Nein, nein. Ihr bleibt hier. Ich wollte sie bloß … bloß einholen. Mit ihnen reden.«

»Alles klar.«

»Wir bleiben hier.«

»Kannste wetten. Wir bleiben hier.«

»Genau hier.«

»Ganz genau hier.«

Ich marschierte los, um den See herum, und verfluchte meinen faulen alten Körper. Genau, was ich gesagt hab. Energie. Mühe. Wo geht das alles hin?

Ich stampfte durch den matschigen Gestank am Seeufer, meine Füße rissen das Gestrüpp aus Glaskraut, Sumpfschirm, Malven und Sumpfdotterblumen hoch. Vor mir lag das kleine Wäldchen, wo Davey und ich an meinem ersten Tag spazieren gegangen waren. Es war jetzt feuchter, die Luft dunstgeschwängert, und oben türmten sich die Wolken zur Farbe von Oktopustinte.

In diesem Gehölz blieb ich stehen und horchte. Lerchen, Buchfinken, Drosseln und Fliegen sangen, zwitscherten, tschilpten und summten. Kleine Mückenschwärme wirbelten und tanzten durchs dunklere Dickicht. So lautlos, wie dies einem schwergewichtigen Mann möglich ist, der sich über einen mit trockenen Zweigen und knackender Rinde bedeckten Boden bewegt, ging ich auf den dunkelsten, dichtesten Teil des Wäldchens zu.

Irgendwo vor mir hörte ich Davids Stimme, ganz unterdrückt und heiser. Mich duckend ging ich dem Geräusch nach, hob jeden Fuß hoch vom Boden und setzte ihn mit allem Feingefühl wieder ab, das mir zu Gebote stand. Die Mühe ließ mich wie eine Dampfwalze keuchen und hecheln. Schweiß sammelte sich in meinen Augenbrauen.

»Siehst du also, der Geist muss einen Weg hineinfinden«, hörte ich Davids Stimme erklären.

»Geist wie Luft?«, fragte Clara.

Ich kam hinter einem Dornenstrauch zum Stehen und spähte hindurch. Auf einer kleinen Lichtung, weniger als die Länge einer langen Cocktailbar von meinem Versteck entfernt, konnte ich Clara und David sehen, die auf dem Waldboden saßen. Clara kehrte mir ihre Seite zu, aber Davids Gesicht konnte ich deutlich erkennen. Er hatte kohlschwarze Jeans und ein weißes

T-Shirt an. Seine Knie waren ein wenig angezogen, und seine Hand ruhte auf Claras Schulter. Ich atmete so ruhig ich konnte.

»Nein, nicht ganz wie Luft. Du weißt doch vom Geist des Mannes. Dem Geist der Leben erschafft.«

Clara kicherte. »Was, du meinst … *Sperma?*«

Eine Schweißperle lief herab und stach mir in die Augen. Die Helligkeit schwand, und die Luft war so stark aufgeladen, dass die Haut juckte.

»Das ist kein Scherz, Clara. Wenn dieser Geist sehr rein und sehr heilig ist, kann er den Menschen, der ihn empfängt, ebenfalls sehr heilig und sehr rein machen.«

Clara starrte ihn an. »Du willst doch nicht etwa …«

Ich schluckte. Das hatte ich nicht erwartet. Ganz und gar nicht erwartet.

»Ich habe nachgedacht. Weißt du, die Probleme, bei denen du meine Hilfe möchtest, liegen alle hier oben.«

David strich ihr mit den Fingern ums Gesicht.

»Weißt du, üblicherweise pflanze ich den Geist tief in jemanden ein …«

Plötzlich musste ich an Olivers Hämorrhoiden beim Frühstück denken und verschluckte mich. Ein warmer dicker Tropfen fiel mir klatschend auf den Kopf. Mist dachte ich. Irgend so eine verdammte Ringeltaube. Ein weiterer Tropfen landete auf meinem Arm. Regen.

»… aber ich glaube, in deinem Fall wäre es am besten«, setzte David fort, »wenn der Geist hier eingeführt würde.«

Er fuhr Clara mit dem Daumen über die Lippen.

»Du meinst ich müsste ihn *trinken?*«

David seufzte. Mir war offenkundig, dass er die Naivität von Claras Reaktionen nicht gerade entgegenkommend fand.

»Dein Vater hat es dir doch erklärt, oder? Er hat dir gesagt, dass ich die Kraft habe, Menschen zu helfen. Er hat dir gesagt, du sollst mir vertrauen und tun, was ich sage, oder?«

Clara nickte. Sie sah keineswegs glücklich aus.

»Damit du den Geist aufnehmen kannst, werde ich dich stillen, wie eine fürsorgliche Mutter ihre Kinder stillt.«

Clara antwortete nicht.

»Denk immer daran, wie der reine, lebendige Geist in dich eingehen und dich ganz machen wird. Er wird deine Augen und deine Zähne heilen. Er wird dich mit Kraft und Schönheit erfüllen.«

»Wie schmeckt das?«

Klasse, die Kleine. Sie wurde mir zunehmend sympathisch. Poesie liegt im praktischen Detail.

»Er schmeckt nach allem, was du gern hast. Nach Honig und süßer warmer Milch.«

»Anis?«

»Wenn du Anis magst, wird er nach Anis schmecken.«

»Ich *hasse* Anis.«

»Nun, dann wird er nicht nach Anis schmecken. Was ist dein Lieblingsgeschmack?«

»Worcestersauce.«

»Hm …« David stockte. Ich konnte mir vorstellen, woran er dachte; wie viel Überzeugungskraft würde es haben, wenn er behauptete, dass sein reiner, heiliger Strom des Geistes tatsächlich nach Worcestersauce schmecken würde? »Dein Verstand wird jeden Geschmack erschaffen, den er sich wünscht«, war das Beste, was ihm einfiel.

»Sieht er wenigstens wie Worcestersauce aus?«

»Spielt doch keine Rolle, wie er aussieht!« David wurde langsam gereizt.

»Jetzt fängt es auch noch an zu regnen.«

»Regen ist gut. Er ist sauber und rein und ziemlich warm.«

Um Schutz zu finden, schob ich mich tiefer in den Busch; die Dornen um mich herum kämmten mir mit wütenden Kratzern das Haar.

David hatte seinen Ärger überwunden und sprach jetzt mit ruhigem, hypnotischem Gurren.

»Clara. Man hat dir gesagt, du sollst mir vertrauen, und du vertraust mir. Man hat dir gesagt, ich würde dir helfen, und ich helfe dir. Ich lege mich jetzt so zurück, ja? Jetzt nehme ich deine Hand und lege sie hierher, genau auf meine Jeans.«

»Was ist das?«

»Du weißt, was das ist. Das musst du doch wissen. Fühle es einfach einen Moment lang. Fühle, wie warm und stark es ist. Da kommt der Geist her. Gut so.«

Claras Körper verdeckte mir die Sicht auf die Einzelheiten dieser idyllischen Waldszene. Ich konnte sehen, wie Davids Gesicht in die Baumkronen hochschaute und wie seine Zehen sich in den Schuhen bogen. Ich konnte Claras Schultern und einen Teil ihres Arms sehen. In weiter Ferne erklang ein Donnergrollen, und der Regen begann auf die Blätter zu peitschen.

»Gut«, sagte er. »Jetzt zieh hier auf und … genau. Aber vorsichtig.«

»Sehen die alle so aus?«

»Du musst doch schon mal einen gesehen haben?«

»Ein Mädchen in der Schule hat mir ein Magazin gezeigt. Der hatte aber nicht diese lose Haut.«

»AU! PASS DOCH AUF!«

»Was hab ich denn getan? Was hab ich denn getan?«

»Nein, nein. Ist schon gut. Aber du musst sanfter sein. Er ist extrem empfindlich, weißt du. So, hübsch langsam.«

»Er ist so heiß.«

»Ja, das stimmt. Ist er. Sehr heiß. Die Hitze stammt von dem Geist, der dich gesund und ganz machen wird. Jetzt möchte ich, dass du deinen Kopf neigst.«

»Ich will nicht …«

»Clara … es ist ganz einfach.«

»Aber da machst du doch …«

»Was?«

»Aber damit pinkelst du doch.«

»Clara, bitte! Er ist völlig sauber. So sauber, dass er deinen ganzen Körper reinigen kann. Du musst mir vertrauen. Was wird dein Vater sagen, wenn ich ihm erzähle, dass du es nicht geschafft hast, mir zu vertrauen!«

»Also gut, dann …«

Durch die wuchernden Dornenzweige sah ich, wie ihr Kopf sich senkte und wie David ihr die rechte Hand in den Nacken legte.

»Ruhig«, sagte David. Ich könnte mir denken, dass er froh war, dass die Zähne des Mädchens nach außen standen und nicht nach innen.

»Wimbledon«, antwortete sie, oder das verstand ich jedenfalls. Es könnte sein, dass sie etwas anderes gesagt hat. Ich nehme an, jedes Wort das unter solchen Umständen gesprochen wird, käme als Wimbledon heraus.

»Birmingham!«, sagte sie und widerlegte mich.

»Verzehre den Geist«, sagte David, die nach unten zeigende Fläche seiner freien Hand öffnete und schloss sich um die Streu des Waldbodens. Der Regen fiel jetzt stärker, prallte von einem Baumstumpf neben seinem Kopf ab. »Ja. Hör nicht auf. Mach weiter. Ja. Jeden Moment … jeden Moment wirst du den Geist spüren …«

Jeden Moment? Grundgütiger, die Jugend ist außerordentlich. Ich hätte eine halbe Stunde daliegen müssen, um bloß warm zu werden.

»Ja … ja … ja … *ja!*« Davids Stimme erhob sich singend. Aber mit einer Gewalt die stärker war als das entfernte Donnergrollen, bellte plötzlich eine tiefe Stimme aus der Dunkelheit hinter ihnen.

»NEIN! NEIN! LASS SIE LOS!«

Vier Dinge geschahen gleichzeitig.

Ted Wallace fiel vor Erstaunen vornüber in den Dornbusch und riss sich das Handgelenk auf.

David jaulte vor Schmerz.

Clara riss ihren Kopf aus Davids Schoß hoch, ein rosig cremefarbener Strom blubberte ihr aus dem Mund.

Simon brach durch die Büsche und stürzte auf die Lichtung, das Gesicht weiß vor Zorn.

Ich befreite mich von den Dornen und sah, wie Clara Simon in die Arme taumelte, würgend und schluchzend. David setzte sich auf und starrte auf das zerrissene, blutende Chaos in seinem Schoß hinab. Sein magischer Zeugezapfen schien noch ganz zu sein, Schwein gehabt, aber Claras Schneidezähne hatten seiner Unterseite eine Schramme zugefügt und ein Fleischläppchen abgeschält.

Simon drückte mit einer Hand Claras Kopf an seine Schulter und betrachtete darüber hinweg seinen Bruder. Seine Schultern bebten, und die Zunge leckte ihm über die Lippen, während er nach Worten suchte. Der Regen strömte zwischen ihnen herab, und der wilde elektrische Duft frisch benetzten Waldes stieg vom Erdboden auf.

Endlich fand Simon seine Sprache wieder.

»Doktor …«, schrie er, »… hilf dir selber.«

Der arme alte Simon, ungebildet wie eh und je.

Er drehte sich und sprach auf Clara ein, als der sich nähernde Donner das Wäldchen erschütterte.

»Wir können dich unmöglich ins Haus gehen lassen, so wie du aussiehst. Komm, ich bringe ich zu Jarrolds Cottage. Da kannst du dich waschen.«

Clara klammerte sich an ihn, als sie die Lichtung verließen. Die Vorderseite ihres Kleides war von Regenwasser, Blut, Samen und Brocken frisch erbrochenem Treacle Pie durchnässt und verschmutzt.

»Ihr könnt mich doch nicht so liegen lassen!«, rief David ihnen nach. »Simon! Komm zurück!«

Sie verschwanden im Wald. David krümmte sich hin und her, der Regen klatschte ihm die Haare an die Kopfhaut.

Dort saß ein Kind, überlegte ich, das eines Patenonkels arg bedurfte. Seufzend zog ich ein Taschentuch aus der Hose und stand auf. Schweigend sah er, wie ich auf ihn zukam, und zitterte wie ein Kaninchen in der Falle. Sein Atem erreichte die oberen Register seiner Stimmbänder, als er schwer keuchend Luft holte.

»Du hast's gesehen?«, brachte er heraus.

»Red nicht«, sagte ich. »Kein einziges Wort. Kannst du aufstehen?«

Er griff nach meinem Arm, zerrte sich hoch und zuckte dabei zusammen wie nicht recht gescheit. Armer Saftsack.

Acht

Als Gordon Fell 1987 zum Ritter geschlagen wurde, schmiss er hinterher zur Feier des Tages ein Zechgelage im Savoy. Natürlich nicht im Dominion Club, wie sich das gehört hätte, sondern im Savoy. Na ja, auch egal. Im Lauf der Party erzählte er uns von der Zeremonie im Buckingham Palace. Gordie war an jenem Morgen natürlich nicht der Einzige, der den Ritterschlag empfing. Die Queen schafft auf einen Schlag Dutzende von Kandidaten. Anscheinend werden sie wie bei einem Vortrag in Reihen gesetzt, während eine Kapelle der Wachen im Hintergrund schließmuskelschließend unpassende Melodien wie »A Spoonful of Sugar« oder »Chitty Chitty Bang Bang« spielt. Gordon sollte nach dem neben ihm sitzenden aufgeblasenen Narren niederknien und den Schlag empfangen. Dieses prahlerische kleine Würstchen hatte sich den Weg in den Vorstand der einen oder anderen großen Wohltätigkeitsorganisation erschleimt und wollte nun einsammeln, was er für die ihm zustehende Belohnung hielt.

Das Menschlein hatte sich voller Stolz vorgestellt und flüsterte, nachdem Gordon ihm seinen Namen genannt hatte: »Und was machen Sie? Diplomatisches Corps, ja?«

»Ich bin Maler«, sagte Gordie.

»Wirklich?«, sagte der Typ. »Doch hoffentlich keiner von diesen schrecklichen Modernen.«

»Aber nein«, sagte Gordon. »Natürlich bin ich kein moderner Maler. Ich wurde im verdammten 16. Jahrhundert geboren, oder nicht? Ich bin ein alter Meister, kapiert?«

Vielleicht nicht ganz die Sprache für Buck House, aber unter den Umständen vertretbar. Der Typ zeigte Gordie die kalte Schulter, empört, dass er eine Ehrung mit so einem Tier teilen sollte. Gordon kratzte sich ostentativ am Sack und gähnte.

Jedenfalls, der Wohltätigkeitsschnatterer war irgendwann an der Reihe, sich hinzuknien und bedient zu werden. Zufällig wurde seine Investitur zum Komtur der kriechenden Kröten oder für welchen Orden er auch immer anstand, von keiner Melodie untermalt, da die Kapelle gerade damit beschäftigt war, die Notenblätter von »Consider yourself« von ihren Pulten zu nehmen und durch »Born Free« zu ersetzen. In ergriffenem Schweigen berührte das Schwert Ihrer Maj dem Mann die Schultern, mit schicklicher Würde richtete er sich auf und neigte den Kopf mit zackigem Schwung, der jeden ihrer Kammerdiener beschämt hätte. In diesem Moment entledigte sich sein nervöses, angespanntes und erregbares Nervensystem eines erstaunlich lang anhaltenden und überraschend lauten Furzes. Die Monarchin machte einen Schritt zurück, was zwar Teil des Protokolls war, aber für jeden Anwesenden eine unwillkürliche Reaktion auf das gewaltige Posaunen des Mannes zu sein schien. Sein Gesichtsausdruck, als er kläglich den Gang herabkam, war einer tiefsten Schmerzes. Jeder Einzelne im Raum starrte ihn an oder, schlimmer noch, wartete, bis er mit ihm auf einer Höhe war, und wendete dann die Augen ab. Gordon, der ihm begegnete, als er selbst sich auf den Weg zum Thron machte, brummte ihm allen vernehmlich zu: »Schon in Ordnung, alter Knabe. Sie wird's gewohnt sein. Hat jede Menge Hunde und Pferde, denk dran.«

Gordie zufolge kräuselten sich die Lippen der Queen daraufhin zu einem Lächeln, und sie unterhielt sich mit ihm länger als mit jedem anderen. Als er auf seinen Platz neben den immer noch knallroten Furzer zurückkehrte, krächzte Sir Gordon im Verein mit der jetzt wieder aktiven Kapelle »Frei geborn, frei-ei wie der WIND BLÄST.«

Da er nun einmal ein nachtragender Mistkerl ist, ließ Gordon es damit natürlich nicht auf sich beruhen. Im Gedränge der Presse, die sich vor dem Palast und besonders um ihn scharte, wurde er gefragt, wie das Spektakel denn gelaufen sei.

»Der Mann da drüben«, sagte Gordon und zeigte auf den Kerl, der bloß mit seiner Frau und einem Fotografen einer Regionalzeitung aus Hampshire dastand, die ihm sein Ego wieder aufpolstern sollten, »hat einen einfach überwältigenden Furz gelassen, unserer Hoheit praktisch ins Gesicht. Wirklich erstaunlich. Ein Anarchist nehme ich an.«

Die Bande flog hinüber wie Fliegen auf einen Kuhfladen, und das Letzte, was man von der jämmerlichen Kreatur sah, war, wie er die Passage hinunterstürzte, seine seidene Angströhre hüpfte hinter ihm übers Pflaster. Er verlor seinen Hut, seinen Ruf und wahrscheinlich seine Frau auf einen einzigen Streich Gordon Fells hin. Beleidige nie einen Maler. Das ist es nicht wert.

Ich dachte immer, was dieser Mann durchgemacht hat, sei das Peinlichste, was einem Menschen zustoßen kann. Da wusste ich noch nicht, was Gott an diesem stürmischen Nachmittag in Norfolk für mich auf Lager hatte.

Während der Regen auf uns herabprasselte, führte ich einen schaudernden David am Rand der westlichen Auffahrt entlang. Das Vorwärtskommen war mühsam: Er ging gebeugt, presste sich das Taschentuch auf die Lenden und war nur zu schlurfenden Greisenschritten imstande. Schließlich schafften wir es, und ich sagte, er solle sich bis zu meiner Rückkehr unter einen Baum stellen. Wieder im Haus, stieß ich als erstes auf Rebecca.

»Ted, um Himmels willen!«, rief sie. »Du siehst aus, als wärst du frisch dem Sumpf entstiegen.«

»Hab keine Zeit zum Reden, Rebecca«, sagte ich. »Kannst du ein Leben retten und mir deinen Wagen leihen?«

»Warum?«

»Erklär ich dir später. Verdammt dringend. Bitte.«

Sie zuckte die Achseln. »Bedien dich, Schätzchen. Er steht hinterm Haus.«

»Gott segne dich. Ach, Rebecca? Noch einen Gefallen. Simon wird in der nächsten halben Stunde oder so ins Haus zurückkommen. Würdest du ihm wohl diesen Zettel geben?«

Ich schnappte mir ein Blatt des häuslichen Briefpapiers, kritzelte eine Nachricht für Simon, schob sie in einen Umschlag und klebte ihn zu.

»Dunkle, dunkle Geheimnisse«, sagte Rebecca.

»Fürchterlich wichtig, alte Möhre. Du vergisst es auch nicht? Versprochen?«

Sie versprach's.

»Und die Autoschlüssel?«

»Hinter der Sonnenblende.«

Ich war seit meiner Armeezeit nicht mehr Auto gefahren und auch da nur in Maßen. In jenen Tagen bestand man die Prüfung, indem man zum Adjutanten ging und einen Wisch unterschrieb, der einen berechtigte, jedes Fahrzeug vom Motorrad bis zum Dreitonnenlaster zu führen. Ich zweifelte aber nicht daran, dass ich's hinkriegen würde. Wenn ich mir die Anzahl von Einfaltspinseln ansah, die absolut anständige Fahrer zu sein schienen, Simon zum Beispiel, konnte ich mir einfach nicht vorstellen, dass es mir zu hoch sein sollte.

Rebeccas Mercedes stand in der Garage hinter den Stallungen, ein Cabrio mit dem verdammten Verdeck aufgeklappt. Natürlich auch noch ein elektrisches Dach. Nachdem ich fünf Minuten lang vergeblich mit dem Zündschlüssel herumgefummelt hatte – das verdammte Ding ließ sich nicht mal *umdrehen* –, flitzte ich los, um Tubby zu finden. Er ließ den Wagen an und schloss das Verdeck, schnell wie Schweinescheiße.

Ich schaffte es mit großer Beklommenheit, meinen Bauch hinter das Lenkrad zu stopfen, und stieß sofort auf das erste Problem.

»Das Scheißding hat bloß zwei Pedale!«, gellte ich.

»Is Automatik«, sagte Tubby.

Er vergeudete zehn kostbare Minuten damit, mir umständlich deren Funktionsweise zu erklären, dann wagte ich mich aus der Garage und hielt so schnell wie möglich auf die Westauffahrt zu. Ich erreichte sie ohne wirklichen Unfall, stand aber immerzu kurz davor, da der Parkrand mit steinernen Portlandvasen und urigen Bauernbänken freizügig bestückt ist. Ich konnte kaum etwas sehen: Es goss immer noch in Strömen, und ich hatte nicht die leiseste Ahnung, wo der Schalter für die Scheibenwischer versteckt sein mochte.

Am Ende der Auffahrt kam ich zum Stehen und wühlte, als der Wagen auf den Parkrasen schlitterte, Schlamm auf.

David lag reglos unter einer Zeder.

Scheiße, dachte ich. Er ist vom Blitz erschlagen worden. Hätte ihm nie sagen dürfen, er solle sich unter einen Baum stellen.

Ganz so schlimm war's dann aber nicht. Er war in Ohnmacht gefallen, aber nicht vom Blutverlust, entschied ich. Das Taschentuch hatte Flecken, war aber nicht durchtränkt. Ich bückte mich und versuchte, ihn hochzuheben. Kein schwerer Junge, aber zu viel für mich. Mit Bandscheibenvorfällen und ausgerenkten Schultern wäre der Sache nicht gerade gedient gewesen.

»Davey!«, rief ich ihm ins Ohr. »Wach auf. Wach auf, Davey, wach auf.«

Seine Augen flackerten, öffneten sich, und er starrte mich an.

»Komm schon, Junge. Du musst versuchen hochzukommen. Ich hab einen Wagen besorgt und wir fahren ins Krankenhaus. Lassen dich zusammenflicken.«

Er versuchte zu schnell aufzustehen, als hätte ihm nie was gefehlt. Der Schmerz durchschoss ihn heftig, und er fiel wimmernd gegen mich. In dieser gebückten Position konnte ich ihn wenigstens zum Auto schleifen und ihn auf den Beifahrersitz drücken, hebeln und quetschen.

»Oh, Onkel Ted«, sagte er immerzu. »Onkel Ted, Onkel Ted.«

»Pst! Ich muss mich auf dieses beschissene Auto konzentrieren.«

»Anna Längssoll«, duselte er wie ein Betrunkener.

»Was?«

»An der … Lenk … säule. Die Scheibenwischer. Da.«

Die Wischer halfen, aber es war immer noch eine Albtraumfahrt. Von der Straße wurde unglaublich viel Sprühwasser hochgeschleudert und irgendeine tief vergrabene Erinnerung ließ mich immerzu links zutreten und ein Schaltmanöver versuchen, wenn ich langsamer werden wollte. Das einzige Pedal, das mein Fuß erwischte, war die Bremse, auf die er nachdrücklich trat, woraufhin wir zu nervtötenden Hupkonzerten durch Verkehr und Nebelschwaden schlitterten.

David schien mein Fluchen und Grunzen zu amüsieren, und er blieb wach genug, um mich zum Norfolk and Norwich Hospital zu dirigieren.

Erst als wir vor dem Eingang für Notfälle zum Halten schlingerten, kam mir das Prekäre unserer Lage richtig zu Bewusstsein. Michael würde von mir erwarten, dass ich das hier regelte, ohne ihn oder seine Familie ins öffentliche Rampenlicht zu zerren. Ich drehte mich zu David.

»Was immer ich an Erklärungen abgebe, Davey, du musst es behalten und wiederholen. Verstehst du?«

Er sah mich begriffsstutzig an.

»Häh?«

»Ich werde erklären, wer du bist und wie es zu diesem Unfall kam. Du wirst mit keiner einzigen Silbe von dieser Erklärung abweichen. Hast du verstanden? Wir wollen Clara da nicht reinziehen. Oder deine Eltern, wenn's sich vermeiden lässt.«

»Was wirst du sagen?«

»Ich hab null Ahnung, Liebling, klar? Was ist denn nun wieder?«

Auf meiner Seite des Wagens wurde von einem Mann in leuchtend gelber Plastikjacke gegen die Scheibe geklopft. Da ich keine Möglichkeit sah, die Fensterscheibe herunterzudrehen, öffnete ich die Tür und schubste ihn, woraufhin er das Gleichgewicht verlor und in eine Pfütze fiel. Ich hievte mich aus dem Wagen und half ihm hoch.

»Es tut mir furchtbar Leid … wirklich. Oje, du meine Güte. Sie sind ja klitschnass.«

»Sie dürfen hier nicht parken«, sagte er und übersah diese Kinkerlitzchen. »Nur für Krankenwagen.«

»Das ist ein Notfall«, sagte ich. »Außerdem kann ich nicht einparken. Wenn ich das Auto hier stehen lasse, wären Sie dann vielleicht so freundlich, es irgendwo für mich abzustellen?«

»Wie bitte?«

Ich ging um die Motorhaube herum und half David aus dem Wagen.

»Hey!«, schrie der Kerl. »Ich bin doch nicht Ihr …« Dann sah er das rote Taschentuch, das David sich in den Schritt seiner Jeans drückte, und die vorwurfsvollen Worte erstarben ihm auf den Lippen. »Sie beeilen sich besser«, sagte er. »Das Auto fahr ich nach hinten. Sie können sich den Schlüssel in meinem Kabuff abholen.«

Man hört dauernd so viel liberales Geschwafel über den schauerlichen Zustand des *National Health Service.* Wartelisten, Etatkürzungen, niedrige Arbeitsmoral: Machtlos steht man dem debilen Gekläff gegenüber, das alltäglich von den berufsunzufriedenen, humorlosen und selbstgerechten linken Wichsern über uns hereinbricht. Derlei Gerede verleitet selbst einen skeptischen alten Reaktionär wie mich nolens volens zu dem Glauben, alle NHS-Einrichtungen seien von verzweifelten, kranken Patienten überlaufen, die auf Strohmatten in den Korridoren herumliegen und darauf warten, dass der einzige, gestresste, übermüdete, minderjährige Arzt dieser Behörde vorbeischaut und sie anschnauzt, sich gefälligst zusammenzureißen.

Nicht die Bohne. Nicht die beschissenste Bohne. Vielleicht ist das Norfolk and Norwich Hospital ja eine Ausnahme – East Anglia, muss man zugeben, kann nicht gerade als innerstädtische Problemzone beschrieben werden; man kann sich denken, dass der durchschnittliche medizinische Notfall sich hier um von Sumpfbibern angenagte Kürbisse dreht oder um Touristen mit einer Überdosis Pfannkuchen oder Kirchen. Nichtsdestoweniger erwartete ich wenigstens ein gewisses Maß an Schmutz und überarbeiteter Gereiztheit. Aber als Davey und ich durch die sich automatisch öffnenden Türen schritten und bei der Anmeldung vorsprachen, fühlte ich mich weniger als Soldat, der seinen verwundeten Kameraden auf der Krim in das verdreckte Feldlazarett schleppt – die linke Lieblingsvorstellung –, sondern eher als Richard Burton an der Rezeption eines Fünfsternehotels in Gstaad, mit einer beschwipsten Elizabeth Taylor am Arm.

»Ojemine«, gluckte die Omi hinter dem Tisch. »Da ist aber jemand auf dem Kriegspfad gewesen, was?«

»Der junge Bursche hier hat 'n Unfall gehabt«, sagte ich mit kernigem Zwinkern. »Das Übliche, Sie wissen schon. Hat sich sein bestes Stück im Reißverschluss eingeklemmt.«

»Hoppla!«, sagte sie. »Dann nehme ich besser Ihre Personalien auf.«

»Äh, Edward Lennox.«

Davey zog die Augenbrauen hoch.

»Und der Name Ihres Sohnes?«

»David«, sagte ich. »Er heißt David.«

»Und haben Sie zufällig Davids Sozialversicherungskarte dabei?«

»Oje, wir sind gleich los, ohne daran zu denken, fürchte ich.«

»Das macht nichts, mein Guter. Das Formular können Sie später ausfüllen. Wenn Sie sich dann setzen möchten, ein Arzt kommt sofort, um Sie sich anzusehen.«

»Kapiert?«, zischte ich David zu, als wir uns setzten. »David Lennox. Unfall beim Pinkeln.«

Er nickte. Er war sehr blass, sein Haar war noch feucht und seine Unterlippe blutete, weil er vor Schmerz draufgebissen hatte.

Er saß da, ohne ein Wort zu sagen, starrte bloß ausdruckslos die Uhr an der Wand an.

»Wird schon wieder«, sagte ich, sein Schweigen als Furcht deutend. »Die wissen schon, was sie tun. Passiert wahrscheinlich jeden Tag.«

»Die Sache ist bloß ...«, sagte David.

»Ja?«

»Diese Jeans. Das ist 'ne 501.«

»501? Versteh ich nicht.«

Eine Krankenschwester kam auf uns zu und strahlte Willkommen, Vertrauen und Desinfektionsmittel aus.

»David Lennox?«

»Die Sache bei einer 501 ist«, flüsterte David mir beim Aufstehen hastig ins Ohr, »die haben Knöpfe, keinen Reißverschluss.«

Er wurde weggeführt, und ich saß da und schlug mir wütend mit der Faust auf den Schenkel.

Verdammte amerikanische Mode. Scheiß drauf. Scheiß auf die alle. *Knöpfe?* Das ist doch einfach unerhört! Knöpfe trug man an der Hose, wenn man aus der Armee kam oder früher bei Hochzeiten. *Knöpfe?* Beschissene, verfluchte Scheiße, das konnte ja heiter werden. Knöpfe. Grotesk.

Nach zwanzig Minuten einsamen Wütens schritt eine hochgewachsene Frau mit stahlgrauem, zu einem furchteinflößenden Knoten gebundenen Haar in weißem Kittel auf mich zu, ein gefährliches Leuchten in den eisblauen Augen.

»Mr. Lennox?«

»Woll, das bin ich.«

»Dr. Seyran. Könnte ich Sie mal kurz sprechen?«

»Ja, ja. Natürlich. Wie geht's Davey denn?«

»Hier entlang, bitte. Ich habe ein kleines Büro.«

Ich folgte ihr gehorsam und vertrieb uns die Zeit des kurzen Spaziergangs mit amüsanten Betrachtungen über das Wetter und den Straßenverkehr, ganz wie ein echter, ausgewachsener Daddy.

Dr. Seyran – Margaret Seyran, wenn man dem Namensschild an ihrem Kittel Glauben schenken durfte – schloss die Tür des Büros hinter sich und zeigte auf einen Sessel.

»Mr. Lennox«, sagte sie, als ich mich gesetzt hatte, »ich frage mich, ob Sie wohl so gut sein könnten, mich über das Wesen Ihrer Beziehung zu David aufzuklären.«

»Na ja«, sagte ich forsch-fröhlich, »mal besser, mal schlechter. Sie wissen doch, wie Jugendliche sind.«

»Das ist nicht ganz, was ich meine, Mr. Lennox«, sagte sie, ging um ihren Tisch herum und setzte sich. »Sie sind der Vater des Jungen, ist das richtig?«

»Schuldig im Sinne der Anklage.«

»Vielleicht können Sie mir dann erklären«, sie zog einen Kugelschreiber aus der Brusttasche, »warum David zu mir sagte: ›Der Schmerz wurde im Wagen schlimmer, auch weil Onkel Ted so ein schlechter Fahrer ist.‹ Das waren seine Worte, Mr. Lennox. ›Onkel Ted‹.«

»Tatsächlich?«

»Tatsächlich. Also warum sollte ein Sohn seinen Vater ›Onkel‹ nennen, frage ich mich?«

»Na ja, wenn ich Vater sage, meine ich natürlich ›Pater‹ wie in *Patenonkel.*«

»Patenonkel?«

»Patenonkel«, meine Stimme klang trocken und unangemessen durchdringend, »wissen Sie, das hat schließlich was Väterliches, oder?«

»Sie sind nicht mit David verwandt?«

»Nicht direkt.«

»Nicht direkt. Verstehe.«

Als wolle sie ein Rezept ausstellen, nahm sie einen kleinen weißen Notizblock aus einer Schreibtischschublade und begann darauf zu schreiben.

»Warum«, fragte sie währenddessen, »natürlich?«

»Wie bitte?«

»Sie meinten gerade, als Sie Vater sagten, meinten Sie ›natürlich‹ Patenonkel. Warum natürlich?«

»Also ...«, ich verspürte ein dringendes Bedürfnis nach einer Rothie, »ich nehme an, so natürlich ist das nicht, wo Sie das jetzt sagen. Als Außenstehender kommt Ihnen in der Familie natürlich nichts natürlich vor, oder? Ich meine, das Leben anderer Leute ... Mysterium. Reines Mysterium. Finden Sie nicht auch?«

»Aber wie es aussieht, sind *Sie* doch auch Außenstehender dieser Familie?«

»Ach so ... ja. Wenn Sie das so sehen. Hm.«

»Davids Verletzung rührt der Anmeldung zufolge daher, dass er sich den Penis in einen Reißverschluss eingeklemmt hat.«

Penis, welch ein garstiges Wort. Nicht das richtige von einer großen Frau mit kalten Augen und festen Brüsten.

»Ja, Reißverschluss, stimmt.«

»Obwohl die Jeans, die er anhat ...«

»Knöpfe hat. Je nun, er hat die ursprüngliche Hose natürlich ausgezogen.«

»Wieder natürlich?«

»Also, er steht da, wissen Sie. Pinkelt und klemmt sich den Schniedel ein. Ich wusste nicht, was ich machen sollte. Also lief ich los und holte ihm eine andere Hose und dann …«

»Sie waren dabei, als er urinierte?«

»Also, nein, natür … *selbstverständlich* hat er geschrien, nicht wahr? Ich lief hoch …«

»Hoch?«

»Ins Badezimmer …«

»All das geschah in einem Badezimmer?«

»Ja! In einem Badezimmer. Was hatten Sie denn erwartet eine Bäckerei? Einen Frisiersalon?«

Sie schrieb ein paar Worte auf.

Ihr Schweigen und ihre Geduld waren außerordentlich irritierend. Ich steckte eine Hand in meine Jackentasche.

»Ich hoffe, Sie beabsichtigen nicht zu rauchen, Mr. Lennox«, sagte sie, ohne aufzuschauen. »Das hier ist ein Krankenhaus.«

Ich seufzte. Sie sprach weiter, immer noch schreibend.

»Warum ist Davids Kleidung wohl so durchnässt? frage ich mich.«

»Es hat geregnet, Dr. Seyran. Es hat fast den ganzen Nachmittag geregnet. Oder ist Ihnen das nicht aufgefallen?«

»Doch, Mr. Lennox. Es ist mir aufgefallen. Bei solchem Wetter müssen wir mit schweren Unfällen immer sehr zügig verfahren, Mr. Lennox.« Langsam hasste ich es, wie sie den Namen immerzu wiederholte. »Aber kommen wir auf Ihre Geschichte zurück. Wenn ich recht verstehe, fand Davids kleines Missgeschick in einem Badezimmer statt? Mit ein wenig gutem Willen kann ich nachvollziehen, warum er nach dem Unfall die Hose wechselt, aber warum er dann draußen im Regen herumsteht …«

»Ich musste erst das Auto holen, oder? Hören Sie, was sollen diese Fragen? So etwas passiert doch wohl wirklich häufig genug …«

»Glücklicherweise kann ich Ihnen versichern, Mr. Lennox, dass es de facto angenehm selten vorkommt, dass ein Kind mit menschlichen Bissspuren am Penis in dieses Krankenhaus eingeliefert wird.«

»Ah.«

»Ja. Und es ist noch seltener, dass eine beschäftigte Unfallärztin sich genötigt sieht, Geschichten von Badezimmern, Urinieren, Reißverschlüssen und frischen Hosen zu lauschen, wenn auf den ersten Blick ersichtlich ist, dass die schlamm-, samen- und blutverschmierte Jeans und der hysterische Zustand des fraglichen Jungen eine ganz andere Geschichte erzählen.«

»Ah«, sagte ich, »nun …«

»Was diesen Fall noch seltener macht, ist die Tatsache, dass das Kind von einem Mann in die Notaufnahme gebracht wurde, den ich auf den ersten Blick als den Lyriker E. L. Wallace erkannte, der als seinen Namen aber bloß Edward Lennox angibt.«

»Ja, um Himmels willen, wenn Sie von Anfang an wussten, wer ich bin …«

»Dieser E. L. Wallace behauptet, der Vater des Jungen zu sein«, fuhr sie fort »und als diese Erfindung als erstunken und erlogen entlarvt wird, will er mir weismachen, dass er ›natürlich‹ meinte, dass er in Wirklichkeit bloß der Patenonkel sei.«

»Was stimmt.«

»Ich glaube, Mr. Wallace«, sagte sie und bettete ihr Kinn in die Hände, »Sie sollten mir jetzt den Namen der wirklichen Eltern des Jungen verraten, meinen Sie nicht auch?«

Ich überhörte diese Bitte. »Ich möchte bitte mit Davey sprechen.«

»Ich glaube kaum, dass die Polizei es bei meinem Anruf gut heißen würde, wenn ich Ihnen das gestatte.«

»Die Polizei? Sind Sie vollkommen durchgeknallt? Was um alles in der Welt hat denn die Polizei damit zu tun?«

»Schreien Sie bitte nicht so, Mr. Wallace.«

»Tut mir Leid, aber hören Sie …« Ich beugte mich vor und senkte die Stimme. »Okay. Reden wir wie erwachsene und reife Menschen von Welt, einverstanden? Ich gebe zu, dass die Geschichte mit dem Reißverschluss ein bisschen was von einer Notlüge hatte. Aber alles was recht ist, bloß weil ein Liebespärchen mal Pech gehabt hat …«

»David ist fünfzehn Jahre alt, Mr. Wallace. Ich zweifle nicht daran, dass in der Welt der Bohemiens, in der Sie leben …«

»Ja, ja, ja. Ihre ranzigen, wiedergekäuten Vorstellungen über das Leben der Bohème lassen wir mal beiseite. Man muss der Jugend doch wohl das Experimentieren gestatten. Ich meine …«

»Ich habe selbst einen Jungen in Davids Alter, Mr. Wallace!«

»Nun, wenn es darum geht, Dr. Seyran, ich auch.«

Sie sah mich entgeistert an. »Sie auch?«

»Sicher. Und wenn ihm so etwas zustieße, glauben Sie, ich würde es an die große Glocke hängen? Natürlich nicht. Machen Sie ein Trara, und die ganze Sache gerät außer Rand und Band. Sie wissen doch, wie Jugendliche sind. Schuld, Ärger, Zorn, Aggression. Nein, nein. Bloß nicht aus so einer Mücke einen Elefanten machen. Das hat nichts mit Bohème zu tun, sondern mit gesundem Menschenverstand. Ich verbiete Ihnen definitiv, die Polizei da hineinzuziehen. Und mein Rat wäre, dass Sie auch die Eltern aus dem Spiel lassen. Wenn ich ihn jetzt bitte sehen könnte?«

Sie starrte mich mit großen Augen an, das Notizbuch längst vergessen.

»Also!«, sagte sie endlich. »Ich muss schon sagen, allein für diese verdammte Chuzpe hätten Sie den ersten Preis verdient, Mr. Wallace. Das ist es wahrscheinlich, was man ›dichterische Freiheit‹ nennt, ja?«

»Ja, zum Kuckuck!« Ich hatte die Schnauze langsam gestrichen voll von diesem steifbusigen Moralapostel. »Sie sind Ärztin, keine verdammte Sozialarbeiterin. Haben Sie da nicht diesen Eid, der Ihnen verbietet, das Privatleben Ihrer Patienten weiterzutratschen? Ich meine, Herrgott, Weib, was ist denn bloß los mit diesem Land? Warum bestehen herrische Kreaturen wie Sie darauf, ihre wissbegierigen Nasen permanent in die Angelegenheiten anderer Leute zu stecken? Nähen Sie dem Jungen einfach seinen Schwanz wieder zusammen, geben Sie ihm ein paar Tabletten und schicken Sie ihn dahin, wo der Pfeffer wächst. Es geht Sie doch, verdammt noch mal, einen feuchten Dreck an, wo und mit wem er seine Verletzung bekommen hat. Lassen Sie uns bloß in Ruhe, ja?«

»Es dürfte Sie vielleicht interessieren, Mr. Wallace, dass ich zum Schiedsgericht gehöre. Als Friedensrichterin.«

»Und zweifellos sind Sie auch Mitglied der Calvinisten gegen Schwanzlutschen und der Hausfrauen gegen Fellatio. Was Sie in Ihrem Privatleben tun, ist mir absolut scheißegal. Und was ein Jugendlicher in seinem anstellt, sollte *Ihnen* scheißegal sein. Sie sind Ärztin, Sie sollen heilen, nicht predigen.«

Sie funkelte mich erneut feindselig an und streckte die Hand nach dem Telefon aus. »Wenn ich nicht auf der Stelle Namen und Adresse von Davids Eltern bekomme, Mr. Wallace, rufe ich die Polizei.«

Ich seufzte. »Also gut. Schon gut. Und ich nehme an, Sie wollen auch gleich die Namen der Eltern des Mädchens, damit Sie gleich zwei Familien auf einmal in die Scheiße reiten können, hab ich Recht?«

»Mädchen? Welches Mädchen?« Sie starrte mich verdutzt an.

»Welches Mädchen? Welches Mädchen? Was meinen Sie mit ›welches Mädchen‹? Herrgott noch mal, dachten Sie vielleicht, eine Giraffe hätte ihm einen geblasen?«

»Nein, Mr. Wallace. Ich nahm an, *Sie* seien die zweite beteiligte Partei gewesen.«

Jetzt war ich an der Reihe, vor Verblüffung Stielaugen zu kriegen.

»WAS? Sie dachten *was?*«

»Bitte, Mr. Wallace, senken Sie Ihre Stimme.«

»Sie dachten, ich …«

Ein Leben lang haben mir Leute von Dr. Seyrans Schlag Worte wie »Bohemien« um die Ohren gehauen, aber ich glaube wirklich und wahrhaftig, wenn ich einen Fehler habe, ist es der, nicht ganz so versaut zu sein wie die meisten von denen. Man nennt mich Zyniker und Skeptiker, bloß weil ich, wenn ich etwas sehe, es als das bezeichne, was es ist, nicht wie ich es gern hätte. Wenn man sein Leben auf einem moralischen Gipfel verbringt, sieht man nichts als den

Schmutz unter einem. Wenn man wie ich im Schmutz selbst lebt, hat man einen verdammt guten Blick auf den klaren blauen Himmel und die sauberen grünen Hügel oben. Keiner ist so böswillig wie die mit der moralischen Sendung, und keiner so reinen Herzens wie die Heruntergekommenen. Trotzdem war es wohl ziemlich dämlich von mir, nicht dahinter gekommen zu sein, worauf sie die ganze Zeit hinauswollte.

»Sollte es da einen Irrtum gegeben haben, Mr. Wallace«, sagte sie, »versichere ich Ihnen, dass es mir sehr Leid tut, aber Sie sehen doch ein, dass es meine Pflicht ist, in Fällen wie diesem den Sachverhalt klarzustellen. Also, die Eltern sind …«

»Wenn ich es Ihnen sage«, meinte ich, »werden Sie verstehen, warum ich mir wegen etwaiger Hinzuziehung der Polizei und nachfolgender Öffentlichkeit Sorgen mache. Die Eltern des Jungen sind …« – dramatische Kunstpause – »… Michael und Anne Logan.«

Die Kinnlade klappte ihr weg.

Ich nickte gewichtig. »Genau.«

»Wissen Sie, Mr. Wallace«, sagte sie, »David kam mir gleich so bekannt vor. Ich hab ihn schon mal gesehen. Lady Anne und ich sind am selben Gericht.«

»Nein, wirklich?« Wahrlich, welch eine Überraschung. Ich konnte mir gut vorstellen, wie sie genüsslich Wilddiebe und Exhibitionisten zum Tode verurteilt. »Also, da ist im Moment gerade dieses junge Mädchen in Swafford, Clara Clifford. Sie ist die Tochter von Max Clifford, den Sie vielleicht ebenfalls kennen?«

»Ich habe natürlich von ihm gehört … ich wusste nicht, dass er eine Tochter hat.«

»Sie ist vierzehn. Also, um nicht viele Worte zu verlieren, ich ging heute Nachmittag im Wald um

Swafford spazieren und hörte einen Schrei. Als ich hinkam, entdeckte ich, dass Davey durch jugendlichen Eifer und Mangel an Erfahrung in die Bescherung geraten war, deren Zeuge Sie geworden sind. Unglücklich und blamabel, aber kaum eine Angelegenheit für die Polizei.«

Sie bedachte mich mit einem weiteren langen Blick. »Und Sie sind wirklich Davids Patenonkel?«

Ich erhob meine rechte Hand. »Beim Barte des Poeten.«

Sie lächelte, und ich sah zum ersten Mal den Anflug von etwas wie Attraktivität und gar Erotik hinter ihren durchdringend blauen Augen.

»Wenn Sie wollen«, bot ich an, »können Sie einen Abdruck von meinem Gebiss nehmen. Ist das nicht gängige gerichtsmedizinische Praxis?«

»Ich glaube«, sagte sie und erhob sich, »ich werde noch mal ein paar Worte mit David reden. Macht es Ihnen etwas aus, kurz hier zu warten?«

»Nein, nein. Ich kann ja solange Ihre Briefe lesen.«

»Nichts Interessantes dabei«, sagte sie lachend. »Aber in der mittleren Schublade finden Sie einen Aschenbecher.«

Auf dem Notizblock komponierte ich ihr ein kleines Geschenk.

Es kann eine Frau Dr. Seyran
Mit Blicken die Männer skalpieren.
Hast du Sünde im Sinn,
Starrt sie dir aufs Kinn
Und spart dir den Schaum fürs Rasieren.

Darunter schrieb ich: »Mehr als Limericks schaff ich dieser Tage nicht mehr. Bloß schade, dass es keine guten Reime auf ›Margaret‹ gibt … Alles Liebe, Ted Wallace.«

Unter der dicken Eisschicht, dachte ich, lagen die perfekt konservierten Reste eines leidenschaftlichen Herzens. Ich glaubte genau zu wissen, was für Geräusche sie beim Orgasmus von sich geben würde. So zwischen einer quietschenden Tür und einem springenden Jaguar. Horrido. Ich würde nie Gelegenheit haben festzustellen, ob ich Recht hatte.

Davey stand ein bisschen schafsmäßig an der Anmeldung herum, während sie seinen Papierkram erledigte. Eine aufmerksame Krankenschwester oder vielleicht Dr. Margaret selbst hatte ihm eine Handvoll Zeitschriften gegeben, die er sich vor den Unterleib halten konnte. Hinter denen stach ein dicker weißer Verband hervor.

»Ich hab's genäht«, erklärte sie mir. »Die Fäden müssten sich in ein bis zwei Tagen auflösen.«

»Keine bleibenden Schäden?«

»Es wird eine Zeit lang schmerzhaft für ihn sein, Wasser zu lassen, und noch schmerzhafter …«

»Schon klar.«

»Ansonsten geht's ihm gut. Ich bin sicher, er wird gut heilen.«

»Sie ahnen ja nicht, wie Recht Sie haben«, sagte ich unter Davids wütenden Blicken.

»Ich habe ihm außerdem eine Tetanusimpfung zur Auffrischung sowie einige Antibiotika gegeben.«

»Und den Verband kann er nach jedem Pipi selbst wieder anlegen, ja?«

»Oh, damit wird er keine Schwierigkeiten haben, was, Davey?«, sagte sie und legte ihm eine Hand auf die Schulter.

»Ich bin in Ordnung«, murmelte er und wand sich wie eine Dose lebender Angelköder ob der Peinlichkeit, dass man sich über seinen Kopf weg über ihn unterhielt, als wäre er fünf Jahre alt.

Die Fahrt aus Norwich heraus verging schweigend. Ich war zu beschäftigt, Pollern und Lastern auszuweichen, als dass ich hätte reden können, und David hatte mit eigenen Gedanken zu kämpfen. Als wir die Stadtgrenze überschritten und es uns hinter einem angenehm langsam fahrenden Lieferwagen gemütlich gemacht hatten, konnte ich mich entspannen und reden.

»Zum Glück«, sagte ich, »ist die Ärztin eine Freundin deiner Mutter.«

»Hat sie gesagt. Sagt sie Mummy was davon?«

»Nein«, sagte ich. »Glaub ich nicht.«

»Ich vielleicht«, sagte Davey zu meiner großen Überraschung.

»Bitte, wenn du das für eine gute Idee hältst.«

Er rutschte unbehaglich auf seinem Sitz hin und her. »Sie muss erfahren, was Simon getan hat. Das war gemein. Es war böse.«

»Nun mal langsam.« Ich wandte den Blick eine Sekunde lang von der Straße ab und sah ihn an. »Was hätte Simon denn sonst machen sollen? Ich meine, er platzt in so eine Szene rein …«

»Er wusste es. Er wusste ganz genau, was los war. Er wusste es, und er war eifersüchtig. Er wollte mich demütigen und mich zerstören. Er war schon immer eifersüchtig, weißt du. Er ist wie der Bruder im Gleichnis vom verlorenen Sohn. Er hält es nicht aus, dass er gewöhnlich ist und dass Mummy und Daddy finden, dass ich etwas anderes und Besonderes bin.«

»Und das bist du also, ja? Etwas anderes und Besonderes?« Das grässliche Wort schlug mir immer noch so auf den Magen, dass ich es wiederholen musste.

»Das weißt du doch, Ted.«

»Auf die Gefahr hin, banal zu klingen, ist das nicht jeder?«

»Ja, das stimmt natürlich auch. Ich glaube wirklich nicht, dass ich etwas so Außergewöhnliches tue. Ich glaube, jeder könnte meine Kraft haben, wenn er nur wirklich wollte.«

»Selbst ich?«

»Gerade du! Du hattest diese Kraft doch schon, als du Lyriker warst. Du hast ›Wo der Fluss endet‹ geschrieben, oder etwa nicht?«

»Ich dachte immer, meine Kraft als Dichter stamme daher, dass ich Form und Metrum studiert habe und natürlich die Lyrik anderer, und nicht daher, dass ich irgendeine mystische Quelle angezapft habe. Und«, ich fand, es war höchste Zeit, ihm das klarzumachen, »es tut mir Leid, wenn ich dich enttäuschen muss, aber ›Wo der Fluss endet‹ handelt nicht von der Reinheit der Natur und ihrer Verunreinigung durch den Menschen.«

»Doch, tut es wohl. Es geht um Umweltverschmutzung.«

»Es geht darum, dass die Lyrik von Lawrence Ferlinghetti und Gregory Corso ins Schulcurriculum aufgenommen wurde.«

»Was?« Er starrte mich an, als wäre ich verrückt geworden.

»Gedichte werden von realen Dingen inspiriert, von wirklichen, beschissenen, konkreten Dingen. Ich habe mir einen sarkastischen Scherz darüber erlaubt, wie die reinen Quellwasser der Poesie von Leuten verschmutzt werden, die ich für nichtssagende und untalentierte Flaschen hielt. Ich habe absichtlich die ausgelutschte alte Metapher von Flüssen verwendet, die zum Meer fließen, bloß damit ich meinen Wunsch befriedigen konnte, diese armen, harmlosen amerikanischen Lyriker als schwimmende Kothaufen zu beschreiben.«

»Also«, sagte David und rutschte wieder herum, »ich weiß nicht, wo da der Unterschied sein soll. Dein Gedicht hat immer noch meine Bedeutung, oder nicht? Der Fluss beginnt rein, und dann wird er beim Durchfließen von Dörfern und Städten immer dunkler und schmutziger und ekelhafter, bis er zum Meer kommt. Das sagt dein Gedicht immer noch. Ich glaube nicht, dass irgendein Leser was über diese Dichter weiß. Es *ist* über Reinheit.«

»Ja, aber der springende Punkt ist doch, dass du ein Gedicht nicht mit dem Wunsch anfangen kannst, über ein abstraktes Konzept wie Reinheit oder Liebe oder Schönheit zu schreiben. Ein Gedicht wird aus wirklichen Worten und wirklichen Dingen gemacht. Du fängst mit der niedrigen körperlichen Welt an und mit deinem eigenen niedrigen körperlichen Selbst. Wenn dabei etwas Bedeutung oder Schönheit herauskommt, so ist das, nehme ich an, das Wunder und die Labsal in der Kunst. Wenn du Gold willst, musst du in eine Mine hinabsteigen, um es aus dem Boden zu hacken, du musst dir in einer dreckigen Schmiede die Seele aus dem Leib schwitzen, um es einzuschmelzen: Es fällt dir nicht in glänzenden Platten aus den himmlischen Barren. Wenn du Lyrik willst, musst du erst mal bei der Menschheit mit anpacken, du musst wochenlang mit Papier und Bleistift kämpfen, bis dir der Schädel dröhnt: Verse werden dir nicht von Engeln oder Musen oder Elementargeistern in den Kopf geleitet. Nein, ich glaube nicht, dass meine ›Gabe‹, wenn es sie je gab, viel mit deiner gemeinsam hat Davey.«

Daran hatte David eine Weile zu knabbern. »Worauf willst du eigentlich hinaus?«

»Weiß ich nicht, alter Knabe. Das ist die Scheiße dabei. Ich weiß es nicht.«

Ein Auto hinter mir hupte, und ich merkte, dass ich nicht mal mehr fünfzig fuhr. Mir fiel ein, dass man mit ausgefuchsten Geräten ohne weiteres den Gemütszustand eines Fahrers ablesen können müsste, allein aus seinen Geschwindigkeitsveränderungen und seiner Aggression am Steuer. Ich stellte mir vor, wie in Autos Sensoren installiert würden, die Ungereimtheiten beim Fahren auffingen und unter Bezugnahme auf von kompetenten Psychologen zusammengestellten elektronischen Tabellen ihre Ursachen berechneten. Die aus dieser Tabelle ausgewählten Daten würden dann Signale an ein Display auf dem Dach schicken. »Obacht! Der Fahrer dieses Wagens hat gerade fürchterlichen Krach mit seiner Frau gehabt.« – »Dieser Fahrer ist völlig vernarrt in seine neue Liebschaft.« – »Dieser Fahrer ist fürchterlich wütend, nachdem er heute Morgen seine Brille nicht finden konnte.« – »Dieser Fahrer zeigt ein ruhiges, ausgeglichenes Temperament.« Ich war überzeugt, wie jener pensionierte Polizeipräsident zu sagen pflegte, dass dies einen großen Beitrag zur Verkehrssicherheit leisten würde. Der einzige Haken lag meines Erachtens in der Möglichkeit, dass routinierte Fahrer geschickter waren als ich, unabhängig von ihrer Laune ausgeglichen zu fahren.

Wir schlossen wieder zum Lastwagen auf, und ich schüttelte diese ziellose Träumerei ab. Das ist das Schlimmste am Fahren, die Gedanken werden in lange Tunnel eingesogen, wie in den Schlaf. Letztlich kämpfst du nicht gegen die Wellen deiner Gedanken an, du wirst von ihnen fortgespült und endest dümpelnd.

Ich sah zu David hinüber. Er saß in seinen Sitz zusammengesunken in jener Apathie mit offenem Mund und glasigen Augen, die Jugendliche so perfekt drauf haben.

»Vielleicht hilft es«, sagte ich, »wenn du mir etwas mehr über die genaue Beschaffenheit deiner Kräfte erzählst. Ich glaube, ich habe eine ungefähre Vorstellung, aber du könntest die Lücken füllen.«

»Okay.«

Als die Hecken am Straßenrand auftauchten und die Giebel des Landhauses durch die Parkbäume blitzten, hielt ich mich für mehr oder minder »auf dem Laufenden«, wie Max Clifford gesagt hätte, einschließlich Lilac und so.

Ich ließ Davey hinter dem Haus aussteigen, bevor ich den Wagen wieder in seinen Stall brachte. Er sollte ungesehen nach oben huschen, falls sich das einrichten ließ, während ich dem Haushalt erklärte, dass das arme engelsgleiche Würmchen völlig geschlaucht war, nachdem es sein hartes Tagwerk des Hummelflügelflickens, des Heilens geknickter Butterblumen, des lieblich die Regentropfen Anlächelns und allgemeinen Davidseins vollbracht hatte. Sobald er sicher unter der Decke steckte, konnte er besucht werden, ohne dass jemand spitzkriegte, wie es um die Einzelheiten seiner Verletzung bestellt war.

Auf dem Garagenvorplatz wartete Simon auf mich. Ich hielt den Wagen an, kletterte hinaus und ließ den Motor laufen.

»Es ist fast sieben«, bemerkte er eine Spur vorwurfsvoll. In meiner Notiz hatte ich ihn gebeten, sich mit mir um halb sechs wieder am Standort zu treffen.

»Das ist doch ganz egal«, sagte ich. »Du manövrierst diesen Bastard da in seinen Hangar. Die Zeiten meines Fahrens gehören der Vergangenheit an.«

Seine Autobegeisterung überwältigte seine schlechte Laune. Er stieg ein, lenkte den Mercedes in die Garage und schaltete den Motor ab. Ich wartete im Hof darauf, dass er herauskam. Der Regen hatte aufgehört, und alles glänzte und tropfte wie frisch gewaschener Salat.

Simon blieb unentschuldbar lange im Dunkel der Garage.

»Was machst du da drinnen?«, rief ich in die Finsternis. »Singst du das verdammte Ding in den Schlaf?«

Zwei oder drei Minuten später kam er heraus, ging um den Wagen herum und schloss das Doppeltor der Garage.

»Auf dem vorderen Beifahrersitz war Blut«, sagte er. »Ich hab's abgewischt.«

»Ach so. Guter Mann. Also dann, wenn's schon sieben ist, geh ich besser auf mein Zimmer und zieh mich um.«

Wir gingen zusammen zum Haus zurück.

»Ich hab deine Nachricht bekommen, Onkel Ted. Ich hab's keinem erzählt. Würd ich eh nicht gemacht haben.«

»*Hätt* ich eh nicht gemacht«, brummelte ich.

»Ach, 'tschuldigung. Das mach ich immer falsch.«

»Dann *entschuldige* dich nicht auch noch dafür, Herrgott noch mal.«

Simon hatte etwas an sich, das den Tyrannen in mir herauskitzelte. Alle Tyrannen reagieren gereizt, wenn ihre Opfer sich bereitwillig drangsalieren lassen, weshalb sie dazu neigen, sie noch mehr zu drangsalieren.

»Bist du sauer auf mich?«, fragte Simon.

»Ich ärgere mich gerade ziemlich über mich selbst«, sagte ich. »Ärgere mich, weil ich sauer auf dich bin, ärgere mich, weil du es zulässt, dass ich sauer auf dich bin, ärgere mich über mich, weil ich es zulasse, dass ich mich ärgere, und ärgere mich am allermeisten, weil ich so dämlich bin.«

Der Satz enthielt zu oft »ärgere« und »sauer«, als dass Simon seine Bedeutung hätte entschlüsseln können, also wechselte er das Thema.

»Wie geht's Davey?«

»Er wird's überleben. Ich hab ihn ins Schlafzimmer verbannt. Und Clara?«

»Die wird schon wieder. Ich hab sie auch ins Bett geschickt.« Er bückte sich und riss unter der Steinquitte, die an der Hauswand entlangwuchs, Unkraut heraus. »Ich nehme an, Davey ist wütend auf mich.«

»Er glaubt, du wärst auf seine Kraft eifersüchtig. Er glaubt, du hättest den Moment absichtlich so gewählt, dass du aus dem Busch brechen und ihn demütigen konntest. Er glaubt, du bist böse.«

Simon stierte. »Das ist doch lächerlich.«

»Ja, vielleicht. Und wie siehst du die Sache? Was hältst du von Davey?«

Er dachte darüber nach.

»Er ist mein Bruder.«

»Jaja. Aber was hältst du von ihm? Wie ist es, ihn als Bruder zu haben?«

»Ich weiß wirklich nicht, wie es *ohne* ihn als Bruder ist. Er kann nerven. Ich meine, Tatsache ist doch, er spinnt 'n bisschen. Und er kotzt mich echt an mit diesem ganzen verdammten Anti-Jagdsport-Zeug. Ich meine, er behauptet immer, dass er die Natur so liebt, aber er muss doch irgendwann mal checken, dass wir diese ganzen Wälder und Gehölze ohne die Fasanen nicht hätten. Tausende von Quadratkilometern wären hier bloß flache Felder. Das Waldland ermöglicht nicht nur Federwild, weißt du. Es enthält Wildblumen und wilde Säugetiere und Insekten, die von der Jagd absolut abhängig sind.«

»Natürlich, natürlich, natürlich.« Ich hatte keine Lust auf einen Vortrag über das Töten. »Ich meine Daveys andere Seite.«

»Schau mal, da ist Max«, sagte Simon, und ich hatte den Eindruck, dass er erleichtert war, der Notwendigkeit einer Antwort enthoben zu sein.

Max stand im dunklen Anzug vor dem Hauptportal und sah mit beifälligem Wohlwollen in den Himmel empor, als wäre der ein neuer Juniorchef, der Stelleneinsparungen erfolgreich durchgesetzt hatte, ohne einen Streik heraufzubeschwören.

»Ted. Simon. Herrlich«, sagte er, als wir auf ihn zukamen. »Regen hat aufgehört. Wunderbarer Abend.«

»Kommt aber noch mehr«, sagte Simon.

»Du wirkst sehr fröhlich, Max«, bemerkte ich.

»Und du siehst echt Scheiße aus, alter Junge.« Tat ich wohl wirklich. Mein Gesicht und meine Kopfhaut waren dornenzerkratzt, und meine Kleidung war von Regen, Schweiß und Modder verwüstet.

»Ich geh dann rein«, sagte Simon, »bis zum Abendessen, ne?« Max ergriff meinen Arm und ging mit mir zum Rasen. »Um die Wahrheit zu sagen, Tedward, ich *bin* fröhlich.«

»Ehrlich?«, sagte ich frostig. Ich hasste es, wenn Max Michaels Namen für mich benutzte.

»Ich kann dir auch gleich erzählen, wenn du es nicht schon erraten hast, dass ich Davey gebeten habe, sich doch mal um Clara zu kümmern.«

»War sie krank?«

»Ach, komm schon, Tedward, du weißt ganz genau, was ich meine. David hat sich jedenfalls mit ihr getroffen. Fand ja immer, dass der Bursche ein unerträglicher kleiner Scheißer ist, wenn du's genau wissen willst. Hasste es, ihn um einen Gefallen bitten zu müssen. So ein Tugendlamm. Nichts auf dieser Welt ist unerträglicher als ein Antiwirtschaftssnob. Er wird das schreckliche Geld seines Vaters schon ausgeben, wenn die Zeit reif ist, da mach dir man keine Sorgen. Aber, na ja ... ich kann ihm seine Fähigkeiten schlecht absprechen. Ich weiß nicht, was er gemacht hat. Es muss sehr intensiv gewesen sein. Clara hat es absolut umgehauen.«

»Und, hat's geklappt?« Ich starrte ihn an. Es war mir noch gar nicht in den Sinn gekommen, dass Davids Kur nach Simons Intervention womöglich Erfolg gehabt hatte. Abgesehen von allem anderen, in ordinären körperlichen Begriffen, schien sie aus meinem Blickwinkel ihre Medizin weniger geschluckt als über ihr Kleid gespuckt zu haben.

»Ich bin gerade eine halbe Stunde in ihrem Zimmer gewesen.«

»Du meinst, ihre Zähne sind gerade, und ihre Augen sehen in dieselbe Richtung?«

»Na ja, nein. Natürlich kann er ihr Erscheinungsbild nicht einfach so ändern. Aber *innen drin,* Tedward! Ich habe sie noch nie so fröhlich und so ... zuversichtlich gesehen. Es ist ein absolutes Wunder. Wir haben dieses Mädchen zu Psychiatern und Nonnen und in Sommerlager und Gott weiß was geschickt. Es ist unfassbar.«

Ich stimmte ihm zu und nickte begeistert, während er weiter schwatzte.

»Sie wollte mir nicht verraten, wie er's gemacht hat, aber mir wär's auch egal, wenn er sie mit Molchesaug und Hundeohr gefüttert hätte. Das Schielen wird offensichtlich bald von selbst verschwinden, und die Zähne werden sich auch richten. Und sie ist einfach so … ach, du wirst ja sehen. Wirst ja sehen.«

»Fabelhaft«, sagte ich, »Einfach wunderbar. Aber schau, ich muss baden und mich umziehen, wenn ich nicht zu spät zum Essen kommen will. Wir sehen uns an den Futtertrögen.«

Als ich die Eingangshalle betrat, ging Oliver gerade die Treppe hoch.

»Ah!«, sagte er und drehte sich beim Geräusch der Eingangstür um. »Ein neues, glückliches Treffen der Sommer-Nachspiel-Gesellschaft, wie ich sehe.«

»Ja, sehr witzig. Ich bin in den Sturm geraten, wenn du's unbedingt wissen musst.«

»Ich glaube, der Sturm ist in dich geraten, Liebling.«

Ich ging die Treppe zu ihm hoch. »Übrigens«, sagte ich, »hat Jane nach mir gefragt?«

»Nein, Herzchen. Es kam eine Nachricht, die besagte, sie könne nicht vor morgen kommen.«

»Warum nicht?«

»Weitere Untersuchungen. Doris Doktor weigert sich einfach zu glauben. Wahrscheinlich wollen sie sie im Royal College of Surgeons ausstellen. Sollen wir uns sputen? Sonst verpassen wir noch das Happihappi.«

Ich suhlte mich im Bade, sah zu Himmel und Wolken empor, die an die Decke gemalt waren, ein Glas Zehnjährigen fest umklammert. Ich wünschte, ich könnte mich von allem reinwaschen. Ich wünschte, Jane wäre da. Ich wünschte, ich wäre wieder in London. Ich wünschte, ich wäre nicht so alt, so verwirrt und so verärgert. Zumindest gab es Whisky. Eine Flasche, mehr verlangte ich ja gar nicht, eine volle Flasche …

Als ich durch die Dampfwolken zu den Engeln hochlinste, die aus ihrem *Trompe-l'œil*-Himmel auf mich herabschauten, stieg irgendwo in meinem Hinterkopf ein kleiner Gedanke auf wie eine Blase Sumpfgas. Ich ließ vor Überraschung mein Whiskyglas fallen. Andere Gedanken stiegen an die Oberfläche, jeder erhellte den nächsten auf seiner Leuchtspur wie Irrlichter. War das wirklich möglich?, fragte ich mich. Führte dieses plötzliche Zickzack des Lichts irgendwohin, oder passte hier eher die Parallele vom Ignis fatuus, und all die aufsteigenden Gedanken bildeten bloß eine falsche Fährte in den Sumpf hinein? Hm …

Ich streckte einen Arm nach dem Telefon aus, das griffbereit in einer Nische neben der Wanne stand.

Neun

Podmores Filzhammer gongte das Gesprächsende ein. Ich legte den Hörer auf und hievte mich aus der Wanne. Vor Jahren habe ich – und Sie können das vielleicht eines Tages gebrauchen – einen Trick entdeckt, wie man sich nach dem Baden schnell anziehen kann. Das Problem, wenn man noch nicht ganz trocken ist, besteht ja darin, dass Hemd und besonders Socken anpappen und dann scheuernd über die Haut reiben. Sie gleiten nicht ohne weiteres: Bei dem Versuch, im feuchten, postbalnealen Zustand mit seinen Klamotten zu ringen, kann man sich eine Schulter verrenken oder einen steifen Hals zuziehen. Meine Entdeckung ist, dass die Anwendung eines guten, altmodischen Badeöls dieses Problem behebt. Die Haut wird so weich und glatt wie die eines Seehunds, und Hemd und Halbhose des Herrn springen praktisch vom Boden auf und schmiegen sich in freudigem Handumdrehen um ihn herum.

Ich sah mich also imstande, gelassen in meine Unterwäsche zu schlüpfen und vor dem Spiegel zu stehen, wo ich mir den wohlgerundeten Bauch tätschelte, während ich die kleinen Besorgungen durchging, die noch vor dem Essen zu erledigen waren. Schon zwei wichtige Besuche würden …

Ich wurde von Stöhnen und Keuchen abgelenkt, das aus dem Fuseli Room nebenan durch die Wand drang, wo Oliver einquartiert war. Ich zog mich fertig an, kämmte mich und trat auf den Korridor. Oliver kam zur selben Zeit heraus. Schuldbewusst sah er auf seine Zimmertür.

»Ted, du Doppelbiest. Hast du eben zugehört?«

»Zugehört? Wobei?«

»Ich fürchte, Mutter gönnte sich einen Quickie aus dem Handgelenk. Ich bin ein lauter Liebhaber, wenn ich selbst im Mittelpunkt stehe.«

»Mein lieber alter Oliver«, sagte ich. »Wenn mein Leben mal so sinnentleert ist, dass ich nichts Besseres mehr zu tun habe, als einem alten Mann beim Wichsen zuzuhören, dann jage ich mir eine Kugel durch den Kopf.«

Aber ich hatte natürlich zugehört. Männer machen so was. Oben an der Treppe schied ich von Oliver.

»Muss noch mal kurz zurück und was nachsehen«, sagte ich. »Hab, glaub ich, meine Rothies im Zimmer vergessen.«

Ich eilte zurück durch den Korridor und zu dem Gang, wo die Kinder schliefen. Nachdem ich Clara einen Besuch abgestattet hatte, ein ergiebiges Gespräch, glitt ich die Treppe hinab und durch die Eingangstür hinaus. Ich sauste über die Einfahrt, hechelte wie ein Hund an heißen Tagen, überquerte den Vorderrasen, umging die Westauffahrt und erreichte den Park von der Seite. Schließlich wollte ich nicht noch einmal durch den verdammten Begrenzungsgraben klettern. Der Himmel verdunkelte sich kohlrabenschwarz, als sich neue Sturmwolken sammelten, aber obwohl das Licht für einen Juliabend düster war, konnte man doch noch gut sehen. Sorgfältig suchte ich mir einen Weg durch die einzelnen Haufen Pferdeäpfel, zuversichtlich, dass Tubby die Pferde in Anbetracht des schlechten Wetters in die Ställe gebracht hatte und kein losgelassener Hengst mich vergewaltigen oder niedertrampeln würde. Ich fand, wonach ich gesucht hatte, und bückte mich, um es genauer in Augenschein zu nehmen. Zufrieden grunzend richtete ich mich wieder auf und kehrte ins Haus zurück.

Nur Max, Mary, Michael und Oliver waren im kleinen Salon, als ich dort ankam. Michael und Mary saßen auf einem Sofa in der Ecke und unterhielten sich ruhig, während Oliver am Getränketablett den Vorsitz hatte.

Max sah aus dem Fenster. Es ging in Richtung der Villa Rotonda und des Sees dahinter, und daher wusste ich, dass er nicht gesehen haben konnte, wie ich den Vorderrasen überquert hatte.

»Simon hatte Recht«, teilte er dem Zimmer mit. »Da ist noch mehr Sturm im Kommen.«

»Joujou, dat Landvolk, woll, dat weiß, wat Sache is«, krächzte Oliver.

»Das ist der schlimmste Norfolker Dialekt, den ich je gehört habe«, sagte ich.

»Dann hast du noch keine echten Norfolker reden hören, Schatz. Deren Dialekt ist noch *viel* weniger überzeugend als meiner, das kannst du mir glauben. Darf ich dir 'n Whisky einschenken?«

»Je größer, desto besser«, sagte ich.

Ich ging zu dem Sofa, auf dem Michael und Mary saßen.

»Aber Michael, *alle* sollten es wissen«, sagte sie.

»Mary, glaub mir, ich bin entzückt. Entzückt. Das reicht doch wohl.«

»Aber Michael, findest du nicht, dass es deine Pflicht ist? Ich meine, diese Gabe ist doch ganz bemerkenswert, etwas, das *genutzt* werden muss.«

Ich stellte mich hinter das Sofa, wollte sie nicht unterbrechen.

»Ich weiß nicht, Mary, ich weiß einfach nicht. Schau mal, Annie mag es nicht …«

»Was mag Annie nicht?«, sagte die in Rede Stehende von der Tür her. Das verdammt schärfste Gehör, dem man je begegnet ist.

Die Pause dauerte Bruchteile von Sekunden – zu kurz für die Geschworenen, um etwas hineinzulesen, aber lang genug, um Michael peinlich zu sein –, bis Oliver ihm zu Hilfe kam.

»Woddie, Schatz, den magst du nicht. Du bist ein Ginmädchen. Woddie macht dich grantig. Also gieß ich dir eine volle Jilly Gill der lieblichen Jenny Gin ein.«

»Danke, Oliver.«

Anne warf mir einen bittenden Blick zu, den ich nicht zu deuten vermochte. Sie wies in eine Zimmerecke, weit weg von den anderen. Dort gesellte ich mich zu ihr, und wir taten so, als betrachteten wir ein Oakshett-Acrylporträt der Loganfamilie.

»Ich war gerade bei Davey«, sagte sie mit unterdrückter Stimme. »Was ist mit ihm los?«

»Ach«, sagte ich. »Bisschen fertig, das ist alles. Ich kann's dir genauso gut gleich sagen, dass er … er hat sich heute Nachmittag mit Clara getroffen.«

»O nein.«

»Sie wurden vom Regen überrascht. Beiden geht's gut. Bloß ein bisschen müde. Ach übrigens, Max glaubt, Clara gehe es insgesamt viel besser.«

»Wirklich?« Annie schüttelte traurig den Kopf. »Davey erwähnte etwas von einem Streit mit Simon, aber mehr wollte er nicht verraten. Was war denn los?«

»Mach dir doch nichts vor, Anne. Sträuben ist zwecklos. Der Junge ist ein Wundertäter. Daran besteht überhaupt kein Zweifel. Findest du nicht auch?«

Sie wollte etwas sagen.

»Findest du nicht auch?«, wiederholte ich langsam.

Sie sah mich an und holte Luft.

»Oh, Ted!«, flüsterte sie. »O Ted, du bist einfach großartig!« Sie zog mich am Ärmel wie ein Kind. »Ich wusste, dass ich mich auf dich verlassen kann. Ich wusste es!«

»Auf Ted verlassen?« Olivers Stimme überrumpelte uns. »Das finde ich einigermaßen unglaublich«, sagte er und präsentierte Annie ihren Gin.

»Ted ist ein Engel und hat gerade versprochen, dass er die Zwillinge morgen nach Brockdish zu einem Ballonflug mitnimmt«, sagte Annie fröhlich. »So lieb von ihm.«

»Ballonfahrer in Brockdish? Die nähen das eine Ende von Teds Hose zusammen und füllen sie dann mit heißer Luft, ja?«

»Nein, Oliver«, sagte ich. »Sie nehmen eine lebensgroße Nylonkopie deines Egos und bitten dich, sie mit irgendeinem Thema vollzuquatschen. So läuft das.«

»Esprit ist nicht gerade deine starke Seite, Liebling«, sagte Oliver. »Einfach ein bisschen zu schwerfällig, weißt du.«

Rebecca, Patricia und Simon kamen als Letzte, Patricia lächelte mich verstohlen an, als sie hereinkam. Sie hat sich mein Angebot überlegt, dachte ich. Wie entzückend.

11

»Wir sollten heute Abend eigentlich zwölf Personen beim Essen sein«, verkündete Annie, als wir ins Esszimmer schritten. »Aber Jane ist noch nicht angekommen, und Davey und Clara sind früh ins Bett gegangen. Also werden Max, Oliver, Mary und Simon auf der Seite sitzen und Rebecca, Ted und Patricia auf dieser.«

»Es ist dunkel wie im Winter«, sagte Michael und schloss die Fensterläden.

»Gemütlich«, sagte Oliver.

»Bedrückend«, sagte ich.

Der erste Gang war geräucherte Gänsebrust, und die Konversation lief glatt, bis Patricia fragte, ob Lilac noch gesund und munter sei.

»Es geht ihr gut«, sagte Simon. »Alles okay.«

»Wirklich wunderbar«, sagte Patricia. »Ich meine, der Tierarzt war sich doch so absolut sicher, oder nicht? Kreuzkrautvergiftung. Ich hab's in der Bibliothek nachgeschlagen. Das ist ein chronischer Zustand, der bleibenden Leberschaden hervorruft. Wie *kann* es Lilac wieder gut gehen?«

Simon nuschelte etwas wie, Tierärzte könnten sich genauso irren wie jeder andere auch.

»Wir müssen den Tatsachen ins Auge sehen, Anne«, sagte Mary. »Ich weiß, dass du nicht gern darüber sprichst, aber es muss doch einmal gesagt werden, nicht wahr? Ganz abgesehen von allem anderen sind Max und ich Davey einfach so *dankbar.*«

Unter heftigem Quietschen zerschnitt Simon auf seinem Teller eine Scheibe Gänsebrust.

»Ich bin sehr froh darüber, dass ihr glücklich seid«, sagte Anne. »Und ich bin sehr froh, dass Clara glücklich ist.«

»Und Oliver«, sagte Max. »Oliver ist auch glücklich.«

»Und wie«, sagte Oliver. »Ich bin glücklich. Ich kann wieder ohne Angst eklige Sachen essen und mit Woddie nachspülen.«

»Und ich bin glücklich«, sagte Rebecca. »Glücklich über meine Tochter.«

»Und ihr müsst doch auch glücklich sein, Anne, Michael? Ihr müsst doch über Edward glücklich sein«, sagte Patricia.

»Und Simon muss über Lilac glücklich sein«, sagte Mary.

Simon nickte unbehaglich.

»Es ist so *dumm,* nicht darüber zu reden!«, fuhr Mary mit glänzenden Augen fort. »Als wäre es ein schuldbeladenes Geheimnis und kein herrliches, herrliches Wunder, das jedermann glücklich macht.«

Klirrend legte ich Messer und Gabel hin. Jetzt. Es konnte genauso gut jetzt erledigt werden.

»Also, tut mir Leid, wenn ich euch in die Parade pissen muss«, sagte ich. »Aber ich bin nicht scheißglücklich. Ich bin absolut nicht scheißglücklich. Tatsache ist, ich fühl mich so mies wie die verdammte Sünde.«

»Natürlich tust du das, du mieser alter Scheißer«, keifte Oliver. »Und du hast es auch nicht besser verdient. Allmächtiger Gott, du bist ein hartes Stück Arbeit.«

»Ruhe jetzt, Ruhe jetzt!« Michael schlug mit der Hand auf den Tisch. »Was ist denn in euch gefahren? Dies ist eine Dinnertafel. Bitte!«

»Tut mir Leid, Michael. Du bist der Gastgeber und hast hier das Sagen, aber ich glaube, Edward Pissing Wallace kann sich auf was gefasst machen.«

»Hört hört«, sagte Rebecca zu meiner Linken.

Oliver zeigte mit einem Löffel auf mich. »Du glaubst noch immer nicht an Daveys Kraft, oder, Ted?«

Ich schaute zu Anne hinüber und zuckte die Achseln. »Wenn du es hören musst, werd ich's dir sagen. Nein, ich glaube nicht an Daveys Kraft.«

»Seht ihr? Er kann es einfach nicht akzeptieren.« Olivers Stimme wurde schriller. »Da wird ihm diese eine Chance geboten, wie wir alle hier sie bekommen haben, eine Chance, wie sie die meisten Leute selbst in tausend Jahren nicht bekommen, ihm wird diese *eine* Chance geboten, sich an den eigenen Haaren herauszuziehen, diese eine Chance, sich aus dem Sumpf zu erheben, in dem er all die Jahre versackt war, diese eine Chance, seinen Blick nach oben zu richten und die Schönheit der Welt zu erkennen, und was sagt er? ›Ich bin nicht scheißglücklich. Ich fühle mich so mies wie die verdammte Sünde.‹ Natürlich ist er nicht glücklich. Was wir in der letzten Woche erlebt haben, ist nichts weniger als eine göttliche Offenbarung. Eine verdammte göttliche Offenbarung, und wir können sie alle sehen, alle können wir sie sehen und feiern. Wir haben wenigstens diesen letzten Rest an Demut, der uns gestattet, vor schrankenloser Freude zu jauchzen und zu weinen. Wir alle bis auf den verdammt beschränkten, sturköpfigen, stockblinden, stocktauben, ungläubigen Ted.«

Er hatte Tränen in den Augen. Ich sah verlegen auf meinen Teller.

»Es tut mir Leid«, sagte Oliver. »Es tut mir Leid, Ted. Aber es ist einfach so, dass ich dich liebe, du dämlicher Scheißhaufen. Du bist ein Freund, den ich liebe. Wir alle lieben dich. Aber du bist so ein … so ein …«

»Schon gut, Oliver«, sagte Rebecca, »wir wissen alle, was er ist. Es ist einfach Folgendes, Schatz«, sagte sie zu mir, »warum akzeptierst du nicht, was du siehst? Warum würde es dir so weh tun, der Wahrheit ins Gesicht zu sehen?«

»Welcher Wahrheit?«, fragte ich.

»Der Wahrheit«, sagte Oliver, »dass sich hier etwas wie Gnade offenbart hat.«

»Der Wahrheit«, sagte Rebecca, »dass es da oben wirklich etwas gibt.«

»Mich interessiert nicht, was es da oben gibt«, sagte ich. »Mich interessiert, was es hier drin gibt.« Ich schlug mir auf die Brust.

»Herrgott!« Oliver knallte seine Gabel hin. »Warum musst du solche Sachen sagen? Warum musst du solche Sachen sagen? Das ist hier kein verdammter Schulrhetorikkurs. Es gibt hier keine Preise für neunmalkluge Bemerkungen.«

»Ich muss schon sagen«, meinte Max, »es ist ein bisschen komisch, dass ausgerechnet ein Dichter von all dem als Einziger nicht zu überzeugen ist. Was ist mit deinem Sinn für Mysterien, für Fantasie geschehen?«

»Nein«, sagte ich, »das ist nicht im geringsten komisch. Wenn Mysterien und Fantasie mich interessierten, wäre ich Physiker geworden. Ich bin Lyriker, weil ich sehr profan bin. Gut bin ich nur bei dem, was ich schmecken und sehen und hören und riechen und fühlen kann.«

»Oh, jetzt geht der Scheiß wieder los, verdammte Pamela Paradox …«

»Das ist keineswegs paradox, Oliver.«

»Deshalb bist du also hergekommen, ja? Bloß um uns alle mit kaltem Wasser zu überschütten? Bloß um dir ins dreckige Fäustchen zu lachen? Wenn du es schon nicht ernst nehmen kannst, warum versuchst du dann, unser Glück zunichte zu machen?«

»Aber natürlich nehme ich es ernst. Ich nehme es sogar sehr ernst. Jane ist meine Patentochter und Davey ist mein Patensohn. Ob ihr's glaubt oder nicht, das nehme ich sehr ernst. Wirklich sehr ernst.«

»Gut aber warum …«, hob Rebecca an, wurde aber von Anne unterbrochen.

»Ich läute nach Podmore«, sagte sie. »Es wäre mir lieb, wenn wir nichts sagen, solange er im Zimmer ist.«

Wir verharrten in gezwungenem Schweigen, während Podmore das Geschirr abräumte und den Hauptgang servierte. Ich trank zwei große Gläser Wein aus. Mir war heiß und unbehaglich. Oliver, mir gegenüber, schüttelte abwechselnd mitleidig den Kopf und funkelte mich an. Ich war gerührt, als er gesagt hatte, dass er mich liebte.

Michael drehte mit gerunzelter Stirn am Stiel seines Weinglases. Ab und zu warf er mir kleine, verwirrte Blicke zu. Simon war knallrot und beklommen. Max, Mary, Rebecca und Patricia hatten die Reihen fest geschlossen und zwitscherten über Wetter und Politik daher. Jede besonders dümmliche Bemerkung schien absichtlich in meine Richtung adressiert zu sein, als wolle man mich auffordern, ihrer Einheitsfront entgegenzutreten. Es war wie in der Schule, wenn alle einen schnitten.

Endlich verschwand Podmore.

»Sekundanten beiseite«, sagte Oliver. »Zweite Runde.«

»Tedward«, sagte Michael und säbelte auf eine Röstkartoffel ein. »Ich verstehe das nicht. Du bestreitest alles? Alles, was ich dir erzählt habe?«

»Das ist keine Frage des Bestreitens, Michael. Ich bestreite nichts von dem, was du über deinen Vater gesagt hast. Ich bestreite nichts von dem, was du …«

»Holla, holla!«, sagte Oliver. »Bloß einen Molly Moment. Michaels *Vater?*«

Ich sah zu Michael hinüber, der die Schultern zuckte und sein Einverständnis nickte. Ich erzählte die Geschichte von Albert Bienenstock und seinen Pferden und Benko, seinem Burschen. Rebecca oder Anne war das natürlich nicht neu, aber allen anderen. Selbst Simon war überrascht.

»Na, da hast du's doch!«, sagte Patricia und knuffte mich. »Es ist vererbt worden. Hat eine Generation übersprungen. Die ganze Sache ist vererbt worden.«

»Oh, das bezweifle ich auch gar nicht«, sagte ich. »Da bin ich mir sogar sicher.«

»Ja, woran *zweifelst* du denn dann, um Himmels willen?«, wollte Oliver völlig frustriert wissen.

»Passt auf«, sagte ich, »ihr könnt genauso gut alle den Grund erfahren, warum ich hier bin. Ich wurde darum gebeten.«

»Gebeten?«

»Von Jane. Sie ist mir vor ein paar Wochen in London in die Arme gelaufen. Sie erzählte mir … also, eigentlich hat sie mir nicht viel erzählt. Sie erzählte, ihre Leukämie sei verschwunden, und einen Monat zuvor habe in Swafford, während sie hier gewohnt hatte, eine Art Wunder stattgefunden. Mehr hat sie nicht gesagt. Den Rest sollte ich selbst herausfinden.«

»Haste ja auch.«
»Hab ich ja auch.«
»Und wo liegt das Problem?«, fragte Michael.
»Es gibt kein Problem«, sagte ich. »Nicht die Spur eines Problems.«
»Aber Davey?«, sagte Oliver. »Was hältst du von David?«
»Willst du das wirklich wissen?«
»Ja!«, kreischte Oliver.
»Ruhig, Oliver, ruhig«, sagte Michael.
Ich hatte gewisses Verständnis für Olivers hysterischen Tonfall. Ich bemühte mich, so sachlich und leidenschaftslos zu klingen wie nur möglich. Ich hatte keine Ahnung, wie man auf das reagieren würde, was ich zu sagen hatte.
»Ich glaube, Davey …«
Die Tür öffnete sich.
»Was ist denn, Podmore?«, fragte Anne mit für sie ungewöhnlicher Schroffheit.
»Ich bitte um Entschuldigung, Lady Anne. Da ist ein Anruf für Lord Logan in seinem Arbeitszimmer.«
Der Verdruss an der Tafel war kolossal. Ich war erleichtert. Die Ablenkung verschaffte mir ein paar Minuten, um mich zu sammeln und die Gedanken, die ich vorzubringen gedachte, in eine schlüssige Abfolge zu bringen. Hätte ich ein Blatt Papier und einen Bleistift gehabt, hätte ich mir wahrscheinlich Stichworte notiert. Analfixierter alter Ted.
Michael stand auf. »Mist«, sagte er. »Tut mir Leid. Wenn er auf dem Anschluss im Arbeitszimmer durchgekommen ist, muss er aus Amerika kommen und dringend sein. Ich mach's so kurz wie möglich. Warte bitte auf mich, Ted. Ich möchte kein Wort von dem verpassen, was du zu sagen hast.«

Schweigend verbrachten wir drei spannungsgeladene Minuten. Ich trank noch ein Glas Wein, unter allseits vorwurfsvollen Blicken.

Michael kehrte zurück und schloss die Tür hinter sich. »Entschuldigt«, sagte er und setzte sich wieder. »Ted, fahr bitte fort.«

»Wo war ich stehen geblieben?«

»O Herr, errette uns, jetzt ist er betrunken«, sagte Oliver. »Du, Teddybär, wolltest uns deine Expertenmeinung zu Davey aufbürden.«

»Ganz recht«, sagte ich. »Also ich glaube, der Schlüssel ist Folgender. David ist ein sensibler Junge und ein stolzer Junge.«

Max lachte, und die anderen stimmten ein. Oliver schnaubte verächtlich,

»Das ist alles, ja? ›David ist ein sensibler Junge und ein stolzer Junge.‹ Ende der Analyse. Ich glaube, wir haben genug gehört, Schatz. Wenn irgendjemand stolz und sensibel ist, dann Edward Wallace. Zu stolz und sensibel, das zu glauben, was nicht zu seinen plumpen Theorien passt oder zuzugeben, wenn selbst er einsehen muss, dass er sich geirrt hat.«

»Schluss jetzt Oliver!«, sagte Michael mit solcher Wildheit, dass alle zusammenfuhren. »Ich will hören, was Ted zu sagen hat. Jetzt mehr denn je muss ich es hören. Ihr erfahrt noch, warum. Bis dahin seid einfach still.«

Ich starrte ihn einigermaßen verblüfft an. Er blickte mit einem Ausdruck großer Aufgewühltheit und – ich glaube, das fiel mir damals schon auf – großer Furcht zurück. Im Nachhinein wird deutlich, dass es auf jeden Fall Furcht gewesen sein muss. Zu jener Zeit verstand ich den Blick ganz und gar nicht.

»Also«, sagte ich, langsam, »wie gesagt, David ist stolz und sensibel. Er liebt Dichtung, und er liebt das Abstraktum, was er für die Natur hält. Er ist nicht ganz so intelligent wie er es gerne wäre, aber wer von uns ist das schon? Er ist nicht unintelligent, versteht ihr, er ist intelligent genug, um Blicke auf kostbare und ernsthafte Ideen zu erhaschen und sich darüber schwarz zu ärgern, dass er nicht an sie herankommt. Da so vieles, das ihm am Herzen liegt, seinem intellektuellen Zugriff verborgen bleibt, stellt er sich vor, er könne mittels Intuition oder durch die Hilfe einer tieferen Instanz, etwa einem Naturgeist, zur Wahrheit der Dinge springen. Er kann es nicht fassen, dass Gott ihm die Empfindsamkeit zugestanden haben soll, für Schönheit und Ideen empfänglich zu sein, ohne ihn außerdem mit der geistigen Ausrüstung oder den künstlerischen Fähigkeiten auszustatten, aktiv an ihnen teilzuhaben. Ich glaube nicht, dass irgendetwas daran für einen Fünfzehnjährigen ungewöhnlich ist. Es wäre absonderlich und entsetzlich unangebracht, wenn David wirklich so intelligent und frühreif wäre, wie er es sich wünscht. Der Intellekt wächst ebenso wie jeder andere Teil von Geist und Körper. Dennoch unterscheidet Davey sich von den meisten Kindern, weil er so außergewöhnlich sensibel ist. Manche sensiblen Kinder leiden stillschweigend vor sich hin. David jedoch ist nicht nur außergewöhnlich sensibel, er ist auch außergewöhnlich stolz. Er hasst seine Unzulänglichkeit. Er kann sie nicht ertragen. Sie hat ihn zu unglücklicher und gefährlicher Hysterie getrieben. Manche stolze und sensible Kinder in vergleichbaren Situationen entwickeln die Fantasievorstellung, dass ihre Väter Millionäre sind. Daveys Vater ist schon einer, also wäre das kaum durchführbar. Andere stellen sich vor, sie seien Findelkinder oder Außerirdische oder Geheimagenten oder könnten fliegen oder wären unsichtbar oder im Besitz übernatürlicher Kräfte. Und genau das hat David sich ausgesucht. Übernatürliche Kräfte. Gewöhnlich macht das nichts, denn normalerweise würde jedermann in der Umgebung eines solchen Kindes es veräppeln oder ihm seine Illusionen ausreden. Aber ihr habt sie allesamt noch genährt, was grotesk und unverantwortlich und, glaube ich, enorm gefährlich ist. Daveys Hysterie ist stetig gewachsen und hat den gesamten Haushalt befallen.«

Ich nahm einen gigantischen Zug aus meinem Glas Bordeaux.

Natürlich war es Oliver, der das Schweigen durchbrach. Er starrte mich ungläubig an. »Wie kannst du so dasitzen und all das sagen? Wir wissen, was wir gesehen haben.«

»Nein, eben nicht«, sagte ich. »Ihr habt nicht die geringste Ahnung, was ihr gesehen habt. Glaubt mir, wenn ich das sage. David ist keineswegs von irgendwelchen außergewöhnlichen Kräften besessen. Es liegt nichts Wunderbares in dem, was er tun kann oder getan hat. Er ist ein sehr, sehr, sehr gewöhnliches Kind mit einer mehr als gewöhnlichen Portion von, wie gesagt Stolz und Sensibilität …«

Vor der Tür erklang ein Geräusch, und erneut versteinerten wir alle schweigend.

Die Tür rührte sich nicht.

»Herein!«, rief Michael.

Noch immer keine Reaktion. Nervös schnalzend schritt Michael zur Tür und öffnete sie. Der Korridor war leer. Michael schaute nach rechts und links.

»Du meine Güte«, sagte Anne, »glaubst du, Podmore hat gelauscht?«

»Wahrscheinlich bloß der Wind«, sagte Michael, schloss die Tür und kehrte an die Tafel zurück. »Der nächste Sturm ist im Anmarsch.«

Es stimmte, der Wind hatte an den Fenstern und Rauchfängen zu heulen begonnen.

»Mach weiter, Ted«, sagte Oliver, bösartig knurrend. »Ich glaube, du sagtest gerade, wir seien alle sehr verantwortungslos und grotesk, und Davey sei ein sehr, sehr, sehr gewöhnliches Kind.«

»Ein sehr gewöhnliches Kind, das viel Güte und Verständnis braucht, wenn es nicht in hysterisches Chaos abgleiten soll«, sagte ich.

»Aber du bestehst doch nur aus Widersprüchen«, sagte Max. »Eben erst hast du zugegeben, dass die Kräfte von Michaels Vater vererbt worden sein können, und jetzt sagst du, es gibt keine solchen Kräfte.«

»Ich habe nichts dergleichen gesagt.«

»Er ist betrunken«, sagte Patricia. »Wenn jemand Güte und Verständnis braucht, bist du das, Ted.«

»Sicher, ich brauche meinen Teil«, sagte ich.

»Wir können alle vom Sessel aus Psychiater spielen, oder, Ted?«, sagte Rebecca. »Wir könnten beispielsweise den Verstand des alternden Poeten untersuchen.«

»Genau«, sagte Oliver, »der Mann, der glaubt, Spiritualität sei sein Bereich und nur seiner. Der Mann, der glaubt, ein Blick auf Kunst und das Unendliche werde nur arschbehaarten Griesgramen zuteil, die Hochprozentiges trinken und Ezra Pound verstehen. Der Mann, der so schwer um seine eigene Lyrik kämpft, dass er eine Theorie entwickelt hat, die anderen die Möglichkeit der Inspiration abspricht. ›Wenn ich mich schwitzend und schuftend durch den Schlamm quälen muss, dann muss es wahr sein, dass es jedem anderen auf Erden genauso geht.‹ Das ist deine große ›Philosophie‹, nicht wahr? Beim Anblick eines Kindes, das als Gratisgabe Gottes die Gnade erlangt hat, könntest du glatt ersticken, was?«

»Ihr haltet mich vielleicht für sehr undankbar«, sagte ich. »Aber ihr müsst …«

»Undankbar, Liebling? Warum sollten wir das denn wohl denken? Deine eigene Inspiration ist vor Jahren vertrocknet, und seitdem hast du auf faulen Kredit gelebt. Da du selbst ein hässlicher alter Betrüger bist, muss alles Schöne oder Authentische verspottet und zurückgewiesen werden. Undankbar? Herrgott, nein.«

»Lassen wir den Charakter vorläufig mal aus dem Spiel«, sagte Max mit der Knappheit des Sitzungssaals, »und konzentrieren wir uns auf die Tatsachen. Streitest du ab, Ted, dass Edwards Leben errettet wurde?«

»Nein«, sagte ich. »Ich muss gestehen, dass ich das nicht abstreiten kann.«

»Und Lilac?«, sagte Oliver. »Und Jane? Und ich? Und Clara? Kannst du's bei uns abstreiten? Sieh dir doch an, was vor deiner großen fetten Nase liegt, Mann!«

»Es reicht, Oliver, beruhige dich«, sagte Michael. »Lass uns das klarstellen, Ted. Willst du mit all dem sagen, dass mein Sohn keinerlei Kräfte irgendwelcher Art hat?«

»Nein!«, schrie ich. »Nein, das will ich *nicht* sagen! Ich finde, er ist ein bemerkenswerter und wunderbarer Junge. Ich finde, er ist auf seine Weise ein Wunder. Nicht durch Magie, aber ungewöhnlich genug, um in dieser Welt als ein Wunder zu gelten. Ich finde, er hat Kräfte, die zugleich selten und wunderschön sind.«

»Ich werde wahnsinnig!«, sagte Patricia und fasste sich an den Kopf. »Vor einer Minute hast du gesagt, ›David ist keineswegs im Besitz irgendwelcher außergewöhnlicher Kräfte. Er ist ein sehr, sehr, sehr gewöhnliches Kind.‹ Das waren deine Worte. Und eine halbe Minute später …«

»Ich stehe zu jedem Wort, das ich gesagt habe«, sagte ich.

Ein nahezu einhelliger Wutschrei erklang ob dieser Perversität. Er wurde von Anne zu schockiertem Schweigen gebracht.

»Jetzt seid doch endlich mal still!«, wütete sie. »Ihr seht nichts, was? Ihr seht einfach gar nichts! Ihr erzählt Ted, er kann die Wahrheit nicht sehen, die direkt vor seiner Nase liegt, dabei ist es nicht Ted, sondern ihr! Ihr alle. Ted hat absolut Recht. Alles, was er gesagt hat, war absolut richtig und schlüssig, und ihr seht es einfach nicht.«

»Annie! Liebste, ich verstehe nicht!« Michael starrte verdutzt zu seiner Frau hinüber.

»Es tut mir Leid, Michael«, sagte ich. »Ich habe mit euch gespielt.«

»Gespielt? Du hast mit uns gespielt?«

»Na ja, nicht direkt gespielt. Mich vielleicht bloß ein bisschen gerächt. *Zugelassen,* dass ihr mich missversteht. Du hast mich gefragt, ob ich glaube oder nicht, dass dein Sohn irgendwelche Kräfte hat, und ich habe gesagt, die hat er. Ich habe gesagt, dass er ein bemerkenswerter und wunderbarer Junge ist. Was du nicht verstehst, was nur Annie versteht, ist, *dass ich nicht von Davey rede.*«

Er konnte es immer noch nicht sehen. Keiner von ihnen konnte es sehen.

»Du redest nicht von Davey?«

»Nein«, sagte ich. »Ich habe von *Simon* geredet.«

»Was?« Oliver fuhr zu Simon herum, der dasaß mit vor dem Gesicht zitternder Gabel und vor Bestürzung und Aufruhr offenem Mund.

»Also hör mal ...«, sagte er. »Komm schon, Onkel Ted ... ich finde ...«

»Es tut mir Leid, Simon«, sagte ich, »aber die Wahrheit muss ans Licht.«

Anne beugte sich vor und legte Simon eine Hand auf den Arm.

»Ted! Annie! Erklärt ... bitte, erzählt mir, was hier los ist«, sagte Michael.

»Du hast vor zwei Jahren selbst gesehen, wie alles angefangen hat, Michael«, sagte ich. »Bis auf weiteres können wir es das erste Wunder nennen. Ihr kamt in das Zimmer, in dem Edward am Ersticken und vom Asthma schon fast bewusstlos war. Simon tat, was jedermann mit gesundem Menschenverstand tun würde. Er pumpte dem Jungen die Arme auf und ab und versuchte, die Atmung in Gang zu bringen. Er schlug auf Edwards Rippen ein. Ein paar Sekunden danach drängelte der sentimentale, hysterische David ihn beiseite, verängstigt von so viel Gewalt und völlig ohne zu wissen, wie wichtig sie war. Er hat ihm gerade die Hand auf die Brust gelegt, als du mit Annie hereinkommst, genau in dem Moment, als sich der Erfolg von Simons löblicher erster Hilfe einstellt und Edward zu husten und zu spucken anfängt. Du siehst die auf die Brust gelegte Hand und denkst sofort an deinen Vater, den sie trotz seines augenscheinlich gesunden Menschenverstandes fast so weit gebracht hätten zu glauben, dass er mit dem entzündeten Fuß seines Burschen etwas Außergewöhnliches angestellt hätte. Später irgendwann erzählst du Davey diese Geschichte, und der dumme Junge, der seine Hand wahrscheinlich nur auf die Brust gelegt hatte, um den Herzschlag des Jungen zu prüfen oder was ähnlich Überflüssiges, glaubt, er hätte von seinem Großvater eine mystische Kraft geerbt.«

»Aber ... so kannst du doch alles rationalisieren«, sagte Patricia. Dennoch lag ein Hauch von Zweifel in ihrer Stimme.

»Wenn man einen Sonnenuntergang rationalisiert, wird er dadurch nicht weniger schön«, sagte ich. »Soll er auch nicht. Simon ist aufmerksam, praktisch, unsentimental und gütig. Außerdem ist er überhaupt nicht eingebildet. Ihm wäre es nie eingefallen, Verdienst für sein Tun in Anspruch zu nehmen oder Dankbarkeit zu fordern. Davey dagegen ... na, überlegt bloß mal. Und jetzt denkt daran, wie es weiterging. Michael und Annie beschließen, dass Edwards Wunderheilung durch Davey ein Geheimnis bleiben soll. Michael, weil er nicht will, dass sein Sohn wie Albert gehetzt oder gefürchtet wird, Annie, weil sie sieht, was Michael glaubt, und wie sehr es ihn mit Stolz auf seine Familie erfüllt. Und sie befürchtet, Michael könne glauben, sie sei irgendwie auf Daveys offenkundige Gaben eifersüchtig. Was du natürlich auch wirklich gedacht hast, nicht wahr, Michael?«

Michael nickte.

»Und das Wichtigste kommt noch. Trotz des Pakts der Geheimhaltung und des Schweigens sprachen Daveys Kräfte sich herum. Wie? Das kann ich euch sagen. Davey sorgte schon dafür, dass es sich herumsprach, so war das. Ich hab das kürzlich in einem Brief von Jane erfahren. ›Als Davey mir erstmals erzählte, wie er Edward geheilt hat‹, schrieb sie. Es war nicht gerade Teil von Daveys Plan, dass seine magischen Gaben unerkannt bleiben sollten. Jane erzählte es Patricia und Rebecca, und die erzählten es Max und Mary und Oliver. Davey verkündete seinen Status als Heiler und Wundertäter der verdammten weiten Welt.«

»Ich glaube, ich gehe jetzt, wenn ich bitten darf«, sagte Simon und erhob sich halb von der Tafel. Er hatte all dem äußerst bestürzt und unbehaglich gelauscht.

»Nein, Simon … ich bitte dich«, sagte Michael. »Ich bitte dich, bleib.«

Widerwillig plumpste Simon wieder auf seinen Stuhl. Alle sahen ihn an, und das hasste er.

»Du willst also sagen, dass es in Wirklichkeit Simon war, der all diese Heilungen vollbracht hat?«, sagte Patricia. »Dass er es ist, der die Gaben seines Großvaters geerbt hat?«

»Simon hat auf jeden Fall die Kräfte Albert Bienenstocks geerbt«, sagte ich.

»Simon. Ein Heiler …«, sagte Michael und schüttelte den Kopf.

Simon selbst saß da und schauderte einfach vor Verlegenheit, der arme Kerl.

»Michael, verstehst du denn nicht, worauf ich hinauswill?«, sagte ich. »Dein Vater war kein Heiler. Seine Kräfte waren die Kräfte guten Willens, der Liebenswürdigkeit, des Anstands, der Selbstlosigkeit, der Zivilcourage, Bescheidenheit und des gesunden Menschenverstandes. Das magst du für prosaisch halten, aber was ist Lyrik anderes als die Verdichtung des Prosaischen? Eigenschaften, wie Albert Bienenstock sie besaß, mögen stinklangweilig scheinen, aber zusammengenommen, auf einen Mann konzentriert, wurden sie zu einem herrlichen Parfum. Und das hat Simon geerbt. Reicht euch das denn nicht?«

Es reichte ihnen nicht.

»Tut mir Leid, wenn ich noch mal nachhake«, sagte Patricia, »aber das Wichtigste lässt du aus, Ted. Was ist mit Jane und Lilac und Oliver und Clara?«

»Genau«, sagte Oliver. »Wenn Bescheidenheit und besonnener Charakter Leukämie und Leberversagen kurieren können, dann, finde ich, sollte die Welt das erfahren, findest du nicht auch?«

Ich schenkte mir noch ein Glas Wein ein. Ich kippte mir das Zeug gallonenweise rein, und es rauschte in meinem Bauch. Durch den Wein und meine unerklärliche Nervosität und das Adrenalin, das mich aufputschte, fingen meine Därme an zu blubbern und mit Blähungen zu glucksen.

»Davey glaubte ernsthaft, er könne Krankheiten heilen«, sagte ich und verkniff mir einen feuchten Furz. »Davon können wir, glaube ich, ausgehen. Er heckte ein schräges Hirngespinst aus, von wegen, er müsse rein sein, um diese geheimnisvolle Kraft kanalisieren zu können.«

»Rein?«, fragte Michael.

Das würde äußerst heikel werden.

»Ich nehme an, er hatte irgendwie entdeckt, vielleicht mit verletzten Tieren, dass seine Kur nicht immer mit einem bloßen Handauflegen getan war. Er entwickelte eine bizarre Theorie. Rein und natürlich lauteten die Schlüsselworte. Was er damit meinte, weiß der Geier. Nichts Zusammenhängenderes oder Überzeugenderes, als was ein Werbetexter mit ihnen ausdrücken will, nehme ich an. Davey beschloss, dass er so rein und natürlich werden müsse wie ein Tier. Rein und natürlich wie ein Marienkäfer, wohlgemerkt, nicht rein und natürlich wie dessen Vetter, der Mistkäfer. Rein und natürlich wie eine Gazelle, nicht rein und natürlich wie die Hyänen, die der Gazelle die Augen herausreißen und ihre Eingeweide verschnabulieren. Seine Vorstellungen von Reinheit und Natürlichkeit scheinen mehr mit einem viktorianischen Kindergesangbuch gemein zu haben als mit einem echten Verständnis der fassbaren Welt. All Morgen ist ganz frisch und neu, und nichts ist faul und alt. Aber gleichzeitig kam Davey in die Pubertät, vergesst das nicht, ein Ereignis, für das viktorianische Gesangbücher keine Vorsorge getroffen haben, ein Ereignis, das so faul und alt ist wie man es sich nur vorstellen kann. Davey ist ein Kind von gieriger Sinnlichkeit. Diejenigen an dieser Tafel, die männlichen Geschlechts sind, werden sich bestimmt erinnern, wozu unsere Gonaden und Gameten imstande waren, als wir fünfzehn waren. Was mich angeht, sind sie dazu immer noch imstande, wenngleich nicht mehr mit der berstenden Gewalt von Anno dazumal. Davey empfand es als Schmach, als er eines Morgens entdecken musste, dass er einem feuchten Traum erlegen war. Das stellte ihn vor ein Problem. Warum hatten Gott und die Natur seinen Körper mit dieser scheußlichen Flüssigkeit vollgepackt? Wie sollte er eine reine, süße, kleine Butterblume bleiben, wenn solch spritzender Schrecken in ihm lauerte? Er löste es folgendermaßen. Samen war ein lebenspendender Geist, so viel war ihm bekannt. Solange er das lustvolle Verströmen dieses Geistes vermied, würde er rein bleiben, würde sogar die reinste, mächtigste vorstellbare Essenz sein. Er entschied, dass sein Samen … ich hoffe, das trifft dich nicht allzu unvorbereitet, Annie … das ideale Medium seines Heilens war. Als seine Kusine Jane nach Swafford zu Besuch kam, wurde ihm der ideale Testfall präsentiert. Er überzeugte Jane, dass sein Handauflegen nicht ausreichen würde und dass sein Geist tief in sie eindringen müsse. Eine Technik, die so mancher Sektenführer unschätzbar wertvoll fand. In Daveys Fall wurden Begehren und Appetit unterdrückt, und ich bin sicher, dass er wirklich glaubte, sein einziges Motiv sei zu heilen und zu helfen.«

»Oh, Davey …«, flüsterte Annie. Dieser Zug der Missionen und Emissionen ihres Sohnes war ihr vollständig verborgen geblieben, und ich fühlte mich etwas mies, es sie so in aller Öffentlichkeit wissen zu lassen.

»Es tut mir Leid, euch sagen zu müssen, dass er denselben Trick höchstwahrscheinlich bei Lilac probiert hat«, fügte ich hinzu.

Kieferladen knallten auf Teller, und Oliver fing an, mir tödliche Blicke zuzuwerfen.

»Nur Oliver kann euch verraten«, sagte ich in dem Gefühl, er habe das verdient, »welche Technik in seinem Fall zur Anwendung kam.«

Köpfe schwangen zu ihm herum. Der arme Oliver, kein guter Heuchler.

»Hört mal«, sagte er und leckte sich die Lippen. »Wir haben doch alle daran geglaubt, oder? Ein paar von uns glauben es immer noch. Alles, was Ted gesagt hat, war bigott und nebensächlich. Er hat nichts widerlegt.«

»Du hast meinen Sohn verführt?«, fragte Michael.

»Nein, verdammte Scheiße, er hat mich verführt! Er hat mir erzählt … Herrgott, es klingt albern, wenn man's so ausdrückt … hey, wenn ihr's unbedingt in der Sprache hören wollt, die Wallace versteht, dann ja, Davey hat mich in den Arsch gefickt. Und mir geht's blendend, oder nicht? Aber es war Davey. *Simon* hat nichts für mich getan. Mit dem Dämlack hab ich die ganze Woche kaum ein Wort gesprochen. Es ist Davey! Natürlich ist es Davey. Warum hört ihr dieser fetten Pottsau überhaupt zu? Was ist mit Jane und Lilac?«

Mary und Max tauschten entsetzte Blicke. Sie dachten an Clara, die Armen.

»Das mit Lilac kann ich erklären«, sagte ich. »Ich fürchte, die ganze Episode war einzig und allein meine Schuld.«

»*Deine* Schuld?« Michael runzelte die Stirn.

»Ja, es ist die einfachste Sache der Welt. Ich hab heute Abend den Tierarzt, Nigel Ogden, angerufen. Ich bat ihn um die Bestätigung, dass Lilac wirklich an einer Kreuzkrautvergiftung gelitten habe. Er sagte, das sei das Einzige, was die Niedergeschlagenheit erklären könne, das Bluten aus dem Maul, das ziellose Imkreislaufen, das Lehnen an der Wand, die Bauchschmerzen, die Appetitlosigkeit den Durchfall, den wahnsinnigen Durst, alles. Aber ich hatte heute Abend in der Badewanne eine Eingebung, wisst ihr. Wie Archimedes. Ich bin vielleicht kein Tierarzt, aber niemand kann bestreiten, dass ich Säufer bin. Was wäre, fragte ich den Tierarzt, wenn Lilac *betrunken* war? So richtig sternhagelvoll? Neben dem Sattel und breit wie 'ne Stallwand. Nigel dachte nach und musste zugeben, er habe noch nie ein betrunkenes Pferd gesehen, aber er nehme an, die Symptome könnten in etwa dieselben sein, die er diagnostiziert habe. Es würde ein Pferd ganz schön mitnehmen, meinte er, da sie sich mit dem Erbrechen sehr schwer tun. Das erkläre allerdings nicht das Bluten aus dem Maul. Aber auch darauf hatte ich eine Antwort. Die Gründe würden hier zu weit führen, aber am frühen Morgen des zweiten Tages meines Besuchs hier habe ich im Westpark eine volle Flasche zehn Jahre alten Malt Whisky in einen Eimer fallen lassen, genau da, wo Lilac und ihre vierbeinigen Kumpane seither geweidet haben.«

»Was hast du getan?«, keuchte Patricia.

»Ja, ich weiß, das klingt verrückt, aber in dem Moment erschien es mir als das Beste. Die Einzelheiten können wir später klären. Jedenfalls, heute Abend in der Wanne, als mir das wieder einfiel, passte plötzlich alles zusammen. Vor dem Essen bin ich hinausgeschlichen und habe den Eimer unter die Lupe genommen. Die Flasche war zerbrochen, und der Whisky war ausgelaufen. An den Glassplittern waren Blutspuren. Als sie vorgestern draußen im Park war, muss Lilac mit unfehlbarem Geschmack diesen unerwarteten Schatz entdeckt und den größten Teil des Nachmittags glückselig daran geleckt und gesaugt und geschleckt haben. Gerste wird sich ihr kaum je in angenehmerer Gestalt präsentiert haben. Sie hat nicht alles geschafft, werdet ihr erfreut zur Kenntnis nehmen, aber genug, um sich prächtig zu amüsieren und einen bösartigen Kater zu kriegen. So einfach ist das alles.«

Alle starrten mich schweigend an. Dann fing Simon an zu lachen.

»Betrunken!«, sagte er. »Also war Lilac einfach betrunken. Wisst ihr, und ich dachte noch, das *kann* einfach kein Kreuzkraut sein! Alec und ich haben einen ganzen Tag lang das Feld abgesucht, weil es wirklich hier in der Gegend wächst. Muss man rausreißen, wisst ihr. Ein Unkrautvernichtungsmittel bringt's nicht, weil es dann den Pferden komischerweise erst recht schmeckt. Betrunken!«

Oliver schlug auf den Tisch. »Schön und gut!«, sagte er mit vor Zorn blutleerem Gesicht. »Das mag ja sein. Mag sein. Aber ...«

»Clara«, unterbrach Max gewichtig. »Was ist mit Clara? Willst du etwa darauf hinaus, dass der Bursche es gewagt haben sollte …«

Ich merkte, dass ich hier behutsam vorgehen musste.

»Ihr werdet erfreut sein, wenn ihr hört, dass Davey mit Clara nicht dasselbe vorhatte wie mit Jane, Oliver und Lilac. Er hat heute Nachmittag versucht, ihr etwas einzuflößen, das mit seinem Geist zu tun hat …« Ich fand, das war nah genug an der Wahrheit, um akzeptiert werden zu können, sie konnten die Wendung buchstäblich oder metaphorisch nehmen, ganz wie sie wollten. »Aber Simon hielt ihn davon ab. Es ist mir aber ein absolutes Rätsel, was ihr euch dabei gedacht habt, das arme Mädchen zu Davey zu schicken.«

»Wir wollten nur ihr Bestes«, sagte Mary hilflos. »Es schien uns das Richtige zu sein.«

»Hört zu, es sei mir ferne, euch beiden Vorträge zu halten«, sagte ich, »aber Clara ist das geknechtetste junge Ding, das ich in meinem ganzen Leben gesehen habe. Ihr gebt jedermann mehr als deutlich zu verstehen, dass ihr euch ihrer schämt, ihr rüffelt sie in aller Öffentlichkeit wegen ihrer Unbeholfenheit, was diese natürlich gleich zehnmal schlimmer macht, und ihr gebt ihr, wie mir scheint, absolut nicht das geringste Anzeichen, dass ihr sie liebt und gern um euch habt.«

»Was fällt dir ein?«, brüllte Max über den Tisch. »Was fällt dir eigentlich ein?«

»Ach, tu doch nicht so, Max, er hat Recht, und das weißt du genau«, sagte Mary. »Er hat völlig Recht. Clara entspricht nicht deinen Vorstellungen vom vollkommenen Accessoire, und das macht dich verrückt.«

Erst wollte Max ihr widersprechen, aber die Vorstellung einer öffentlichen Szene passte offensichtlich nicht zu seinem Image, also zuckte er nur die Achseln und schwieg.

»Simon hat bei Clara in der letzten Woche Wunder gewirkt«, sagte ich. »Er hat sie in den Ställen mithelfen, die Hühner füttern und die Welpen ausführen lassen, und er ist mit ihr im See schwimmen gegangen. Er hat ihr Selbstvertrauen gegeben, und er hat ihr gezeigt, dass er sie um ihrer selbst willen mag.«

»Nein, wirklich, ich habe gar nichts gemacht …«, fing Simon an.

»Sie war von ihrer heutigen Erfahrung mit Davey sehr erschüttert«, fuhr ich fort. »Das hat sie mir erzählt, als ich sie vor dem Essen in ihrem Zimmer besucht habe.«

»Gute Güte, wir waren heute Abend aber fleißig, was?«, sagte Oliver. »Ganz der …«

»Was genau meinst du mit ›ihrer heutigen Erfahrung‹?«, unterbrach Mary.

»Na ja, wie gesagt, Davey kann auf seine Weise sehr anstrengend sein. Sie war von all dem etwas verängstigt. Zusätzlich zur Erniedrigung, denke ich mir. Ihr habt sie zu Ärzten und Psychiatern geschickt und in spezielle Sommerlager und religiöse Zufluchtsorte, als sei sie kränker und verrückter als ein tollwütiger Hund. Und jetzt befehlt ihr ihr, dass sie mit Davey in den Wald gehen soll, damit sie wie eine Aussätzige geheilt wird. Simon hat sie zufällig zusammen gesehen und Clara mitgenommen. Er hat ihr gesagt, dass absolut alles an ihr völlig in Ordnung ist. Er hat ihr gesagt, dass er sie genau so bewundert wie sie ist, und sollte sie es je wagen, etwas von sich zu ändern, würde er ihr das nie verzeihen. Natürlich verehrt sie Simon, und zum ersten Mal in ihrem Leben fühlt sie sich geliebt, einfach und ordentlich geliebt. Ich glaube, was sie betrifft, ist das ein Wunder.«

Mary sah zu Simon hinüber.

»Hört mal …«, sagte er. Große Tränen rollten ihm über die Wangen. »Bitte … bitte seid nicht böse auf Davey. Er hat es nur gut gemeint. Er wollte doch bloß helfen. Er ist nicht schlecht oder so was. Er ist echt bloß ein bisschen verwirrt.«

Annie streichelte ihm den Arm.

Oliver zitterte jetzt. »Was ist denn bloß los mit euch?«, rief er. »Das Wichtigste von allem hast du nicht erklärt: Jane. Kannst du auch nicht, oder?«

Ich hob bedauernd die Schultern. »Remissionen kommen nun mal vor, Oliver«, sagte ich.

»Remissionen kommen nun mal vor! Brotlaibe verwandeln sich manchmal in Fische. Tote lernen manchmal gehen. Man hat schon Schweine fliegen sehen. Scheiß auf ›Remissionen kommen nun mal vor‹!«

»Über Jane kann ich euch alles sagen«, sagte Michael mit so belegter Stimme, dass alle sich ihm zuwandten. »Bex, es tut mir furchtbar Leid. Der Telefonanruf vorhin. Jane ist gestorben. Im Krankenhaus. Im Schlaf. Ich musste warten, bis ich gehört hatte, was Ted sagen wollte.«

Ich starrte in mein Weinglas. Ich glaube, irgendwo im Hinterkopf war mir klar gewesen, dass etwas nicht stimmte. Wenn ich an die schrillen, grellen Sätze dachte, mit denen sie ihren letzten Brief an mich beendet hatte. »Lächle! Wir werden geliebt. Wir werden geliebt. Alles wird wundervoll ausgehen. Alles leuchtet. Alles ist wie es nur sein kann und sein soll.« Einfältiges Kind.

»Gehen wir nach nebenan«, sagte Anne. »Ich glaube, keiner möchte mehr etwas essen.«

Schweigend erhoben wir uns von der Tafel und schritten in den Salon. Michael tröstete Rebecca, die an seiner Schulter schluchzte, und ich legte einen Arm um Patricia.

Merkwürdigerweise machte ich mir Vorwürfe, als hätte ich, indem ich Daveys Bann brach, Janes Tod und den plötzlichen Kummer im Haus verursacht. Wir saßen auf den im Kreis aufgestellten Sofas und starrten düster die große Ottomane in der Mitte an, um uns zu ersparen, den anderen in die Augen sehen zu müssen. Mit dem ums Haus peitschenden Wind und dem auf die Fensterscheiben prasselnden Regen ähnelte unsere zusammengedrängte Gruppe verängstigten Höhlenmenschen, die sich ums Feuer scharen.

»Sie hatte heute Morgen einen Rückfall«, sagte Michael endlich. »Sie hat es für einen Irrtum gehalten. Sie hat den Ärzten bis zuletzt erzählt, es gehe ihr prima, und sie müsse nach Norfolk fahren. Sie ist heute Abend um zehn vor acht gestorben.«

Zehn vor acht. Genau der Augenblick, als mir die Whiskyflasche im Eimer durch den Kopf schoss. Ach, halt doch den Rand, Ted, sagte ich mir. Reiß dich zusammen, Mann.

»Und die ganze Zeit«, sagte Michael. »Die ganze Zeit dachte sie, sie sei gesund. Hat nie Lebewohl gesagt, weil sie dachte, sie sei geheilt.«

»Aber *ich!*«, sagte Oliver und konnte es nicht länger für sich behalten. »Was ist mit mir? Ich bin doch geheilt, oder nicht?«

»Ach, Oliver«, sagte ich. »Hast du deine Tabletten wirklich weggeworfen?«

»Ich brauch sie nicht. Ich *brauch* keine verdammten Tabletten. Kannst du das nicht begreifen?«

»Warum hast du dann heute Abend in deinem Zimmer vor Qualen geschrien?«

»Ich habe nicht vor Qualen geschrien, ich habe ...«

Armer alter Kerl.

»Ich habe vor Qualen *geächzt*«, sagte er endlich in dem Versuch, seine Würde zu wahren. »Das ist ein großer Unterschied.«

»Ich schicke jemanden nach Norwich, der dir Tabletten besorgt«, sagte Michael.

»Es ist bloß eine Angina«, sagte Oliver, »wenn ich mir genug Wodka reinkippe, um den Schmerz zu betäuben, kann das bis morgen früh warten.«

Annie schlüpfte aus dem Zimmer, und Oliver sah mit geröteten Augen zu mir hoch.

»Warum, Ted? Warum musstest du alles verderben? Es hätte wahr sein *können*. Warum konntest du es nicht wahr sein lassen?«

»Ach, Oliver, ich weiß nicht. Du bist der Priester, nicht ich. Gibt es da nicht etwas in der Art, dass der Mensch seine Angelegenheiten selbst in die Hand nehmen soll?«

»Aber es war eine so schöne Vorstellung. Sie gab uns Hoffnung.«

»Glaub doch nicht«, sagte ich, »bloß weil du nicht durch Handauflegen oder das Einspritzen heiligen Samens geheilt werden kannst, dass das Leben und die Welt deswegen gleich hoffnungslos sind. Wenn du über den Akt der Gnade sprechen willst, warum sprichst du dann nicht über Simon?«

»Ach, bitte ...« Simon stand auf. »Onkel Ted, es wäre mir wirklich lieber, wenn du aufhören würdest, so über mich zu reden. Bitte.«

Ich winkte ihm zu.

»Tut mir Leid, alter Knabe. Es muss dich sehr belastet haben. Je älter man wird, wirst du noch sehen, desto weniger Angst hat man vor sentimentaler Sprache. Wollte dich nicht in Verlegenheit bringen.«

»Ich muss jetzt Soda ausführen«, sagte er und ging rückwärts zur Tür.

»Gute Idee.«

An der Tür hielt er an.

»Ähm, Tante Rebecca. Es tut mir sehr Leid wegen Jane. Du hast mein … du weißt schon. Tiefstes …«

Er wandte sich zum Gehen, aber sein Weg wurde von Annie versperrt.

»Simon!«, sagte sie besorgt. »Davey ist nicht in seinem Zimmer.«

III

Mary Clifford dachte zuallererst an ihre Tochter.

»Was ist mit Clara?«, jammerte sie.

Alberne Gans. Als könne David sie gekidnappt haben oder mit ihr nach Gretna Green ausgebüchst sein, die hilflose Kreatur, die sich vergeblich zu befreien versucht, an den Sattelbaum gebunden. Ich bezweifelte, dass er sie oder ihre riesigen Pferdezähne jemals wiedersehen wollte.

»Clara ist im Bett und schläft tief und fest«, sagte Annie.

»Tedward«, sagte Michael. »Das Geräusch, das wir vor dem Esszimmer gehört haben …«

Mir war derselbe unwillkommene Gedanke durch den Kopf gegangen. Wenn David meine wichtigtuerische und gnadenlose Analyse seiner verwirrten Psyche mit angehört hatte, dann wusste Gott allein, wie er reagieren würde. Ich bin so ein plumpes Arschloch, so ein hoffnungslos plumpes Arschloch.

»O Scheiße«, sagte ich. »Er kann doch an einem solchen Abend unmöglich rausgegangen sein. Das kann er doch nicht machen. Nicht in dem Zustand.«

»Zustand?« Annie packte mich am Arm. »Was soll das heißen: Zustand?«

»Pass auf, wir haben keine Zeit, das zu erklären«, sagte ich. »Davey hat sich heute Nachmittag verletzt. Er ist völlig in Ordnung, aber er muss im Bett bleiben.«

»Dad, warum durchsuchst du nicht mit Mum und Mary und Rebecca und Patricia das Haus?«, sagte Simon. »Ich hole Soda, und wir anderen können draußen kucken.«

Simon brachte Max und mich in die Schuhkammer, wo er uns mit Gummistiefeln, Barbourjacken und Taschenlampen versorgte.

So ausgerüstet, zogen wir in die Küche hinunter und zur Hintertür hinaus, vorbei am erstaunten Küchenpersonal. Als Schlusslicht war ich das Mitglied der Partie, das von Podmore angehalten wurde.

»Stimmt etwas nicht Mr. Wallace?«

»Alles prima, altes Haus. Wir gehen auf Schatzsuche. Ein herrlicher Spaß.«

Im Hof hinter der Küche rief Simon uns über das Gebrüll des Windes und das Peitschen des Regens etwas zu. »Wir gehen erst zu den Zwingern. Soda holen.«

Max und ich nickten und folgten ihm hinters Haus. Regenwasser strömte mir den Rücken hinunter.

»Glaubst du wirklich, er könnte weggelaufen sein?«, fragte Max mich.

»Keine Ahnung«, antwortete ich. »Herrgott, ich hoffe nicht. Aber falls er an der Tür gelauscht hat, als ich über ihn sprach, könnte er sich sehr wohl außerstande sehen, uns allen ins Gesicht zu schauen.«

»Und wie genau hat er sich verletzt?«

»Na ja«, sagte ich. »Deine Tochter hat ihn gebissen.«

Max nickte. »Verstehe«, sagte er. »Ja, ich verstehe. Das Blöde ist, ich hab den kleinen Scheißer sowieso nie gemocht. War immer froh, dass Simon mein Patensohn ist und nicht er. Hätte mich auf meinen Instinkt verlassen sollen.«

»Kein kleiner Scheißer«, sagte ich und suchte nach der Kapuze meiner Jacke. »Ist wohl kaum seine

Schuld, dass jeder ihm erzählt, er sei Jesus Christus, oder?«

Wir waren bei den Zwingern angekommen. Soda lebte getrennt von den Beagles, die im überdachten Teil ihrer Behausungen bellten und jaulten. Max und ich redeten ihnen gut zu und erklärten, dass Gewitterstürme ein harmloser Jux seien, während Simon Soda herausließ und eine lange Leine an ihrem Halsband befestigte.

»Sie hat eine Supernase«, sagte er. »Davey und ich haben immer mit ihr Verstecken gespielt. Kopfgeldjäger und so was. Ihr wisst schon.«

Er bückte sich und sprach zu Soda in jenem gehetzten, erregten Ton, den die Menschen den Hunden vorbehalten. »Such Davey, Soda! Lauf schon, Mädchen. Such Davey! Such Davey! Wo ist er hin, Soda? Wo ist er hin?«

Soda sprang und bellte vor Vergnügen. Sie fragte sich nicht im Geringsten, was zum Teufel das eigentlich solle, dass wir hier spät abends mitten in einem Wolkenbruch solche Spiele veranstalteten. Obwohl ich mir vorstellen kann, wenn man ein Hund ist und sich daran gewöhnt hat, Menschen mit hoher Geschwindigkeit in Metallkisten herumrasen, zur Frühstückszeit in große Lagen Papier starren und Rauch aus kurzen weißen Röhren einatmen zu sehen, dann kann nichts, was diese Spezies anstellt, einen noch groß überraschen.

Wir folgten Simon und Soda aus dem Zwingerhof heraus und an der Seite des Hauses entlang. Sodas Schnauze sprang über den Boden, schnaubte und schnüffelte. Immer mal wieder sprang sie in weitem Bogen davon und folgte einer falschen Spur, bevor sie zum Hauptweg zurückkehrte.

»Noch nichts«, sagte Simon.

Ich schaute zu den Fenstern des Hauses empor und sah, wie in den Zimmern aller Stockwerke Licht eingeschaltet wurde. Die Suchmannschaft im Haus schien auch kein Glück zu haben. Ich fragte mich, ob sie wohl den Mut hatten, die Dienerschaft um Mithilfe zu bitten.

Wir kamen am Eingangsportal an, und sofort begann Soda an den Stufen zu schnüffeln, bellte aufgeregt und rotierte um ihre eigene Achse.

»Ich glaube, sie hat eine Spur«, sagte Simon. »Los, Mädchen! Such Davey! Such Davey!«

Soda kläffte zweimal und rannte auf den Vorderrasen zu, Simon hinter ihr an der Leine. Max sprintete hinter ihnen her und musste beweisen, dass er mit einem Spaniel und einem Siebzehnjährigen Schritt halten konnte. Ich joggte gemütlicher hinter ihnen drein und holte das Trio am Ende des Rasens ein. Max' und Simons Taschenlampen leuchteten hin und her, aber es war hell genug, um zu erkennen, dass keinerlei Anzeichen von David zu sehen waren. Vielleicht war er durch den Graben in den Park geklettert. Hier war es, wo ich am frühen Abend in den Whiskyeimer gelinst hatte. Dank der Assoziation hatte ich eine Idee.

»Falscher Alarm«, sagte Simon.

Soda bellte und zog am Grabenhang wütende Kreise.

»Einen Moment noch«, keuchte ich. »Ich war letzte Woche hier. Ganz früh morgens.«

»Und?«, sagte Max.

»Na ja, ich folgte einem Paar Fußspuren im Tau über den Rasen, und sie endeten genau hier. Ich verstand das nicht. Das war der Morgen, an dem ich dann in den Park weiterging und die Whiskyflasche fallen ließ. Dachte, ich werde langsam verrückt. Bloß ein Paar Fußspuren bis hierher und dann nichts.«

Simon schaute über den Rasen und dann in den Graben hinab, wo Soda immer noch hektisch hin und her sprang und sich die Seele aus der Kehle bellte. Er glitt den Abhang hinunter und rief Soda etwas zu.

»Such Davey! Los, Mädchen! Such ihn, such Davey!«

Soda kläffte unaufhörlich weiter und fing an, mit ihren Pfoten die Böschung aufzuwühlen. Simon sah einen Augenblick zu, dann griff er nach Sodas Halsband und zog sie zurück.

»Schaut mal!«, rief er und zeigte. »Hier!«

Wir waren noch auf Höhe des Rasens, also legte Max sich auf den Bauch, sah hinab und zeichnete mit dem Taschenlampenstrahl eine Linie in den Grassoden nach, auf die Simon wies, eine Linie, die drei Seiten eines großen Rechtecks bildete.

Simon ergriff eine Handvoll Gras und zog daran. Ein schweres Grasviereck, ungefähr ein Meter mal ein Meter groß, fing an, sich von der Böschung zu lösen. Am oberen Rand war es nicht eingestochen und bildete eine Art Scharnier, aber Simon zerrte, bis das ganze Stück nachgab. Max und ich griffen hinab, nahmen ihm das Gewicht ab und ließen es neben Simon in den Graben fallen.

Sobald die Öffnung sich zeigte, versuchte Soda hineinzuspringen, aber Simon hielt sie fest.

»Lass das, Soda. Hör auf. Gutes Mädchen, du bist ein gutes Mädchen. Fuß.«

Er leuchtete mit seiner Taschenlampe in das Loch.

Max und ich, die wir oben auf dem Gras lagen und hinabspähten, konnten den Eingang eines Tunnels erkennen, der in die Böschung unter uns gegraben war, und sahen im Licht von Simons Taschenlampe zwei nackte Füße im Schlamm.

»Ist er in Ordnung?«, rief ich hinab. »Wie geht es ihm?«

Simon griff nach den Knöcheln und fing an zu ziehen. »Weiß ich nicht«, meinte er. »Ich brauch Hilfe.«

Max und ich sprangen hilfsbereit in den Graben. Max leuchtete mit der Taschenlampe, während Simon und ich Davey hochwuchteten und Stück für Stück herauszogen. Er hatte der Länge nach nackt in einem Tunnel gelegen, der kaum groß genug für ihn gewesen war. Luftlöcher, falls er daran gedacht hatte, welche einzubauen, waren von Regenwasser und nasser Erde verstopft worden. Er kann nicht länger als eine Stunde da gelegen haben, dachte ich. Trotzdem musste die Luft am Ende entsetzlich gestunken haben und die Erde zu Schlamm aufgeweicht sein.

Ich hörte Schritte und Rufe vom Haus her. Michael und Annie kamen den Rasen heruntergelaufen, Rebecca, Patricia und Mary gleich hinter ihnen.

»Ihr habt ihn gefunden«, rief Annie. »Wo war er?«

Sie sahen in den Begrenzungsgraben hinab, wo Simon und ich gerade Davids Körper hinlegten. Soda leckte ihm die Erde vom Arm und jaulte wie ein rostiges Tor.

»Was ist das für ein Verband?«, fragte Michael. »Da ist ja Blut dran! Was in Gottes Namen wollte er sich antun?«

»Macht euch deswegen keine Sorgen«, sagte ich.

»Er atmet nicht«, klagte Annie. »Michael, seine Augen sind zu, und er atmet nicht.«

Davids Anne lagen neben seinem Körper, Simon ergriff den einen, ich den anderen. Wir hoben sie hoch und zogen sie hinter Daveys Kopf zurück. Das taten wir mehrere Male, erst langsam und dann in immer schnellerem Rhythmus. Dann legte Simon seine Handflächen auf Davids Brust und stützte sich mit voller Wucht darauf, stieß und stieß. Annie begann zu weinen.

Schließlich schüttelte Simon den Kopf, hielt mit der einen Hand seinem Bruder die Nase zu und öffnete ihm mit der anderen den Mund. Er beugte sich hinab und blies ihm in die Lungen.

IV

»He, verdammt noch mal, trödelt nicht so rum, ihr beiden«, knurrte ich. »Ich bin schon zehn Minuten zu spät.«

»Dann laufen wir eben«, sagte Roman. »Jawohl, Sir, dann laufen wir den Scheiß eben.«

»Genau, du Arsch. Dann laufen wir den Scheiß eben.«

Sie drängelten mich beiseite und liefen den Bürgersteig hoch, bogen links ab und verschwanden in der Great Marlborough Street.

Als ich sie drei Minuten später einholte, schwangen sie um einen Laternenpfahl vor der Rückseite von Marks and Spencer herum und sahen, als ich auf sie zukam, missbilligend auf imaginäre Armbanduhren.

»Ich bin da drüben«, sagte ich. »In dem Haus da. Wird nicht länger als 'ne halbe Stunde dauern.«

»In der Oxford Street ist ein McDonald's«, sagte Davey.

»Genau, können wir rübergehen und uns 'n Big Mac holen?«

»Zehn Big Macs.«

»Ach, komm schon, Dad. Es ist die letzte Ferienwoche.«

»Ja, ja, ja. Jammert mir nicht die Ohren voll. Hier ...« Ich gab jedem einen Fünfer. »Und kotzt nicht auf die Straße.«

»Du kommst dann nach. Gleich vorn in der Oxford Street.«

»Bis dann ...«

Ich überquerte die Straße und drückte auf den Summer.

»Ted Wallace; für Lionel Greene.«

»Erster Stock.«

Greene konnte mir nicht viel sagen. Nichts, was mir Michael als Testamentsvollstrecker nicht schon erzählt hätte.

»Der Nachlass besteht insgesamt aus dem Anwesen in South Kensington, vierhunderttausend Pfund in Aktien und einer Einlage von hundertdreißigtausend Pfund bei der Filiale der Coutts Bank in Chelsea.«

»Hört sich nach ziemlich viel an.«

»Würden Sie es vorziehen, wenn die Aktien verkauft werden?«

»Weiß nicht.« Spendete ich alles einer Leukämiegesellschaft, würde ich es am Ende bereuen. Große Gesten sind ja schön und gut, füllen aber keine Bäuche. Außerdem würde es so selbstgefällig und schmierig aussehen.

»Als alleinigem Begünstigten liegt das ganz in Ihrem Ermessen.«

»Ja. Ich weiß.«

»Und das Haus, Mr. Wallace? Werden Sie das verkaufen?«

»Wohnen möcht ich da bestimmt nicht«, sagte ich. »Sie müssen mal die Tapete sehen.«

»Des Weiteren bin ich gehalten, Ihnen diesen Brief auszuhändigen«, fuhr Greene fort und reichte mir einen Umschlag. Die Handschrift war entsetzlich, und ich brauchte einige Zeit, bis ich ein einziges Wort entziffern konnte. Greene drehte sich diskret beiseite, damit ich unbeobachtet lesen konnte.

Lieber Ted,

es tut mir so Leid. Ich verstehe nicht, was schief gelaufen ist. Du musst Davey zu mir ins Krankenhaus schicken. Ich bin plötzlich sehr schwach. Es macht keinen Sinn. Es macht absolut keinen Sinn.

Die Ärzte sagen, dass es die Leukämie ist, aber wir wissen, dass das nicht der Fall sein kann, nicht wahr? Wir wissen, dass sie einen Fehler gemacht haben müssen.

Dank für all deine Briefe und dafür, dass du dich mit ganzem Herzen in die Arbeit gestürzt hast. Ich lag richtig, dich zu schicken, und ich habe nicht vergessen, dass wir eine Abmachung hatten. Ich habe ein neues Testament gemacht, das die Schwestern bezeugt haben. Nimm das Geld dafür, Daveys Gaben der Welt bekannt zu machen.

Komm, sobald du dies empfangen hast, mit Davey her. Er wird es in Ordnung bringen.

Alles Liebe

Jane

»Soweit ich weiß«, sagte Greene, »starb sie kaum eine halbe Stunde, nachdem sie das geschrieben hatte. Sehr traurig. Ich hatte einen Bruder, der an Leukämie gestorben ist. Entsetzlich.«

»Wirklich entsetzlich«, sagte ich und erhob mich.

»Nur zwei Sachen noch, bevor Sie aufbrechen, Mr. Wallace. Ich habe hier die Schlüssel zu Onslow Terrace. Nehmen Sie die mit?«

»Ich glaube schon. Es müssten da einige Papiere liegen, die ich durchsehen sollte.«

Ich sann dem merkwürdigen Brauch nach, der Briefe, Rechnungen und nutzlose Einkaufszettel mit dem Wort »Papiere« adelt, sobald ihr Verfasser tot ist. Gegenstände wie Hausschlüssel werden naturgemäß zu Effekten.

Greene reichte sie mir mit feierlichem Nicken.

»Und das zweite?«, fragte ich.

»Das zweite betrifft Folgendes«, sagte er und griff mit schüchternem Lächeln nach einem Buch auf dem Schreibtisch. »Ich frage mich, ob Sie mir wohl den unschätzbaren Gefallen tun würden, eine Ausgabe Ihrer *Gesammelten Werke* zu signieren?«

Die Jungen saßen im oberen Abschnitt des »Restaurants«, wie sich der Laden zu nennen beliebte.

»Alles paletti, Dad?«

»Ja, danke«, sagte ich. »Mein Gott, mögt ihr diese Dinger wirklich?«

»Nein, Dad«, sagte Roman, »wir essen die, weil wir sie hassen. Natürlich mögen wir die, verdammt gern sogar. Probier mal einen.«

»Danke ergebenst.«

»Ach los, Ted«, drängte Davey. »Du musst sie wenigstens probieren, weißt du. Andernfalls hast du kein Recht, sie zu kritisieren.«

»Ey, nun warte mal …«

»Ich flitz runter und hol dir einen«, sagte er.

»Warum hat er keiner Kellnerin Bescheid gesagt?«, fragte ich, als er die Treppe hinabsauste.

»Tu doch nicht so, Dad«, sagte Roman. »Stell dich doch nicht dümmer, als du bist.«

»Hm.«

»Wusstest du, dass Davey bis vor zwei Wochen noch nie ein Big Mac gegessen hat?«

»Ja, wusste ich«, sagte ich.

»Und jetzt ist er richtig süchtig danach.«

»Roman«, sagte ich.

»Woll?«

»Ich weiß, dass wir selten mal dazu kommen, uns so richtig auszusprechen, aber ich wollte bloß mal sagen …«

»Was sagen?«, rülpste er.

»Na ja, ich wollte bloß mal sagen, dass es verdammt gut tut, dich dazuhaben. Ich wusste gar nicht was … was für 'n prima Kerl du bist.«

Er grinste. »Dad, du hast zu viele von diesen verflixten amerikanischen Fernsehserien gesehen«, sagte er.

»Ich habe genauso viele amerikanische Fernsehserien gesehen, wie ich Large Macs gegessen habe«, erwiderte ich. »Lass mich doch wenigstens *versuchen,* mich etwas väterlich zu benehmen, egal was für eine schlechte Figur ich dabei mache. Die Sache ist doch Folgende: Ich weiß, dass Helen dich nur dann in London ablädt, wenn sie mit Brian in ihren Sommerurlaub fährt, aber wenn du sonst irgendwann in der Wohnung rumhängen willst, also dann …«

»Klar, nichts dagegen«, sagte er.

»Guter Mann.«

»Also, was geht den restlichen Nachmittag ab?«

»Na ja, ich hätte noch einiges zu erledigen. In einer halben Stunde muss ich zum Harpo Club rüber. Deine

Schwester Leonora will mich sehen. Ich glaube, ihr Freund hat sie an die Luft gesetzt.«

»Wieder mal?«

»Wieder mal. Sie weiß nicht, wo sie wohnen soll. Ich kann ihr vielleicht ein Haus zuschustern. Danach hab ich 'n Treffen mit einem Verleger.«

»Schreibste wieder Gedichte?«

»Diesmal geht's um einen Roman über … über einen Einfall, den ich letzten Monat hatte, als ich in Swafford war.«

»Und wie lange wird das dauern?«

»Keine Ahnung. Hab noch nie einen geschrieben.«

»Nein, das Treffen. Mit dieser Verlagsperson. Wie lange wird das dauern?«

»Ach, auch nicht länger als 'ne halbe Stunde, denk ich. Aber danach muss ich mich wirklich sputen, um Oliver im Krankenhaus zu besuchen.«

»Voll krass; und was sollen wir die ganze Zeit anfangen?«

»Ach richtig. Dazu kommen wir jetzt. Lass mal sehen … halt mal die Hand her.« Ich zückte meine Brieftasche. »Ich glaube, dreißig Pfund pro Nase müssten reichen.«

»Ja bitte!«, sagte Roman. »Wofür reichen?«

»Eure Aufgabe für heute Nachmittag«, sagte ich und zählte ihm sechs Zehnpfundnoten in die Hand, »besteht darin, dass ihr die Brewer Street entlanglauft und versucht, in einen schmutzigen Film oder eine Peepshow reinzukommen. Die Eintrittskarten müsst ihr mir als Beweis mitbringen.«

»Und was gibt's als Belohnung, falls wir's schaffen?«

»Die Belohnung, Roman, du undankbarer Bastard, ist der Genuss, einen schmutzigen Film oder eine Peepshow gesehen zu haben. Reicht das nicht?«

»Alles klar. Gebongt.«

»Fein.«

»Aber wieso eigentlich?«, fragte Roman und verstaute das Geld. »Willst du bloß Mum ärgern, falls die das je rauskriegt?«

»Das hat absolut nichts mit deiner Mutter zu tun. Überhaupt nichts. Es dient dem Heil eurer unsterblichen Seelen, wenn du's genau wissen willst.«

»Logo. War ja bloß 'ne Frage.«

»Und für heute Abend sucht ihr beiden euch besser auch was. Ich geh mit Patricia ins Le Caprice, und vielleicht will sie hinterher mit zu mir.«

»Dann brauchen wir aber mehr als dreißig Pfund.«

»Du gehörst zu den wenigen Leuten«, sagte ich und gab ihm noch vier Zehner, »die man semantisch korrekt als Hurensöhne bezeichnen darf.«

»Ihr Big Mac, Sir«, sagte Davey und stellte ein Plastiktablett vor mir auf den Tisch. »Mit 'ner normalen Portion Pommes und 'ner Cola Light.«

»Ich hab kein Besteck«, protestierte ich.

»Finger und Daumen sind der Natur Besteck«, antwortete er mit wissendem Grinsen.

Ich öffnete die braune Styroporschachtel und starrte düster ihren Inhalt an.

»Muss ich diese Hacksemmel wirklich essen?«

»Jawohl, Sir, müssen Sie«, sagten die beiden.

»Ein prima Trick«, bot Davey an, »ist es, wenn du die Pommes in den offenen Deckel der Schachtel kippst. Siehst du, so. Hübsch, oder?«

Ich hob das Brötchen hoch und roch daran. »Was ist das für eine rosa Sauce?«

»Oh, das weiß niemand. Das ist das bestgehütete Geheimnis der Welt.«

Ich biss in den warmen matschigen Mist.

Sie sahen mich gespannt an, wie Labortechniker, die ein Versuchskaninchen überwachen.

»Na, Dad? Was meinst du?«

»Absolut *widerlich.*«

»Und, noch einen?«, schlug Davey vor.

»Warum nicht?«, sagte ich.

Anmerkungen des Übersetzers

Seite 7
Das wulstnackige Hippopotamus …: Zitiert nach der Übersetzung Eva Hesses in: T. S. Eliot, Werke 4: *Gesammelte Gedichte* 1909–1962, Frankfurt/Main: Suhrkamp, 1972, S. 66.
Seite 13
in Bedachtsamkeit gebildete Urteile: Anspielung auf die romantische Lyrikdefinition William Wordsworths in »Preface to *Lyrical Ballads*« (1800): »Poetry is the spontaneous overflow of powerful feelings: it takes its origin from emotions recollected in tranquillity.«
Seite 24
The world, the flesh and the devil ist aus einer Litanei des *Book of Common Prayer* (1549) – der anglikanischen Gottesdienstordnung – in den allgemeinen Sprachgebrauch übergegangen.
Seite 41
René Lalique: 1860–1945, französischer Goldschmied und Glaskünstler, Hauptvertreter des französischen Jugendstils.
Seite 42
Jessica Rabbit: Comic-Sexbombe im halb Zeichentrick-, halb Realfilm *Who framed Roger Rabbit?* (1988, dt. *Falsches Spiel mit Roger Rabbit*).
Seite 42
L. Ron Hubbard: 1911–1986; Science-Fiction-Autor und Gründer der Psychosekte *Scientology Church* mit ihrer Heilslehre Dianetik.
Seite 59
Eine Vier-Zehnerflinte (Kaliber.410) hat 10,2 mm Laufdurchmesser, ein sehr kleines Kaliber für Schrotgewehre. Gängige

Kaliber sind Sechzehner (16,8 nun) und Zwölfer (18,2 mm). »Sechzehner« und »Zwölfer« beziehen sich nur indirekt auf den Laufdurchmesser, auf die Anzahl der gleich großen Kugeln, die historisch jedoch aus einem englischen Pfund (458,6) Blei gegossen werden können.

Seite 65

Sabsen/Saboteure: Die aristokratischen Treibjagden in Großbritannien wurden in den Achtzigern zunehmend von Umweltschützern sabotiert.

Seite 67

GCSE: General Certificate of Secondary Education, entspricht ungefähr unserer Mittleren Reife.

Seite 69

Die Welt ist uns zu nahe: William Wordsworth, »The World is too much with us« (1802–04), wie die folgenden Wordsworthgedichte zit. nach der Übertragung durch Wolfgang Breitweiser.

Seite 74

Wohin ist nun die Strahlung der Vision ...: Wordsworth, »Ode. Intimations of Immortality from Recollections of Early Childhood« (1802–04).

Seite 74

so kann Natur ...: Wordsworth, »Tintern Abbey« (1798).

Seite 77

Lindsay Anderson: Britischer Regisseur und Filmkritiker, geb. 1923, *This Sporting Life* (dt. *Lockender Lorbeer*) 1963, If ... 1968.

Seite 78

Diana Dors: Britische Sexbombe, geb. 1931. Spielte seit 1946 in 32 Filmen mit, darunter *Oliver Twist* (1948) und *Yield to the Night* (dt. *Umfange mich, Nacht;* 1956).

Seite 78

Dornford Yates: Pseudonym von Cecil William. Mercer (1885–1960), Verfasser farcenhafter Unterhaltungsliteratur (*Berry and Co.,* 1921).

Seite 80

Leslie Poles Hartley (1895–1972) veröffentlichte 1953 den Roman *The Go-Between* (dt. *Der Zoll des Glücks*), in dem er einen Kindheitssommer in einem Landhaus in Norfolk beschreibt.

Seite 83

Guy Francis de Moncy Burgess floh 1951 unter dem Verdacht, britische Staatsgeheimnisse an den KGB verraten zu haben, in die Sowjetunion.

Seite 84

Thomas Chippendale (1718–1779) und *George Hepplewhite* († 1786): Möbeltischler, die den Stil des englischen Rokoko maßgeblich gestalteten.

Seite 86

Ted Heath (1900–1969), englischer Jazzmusiker (Posaunist); gründete 1944 im Auftrag der BBC ein Swing- und Modern-Jazz-Orchester; gilt als Vater der europäischen Big Bands.

Seite 89

Melvyn Bragg: Schriftsteller, *1939, arbeitet seit 1961 auch für die BBC als Moderator in Fernsehen und Radio.

Seite 92

Bryan Forbes: Journalist Regisseur und Bühnen-, Film- und Fernsehschauspieler, *1926.

Seite 92

Laurence Harvey: 1928–1973, in Litauen geborener britischer Filmschauspieler; 25 Filme zwischen 1948 und 1973, darunter *Three Men in a Boat* (1956), *Room at the Top* (1959; dt. *Der Weg nach oben*) und *The Running Man* (1963; dt. *Der zweite Mann*).

Seite 94

Wosbie: Paramilitärische Vorbereitung auf die Armee noch in der Schulzeit; abgeleitet von *WOSB = War Office Selection Board.*

Seite 94

RCB: Regular Commission Board. Prüfungsausschuss für Offiziersbewerber.

Seite 97

John Betjeman: 1906–1984; besang in Tennyson nachempfundener Lyrik das England der guten alten Zeit (*Collected Poems,* 1958); wurde dafür 1972 mit dem Amt des *Poeta Laureatus* belohnt, das er bis zu seinem Tode innehatte; kritisierte außerdem alle britische Architektur, die nach Ende der Regierungszeiten von Queen Victoria und King Edward VII. entstand (*English Churches,* 1964; *Ghastly Good Taste,* ^{2}1970).

Seite 105

John D. Profumo schied 1963 eines Skandals wegen aus dem Kriegsministerium aus.

Seite 106

Juliana von Lüttich war eine Augustiner-Chorfrau (ca. 1192–1258), deren Visionen Papst Urban IV. 1264 zur Einführung des Fronleichnamsfestes bewogen. *The Cloud of Unknowing* ist ein anonymer Traktat, der im letzten Viertel des 14. Jahrhunderts im nordöstlichen Mittelengland entstand.

Seite 127

erhabene Abgeschiedenheit: John Keats in einem Brief an Richard Woodhouse vom 27. 10. 1818 über die Lyrik Wordsworths und seiner Schule. Bei der Erläuterung des *egotistical sublime* führt er mit einem Shakespearezitat (*Troilus and Cressida* I.ii.15f.) aus, dieses sei »a thing per se and stands alone«, daher habe ich mich für das deutsche »Abgeschiedenheit« entschieden.

Seite 127

Einsam wandle ich wie eine Wolke, Mein Herz schmerzt, Mein Herz hüpft auf. Titel von Gedichten Wordsworths und Keats', zitiert nach den Übertragungen durch Alexander von Bernus und Wolfgang Breitweiser.

Seite 128

Schönes ist wahr und Wahres schön, – ihr wisst irdisch nur dies, mehr Wissen braucht ihr nicht: Die letzten zwei Verse von John Keats' »Ode on a Grecian Urn«, zitiert nach der Übertragung durch Alexander von Bernus.

Seite 128

John Clare: Das idyllische Landleben besingender englischer Spätromantiker, 1793–1864. Starb im Wahnsinn.

Seite 128

genus irritabile vatum: Horaz, *Epistulae,* Buch 11 (13 v. Chr.) ii.102f.: »Vieles erträgt der Mensch, um *das reizbare Volk der Sänger* zu versöhnen in Zeiten, wo man selber dichtet und fußfällig um des Publikums Stimmen wirbt.« (In der Übertragung von Friedrich Schulteß und Wilhelm Schöne).

Seite 128

Die Dichter sind die uneingestandenen Gesetzgeber der Welt lautet der triumphale Schlusssatz von Percy Bysshe Shelleys *Defence of Poetry* (1821).

Seite 132

Gregory Corso (geb. 1930) und *Lawrence Ferlinghetti* (geb. 1919) sind Lyriker des *Beat Movement;* Corso war der Klassenclown, Ferlinghetti der experimentelle Dichter (*A Coney Island of the Mind,* 1958) der Bewegung.

Seite 134

Jo und Amy March sind Schwestern in dem amerikanischen Kinderbuchklassiker *Little Women* (1868) von Louisa Alcott (1832–1888).

Seite 135

Bruder Tuck. Lebensfroher Angehöriger von Robin Hoods Guerillatrupp im Sherwood Forest.

Seite 135

Clarence der Engel ist James Stewarts Schutzengel in *It's a wonderful Life* (1947; dt. *Ist das Leben nicht schön?*).

Seite 136

Cilla Black. geb. 1943 in Liverpool; seit Ende der Sechziger Popsängerin, seit 1985 TV-Moderatorin *(Surprise, Surprise).*

Seite 138

Kitty Kelley: Amerikanische Skandalreporterin, die eine unautorisierte Biographie Nancy Reagans veröffentlichte, in der sie unter anderem auf deren Sexualleben mit VIPs wie Frank Sinatra einging.

Seite 140

John Russell (1792–1878), 1846–52 und erneut 1865/66 Premierminister; *Bertrand Russell* (1872–1970), sein Enkel, neben A. N. Whitehead der wichtigste Vertreter der analytischen Philosophie. Die Russells sind seit 1694 Träger der Herzogswürde von Bedford.

Seite 140
Marlborough: 1689 geadeltes Geschlecht, dem auch Winston Churchill (1874–1965) entstammt.
Seite 140
Cecil: Familienname des Baron Amherst of Heckney, des Marquess of Exeter, des Baron Rockley und des Marquess of Salisbury; wird zurückgeführt auf Edward Cecil (1572–1638), der 1601 von Queen Elizabeth I. den Ritterschlag empfing.
Seite 140
Paget: Seit 1549 urkundlich bezeugtes Geschlecht *(Baron Paget of Beau Desert),* heute vertreten durch den Marquess of Anglesey.
Seite 140
Colonel Sanders: Eigentlich Harlan T. Sanders (1904–1980), Gründer der Schnellfresskette Kentucky Fried Chicken, Inbegriff des amerikanischen Südstaaten-Gentleman.
Seite 144
Andrew N. Wilson, geb. 1950, seit 1990 Literary Editor des *Evening Standard;* Verfasser mehrerer Romane und Sachbücher (Herausgeber des *Faber Book of London,* 1993).
Seite 144
Milton Shulman: Kanadischer Schriftsteller, Journalist und Kritiker; seit 1991 Kunstkolumnist beim *Evening Standard.*
Seite 144
Ned Sherrin: Multimedial präsenter Film-, Theater- und Fernsehproduzent, -moderator, -regisseur und -drehbuchautor, geb. 1931; veröffentlichte 1991 *Theatrical Anecdotes.*
Seite 158
Richard Attenborough: Regisseur von *A Bridge too far* (dt. *Die Brücke nach Arnheim;* 1976), *Gandhi* (1981/82), *Cry for Freedom* (dt. *Schrei nach Freiheit,* 1987) und *Shadowlands* (1994).
Seite 159
Barbara Cartland: 1901–2000, publizierte mit 21 ihren ersten Roman; ging ins *Guinness-Buch der Rekorde* ein, weil sie seit 1976 durchschnittlich 23 Romane im Jahr veröffentlicht hat.
Seite 159
Sarah Ferguson ist die Ex-Gattin von Prince Andrew.

Seite 160
Rupert Graves: Schauspieler unter anderem in James Ivorys Forster-Verfilmungen *A Room with a View* (1986, dt. *Zimmer mit Aussicht*) und *Maurice* (1986/87).
Seite 160
Ikener: Keltischer Volksstamm im Ostengland der Antike, der unter seiner Königin Boadicea im Jahre 61 einen Aufstand gegen die römische Besatzungsmacht führte.
Seite 161
Benjamin Charles Elton, geb. 1959, schrieb Drehbücher für die BBC-Satireserie *Blackadder,* in der Stephen Fry als Schauspieler auftrat; hat inzwischen eine eigene Parodie- und Talkshow.
Seite 162
Die *High-Church*-Fraktion der anglikanischen Kirche ist eher orthodox, schmuck- und bilderreich, die *Low Church* eher protestantisch-pietistisch.
Seite 168
Mary Whitehouse, geb. 1910, bekämpfte in den Sechzigern und Siebzigern den korrumpierenden Einfluss des Fernsehens, wobei sie sich auf Nacktbadeszenen beschränkte; die Gewaltdarstellungen importierter TV-Serien waren ihr gleichgültig. Für ihre ›Aktionen sauberer Bildschirm‹ erhielt sie 1980 den Ordensrang eines *Commander of the British Empire.*
Seite 185
Oprah Winfrey: Farbige Talkshow-Moderatorin mit bisweilen schrapnelligem Interviewstil.
Seite 197
Quentin Crisp: Britischer Transvestit, der Aufsehen erregte, lange bevor Transsexualität Mode wurde.
Seite 208
Robert Maxwell: Britischer Pressezar. *Haig:* Feldmarschall Douglas Haig (1861–1928), seit dem 19. 12. 1915 Oberbefehlshaber der britischen Streitkräfte in Frankreich und Belgien, dessen unflexible Gefechtstechnik verantwortlich war für zehntausende gefallener Soldaten.

Seite 232
Und alle *Luft die schwere Stille hält:* Thomas Gray, »Elegy written in a Country Churchyard« (1751), Zeile 6.
Seite 237
Theodor Herzl (1860–1904) gab unter dem Einfluss der Dreyfus-Affäre den Anstoß zur Entstehung des politischen Zionismus und zeichnete 1902 in dem Roman *Altneuland* das Bild eines aristokratisch geleiteten jüdischen Zukunftsstaates.
Seite 250
Leslie Howard: Britischer Filmschauspieler ungarischer Herkunft (1890–1943). Spielte die Hauptrolle in *The Scarlet Pimpernel* (1934, dt. *Das scharlachrote Siegel*), der schon in Frys *Lügner* auftaucht.
Seite 250
GPO: General Post Office.
Seite 250
Guy Fawkes war, einem Graffito zufolge, der einzige Mensch, der das Parlament je mit ehrlichen Absichten betrat – als er es nämlich am 5. November 1605 in die Luft zu sprengen versuchte. Er wurde hingerichtet, aber erfreut sich seither großer Beliebtheit, besonders bei Jugendlichen, die an seinem Todestag alljährlich große Scheiterhaufen entzünden, auf denen Puppen von jeweils gerade in Ungnade gefallenen Politikern verbrannt werden.
Seite 253
Charles I. wurde 1647 von den Schotten, zu denen er nach Ausbruch des Bürgerkrieges 1642 geflohen war, an das englische Parlament ausgeliefert und am 30. Januar 1649 auf Betreiben *Oliver Cromwells* zum Tode verurteilt und hingerichtet.
Seite 258
Battle of Britain: die Luftschlacht um Großbritannien im 2. Weltkrieg im Allgemeinen; *Blitz:* die deutschen Luftangriffe auf London in den Jahren 1940/41.
Seite 264
Kavaliere nannten sich im 17. Jahrhundert die royalistischen Anhänger von Charles I., *Rundköpfe* war der Spitzname für die puritanische Parlamentspartei.

Seite 267
WAAF = Women's Auxiliary Air Force, inzwischen geändert zu *WRAF: Women's Royal Air Force:* das weibliche Bodenpersonal der britischen Luftwaffe.
Seite 267
Passchendaele: Schlacht während der englischen Flandernoffensive im August 1917.
Seite 267
Janet Gaynor, geb. 1906, populäre Hauptdarstellerin in zahlreichen amerikanischen Melodramen der zwanziger und dreißiger Jahre: *Daddy Longlegs* (1931; dt. *Daddy Langbein*), *A Star is Born* (1937; dt. *Ein Stern geht auf*).
Seite 294
Gunga Din: Dialektgedicht von Rudyard Kipling (englisch und deutsch in: *Die Ballade von Ost und West.* Ausgewählte Gedichte, herausgegeben und übersetzt von Gisbert Haefs. Zürich 1992, S. 48/49).
Seite 306
Fuseli: Der Schweizer Maler Füßli wird nur in Großbritannien Fuseli geschrieben,
Seite 313
Wohl stellt in unsrer Brust sich Hoffnung ein: Zitat aus Alexander Popes *Essay on Man* (1733/34).
Seite 332
Robert the Bruce (1274–1329), seit 1306 König Robert I., sicherte durch den Sieg seiner Truppen bei Bannockburn 1314 die Unabhängigkeit Schottlands.
Seite 333
Duck Soup: Der Originaltitel der *Marx Brothers im Kriege* (1933).